KB060891

두번째 날

두 번째 날

유 현 산 장 편 소 설

네오
픽션

차례

첫번째 날

20년 전, 어느 조선족의 회고 1

1991년 겨울밤에 어머니와 나는 산길을 걷고 있었다. 헤아릴 수도 없는 많은 고개를 넘었고 그때마다 칼날 같은 바람이 귀와 뺨의 감각을 도려냈다. 두꺼운 어둠 아래 정수리가 우둘투둘한 바위들이 웅크리고 있다가, 감각을 잃은 내 발목을 잡아챘다. 어머니는 비틀거리는 나를 잡아 일으켜주었고, 강풍이 불면 두툼한 코트 앞섶을 펼쳐 나를 감쌌다. 어머니의 분홍색 모직 코트 안으로 들어가면 쇳가루 냄새 같은 피비린내가 진동했다. 어머니는 허벅지에 상처를 입어 피를 많이, 계곡의 냇물보다 더 많이 흘렸다. 어머니의 품 안으로 들어가면 나는 내복을 찢어 아무렇게나 동여맨 어머니의 허벅지를 쓰다듬었다. 피가 내 손 안에서 끈적끈적해지고 이내 말라붙었다. 나는 두려움에 젖어 물었다.

"다 왔슴까?"

"으이, 조금만 더."

"멈추면 안 됨까?"

"그래, 조금만 더."

산길에는 고개를 뒤튼 소나무들이 하얀 눈을 뒤집어쓰고 있었다. 나뭇잎을 다 떨궈버린 갈잎나무류가 바람에 따라 제 앙상한 뼈대를 이리저리 휘둘렀다. 바람이 드세질수록 어머니의 숨소리가 거칠어졌다. 어머니는 긴 한숨을 쉬듯 쉭쉭거리다가 마지막 고개를 넘을 때부터 하아, 하아, 하아 하고 비명을 질렀다. 맞바람에 저항이라도 하듯 하아, 하아, 하아. 어머니의 가슴이 잔뜩 부풀어 올랐다가 터져버리듯 꺼지며 하얀 입김을 쏟아냈다.

어느새 우리는 끝도 없는 내리막을 걷고 있었다. 달빛이 길가의 바위에 쏟아져 기괴한 그림자를 남겼다. 어머니가 길 위에 쓰러졌다. 어머니는 상처 입은 짐승처럼 네 다리를 후들거리며 좀처럼 일어나지 못했다. 하아, 하아, 하아. 비명이 겨울바람에 날려 산속으로 흩어졌고, 어머니의 입에서 나온 긴 침 줄기 하나가 달빛에 반짝였다.

어머니는 엉금엉금 기어 나뭇등걸에 몸을 기대고 나를 불렀다. 나는 어머니 곁에 앉아 바닥에 쌓인 눈을 조금 집어 먹었다. 갈증이 가라앉자 허기가 몰려왔다. 나는 그때 황소 한 마리를 통째로 잡아먹을 수 있을 만큼 배가 고팠다.

"좀만 먹으라. 금시 추워져. 조심하랑이. 추우면 잠이 오거든."

"자면 안 됨까?"

"그래, 눈을 똑바로 뜨고 있으라우."

"다 왔슴까?"

어머니는 나무에 등을 기대고 코트를 벗었다. 코트 안에 입은 털실로 짠 스웨터와 체크무늬 블라우스도 벗고 내복을 걷어 올린 후 어머니는 나를 불렀다.

"추워서 어찌 견디니? 이리 와. 이리로 들어와."

나는 어머니의 땀내 나는 내복 속으로 기어들었다. 어머니는 나를 품은 채로 남방과 스웨터를 덮고 코트를 입었다. 나는 이 중 삼중으로 덮여 숨이 막힐 것 같았다.

"잘 들으라. 우린 갈 데가 없어."

나는 어머니의 품속에서 입을 오물거렸다.

"아무 데도?"

"그래, 어데도 없어."

어머니는 숨을 헐떡이며 계속 말했다. 어머니의 말은 꿈속에서 수천수만 번씩 재연되어, 그 어조와 성량마저 만져질 듯 생생하다. 어머니가 말할 때 나는 품속에서 가슴팍과 성대의 진동을 느꼈다. 어머니의 말랑말랑한 유방이 내 목덜미를 감쌌다. 어머니의 땀 냄새가 피 냄새와 섞여 약간은 고소하고 약간은 비릿했다. 그것이 실제로 어머니의 말이었는지, 꿈이 꾸며낸 것인지 나는 모른다. 어쨌든 어머니는 말했다.

"이번엔 정말 잘 들으라. 나는 더 이상 갈 수가 없어. 넌 여기서 좀 쉬라. 인제 아이 춥니?"

"예."

나는 이마에 땀이 송골송골 맺힐 정도로 제법 훈기를 느꼈다.

"니 귀를 엄마 가슴에 대고 심장 소리를 잘 들어. 절대 자면 아이 돼. 이래 몸을 녹이다가 엄마 심장 소리가 안 들리면 일어나. 느질느질 걸으면 아이 돼. 망설이지 말고 일어나서 죽을 둥 살 둥 재우재우 뛰어. 아래로, 그리 계속 아래로. 불빛이 보일 때까지 계속 뛰라. 불빛이 있는 곳으로 가면 도움을 청해. 그 사람들이 도와줄지는 아무도 몰라. 하느님만 아실 거거든. 어쨌든 니는 계속 뛰어야 돼. 알겠?"

엄마도 가, 나는 그렇게 말하고 싶었지만 겁에 질려 입을 움직일 수 없었다. 어머니는 마지막 순간에 자기도 잘 모르는 하느님에게 내 생명을 맡겼다. 어머니는 품속에서 편지를 꺼내 솜털 모자가 달린 내 코트 주머니 속에 집어넣었다.

"이모한테 쓴 편지다. 봉투에 중국 주소가 있으니까 나중에 이모를 찾아."

어머니는 하아, 하아, 하아, 또 거친 숨을 몰아쉬며 말했다.

"왜 이리 됐는지는 나도 달통이 안 돼. 생각 없이 일이 크게 번져졌어."

어머니는 그 말을 끝으로 눈을 감고 움직이지 않았다. 나는 어머니의 체취와 체온을 미친 듯이 빨아들였다. 추위가 물러나면서 온몸의 근육이 풀어졌고 의식이 내 몸을 떠나 앙상한 나뭇둥걸과 나뭇가지 위로, 우리가 지나온 수많은 고개와 계곡 위로 둥둥 떠오르는 것 같았다. 나는 깜박 졸았다. 어쩌면 한참 잠들었는지도 모른다. 등줄기부터 다시 오한이 찾아오는 것을 느끼며 나는 눈을 떴다. 어머니의 심장 소리가 들리지 않았다. 어머니의 몸이 싸늘해져서 오히려 내 체온을 빨아 먹고 있었다. 나는 겁에 질려 어머니의 품에서 빠져나왔다.

"엄마! 일어나!"

나는 어머니의 몸을 흔들었다. 어머니는 앞섶을 풀어헤친 채 나무 인형처럼 바닥에 쓰러졌다. 나는 무서워서 아래로 내달렸다. 한참을 달리다가 정신을 차리고 도로 뛰어 올라갔다. 달빛 아래에서 어머니는 일그러진 얼굴로 미동도 없이 누워 있었다. 어머니를 다시 흔들자, 반곱슬머리가 툭 튀어나온 광대뼈 위로 쏟아졌다. 나는 어머니 앞에 한참을 웅크리고 있다가 다시 내리막길로 뛰었다. 동서남북 따위는 애초에 존재하지 않는 우주 공간 속을 제멋대로 유영하는 것 같았다. 숨이 턱에 차고 헛구역질이 날 때까지 나는 계속 달렸다.

멀리 불빛이 보였다. 어둠의 바다에 잠긴 불빛들이 드문드문, 희미하게 일렁였다. 뜀박질을 멈추지 않은 나는 어느새 작은 마을에 들어와 있다는 것을 깨달았다. 벼의 밑동만 남은 논들이 시커멓게 펼쳐져 있고, 논 사이로 곧게 난 길 위에 작은 집들이 줄지어 있었다.

나는 처음 보이는 집을 향해 걸어갔다. 하느님만 아실 거다. 어머니의 형체 없는 속삭임이 들려왔다. 초록색 대문이 열려 있었다. 벽돌로 지은 단층의 아담한 집이었다. 나는 거실의 불빛을 살피며 뒷문으로 돌아갔다. 철제 방화문이 삐걱, 신음 소리를 내며 열릴 때 가슴에 고여 있던 두려움이 쏟아졌다. 문 뒤는 부엌이었다. 나는 전기밥솥을 열고 맨손으로 밥을 집어 먹었다. 손에 묻어 있던 어머니의 피가 밥알에 배어 팥밥처럼 붉어졌다. 나는 싱크대 위에 있던 반찬 그릇에서 오이소박이를 집어 함께 먹었다. 오이의 연한 살이 이에 짓밟힐 때마다 우두둑 소리가 났다.

거실로 통하는 미닫이문이 드르륵 열리고 사람들의 얼굴이 나타났다. 검고 굵은 주름이 진 촌로들이 입을 벌린 채 말을 꺼내지 못했다. 나는 그들에게 소리쳤다. 아니, 소리치려 했으나 밥알들이 목에 걸려 쥐어짜듯 속삭였다.

"엄마가…… 죽어요…… 산 우에."

내가 입을 열자, 오이소박이와 붉은 밥알들이 턱 밑으로 떨어졌다. 나는 목구멍에 걸려 있던 건더기를 삼키고 다시 말했다.

"엄마가 산 우에서 어찌 방법 없이 쓰러졌어요. 숨도 쉬지 아이해요."

집주인인 듯한 짧은 백발의 할아버지가 말했다.

"와따, 놀래라. 경찰을 불러야겠구마."

그 옆에 일바지를 입고 뽀글뽀글 파마를 한 할머니가 말했다.

"여그 지키고 있으쇼. 나가 전화 걸팅게."

나는 경찰이든 군인이든 누구든 와서 이 밤을 끝내주기를 기다렸다. 이 밤이 끝날 수 있다면 죽어도 좋았다.

"말투를 봉께 북한 애기 아녀? 간첩인갑다."

나는 소리쳤다.

"아니에요. 나는 조선 사람이에요. 조선족. 제발 엄마 좀 살려주세요!"

　"아니긴 뭐가 아녀? 아따 영감, 후딱 신고 안 허고 뭐하요?"

　그날 밤 나는 경찰차에 실려 순천서로 갔다. 차 안에서 엄마를 부르짖었지만 아무도 듣지 않았다. 하느님은 나를 도와주지 않았다. 다음 날 아침 나는 광주에 있는 외국인 보호소로 갔다. 도로에 안개가 자욱했던 기억이 난다. 나는 순천을 떠나며 어머니가 누워 있을 남쪽 땅의 벌거벗은 산들을 바라보았다. 산은 자신의 아랫도리 깊숙한 곳에 어머니를 감춰놓았다. 앙상하고 음습한 그곳에서 겨울이 갈 때까지 어머니의 살은 썩지 않을 것이다.

　20년 전, 열세 살의 겨울을 나는 '첫번째 날'이라고 부른다. 내 인생이 어디로 흘러갈지는 모르지만, 그날 이후 새로 태어난 건 분명하기 때문이다. 첫번째 날 뒤에는 두번째 날이 있고, 두번째 날 뒤에는 세번째 날이 있을 것이다. 그날들을 거치며 내 인생은 점점 더 바닥으로 추락할 것인가, 나는 두렵기만 했다. 그러나 사람이 사는 세상에는 모든 일에 끝이 있다고 했다. 언젠가는 나도 평안해질 것이다.

　내 이름은 리진웅이다. 가끔 나는 천국의 문을 여는 주문이라도 되는 듯 먼 하늘에 대고 내 이름을 발음해본다. 진웅. 부모님은 '보배 진珍' 자에 '수컷 웅雄' 자를 썼다. 그런 이름을 내려준 사람들이라면 자식을 정말로 사랑했을 것이다. 내 인생의 햇살은 열세 살 이전에만 비춘다. 내 어둠은 열세 살에 시작돼 영원히 내린다. 열세 살 겨울의 기억은 밤마다 나를 찾아와서 거친 혓바닥으로 온몸을 핥고 사라진다. 나는 밤마다 땀에 젖는다. 나는 안개 뒤에서 피 묻은 송곳니를 들이대는 괴물을 느낀다. 이제는 그것이 악몽인지 실재인지 구분조차 할 수 없다.

살인의 이유

밀항자

2012년 9월 27일 정문환은 새벽 4시에 잠에서 깼다. 이 시각만 되면 자동으로 눈이 떠졌다. 류현숙이 돌아오기 때문이다. 류현숙은 이날따라 늦게 들어와 짙은 술 냄새를 풍기며 정문환의 뒤통수를 톡톡 때렸다.

"자니? 돼지 새끼처럼 쿨쿨 자?"

말끝이 유독 거칠고 날이 서 있었다. 정문환은 류현숙의 포악질이 다른 날보다 오래갈 거라는 사실을 알았다. 류현숙은 노래방 도우미 일을 마치고 돌아오면 온갖 모진 말들로 정문환을 들들 볶은 뒤에야 잠이 들었다. 그래, 맘껏 란도질하라우. 정문환은 한 번도 류현숙에게 저항하지 않았다. 류현숙의 말에 상처입고 피투성이가 될수록 자신이 이 땅에 발붙이고 살아간다는 사실을 실감했고, 기이한 안도감을 느꼈다. 류현숙은 일종의 중력이었다. 그녀를 만나기 전까지 정문환은 지면에서 발이 한 뼘쯤 떨어진 것처럼 허적허적 걸었다.

"어깨 좀 주물러봐라. 세게 말고. 알맞추."

정문환은 류현숙의 어깨를 주물렀다. 그녀는 작고 동그란 어깨를 갖고 있었다.

"근육이 뭉겼다. 힘든갑지?"

"퍼그나 걱정해준다야."

정문환은 류현숙의 어깨에서 손을 내려 군살이 붙어가는 허리를 주물렀다. 그녀를 만난 곳은 대림역 12번 출구 건너편의 '고려 커피 호프'였다. 눈에 익은 한족 여자 대신 작년부터 류현숙이 파트타임으로 그곳에 출근했다. 어찌 그리 친구도 없이 맥주만 굽내고 가우? 수집음이 많은가? 류현숙은 병맥주를 계속 사달라고 조르더니, 취기에 흐느적거렸다. 정문환은 그녀에게 왜 술집 복무원으로 일하냐고 물었다. 류현숙은 제 성미가 더러워서 식당 일을 할 수 없다고 말했다. 하루 열두 시간씩 뱅뱅 돌아쳤거든. 열통이 뻗쳐서 접시를 깨버렸다우. 바닥을 노리고 접시를 이리 오그라쳐버렸단 말이요. 정문환은 그날 맥주를 많이 마셨고, 노래방에서 기억이 끊겼다.

며칠 뒤부터 그들은 동거했다. 류현숙은 자신의 이야기는 한마디도 꺼내지 않은 채 정문환의 인생에 감춰진 모든 비밀을 알아냈다. 그녀에겐 거짓말이 통하지 않았다. 정문환은 고향 이야기, 가족 이야기, 직장 이야기, 중국에서 사람을 죽인 이야기까지 털어놓았다.

"오늘 이상한 새끼가 혼자 왔어. 요즘은 가슴이 꿈찔꿈찔 놀라지도록 이상한 새끼만 와."

류현숙이 말했다. 정문환은 그녀의 등을 문지르며 물었다.

"어찌 됐니?"

"그 령감이 술김에 충동이 욱욱 났는지 계속 만져. 하여간 남자들은 다 그 모양이야. 근데 이 령감이 갑자기 내 귀뺨을 답새기는 게 아이겠니? 입술이 터갈라지고 몸이 앞으로 꼰지고, 말도 마라야."

"그래 어찌했어?"

"뭘 어찌해? 내가 참고 있갔니? 큰 쌈이 날 뻔했어. 근데 마지막에 그 새끼 눈을 보니깐 요거이 병자구나 싶어서 무서운 생각이 꼴딱 차올랐어."

정문환은 돌아서서 침대 밑에 널브러진 바지 주머니를 뒤졌다.

"니 뭐하니? 또 돌따서서 담배 꼬나물려 그러니? 내가 피우지 말라 했니 안 했니?"

정문환은 손을 멈추고 허공을 응시했다. 창밖 멀리서 자동차 한 대가 급브레이크를 밟는 소리가 들렸다. 골방의 어둠에 대림역 12번 출구 환락가의 네온사인이 배어들었다. 지금은 류현숙이 이빨을 드러낼 시간이었다. 그녀는 저 환락가에서 얻어 온 오물을 고스란히 이고 들어와 정문환의 정수리에 쏟아부었다. 그것이 정문환이 얻은 중력의 대가였다.

"남자도 녀자도 다 똑같애. 니 도망간 안깐이 지금쯤 어데서 남자랑 시시덕대는 생각만 하면 내 가슴이 다 찌르릉 저려난다야."

"가만두라. 고생 마이 한 녀자다."

"이거이 지 안깐이라고 해명하는 꼴 좀 보게. 하하, 야, 눈물 난다."

정문환은 웃었다. 웃지 않으면 어떤 표정을 지어야 할지 알 수 없었다. 정문환이 아내를 두둔한 것이 류현숙의 부아를 더 돋운 것 같았다. 류현숙은 동거 생활 1년 남짓 동안 건드리지 않고 남겨둔 정문환의 성역을 공격했다.

"니 아들도 꼴이 훤해. 금시 버림받을 거야. 근데 어쩌겠니? 니는 중국으로 돌아가지도 못하는 살인범인데 말이야."

정문환은 소리쳤다.

"이거 말꼴 좀 보게?"

류현숙은 웃었다.

"이, 이, 자식새끼 얘기 나오니까 불질하는 거 보게? 그리 소중하니? 그리 소중해서 사람 쥑이고 떠나왔나? 할매 죽으면 니 아들은 한족 집에 가서 머슴질 해. 그 집 허덕칸에서 자고 그 집에서 버린 음식 찌꺼기 먹고 살아. 그 집 물건을 제 옆차기에 집어넣다가 발각되어서 한겨울에 쫓겨나. 허허벌판 논밭 우에서 배를 깔고 죽어 있을 거라. 그럼 쥐한테 뜯기고 까마귀한테 뜯기고 다 파먹혀."

"이년이!"

정문환은 류현숙의 머리채를 붙들고 방바닥으로 팽개쳤다. 그녀의 등짝이 벽에 부딪히며 텅 소리를 냈다. 검은 블라우스의 단추가 뜯어지고 하얀 미니스커트가 말려 올라가 허벅지를 드러냈다. 류현숙은 바닥에 누워 소리쳤다.

"왜? 아들 생각하니까 속이 답답해났어? 내가 디굴거리니까 속 시원하니?"

"닥쳐!"

정문환은 류현숙의 배 위에 올라타 목을 졸랐다. 류현숙의 얼굴이 붉게 부풀어 올랐다. 눈에 핏발이 서고 입술이 파르르 떨렸다. 류현숙의 목살로 파고드는 손가락에서 쾌감이 올라왔다. 또야? 또? 마음속의 누군가 물었다. 정문환은 류현숙의 목을 놓았다. 류현숙이 숨을 몰아쉬며 말했다.

"죽여, 죽여버려. 한 번 죽인 거 두 번은 못 죽이겠니?"

정문환은 말없이 침대에 누워 등을 돌렸다. 목덜미에 식은땀이 흘렀다. 정문환은 자신이 이렇게 쉽게 폭발했다는 사실에 놀랐다. 살인을 저지른 중국에 돌아갈 수도 없고, 언제까지 한국에 불법체류자로 지낼 수 있을지도 알 수 없었다. 작은 사고라도 한 번 치면 끝장이었다. 정문환은 몇 겹의 의지로 자신의 본성을 봉인하여, 아들 녀석이 대학 졸업을 할 때까지만이라도 살아남을 작정이었다. 그러나 봉인은 류현숙의 도발에 어이없이 찢어졌다.

류현숙이 얼굴을 씻고 침대에 모로 누웠다. 정문환은 이제 류현숙과의 관계가 끊겼다고 생각했다. 그들은 헤어져야 한다는 것을 알면서도 상대방이 선을 넘어올 때만 기다리며 매일 새벽마다 줄다리기를 했다. 이 다툼은 그들이 암묵적으로 합의한 작별 인사였다. 류현숙이 말했다.

"가라, 내 죽이기 전에. 내일 당장."

"니 말이 심하지 않았는가? 그거이 분격을 터쳐놓아서."

"누가 그런 사설을 듣자나?"

"알았다."

두 사람은 한참 동안 말을 하지 않았다. 정문환은 세상에서 가장 친절한 작별 인사를 건네고 싶었지만, 한국어에 그런 말은 없었다. 갑자기 류현숙이 속삭였다.

"내 막판에 생각나서 말해준다만, 어떤 나그네가 니 정체 알고 있는 거 같던데."

"또 무신 소리?"

"어제 노래방에 잠깐 와서 니 묻던데? 니 직장도 알고 있더 랬어."

"누구?"

"나야 알 리가 있나. 그냥 묻고 재우 가버렸어. 그 직장은 낼 당장 그만두라."

"경찰 같던가?"

"깡패 같더랬어."

"알았다, 자자."

골방에 침묵이 내려앉았다. 정문환은 6시가 다 되어 잠깐 눈을 붙였다.

오전 10시, 잿빛 구름이 독산동 공장 골목을 덮었다. 골목 초

입에 있는 고려빌딩의 외벽도 회색 그늘에 젖었다. 그러나 이 빌딩 2층을 차지한 청바지 공장 한영어패럴 안은 푸른빛에 휩싸여 있었다. 푸른 원단과 푸른 반제품들이 모든 탁자에 가득했다. 푸른 먼지가 형광등 불빛에 반짝이며 환풍기의 더러운 날개 사이로 빠져나가거나, 노동자들의 코 점막을 찌르거나, 탁자와 바닥과 노동자의 어깨에 쌓였다. 손가락이 파랗게 물든 노동자들이 청바지를 뒤집어 박음질을 시작할 때마다 또 푸른 먼지가 날았다. 환풍기 밑의 라디오에선 소녀시대가 박음질 소리에 장단을 맞춰 〈소원을 말해봐〉를 불렀다.

정문환은 인터록 미싱에 앉아 쉴 새 없이 돌아가는 공장의 전경을, 이 푸른빛에 쌓인 재채기의 천국을 두리번거렸다. 재단대에 쌓이는 청바지 조각들은 아직 워싱 과정을 거치지 않아 검은색에 가까웠다. 재단된 조각들을 손아귀에 꽉 쥐고 1밀리미터의 오차도 없이 특종 미싱으로 이어 붙이는 것이 정문환의 일이었다. 한나절만 일해도 손이 파랗게 물들고 손가락 끝이 헤졌다. 정문환은 이날만큼은 일에 집중하지 못하고, 수시로 고개를 들어 공장을 둘러보거나 창밖을 살폈다.

오늘따라 시간이 더디 갔다. 한국에서 가장 무서운 것이 흐르지 않는 시간이었다. 일하는 시간이 정해져 있는 중국과 달리 한국 일터의 시간은 일단 시작되면 끝을 짐작할 수 없었다. 한국에 적응했다고 믿었던 정문환은 갑자기 10여 년 전처럼 시간의 압력에 눌러 우왕좌왕하는 자신을 발견했다.

"어이, 문환이. 무슨 일 있어?"

박철영 이사가 물었다. 박 이사는 동그란 곱슬머리, 동그란
얼굴, 동그란 어깨, 동그란 뱃살에 성격마저 동글동글한 남자
였다. 10년 전 정문환은 박 이사 앞에서 면접을 봤다. 독산동에
서 오야지를 만나 건설 현장에서 2년을 일하던 때였다. 당시에
는 불법체류자 단속이 심했는데, 일단 단속이 시작되면 현장의
모든 문을 닫고 샅샅이 뒤지기 때문에 담장을 넘어 도망치다가
다리가 부러질 뻔한 적도 있었다. 게다가 몇 년만 더 일하면 몸
이 남아나질 못할 것 같았다. 현장에서 만난 흑룡강 영안 사람
은 공사판 일을 5년 정도 하면 누구든 병치레를 해야 한다고 말
했다. 정문환은 벼룩을 파는 줄로만 알았던 『벼룩시장』이라는
신문을 뒤지기 시작했고, 몇 차례 퇴짜를 맞은 끝에 한영어패럴
에까지 이르렀다. 외국인등록증과 비자를 묻는 박 이사에게 정
문환은 위명 여권만 들이민 채 아무 말도 하지 않았다. 우린 불
법체류자를 안 쓰는데 당장 급하니 몇 달만 일하자고 박 이사가
말했다. 그리고 10년이 흘렀다.
　"아, 감기 기운이 있어요. 죄송합니다."
　"점심시간에 약 먹고 한 시간 쉬어. 천 씨한테 봐달라고 할 테
니까."
　"예, 감사합니다."
　정문환이 다시 미싱대에 정신을 집중하기 시작한 11시 20분,
파국이 아가리를 벌렸다. 사파리 점퍼를 입고 머리를 짧게 자른
남자 두 명이 공장에 들어와 주변을 두리번거리며 사무실로 들
어갔다. 정문환은 미싱대에 코를 박고 그들을 곁눈질했다. 출입

국관리소 직원이 아니라는 것을 정문환은 단박에 알 수 있었다.

불법체류자로 산다는 것은 수천 개의 눈알이 번득이는 벌판에서 알몸으로 숨을 곳을 찾는 것과 같았다. 2000년대 초반에는 주로 지하철역에서 단속을 했다. 지하철을 타는 것이 고문당하는 것만큼 끔찍하던 때, 조선족들이 독산동에 몰린 이유는 근처에 지하철역이 없었기 때문이다. 합법체류자가 늘면서 조선족들이 사방으로 퍼져나가고 독산동엔 놀이터에서 햇볕을 쬐는 늙은이들만 남았지만, 정문환의 사정은 나아지지 않았다. 정문환은 어디에서든 자신의 연변 사투리를 흉기처럼 숨기려 했다. 특히 시험을 쳐서 들어온 무연고 동포들의 비자 기간이 만료될 때를 조심해야 했다.

불법체류자로 살다 보면 감각이 발달한다. 정문환은 찰나의 순간에 자신의 안위와 관계된 인간들의 냄새를 구별할 수 있었다. 움푹 꺼진 눈을 한 동료 불법체류자와 마주치면 혐오감을 느끼며 피해 갔다. 출입국관리소 직원이나 형사에게선 멀리서도 포식자의 냄새를 맡았다. 방금 들어온 작자들은 출입국관리소 직원처럼 사무적이지 않고 공무원의 격식을 지키는 태도도 보이지 않았다. 그렇다면 저들은 형사나 깡패였다. 공장에 깡패가 올 리 없으므로 저들은 형사였다.

정문환은 벌떡 일어나 작업장을 나갔다. 화장실에 간다는 변명이나 빈자리를 메워달라는 부탁을 할 시간도 없었다. 불법체류자의 운명은 찰나에 결정된다. 정문환은 손가락에 푸른 물이 든 그대로 공장 문을 나서 버스 정류장으로 뛰었다. 버스 안에서 숨을 고르며 정문환은 예전보다 무거운 불안감에 휩싸였다. 그것은 데님 천보다 거칠고 자신을 심리적 막장까지 몰아붙일 만큼 힘이 셌다. 정문환은 그제야 자신이 갈 데가 없다는 사실을 깨달았다.

"아이구, 이런 데서 어찌 사니?"

2012년 9월 30일은 추석이었다. 류현숙은 아침 일찍 전화를 걸어 정문환이 얹혀사는 가리봉동 친구의 집 위치를 물었다. 가리봉동 조선족 타운 한가운데 가리봉시장이 있고 그 옆으로 난 오르막길을 한참 올라야 보증금 50에 월 12만 원인 친구의 쪽방이 있었다. 류현숙은 아침 10시에 숨을 헐떡이며 쪽방의 문을 두드렸다.

"뭐 볼 게 있다고 치떠보나? 다 살 만하니까 살지."

어느 방이든 못 살 곳은 없다. 한국에 처음 와서 독산동의 반지하 방에서 살았다. 그 방에 들어온 첫날 밤, 보일러에서 나는 웅웅 소리가 무서워 잠을 자지 못했다. 습기가 방 안에 지층처럼 쌓여 있었다. 여름에는 하루 종일 젖은 옷을 입은 느낌이었고, 밤에는 눅눅한 이불을 다리미로 다리고 덮어야 잠이 왔다. 지금 류현숙이 두리번거리는 친구의 쪽방은 이불과 TV와 컴퓨터 한 대가 세간의 전부였지만, 2층이므로 천국과 가까웠다.

"왜 왔어?"

류현숙은 질문에 대답하지 않았다. 그녀는 언제나 정문환의 질문 따위에 관심이 없었다.

"저 얼굴이 감실감실한 나그네가 니 짝바지 친구라?"

류현숙이 목소리를 낮추고 물었다.

"그래."

"깡패처럼 생겼다."

쪽방 안에서 컴퓨터를 만지작거리고 있는 김만복은 5년 전 한국에 왔다. 용정에서 깡패 짓을 할 때의 별명은 구렁이였다. 얼굴이 검고 길어 날카로워 보였지만 성미는 능글맞은 구렁이 같았다. 정문환과 김만복은 중국에서 한 번씩 서로의 목숨을 구했다. 그러나 구렁이가 한국에 온 뒤로 정문환은 그를 자주 찾지 않았다. 조선족이라면 누구라도, 생명을 나눈 형제 같은 구렁이라도 가까이하고 싶지 않았다. 구렁이는 연락 없이 찾아온 정문환을 혼자 누워도 꽉 차버리는 쪽방에서 지내게 해주었다. 정문환은 명절 때까지만 구렁이와 지내고 장기 방이 있는 여관이나 다른 쪽방으로 나갈 생각이었다.

"할 말 없음 가라."

"아침 먹자 바람으로 인차 시간을 타서 왔드니만…… 누가 안 가겠다나?"

"이거라구야. 이럴 거면 왜 왔는가?"

류현숙은 또 질문에 대답하지 않고 다른 질문으로 응수했다.

"직장은 어찌 됐니?"

"이상한 새끼들이 와서 때려치웠다."

"조심하라. 감이 안 좋드라."

류현숙은 고개를 들어 하늘을 보았다. 가리봉동 쪽방촌의 하늘에도 신선한 가을볕이 쏟아지기 시작했다. 류현숙은 고개를 돌리지 않고 물었다.

"돌아올래?"

정문환도 하늘을 보았다.

"싫다, 성미가 팩한 녀자랑은 못 산다."

"그래."

류현숙은 고개를 돌려 정문환에게 키스했다. 얇은 입술로 두툼한 입술을 가만가만 더듬었다.

"내가 누구한테 이런 말 한 거 처음인 상싶다. 잘 지내."

류현숙은 이 한마디를 남겨놓고 쪽방촌을 내려갔다. 정문환은 그녀의 또각거리는 구두 소리가 사라질 때까지 대문 앞에 서 있다가 방으로 들어갔다. 방 안에서 구렁이가 낡은 팬티엄과 씨름하고 있었다. 구렁이는 스마트폰이 없는 정문환에게 조선족 채팅 사이트를 통해 영상통화를 하게 해주겠다고 나섰다.

"아이구야, 컴퓨터가 마사졌나? 오늘따라 왜 말을 안 듣나."

"구렁이 이 새끼, 일을 이리 얼빠지게 하나."

"가만있어봐. 니 아들 만날 때가 가까와왔어."

조선족 커뮤니티의 채팅 사이트가 자꾸 다운됐다. 구렁이는 한번 약속한 일은 반드시 해내지만 할 때마다 뭔가 어설펐다. 정문환은 한국에 온 직후 구렁이가 보내준 위명 여권과 가짜 주민등록증을 떠올렸다. 보따리장수가 전화기 밑에 숨겨 들어온 위명 여권에는 별문제가 없었다. 여권의 주인은 자신보다 두 살 많은 요령성 사람이었고 산업연수생 비자를 받았다. 가짜 사진

30

위의 직인 자국까지 살린 솜씨가 그럴듯했다. 문제는 주민등록증이었다. 자신의 주소가 전남 '연안군'으로 되어 있고 발행인이 '연안구청장'이었다. 위조 솜씨만 믿고 여기저기 들이밀었다간 큰일을 치를 뻔했다. 연길에서 이런 물건을 만들려면 한국돈으로 3백만 원 이상 들여야 한다는 걸 알고 있었지만, 정문환은 구렁이의 치밀하지 못한 일처리가 아쉬웠다.

"야야, 됐다, 됐다."

구렁이가 채팅방에 대기하고 있던 아들의 ID를 클릭했다. 웹캠의 손바닥만 한 화면이 튀어나왔다. 생각보다 어두웠다. 어둠속에 까까머리를 한 소년의 얼굴과 주름이 자글자글한 노모의 얼굴이 나타났다. 소년이 물었다.

"아버지 맞슴까?"

"그래, 철우야."

입안이 말랐다. 정문환은 할 말을 찾지 못했다. 12년 전, 40도 가까운 고열에 시달리며 병실에 누워 입만 달싹이던 아기가 초중을 다니는 소년이 되었다. 정문환은 소년의 마른 얼굴에서 자신과 아내의 흔적을 찾아냈고, 그가 감당해야 했던 모진 세월의 결실을 보았다. 아들이 큰절을 올렸다. 아들의 움직임이 뚝뚝 끊기며 슬로모션으로 보였다. 정문환은 갑자기 자신이 젊지 않다는 사실을 느꼈다. 저 먼 대륙의 북방에 있는 아들이 자신의 배출되지 못한 젊음을 전산망을 통해 허겁지겁 빨아 먹고 있는 것 같았다. 절을 마친 아들이 물었다.

"중국에 언제 오심까?"

"그럴 기회가 종시 차례지질 않는구나. 할매는 괜찮으신가?"

"예, 할매도 저도 일없슴다."

"공부는 잘되나?"

"그저 열심히 함다."

"열심히 하라. 요즘은 조선 사람 중에서도 교수도 나오고 변호사도 나온단데."

한국에서 번 돈의 대부분을 아들에게 보냈다. 한국에 온 직후에는 아내의 목소리와 아들의 옹알이를 듣기 위해 전화도 자주했다. 지금이야 만 원이면 다섯 시간도 넘게 통화할 수 있지만 그때는 만 원에 15분도 되지 않았다. 정문환은 그 15분의 향수를 느끼기 위해 밤중에 공중전화 부스에 줄을 서서 통화를 기다렸다. 한 달에 120만 원을 벌던 때 전화비로만 43만 원을 쓴 적도 있다. 전화 요금 고지서를 받은 날부터 이를 악물고 전화비를 아꼈다. 덕분에 아내가 사라졌다는 사실도 6개월 뒤에야 알았다.

"밥은 먹었지?"

"만두 먹었슴다. 아버지는요?"

"나두 잘 먹구 산다."

예전에는 명절 때면 친척들이 다 모여 중국식으로 만두를 빚어 먹었다. 돈이 없어 추석에도 월병을 먹지 못했다. 푼돈이라도 생기면 폭죽을 사서 길바닥에 터뜨리며 좋아라 웃었다. 아들의 명절은 어떨까. 어머니도 아버지도 없고, 동북 3성에 조선족의 씨가 마르는 요즈음도 아들은 친구들과 폭죽을 터뜨리며 놀 수 있을까. 정문환은 묻지 않았다. 외로움은 캐물을수록 커진다.

"이야, 그래 딴딴한 정문환이가 련인이라두 만난 듯이 얼굴이 지지벌개났어. 사진을 찍어주었으면 희한하겠다. 자식이 좋긴 좋구나야."

채팅을 마친 뒤 구렁이가 이죽거렸다.

"시끄럽다."

정문환은 벽에 등을 기대고 한숨을 쉬었다. 구렁이가 냉장고에서 소주와 냄비를 꺼냈다.

"이런 날에는 술 한잔 굽내야지 않갔어?"

정문환은 구렁이가 밥공기에 따르는 맑은 액체를 노려보았다. 식어버린 김치찌개가 상 위에 놓였다.

"소주에는 김치찌개가 별맛이라."

한국에 와서 6개월 동안 밥을 제대로 먹지 못했다. 한국 음식은 밥만 빼고 전부 설탕을 치는 것 같았다. 김치마저 달았다. 밥을 억지로 먹고 나면 소화가 안 되고 자주 설사를 쏟았다. 공사판에서 만난 연길 사람은 연길 흙을 얻어다 뜨거운 물을 붓고 흙이 가라앉으면 물만 떠서 마셨더니 속이 편해졌다고 했다. 한국 음식에 비하면 돼지비계가 둥둥 뜬 용정의 장물이 훨씬 나았다.

술도 마찬가지였다. 알코올 도수 40도가 넘는 중국 독주에 익숙한 조선 사람들에게 소주는 맹물에 가까웠다. 아주 달콤하고 약삭빠른 술이었다. 정문환은 소주가 범죄자의 술이라고 생각했다. 마시면 식도를 확확 달구는 중국술과 달리, 소주는 얼마를 마셨는지 모르게 살금살금 젖어들어 조선 사람의 가슴에 잠복해 있던 열등감과 분노를 끌어냈다. 조선족이 술만 마시면 싸움을 벌이는 것도, 그 싸움 끝에 늘 식칼이나 깨진 병이 나오는 것도 모두 소주 때문이라고 정문환은 생각했다. 그러나 오늘만큼은 정문환도 소주를 들지 않을 수 없었다.

"천천히 마시라. 술도 잘 못 마시는 새끼가."

"소주는 괜찮아."

"근데 니 뭘 해 먹고살래?"

"현장 일 뛰어야지 뭐."

"아는 오야지 소개해줄까?"

"됐다. 내 알아서 한다."

"참 내가 더 답답해지단데."

정문환은 구렁이의 연줄을 이용하는 것이 불안했다. 공장에 낯선 사내가 찾아온 뒤로 누군가 자신의 인생에 끼어들려 한다는 예감이 강해졌다. 조선족과의 인연을 넓힐수록 그 누군가 자신을 찾을 확률도 높아질 것이다. 혼자 살아야 한다. 정문환은 직업소개소 앞에서 본 꽃게잡이 선원 구인 광고를 떠올렸지만, 밀항 때의 그 독한 멀미를 생각하며 고개를 저었다.

"구렁아, 니는 언제까지 그리 살래?"

정문환이 물었다. 구렁이가 일한다는 식당이 어떤 곳인지 정문환은 알고 있었다. 가리봉동 조선족 타운에 하루만 있으면 시장 입구와 골목 어귀에서 두런두런 들려오는 각종 소문에 익숙해진다. 돈의 힘으로 한국에 귀화한 송 씨는 식당 골방에 마작방을 운영했다. 가게를 둘러보면 주인이 주방의 벨을 눌러야 열리는 작은 문이 화장실 옆에 있다. 그 안의 골방에서 마작 한 테이블당 오후에 10만 원, 저녁 6시가 넘으면 또 10만 원을 받으니 꽤 쏠쏠한 돈이 개장자의 수중에 들어왔다. 송 씨는 국적을 취득해 적발돼도 쫓겨날 걱정이 없는 젊은 것들 몇 명을 마작방 관리자로 붙여놓았다. 불법체류자들이 그 젊은 것들의 수족 노릇을 하며 구전을 뜯어먹었다.

"언제까지 깡패 짓 해? 여기가 용정인가?"

"내가 뭘?"

"인제 나이도 들 만치 들었고, 사지가 펀펀한 새끼가 제 뼈를 놀려 벌어먹을 생각은 않고 마작방이 뭐야? 니 그러다 쫓겨난다."

"무슨 상관이 그리 많아? 놔버려둬."

정문환과 구렁이는 점심을 거르고 계속 소주를 마셨다. 명절의 한낮이 기울었다. 방 한가운데를 차지한 TV에서 외국인 노래자랑 프로그램이 시작됐다. 베트남, 태국, 일본, 중국, 아시아 각국의 노동자들이 출연했지만 조선족은 없었다. TV를 멍하니 보던 구렁이가 갑자기 무릎을 쳤다.

"아이쿠야, 내가 일전에 무서운 소문을 들었다. 그 얘기 듣는데 무시로 식은땀이 흘렀댔어."

"뭔데?"

구렁이가 목소리를 낮춰 속삭였다.

"그…… 황태복이랑 졸개들이 대림동에 나타났다드라. 누가 어망간에 봤다든데."

정문환은 술잔을 내려놓고 바닥에 드러누웠다. 구렁이가 혀를 차며 말했다.

"니를 노리든지 어쩌든지 조심하랑이."

"니도."

정문환을 며칠 동안 들볶았던 불길함이 얼굴을 드러냈다. 황태복이었다. 째진 눈 옆에 한 뼘의 흉터가 있고 칼부림이 난무하는 동안에도 표정의 변화가 없던 얼굴이었다.

스무 살의 정문환은 용정의 건달이었다. 개혁 개방 이후 사람들은 돈과의 전쟁을 벌였다. 정문환은 논밭이나 공장에서 하루 종일 몸부림을 쳐도 먹고살기 힘든 자신의 운명에 범죄라는 샛길을 뚫었다. 고중을 때려치우고 이소룡이 우상이었던 친구들과 함께 조직을 건설했다.

정문환의 친구 진우룡의 이름을 딴 우룡파는 길림 일대 큰 조직들의 잔심부름꾼이었다. 큰 조직을 대신해 가게 자릿세를 뜯어내고 떼인 돈을 받아주거나 한국 밀입국을 주선하는 브로커들의 의뢰를 받고 주먹을 휘둘렀다. 용정과 연길을 지배하던 해란파는 물론 멀리 심양의 왕청파도 힘쓸 일이 있으면 그들을 불렀다. 우룡파는 조선족 폭력 조직의 굵직굵직한 인물들에게 꼬리를 치며 유흥비를 구걸하는 쓰레기였다. 정문환은 해 질 녘부터 용정 시가지를 돌아다니며 수금을 했다. 〈장군의 아들〉을 본 뒤로는 중절모를 쓰고 건들거렸다.

스물세 살 때 정문환은 친구이자 두목인 진우룡과 다투었다.

돈 되는 일이면 물불 안 가리고 뛰어드는 진우룡의 방식에 진력이 난 때였다. 그해 여름에 큰손으로 소문난 도박꾼 하나가 말안 듣는 축구 선수를 손봐달라고 부탁했다. 그 선수는 정문환의 먼 친척이었다. 정문환은 일을 공농촌의 뱀파에 넘기자고 말했지만 진우룡은 해란파 부두목 장상호의 말을 거역할 수 없다며 고집을 부렸다. 결국 우룡파는 한밤중 해란강가에서 아이를 곤죽이 되도록 두들겨 팼다. 그 자리에 정문환도 얼굴을 숨기고 서 있었다. 마지막에 진우룡은 나이프를 꺼내어 아이의 발목 인대를 끊어버렸다. 축구 선수가 되기 위해 아이가 얼마나 노력했는지 잘 아는 정문환은 아이의 비명을 들으며 가슴속의 무언가가 쿵 떨어지는 느낌을 받았다. 그날부터 정문환은 흔들렸다.

그해 가을, 진우룡이 술집에서 싸움을 벌이다가 칼에 찔려 죽었다. 가해자는 북경의 무역 회사 사장이었다. 우룡파는 복수를 다짐했지만, 가해자가 해란파의 비호를 받고 있다는 사실을 알고 그만두었다. 호랑이라도 잡아 올 것처럼 들고일어나더니 해란파의 한마디에 주저앉은 동료들을 보며 정문환은 건달 생활을 청산하기로 결심했다.

정문환은 스물네 살부터 용정 건축 회사에서 일했다. 회칠이든 벽돌쌓기든 시키면 시키는 대로 일했다. 그해에 친척의 중매로 결혼도 했다. 용정 시골 마을인 조양천에 살던 아내는 형편 때문에 면사포도 쓰지 못하고 결혼사진도 찍지 못했다. 이듬해에 아들이 태어났고 회사가 문을 닫았다. 정문환 부부는 갓난아들을 노모 집에 맡기고 용정 서시장에서 콩나물과 두부와 명태를 팔았다. 산후조리를 제대로 못 한 아내가 명태를 두드리며 허리가 아프다고 울었다. 아내의 손가락은 부르트고 갈라져서 피가 맺혔다. 정문환은 빚만 안 지고 살 수 있으면 행복한 인생이라고 생각했다. 두부 장사에 이어 담배를 말려 팔았고, 때때로 삼륜차 운전도 했다.

정문환이 스물여섯이 되던 2000년 여름, 돌 지난 아들이 아팠다. 뇌수막염의 일종이었는데 초기에 손을 쓰지 못해 치료가 어려웠다. 병원 치료비가 중국 돈으로 40원이 넘었다. 한 달 꼬박 일해야 간신히 오륙십 원 벌던 정문환에겐 치명타였다. 북경이든 상해든 지옥 어디든 가서 돈을 벌겠다고 마음먹었을 때 구렁이가 찾아왔다. 북경에서 한국인 사장을 손보는 일이 있는데 도와주면 인민폐 5천 원을 주겠다고 구렁이는 말했다. 죽이는 건 아니고 겁만 주는 쉬운 일이라고 했다. 정문환은 주저 없이 고개를 끄덕였다.

한국인 사장들이 돈을 짊어지고 북경으로 몰려오던 때였다. 북경 왕징 거리의 호텔과 가라오케 주변은 한국인 취객과 치파오를 입은 샤오제(아가씨)로 넘쳐났다. 조선족 범죄 조직에겐 그곳이 고기가 득실대는 양어장이었다. 연변파와 흑룡강파가 동북 3성의 건달들을 빨아들이며 앞다투어 납치와 강도를 저질렀다.

이번 납치 건은 연변파가 구렁이에게 의뢰한 일이었다. 한국에 있는 사채업자가 북경에 간 건설사 사장을 납치해 돈을 받아달라고 연변파에게 부탁했다. 구렁이는 자신에게 리더를 맡을 능력이 없다는 걸 알고 정문환을 끌어들였다. 왜 이런 일에 연변파가 직접 나서지 않고 어수룩한 용정 건달들을 불렀는지 정문환은 의아했다. 연변파에 대한 소문이 너무 퍼져서 몸을 사리나 보다 하고 넘어갔던 그 한순간의 방심이 정문환의 인생을 바꿔놓았다.

옛 우룡파 다섯 명이 북경행 기차를 탔다. 다음 날 오후 사장을 가둬둘 지하실에 모여 작전을 짰고 그날 밤 바로 왕징 거리의 이스턴 가라오케로 갔다. 일은 순조로워 보였다. 사전 계획대로 가라오케 아가씨가 발가벗고 노는 신흥 주점이 있다고 사장을 꾀어 데리고 나왔다. 정문환과 구렁이는 사장의 친구 두 명을 발로 차 넘어뜨리고 사장을 대기해둔 봉고차에 밀어 넣었다. 순식간의 일이었다.

봉고차는 대로를 돌아 연변파가 관리하는 마사지 숍이 있는 허름한 상가 건물로 들어갔다. 구렁이가 고함치는 사장의 목울대를 쳐 잠잠하게 만들었다. 정문환은 지하실 의자에 사장을 묶어놓고 동료들과 빙천 맥주에 개구리 다리 볶음을 먹었다. 구렁이는 마사지 숍으로 올라가 전화로 연변파에게 상황을 보고했다. 연변파는 사장이 서울로 전화해 돈을 내놓도록 겁만 주라고 말했다. 하루 이틀이면 마무리될 거라고 했다.

정문환은 사장의 눈을 노려보며 개구리 다리를 씹었다. 사장의 눈은 동공의 색이 연했고, 술기운 때문인지 흰자가 충혈돼 있었다. 정문환은 접시를 치우고 사장의 바지에 휘발유를 뿌렸다. 사장은 미동도 하지 않았다. 개구리 뒷다리 같은 신세가 되

기 전에 한국으로 전화해 송금을 지시하라고 구렁이가 으르렁
댔다. 사장은 입을 다물고 뭔가를 고민했다. 구렁이가 사장의
다문 입술을 주먹으로 후려쳤다. 사장의 목이 젖혀지고 입에서
침과 피가 튀던 순간, 시간이 휘어져 모든 것이 슬로모션으로
보이는 것 같던 그 순간, 지하실 문이 부서지고 황태복의 얼굴
이 나타났다.

황태복은 작은 나이프 하나만 들고 있었다. 그 뒤의 부하 일
곱 명은 도끼와 식칼을 들고 있었다. 부하들의 곰 같은 덩치와
도끼보다 황태복의 날렵한 나이프가 정문환은 더 끔찍했다. 황
태복은 유명한 칼잡이였다. 졸개 몇 명을 데리고 연변 일대에서
해결사 노릇을 할 때 그는 건달들의 경외와 멸시를 동시에 받았
다. 어떤 건달도 그와 가까이하려 하지 않은 이유는, 그가 맹목
적이기 때문이었다. 그는 한계를 몰랐다. 그는 목표를 달성하기
위해서라면 어떤 인간적 감정에도 방해받지 않고 칼질을 할 수
있었다.

한동안 소식이 없던 황태복이 왜 하필 북경의 이 빌어먹을 지
하실에 나타났는지 정문환은 알 수 없었다. 지하실의 백열등이
황태복의 눈가에 있는 흉터에 짙은 음영을 그렸다. 그가 웃자
흉터에 고여 있던 어둠이 함께 꿈틀댔다. 이 사장님은 흑룡강파
의 보호를 받고 있으니 그냥 풀어주고 너희는 아쉬운 대로 칼침
한 방씩 맞고 가라고 황태복이 말했을 때, 정문환은 사태의 진
실을 깨달았다.

황태복은 흑룡강파의 하수인이었다. 연변파는 사장이 흑룡

강파와 관계가 있다는 사실을 알고, 직접 나서는 대신 용정의 어수룩한 젊은 것들을 고용했다. 전쟁을 일으키기 싫었던 것이다. 연변파는 사고가 터지면 물정 모르는 것들이 함부로 벌인 일이라고 발뺌할 생각이었다. 그 모략의 줄다리기에 멍청한 구렁이가 끼어들었다.

정문환은 휘발유 통을 발로 차 쓰러뜨렸다. 지하실에 휘발유의 증기가 퍼졌다. 정문환은 라이터를 켜고 사장을 방패로 삼아 전진했다. 황태복과 졸개들이 웃으며 슬금슬금 물러섰다. 황태복에게 이따위 협박이 먹혀들지 않는다는 것을 정문환은 알았다. 황태복을 상대하려면 협박이 아니라 진짜로 일을 벌여야 했다. 정문환은 바닥에 라이터를 던지며 소리쳤다. 콰이 토우!(빨리 도망가!)

정문환은 다리에 불이 붙은 사장이 비명을 지르며 황태복에게 달려드는 것을 보았다. 지하실에 섬광과 열기가 폭발하는 것도 느꼈다. 정문환과 동료들은 사장 때문에 흐트러진 대오를 뚫고 상가 밖으로 달려 나갔다. 뒤를 돌아보니 검은 연기와 함께 황태복의 졸개들이 뛰어나오고 있었다. 북경의 건조한 밤공기가 땀에 전 목덜미를 핥았다. 동료들은 각자 흩어져 주택가 골목으로 숨어들었다.

앞서 달리던 구렁이의 등판으로 도끼를 든 검은 형체가 돌진했다. 상가 밖을 지키던 황태복의 졸개 중 한 명이었다. 정문환은 뒤춤에서 칼을 꺼내 검은 형체의 옆구리를 찔렀다. 목표물을 놓친 사내의 도끼가 허공에서 쉭 소리를 냈다. 정문환은 사내와 뒤엉켜 쓰러졌다. 사내가 누운 채로 도끼를 들었다. 정문환은 그의 목에 나이프를 박았다.

그날 밤 정문환과 구렁이는 계속 달렸다. 지나온 곳이 어디며 가야 할 곳이 어디인지 알지 못한 채 무조건 달렸다. 동이 터올 때쯤 정문환과 구렁이는 어느 집의 대문에 앉아 숨을 돌렸다. 구렁이가 고맙다고 말했다. 정문환은 담배를 꺼냈지만 라이터가 없다는 걸 알고 찢어버렸다. 황태복이 졸개가 죽는 모습을 봤을 거라고 구렁이가 말했다. 정문환은 외통수에 걸렸다. 그대로 중국에 있다가는 졸개를 잃은 황태복이나 자존심을 다친 흑룡강파가 그를 죽일 것이었다. 연변파도 그를 잡아 희생양으로 내놓기 위해 쫓아다닐 것이다. 한국인 납치 사건에 신경이 곤두선 공안도 무시할 수 없었다.

정문환은 손에 묻은 피를 보았다. 그것은 땀과 섞여 끈적끈적한 검은 찌꺼기로 변해가고 있었다. 보호자를 찾아야 한다고 구렁이가 말했다. 그런 게 어드메 있나? 정문환은 마른기침을 뱉어내며 웃었다. 구렁이는 정문환을 북경의 친구 집에 숨겨놓고 보호자를 구하기 위해 사방팔방 뛰어다녔다. 심양의 왕청파가 나섰다. 용정에서 형님처럼 모시던 왕청파 부두목 장상호가 한국으로 밀항시켜주겠다고 했다. 의리 때문이 아니었다. 북경에서 연변파와 흑룡강파가 득세하는 걸 못마땅해하던 왕청파가 이 사건을 빌미로 북경 장사에 개입하려는 것을 알았지만, 정문환은 그 구명줄이라도 잡을 수밖에 없었다.

정문환은 대련 동항에서 50톤급 어선을 탔다. 왕청파와 인연이 있는 밀입국 조직의 서터우(두목)가 그를 무료로 태워주었다. 배에 오르기 전 구렁이가 한국 돈 50만 원이 든 봉투를 건넸다. 정문환은 가족이 있는 북방의 하늘을 보며 담배를 피웠다. 가족을 철저히 지켜주겠다고 구렁이가 맹세했다. 북경이라면 몰라도 용정에서 황태복이 가족을 해칠 수는 없을 거라고 했다. 자고 나면 신흥 조직이 하나둘씩 생겨 의리도 규율도 없이 난도질을 벌이는 북경과 달리, 지역 주먹들이 촘촘히 연계돼 있는 용정에서라면 황태복도 무리하지 않을 거라는 생각이 들었다. 그리고 항상 일은 어설프지만 약속은 지키는 구렁이가 가족 곁에 있어줄 거라고 믿었다. 정문환은 앞으로 영원히 노모와 아내와 아들을 볼 수 없을 거라는 확실한 예감을 느꼈다. 너는? 정문환이 물었다. 황태복에게 손가락 몇 개쯤 내줄 각오는 돼 있다고 구렁이가 말했다.

고물 뒤에서 대련항의 얌전한 파도가 일렁였다. 정문환은 조타실 밑에 있는 창고로 들어갔다. 창고 바닥에 밀항자들을 위한 작은 문이 있었다. 선장의 지시대로 정문환은 그 문을 열고 삐걱거리는 계단을 내려갔다. 네댓 평 정도 되는 방에 밀입국자 10여 명이 무릎을 다닥다닥 붙이고 앉아 있었다. 때에 절고 마른 얼굴들이 일제히 정문환을 올려다보았다. 정문환은 보따리를 든 아주머니 옆에 앉았다. 보따리에서 한약재 냄새가 흘러나왔다. 문이 쾅 닫히고 누군가 못을 박는 듯 뚝딱거리는 소리가 들려왔다. 그다음은 어둠이었다.

정문환은 그때의 기억만 더듬으면 사방이 암전되고 속이 울렁거렸다. 어둠뿐이었다. 다리를 펼 수도 없었다. 어둠 속에서 밀입국자의 어깨와 무릎이 수시로 날아와 정문환을 가격했다. 30여 시간 동안 화장실에 가는 걸 막기 위해 물도 내려주지 않았다. 정문환은 구렁이가 준 사탕을 빨아 먹으며 버텼다.

큰 바다로 나가자 바닥이 45도 이상 기우뚱거렸다. 사람들은 비닐봉지에 먹은 것을 토하고 배가 심하게 흔들리면 토사물을 옆 사람의 무릎에 흘렸다. 참다못해 바지에 오줌을 싸는 사람도 있었다. 비린내와 한약재 냄새로 가득했던 밀실은 곧 토사물 냄새와 지린내로 범벅이 되었다. 정문환은 지금 자신의 바지를 적시는 것이 땀인지 토사물인지 오줌인지 알 수 없었다.

물 좀 줘! 물 좀! 누군가 참지 못하고 문을 두드렸다. 티마디! 다른 누군가 물을 외치는 남자를 향해 중국어로 욕을 했다. 조용히 하라우! 밀실의 공기는 지독하게 덥고 끈적끈적했다. 이러다가 옆자리의 아주머니와 피부가 들러붙어버리는 게 아닌가 걱정됐다. 열두 시간이 지나자 밀입국자들의 의식은 현실도 환상도 아닌 경계 어딘가로 둥둥 떠올랐다. 머리 위 끈적대는 어둠 속으로 뇌가 용해되는 것 같았다.

한중 경계 수역에서 빠지직 소리를 내며 문이 열렸다. 달콤하고 시원한 공기가 밀실로 흘러들었다. 밀입국자들은 그제야 땀과 토사물에 젖은 서로의 몰골을 확인했다. 한족 선장이 연신 고함을 지르며 밀입국자들을 J해운 깃발이 펄럭이는 대형 어선으로 옮겼다. 그 배의 창고에는 여러 어선에서 올라탄 것으로 보이는 밀입국자 백여 명이 모여 있었다. 좁기는 마찬가지였으나 흔들림이 덜했고 물도 있었다. 배에서 열흘을 보내고 서해안의 항구에 도착했다. 배에서 내리자마자 포장을 친 트럭 짐칸에 실려 대전의 한 지하 방에 갇혔기 때문에 정문환은 그 항구의 이름을 알 수 없었다.

한국인 브로커가 통장에 돈이 입금되는 걸 확인하면 풀어주겠다고 밀입국자들에게 말했다. 밀입국자들은 배에 타기 전에 조선족 브로커에게 인민폐 6만 원이 든 통장을 맡겼고, 한국에 도착한 후에 비밀번호를 가르쳐주기로 약속했다. 브로커는 정문환을 따로 불러 나가라고 등을 떠밀었다. 서울이 여기서 가찹습까? 정문환이 물었다. 브로커가 대답했다. 몰라, 니 알아서 하세요. 지하 방을 나와 골목을 나서자 대전이라는 이름을 가진 남쪽 도시의 여름 햇살이 정문환을 난자했다.

정문환은 서울역에 도착했다. 역전 지하상가와 보도블록에 조선족 아주머니들이 줄지어 앉아서 우황청심환이나 중국산 홍삼을 팔고 있었다. 그들 건너편에 노숙자들이 지린내를 풍기며 소주를 마셨다. 정문환은 낮익으면서도 낯선 풍경이라고 생각했다. 구렁이의 지인이 있다는 독산동으로 가기 위해 역을 나섰지만 곧 방향감각을 잃었다.

색색의 간판들이 머리 위를 지나갔다. 영어로 도배돼 있거나 한글로 적혀 있어도 뜻을 알 수 없는 것들뿐이었다. 머리를 노랗게 물들이거나 여자처럼 길게 기른 남자들이 굳은 표정으로 어깨를 부딪치며 걸어갔다. 중국과 반대로 좌측통행이 원칙인 한국에선 횡단보도를 건널 때나 계단을 오르내릴 때마다 수많은 어깨들이 정문환을 부딪쳐왔다. 정문환이 중국의 습관을 완전히 버릴 때까지 어깨들은 타격을 멈추지 않았다. 정문환은 가슴을 면도칼로 저미는 듯한 통증을 느꼈다. 12년의 세월이 흘러도 그 통증은 가시지 않았다.

2012년 10월 5일 새벽 4시, 남구로역 5번 출구 앞은 사내들로 가득했다. 아직 어둠이 짙었지만 인력사무소 건물마다 불이 켜져 있었다. 대기가 차고 건조했다. 어깨를 움츠린 채 연변 말로 떠드는 사내들의 입에서 김이 나왔다. 정문환은 낡은 야상을 입고 어제 가리봉시장에서 5만 원을 주고 산 안전화를 신었다. 12년 전 처음 막노동을 시작할 때 운동화를 신고 나갔다가 오야지에게 지청구를 들은 적이 있었다. 현장에서 일할 땐 안전화는 물론이고 못주머니나 망치처럼 간단한 공구들도 직접 구입해야 한다는 것을 그때 처음 알았다. 현장에선 스스로 완전무장을 해야 한다.

5번 출구 뒤쪽에서 하나은행을 마주 보고 있는 월드인력사무소 앞에도 발 디딜 틈이 없었다. 안면이 익은 사내들이 많았지만 정문환은 말을 섞지 않았다. 혼자 살아야 했다. 현장 일을 해서 돈이 모이면 바로 서울 바닥을 뜰 생각이었다. 광주든 부산이든 어디든, 정문환의 본능이 대림동 유흥가를 돌아다닌다는 황태복에게서 최대한 멀리 떨어진 곳으로 가라고 명령했다.

정문환은 새벽 3시에 인력사무소에 등록하고 한 시간째 기다렸다. 그동안 많은 사람이 불려 나가고 또 그만큼의 인원이 들어와 골목을 메웠다. 정문환은 이삿짐센터로 가고 싶었다. 건축 현장은 콘크리트 구조물의 빈 공간마다 들어차 있는 어둠이 싫었다. 인력사무소 건너편 하나은행 앞에서 누군가 싸움을 벌이는 듯 소란이 일었다. 정문환은 담배를 꺼내 불을 붙였다.

"어이, 정문환이. 이거 얼마 만인가?"

정문환은 라이터를 켠 채 뒤를 돌아봤다. 라이터 불빛에 황태복의 흉터가 일렁였다. 황태복은 12년 전 정문환이 라이터를 들고 달려들 때의 얼굴과 표정 그대로, 기이하게 늙지 않았다. 정문환은 불사신을 만난 것 같았다.

"야, 내가 얼마나 찾았다고. 한국에 왔는데 헛방 치고 갈 순 없지 않았어? 널 보니까 코허리가 시큰해난다야."

황태복이 웃었다. 눈가의 흉터가 꿈틀거렸다. 황태복 뒤에 낯선 사내 두 명이 시시덕거리고 있었다. 정문환은 중얼거렸다.

"내를 놔두라."

"그럴 수 있나. 내가 베이징에서 좀 뜨르르하게 다니었나? 근데 니놈 때문에 어망간에 일을 떼웠어. 아무도 일을 안 줘. 사는 게 그리도 희한하드라."

황태복이 정문환의 귓가에 속삭였다.

"니놈 사등뼈를 오독오독 씹어 먹고 싶더랬어."

"꺼지라. 한국에서 사고 치면 둘 다 쫓겨난당이."

황태복 뒤에 서 있던 사내 하나가 정문환의 멱살을 쥐었다. 한국 억양이었다.

"근데 이 새끼가 따박따박 말대꾸야?"

정문환은 사내의 목울대를 잡고 손가락에 힘을 주었다. 사내의 목에서 헉 하는 소리가 났다. 사내는 목을 빼려 했지만 정문환의 손가락 힘에 붙들렸다. 사내의 얼굴이 벌겋게 달아오르며 부풀었다. 황태복이 말했다.

"별스럽게 떼질을 쓰는구나. 칼 맛이 보고 싶나?"

정문환은 사내의 목에서 손을 떼지 않고 말했다.

"어데서 칼을 들고 날쳐? 사람이 이리 많은데."

"니를 금시 각을 떠도 시원찮지만 이번엔 일이 있어 왔다. 누가 니를 좀 보잔다. 그 손 놓으라."

"무슨 작간이야?"

"저 우에 누가 좀 보잔다. 니나 나 같은 죄범이고 보면 인생행로가 시종이 어렵당이. 좋은 기회를 줄 때 뜨직해하지 말고 고분고분 따르라."

"식당 주인이 해결사라도 찾는가? 날 건달로 껴줄라고?"

"아니, 그 우에. 우에 우에 아주 높은 사람이."

"싫다."

황태복의 표정이 굳었다. 입가에 웃음이 사라지고 양미간이 좁아졌다. 닫혀 있던 창이 열린 것처럼 눈에서 광기가 쏟아졌다. 굶주린 포식자의 눈이었다. 정문환은 그 눈을 보고 황태복이 자신을 간절히 죽이고 싶어 한다는 사실을 깨달았다. 그렇게 굶주렸는데도 왜 당장 끌고 가지 않고 이따위 사설이나 주고받는지 의아했다.

"이만하면 공대만은 떨떨이 아이했는데…… 기어이 죽고 싶은가?"

남구로역 5번 출구에서 가리봉교회 어깨띠를 맨 교인 두 명이 종이컵과 보온병을 들고 인력사무소 앞으로 다가왔다. 그들이 나눠주는 종이컵에서 김이 모락모락 피어올랐다. 정문환은 남자의 목을 놓았다. 남자가 숨을 몰아쉬며 보도블록에 주저앉았다. 정문환이 말했다.

"지난 일은 미안했습데. 인차 담화를 해볼까?"

황태복이 웃었다. 아까처럼 자연스러운 위장은 아니었다. 황태복은 표정이 굳은 채로 입술만 간신히 움직여 살의를 덮었다. 누가 황태복을 저토록 참게 하는가. 얼마나 대단한 사람인가. 정문환은 커피 잔을 들고 다가오는 교인들을 바라보았다. 정수리가 벗겨진 교인이 고개를 숙이고 보온병과 커피 잔을 내밀었다.

"고생들 많으신데 커피 한잔 하세요."

정문환은 교인의 허연 정수리가 다가오는 순간 종이컵을 쳤다. 종이컵이 허공으로 날아오르며 뜨거운 커피를 황태복과 졸개들에게 쏟았다. 황태복이 물러섰다. 정문환은 가을 점퍼와 야상을 입은 어깨들의 숲을 헤치며 가리봉 대로로 나와 아파트형 공장이 늘어서 있는 가산디지털단지를 향해 계속 달렸다. 황태복은 쫓아오지 않았다. 그가 정문환의 등을 향해 던진 마지막 말이 또 의문을 불러일으켰다.

"제가 어드메 도망을 뺄 데가 있는가? 종시 보게 돼."

정문환은 날이 밝을 때까지 가산디지털단지를 서성였다. 대

룡포스트타워의 웅장한 통유리 외벽을 지나 디지털단지역까지 갔고, 거기서 길을 되짚어 단지 뒤편의 공장촌으로 내려갔다. 공장 담벼락에 기대 쉬다가 날이 밝자 다시 가리봉동 쪽방촌으로 올라갔다. 꼭 필요한 짐만 챙겨 독산동이나 건대 앞이나 신길동 쪽으로 갈 생각이었다. 정문환은 12년 전 그날처럼 외통수에 걸렸다고 느꼈다.

가리봉 쪽방에는 이른 아침인데도 구렁이가 보이지 않았다. 구렁이는 하루 종일 빈둥거리다가 저녁이 되어서야 식당의 마작방에 가곤 했다. 옷가지를 챙기던 정문환은 불길한 생각이 들어 손을 멈췄다. 정문환의 인생에서 이런 불길한 예감은 단 한 번도 빗나간 적이 없다. 구렁이는 어디 있는가. 그 예감에 화답이라도 하듯 휴대폰이 진동했다. 황태복이었다.

"구렁이 찾나? 구렁인 여기 있지."

"뭘 원하나?"

"내일 10시에 신대방역 3번 출구로 나오라우."

"내를 그리도 죽이고 싶은가?"

"안 죽인데두나. 니가 만나야 할 분이 있어. 그분 말만 잘 들으면 내 부하 죽인 값은 눅게 쳐줄게."

정문환은 전화를 끊고 방 안에 누웠다. 누군가 그를 찾고 있다. 누군가 정문환을 공장에서 내쫓고 모든 퇴로를 차단하며 숨통을 조이고 있다. 가야 한다고 정문환은 생각했다. 인생에는 의도나 결과를 따지지 않고 반드시 따라야 할 명령이 있다. 언제부터 잘못되었는지는 모른다. 한국으로 밀항할 때부터이거나, 아니면 북경에서 그 빌어먹을 사장 놈을 납치할 때부터이 거나, 아니면 아이가 아플 때부터이거나, 아니면 용정에서 건달 짓을 시작할 때부터이거나, 아니면 태어날 때부터일지도 모른 다. 어쨌든 가야 한다.

정문환은 자신이 한국에서 불법체류자로 사는 12년 동안 탈 진 상태에 이르러 곧 폭발해버릴 지경이라는 것을 알았다. 형사 들을 피해 공장과 공사판을 왕복하는 영원의 시간을 견딜 자신 은 없었다. 정문환은 눈을 감았다. 그 누군가 이끄는 곳은 아마 도 함정이거나 벼랑 끝일 테지만, 어쩌면 이 유폐로부터 벗어나 는 황금색 다리일지도 모른다고 생각했다.

2012년 10월 6일 정문환은 신대방역 3번 출구에 도착했다. 화창한 날이었다. 개찰구를 나와 계단을 내려가자 가을볕이 쏟 아졌다. 계단 밑에는 굴다리와 청과물을 파는 가게들이 있었다. 정문환은 굴다리의 그늘 속으로 들어가 가을 햇살을 피했다. 머 리를 짧게 깎고 호리호리한 검은색 양복을 입은 30대 초반의 사 내 두 명이 다가왔다. 쌍둥이처럼 인상이 비슷했다. 그들이 걸 을 때마다 양복과 와이셔츠 밑에서 움직이는 단단한 근육이 느 껴졌다. 형사도 깡패도 아니지만 뭔가 위협적인 냄새를 풍기는 사내들의 정체를 정문환은 짐작할 수 없었다.

"정문환 씨?"

그들은 정문환의 얼굴을 오래전부터 알고 있다는 듯 주위를 살피지 않고 직진으로 다가왔다. 황태복과 졸개들의 모습은 보

이지 않았다. 정문환은 굴다리 건너편으로 도주할 길을 살피며
물었다.

"내 친구도 함께 올 줄 알았소만."

그들은 서로의 얼굴을 마주 보았다. 한 명이 고개를 끄덕였다.

"아, 친구…… 안전한 데 있습니다."

한국 억양이었다. 그들은 황태복과는 다른 라인으로 그 누군
가와 연결돼 있는 것 같았다.

"혹시 모르는 거 아이요? 그쪽이 데리고 있다고 아이했소?"

쯧쯧, 사내가 혀를 차며 말했다.

"못 믿겠으면 전화해봐요."

정문환은 휴대폰을 꺼내 구렁이의 번호를 눌렀다. 구렁이의
목소리가 튀어나왔다.

"어, 문환아."

"괘이챘니?"

"일없다. 좀 이따 놔준댔어."

"이따 보자우."

"고마와."

정문환은 사내들을 따라 대림삼거리 쪽으로 걸어갔다. 대로
변에는 인적이 드물었다. 정문환은 앞서 가는 사내들의 움직임
을 관찰했다. 그들은 서 있을 때 짝다리를 짚거나 주머니에 손
을 넣지 않았고, 이동할 때도 무의식적으로 발을 맞춰 걸었다.
군인이나 경찰 출신일 거라고 정문환은 짐작했다.

공원을 지나 5분쯤 내려가자 대로 건너편에 기괴한 아파트가

몇 블록이나 이어져 있었다. 용정의 공장 사택을 확대한 것 같았다. 엘리베이터가 없는 6층 건물들 모두 페인트칠이 떨어져 나가고 외벽에 금이 가고 창이 벌겋게 녹슬어 있었다. 아파트 앞의 보도블록에는 무너져 내리는 건물을 받아내기라도 하듯 철제 구조물이 차양처럼 이어졌다.

사내들과 정문환은 횡단보도를 건너 아파트로 다가갔다. 사내들의 발걸음이 빨라지는 것을 느끼며 정문환은 목적지가 저 아파트일 것이라고 생각했다. 다가갈수록 아파트의 몰골은 처참해졌다. 가을 햇살은 신축 건물인 백양오피스텔 앞에서 멈췄다. 오피스텔을 지나면 '경찰관 특별순찰구역'이라는 알림판과 함께 철제 구조물이 덮고 있는 어둡고 긴 공간이 이어졌다. 그 그늘 속에 아파트 각 동의 현관이 더러운 아가리를 벌리고 있었다.

정문환은 여러 동을 지나쳤다. 1동 도시가스 미터기 위에 '명탐정-사람 찾기, 가정 고민 해결, 떼인 돈 회수'라고 적힌 스티커가 붙어 있었고, 3동 외벽에는 '무엇을 도와드릴까요? 전화한 통이면 됩니다'라는 종이가 붙어 있다. 7동 현관에는 심부름 센터 전단지가 널브러져 있었고, 8동 현관에는 '강남아파트 입주자 대표회의'와 '강남아파트 자치관리사무소'라고 적힌 현판이 붙어 있었다. 현판마저 때에 절어 검은색이었다. 누군가 스프레이로 그린 거대한 코끼리가 9동 외벽에 붙어서 무너져가는 아파트를 지탱하려고 안간힘을 썼다. 형광색 유니폼을 입은 환경미화원 한 명이 정적을 찢으며 지나갔다.

사내들이 13동 현관 앞에서 멈췄다. 바람이 불고 흙먼지가 날렸다. 사내들은 따라오라는 말 한마디 없이 현관의 어둠 속으로 걸어 들어갔다. 아파트 안에도 정적뿐이었다. 계단을 오를 때마다 세 남자의 발소리가 건물을 텅텅 울렸다. 용정의 공장 사택처럼 계단을 중심으로 열댓 평의 아파트가 늘어서 있는 복도식 아파트였다. 사내들과 정문환은 3층으로 올라가 오른쪽에서 두 번째 아파트로 갔다. 아파트 앞에 서 있던 등산복을 입은 청년이 현관문을 열었다. 사내들은 문이 열리자마자 뒤돌아 계단을 내려갔다. 청년이 정문환에게 들어가라고 손짓했다.

거실 한가운데 가죽 소파와 탁자가 놓여 있었다. 싱크대 앞에 있는 작은 냉장고를 제외하면 세간이라고 할 만한 것이 없었다. 소파에 앉아 있던 노인이 정문환을 보고 일어섰다. 갈색 양복 재킷과 미색 면바지를 입은 삐삐 마른 남자였다. 나이를 짐작할 수 없었다. 듬성듬성한 백발과 눈가까지 늘어진 하얀 눈썹은 그의 나이를 70대 이상으로 올려놓았지만, 주름살이 별로 없는 뽀얀 얼굴은 나이를 60대 이하로 끌어내렸다. 젊은이가 노인 분장을 한 느낌이라고 정문환은 생각했다.

"정문환 씨? 앉으슈."

정문환은 노인과 함께 소파에 앉았다. 거실 창문에서 흘러온 햇살이 노인의 광대뼈에 그림자를 그렸다. 그림자 때문에 노인의 각진 얼굴과 째진 눈이 더 매섭게 보였다. 정문환은 조선족 타운 어딘가에서 그의 얼굴을 본 것 같다고 생각했다.

"내 이름은 박정호요. 이 근방에선 모르는 사람이 없지."

"무슨 일을 하심까?"

"뭐, 여행사도 하고 행정사도 하고, 이것저것 해요."

박정호의 말에는 조선족 억양이 남아 있지 않았다.

"아 참, 잠깐만 계슈."

노인이 서둘러 안방으로 들어갔다. 안방 문이 열리는 짧은 순간에 정문환은 의자에 앉아 담배를 피우며 누군가와 대화하는 여자를 보았다. 찰나였지만 파마머리를 길게 늘어뜨린 여자의 얼굴이 근사하다고 생각했다. 단정하고 연약해 보였다. 정문환은 저 여자와 이야기를 나누는 사람이 '그 누군가'일 거라고 짐작했다. 저렇게 안방에 도사리고 앉아 일대에서 유명 인사라는 행정사 사장의 보고를 받는 사람이 싸구려 양아치는 아닐 것이다.

몇 분 만에 노인이 안방에서 나와 냉장고 문을 열었다. 냉장고에는 오렌지 주스 두 병 외에 아무것도 없었다. 살림을 하는 곳도 사무를 보는 곳도 아닌, 누군가의 임시 아지트 같은 곳이라고 정문환은 생각했다. 노인은 오렌지 주스를 종이컵에 따라 정문환 앞에 놓고 앉았다.

"목 좀 축이슈."

정문환은 주스를 단숨에 마셨다.

"아이고, 이거 목이 말랐나 보네. 과일이라도 대접해야 하는데 오늘따라 시킬 애들이 없어서."

"괜찮습니다."

"나는 오래전에 한국 국적을 땄소. 그래도 연변이 그립지. 한국에는 정이 없어. 과일 내오는 것만 봐도 그래, 한국에서는 껍질을 싹싹 깎아갖고 고걸 또 쪼박만 하게 예쁘게 잘라서 내오잖아요? 그러면 정이 없지. 연변처럼 쟁반에 통째로 담아갖고 앉은 자리에서 깎아 먹어야지. 여기선 정차게 살기가 힘들어."

노인의 억양엔 조선말의 흔적이 하나도 남아 있지 않았지만 어휘엔 남아 있었다. 억양을 고치는 건 매우 어렵고 어휘를 고치는 건 쉬운데, 노인의 말은 거꾸로였다. 정문환은 그가 한국말을 영리하게 훈련했다고 생각했다. 조선족 대부분은 한국말 어휘만 익히면 자신이 조선족인지 아무도 모를 거라고 생각하지만 한국인들은 억양으로 단박에 구분해낸다. 노인은 제 살 속에 박힌 억양이라는 낙인을 떼어낸 뒤, 한국 노인들의 단어와 비슷한 어휘들은 그대로 놔두었다.

"박 사장님이라고 불러도 되겠슴까?"

"대림동 가리봉동에서 난 령감으로 통해. 그렇게 불러요."

"네, 령감님."

정문환은 누군가를 사장님이라 부르는 게 싫었다. '사장'은 중국의 '로반'과 뭔가 다른 느낌으로, 한국인의 특권을 상징하는 존칭이었다. 중국에 온 한국인은 죄다 사장으로 불렸다. 한중 수교 후로 한국인들이 돈을 싸 들고 중국에 몰려오던 시절, 연변이나 북경 거리에서 돌을 던지면 십중팔구는 김 사장, 박 사장, 이 사장 머리 위에 떨어졌다.

한국에 와서야 정문환은 사장님이라는 호칭이 가진 냉혹한 권위를 깨달았다. 공사 총경리에게도 할 말은 하는 중국과 달리 한국에선 사장의 말에 토를 달 수 없었다. 사장님 앞에서 한

마디도 못하는 한국인 직원들이 말대답 잘하는 조선족 직원에게 이것저것 대신 말해달라고 부탁하기도 했다. 정문환은 어느 순간 사장님에 대한 한국인의 감정이 간단하지 않다는 사실을 깨달았다. 사장님은 경멸과 동경을 동시에 받는 자리였고, 건달 세계의 두목 같은 존재였다.

"자, 일 얘기를 해볼까?"

"그 전에 령감님, 내 친구는 풀어주셨지요?"

"친구? 어떤 친구?"

"황태복이가 잡고 있는 친구요. 내를 이리로 보내려고 황태복이가 데려갔더랬어요."

"아, 아……."

령감은 허공을 보며 무언가를 생각했다.

"아, 그 친구. 그 친구는 우리가 잡은 게 아니야. 그 친구는 우리를 도와주는 사람이란 말이야."

"예?"

령감이 의자를 당겨 앉으며 말했다.

"이봐, 우리는 당신에 대해 많은 걸 알아. 당신이 생각하는 것보다 훨씬 더 많이. 어쩌면 전부를. 그리고 우리는 당신 주변 사람들을 많이 만났어. 대림동에서 같이 살던 여자도, 그 느물느물한 친구도. 그 사람들도 결국에는 당신을 위한 일이라는 걸 깨달았어. 못 믿겠으면 지금 당장 친구한테 전화해서 물어봐."

정문환은 박정호의 말이 사실이라는 것을 직감했다. 허탈했다. 류현숙의 얼굴이 떠올랐다. 류현숙의 사랑은 어디까지가 진실이었을까.

"무슨 일을 하심까?"

"아까 말했잖아. 여행사도 하고 행정사도 한다고."

"진짜로 하는 일 말임다."

"자세히는 몰라도 되고, 문환 씨는 그저 우리가 의뢰하는 일 몇 개만 처리해주면 돼요. 그거만 해주면 중국 가서 번듯한 호구 얻고 살게 해주지. 건달이니 공안이니 걱정 안 하고 가족이랑 편히 살 수 있게 다 손써줄 수 있어요."

"그거 어찌 믿슴까?"

"믿어보슈, 우리는 깡패가 아니야."

"싫슴다."

령감이 웃었다. 잇몸에 누런 담뱃진이 끼어 있었다. 저런 골초가 아직 담배를 꺼내지 않은 걸 보면, 안방에 있는 누군가 흡연을 싫어하는 모양이었다.

"이봐, 젊은이. 아직 상황을 이해 못 하나 본데, 잘 들어요. 우리 말을 듣지 않으면 당신은 갈 데가 없어. 한국에도 중국에도 발붙이고 살지 못해. 어디로 갈 건가? 마라도? 울릉도? 거기 가면 우리가 못 찾아낼 거 같나? 황태복이가 자넬 토막 내고 싶어서 잠을 설친다더군."

정문환은 분노를 느꼈다. 그것은 자신이 상대하는 조직이 터무니없이 강력하다는 사실에서 오는 분노였다. 신뢰는 서로가 약점을 가지고 있을 때 가능하다. 류현숙과 구렁이와 황태복을 자신도 모르게 움직일 정도로 능력 있는 조직이라면 불법체류자 따위에게 한 약속을 지킬 필요도 없다. 정문환은 이 조직의 약점을 단 한 조각이라도 움켜쥐어야 한다고 생각했다.

"높은 분을 만나게 해주십쇼."

"내 말만 들으면 돼."

"령감님 말고요. 그 우에 분 있잖습까? 저기 안방에 계신 분."

"안방에 누가 있다고 이러나?"

"아까 보니 방에 높은 분이 있습데. 그분이 약조를 해주지 않으면 일 못 함다."

"염통이 큰 놈일세."

"어찌람까? 내를 얼리고 닥쳐도 소용없습다. 천지가 개변돼도 사장님하군 한마디도 안 함다."

정문환은 입을 다물었다. 령감이 입가를 다시며 정문환을 노려보았다. 담배를 피우고 싶은 것 같았다. 정문환은 10여 분간 창가로 시선을 돌린 채 어떤 질문에도 응대하지 않았다. 령감이 말했다.

"젊은이, 나를 화나게 하면 안 돼. 절대로 안 돼."

정문환은 그 말이 욕보다 섬뜩했다. 깡패 두목치고는 꽤 신중한 늙은이였다. 가리봉동, 대림동 근방에서 모르는 사람이 없다는 령감의 말이 허풍은 아닌 것 같았다. 안방 문이 열리고 양복을 입은 30대 초반의 남자가 걸어왔다. 까무잡잡한 얼굴에 작지만 탄탄한 체격이었다. 눈이 크고 맑았다. 정문환은 예상보다젊은 얼굴에 놀랐다.

"정문환 씨, 저와 얘기하죠."

남자가 소파에 앉았다. 정문환이 물었다.

"제가 앵돌아진 게 아이고, 높은 분하고 담화를 하고 싶어서 떼질을 썼습다. 그래야 뒤가 졸릴 근심도 없지요. 높은 분하고 아니면 열싸게 종알거려봤자 소용 있갔슴까?"

남자가 웃었다. 정문환은 남자가 짓는 웃음과 미간의 옅은 주름까지 섬세하게 연출된 것 같다고 생각했다.

"내가 높은 사람인지는 어떻게 압니까?"

"지도자의 틀거리를 갖추고 계신데요. 얼굴이 길사하시고…… 모양이 우리 같은 놈들이랑은 딴판이십데."

"나는 제임스라고 합니다. 미국 영주권자지만 조선 사람이에요. 한국에 사는 조선족에는 등급이 있어요. 저 같은 미국 영주권자가 최상급이고, 귀화자가 그다음이고, 그다음이 F-4(재외동포 비자), 그다음이 H-2(방문취업 비자), 그다음이 C-3(단기방문 비자). 그다음이 불법체류, 나는 최상, 당신은 최하."

"제 꼴이 그런 걸 누구를 타매하겠슴까?"

"이봐요, 일단 우리와 일하려면 그 조선말부터 고쳐요."

"그걸 어찌 단박에 고침까?"

"10년이 넘었는데 왜 못 고쳐요? 한국이 우리한테 해준 가장 좋은 일이 뭔지 압니까? 조선말을 써먹을 수 있게 해준 거예요. 한국이 없었으면 우린 말을 잃어버린 몽골족이나 만주족 신세예요. 그러니 그 이득을 보려면 한국말을 완벽히 해야죠. 연변말을 쓰면 얕잡아 봐요. 얕잡아 보이면 그걸로 끝장이에요. 연변이 자랑하는 김학철 선생이나 정판룡 교수의 글이 다 무슨 소

60

용입니까? 한국에선 그분들의 문장이 미문이 아니라 촌스러운 글일 뿐이에요. 살아남으려면 한국말을 써요. 그게 우리의 역사니까."

"알겠습니다."

정문환은 이 젊은 엘리트의 입에서 나온 '역사'라는 단어를 생각했다. 그가 '역사'라고 발음하는 순간 조선족의 '력사'가 지닌 강직한 울림이 사라진 것 같았다. '력사'는 '역사'로 전락할 때, 둥글둥글하고 막연해진다.

"이제 일 얘기를 하지요. 저는 미국에서 공부하고 한국에 와서 합법적인 사업을 벌여왔어요. 무슨 일인지 자세히 알 필요는 없겠죠. 계획대로 착착 진행됐는데 사업 규모가 커지니까 자꾸 말썽이 생겨요."

"왜서인지……."

"아무리 미국 영주권자라도 조선 사람이 한국에서 사업을 하다 보면 귀찮은 놈들이 끼어드니까. 우리는 행동을 섣불리 하지 않아요. 하지만 행동을 해야겠다고 판단하면 전광석화처럼 움직이죠. 우리는 먼저 깨끗한 손을 찾기 시작했어요."

"깨끗한 손?"

"지문 등록을 하기 전에 한국에 들어와 불법체류자로 살고 있는 사람. 별 말썽 안 부리고 쥐 죽은 듯 살고 있는 사람. 그리고 무엇보다 실력 있는 사람. 우리는 사람을 쓸 때도 아주 신중해요."

제임스가 숨을 내쉬며 의자에 등을 기댔다. 가슴근육이 와이셔츠를 팽팽하게 압박했다. 웨이트트레이닝을 열심히 하는 사람인 것 같았다. 정문환이 물었다.

"약속을 지키실지 제가 어찌 압니까?"

제임스가 몸을 앞으로 기울였다. 이번에는 팔뚝 근육이 불거졌다. 그는 움직일 때마다 발달된 근육과 함께 맹렬한 의지를 번뜩였다. 갖고 싶은 것은 무슨 짓을 해서든 갖고야 마는 사람이라고 정문환은 생각했다.

"이봐요, 문환 씨는 영리한 사람이에요. 나는 이런 일에 쓸 사람을 만나는 걸 싫어하는데도 당신 방식을 따라줬어요. 왜 나를 만나려 했소? 정보를 얻기 위해서겠지. 난 솔직히 말했어요. 당신은 내 이름과 생김새를 알고 내가 미국 영주권자인 것도 알아요. 뭘 더 바라? 통장을 보여주고 일 끝나면 비밀번호 가르쳐준다고 말하는 건 얼마든지 할 수 있어요. 원하면 그렇게 하죠. 하지만 당신도 알다시피 그런 건 건달 속임수잖아. 내가 일대일로 약속드리죠."

제임스는 검지와 중지를 폈다. 손가락 어느 마디에도 굳은살이 박여 있지 않았다.

"딱 두 건. 두 건만 처리하면 중국에 가서 가족과 편히 살게 해드리죠. 하지만 실패하면 끝장이오."

제임스는 협상에 능한 사람이었다. 그는 정문환을 벼랑 끝으로 몰아가면서도, 그것이 공정한 거래라도 되는 듯 말하고 있었다. 정문환은 다른 선택의 여지가 없다는 것을 알았다. 제임스의 제안을 거절하면 죽는다는 것도 알았다. 정문환은 마지막 질문을 던졌다.

"사람을 죽이는 일이지요?"

"물론이죠."

"애나 여자는 아니지요?"

"그럴 수도 있지요. 세상 이치가 장기 매매랑 비슷해요. 자기 애를 살리려면 남의 애를 죽여야죠."

"애까지?"

제임스가 한숨을 쉬었다.

"당신은 영리한 사람이잖아. 당신 아들을 살리려면 다른 누군가를 죽여야 해. 그게 세상이에요. 중요한 건 누구를 죽이고 몇 명을 죽이냐는 문제가 아니에요."

정문환이 물었다.

"그럼 중요한 게 뭡니까?"

"왜 죽이냐는 거죠."

스토커

2012년 10월 12일 저녁 8시, 가랑비가 내렸다. 기온이 뚝 떨어지고 노란 은행잎들이 비바람에 날렸다. 으슬으슬한 습기가 행인들의 어깨에 들러붙었다. 『대한일보』 조성우 기자는 강남역 사거리 뒤편에 있는 연탄불고깃집에 앉아 있었다. 철제 테이블이 다닥다닥 붙어 있는 고깃집은 비가 오는 날엔 연기가 잘 빠지지 않았다. 조성우는 일산화탄소를 뒤집어쓴 채 노릇노릇 익어가는 불고기를 씹었다. 육질이 연하고 감칠맛이 났다. 쌉쌀한 연탄 연기는 고기 맛을 좋게 하는 탄소 알갱이뿐 아니라, 유년의 어느 기억을 건드리는 냄새를 품고 있었다.

"겨우 연탄불고기냐?"

대학 동기 김진수가 물었다.

"닥치고 먹어. 미국산이 아니라 호주산이잖아."

"우리 1년 만이지? 넌 참 한결같은 새끼야."

"정보는 가져왔어?"

김진수가 맥주에 소주를 섞었다.

"금감원 직원이 기자 빨대 짓이나 해야겠냐? 이번 한 번만
이다."

"빨대 짓도 잘만 하면 출세하는 거야. 공무원이 언론이든 어
디든 줄을 잘 대야 살아남지."

"지랄하지 마. 요즘 회사 분위기가 말이 아니야. 금융위 개새
끼들이 저축은행 문제를 전부 금감원에 뒤집어씌웠어. 몸을 사
려야 될 때라고."

"한 떨기 백합꽃처럼 순결한 금감원이냐?"

김진수가 맥주를 마셨다. 고기 기름과 맥주가 입술에 묻어 번
들거렸다.

"하나만 물어보자. 넌 원래 삐딱해서 기자가 된 거냐, 아니면
기자질을 해서 삐딱해진 거냐?"

김진수는 1년 전에도 똑같은 질문을 했다. 조성우는 그때와
똑같은 대답을 내놓았다.

"삐딱하면 좋은 점이 많아. 남들이 잘 보지 못하는 걸 볼 수 있
거든. 너네 금융 감독 기관은 정면에서 보면 무지 열심히 일하는
거 같잖아. 땀을 뻘뻘 흘리면서 걸어가지. 근데 고개를 살짝 비
틀어서 보면 보폭이 일정하지 않다는 걸 알게 돼. 중소기업을 상
대할 때는 엄청 씩씩하게 걸어가다가 재벌을 상대할 땐 보폭이
엉키고 다리를 벌벌 떨어. 삐딱하게 봐야 그런 게 보이지."

"너 이 새끼…… 그렇게 정확한 말을."

김진수가 웃음을 터뜨리며 맥주를 따랐다.

"인제 내가 부탁한 거 풀어봐."

"HM캐피탈인지 뭔지는 별문제 없던데?"

"자세히 말해봐."

"HM캐피탈은 영국령 버진아일랜드에 설립됐고 한국에 투자자문업으로 등록돼 있어. 역외 펀드를 운용해서 큰손을 유치하기도 했더군. 금액은 얼마 안 되지만 말이야. 성은은행이 한 20억, 시호산업이 한 10억 정도 돼. 최근에는 주식중매하는 자회사도 차려서 금감원에 예비 허가를 받았어."

"버진아일랜드? 하여간 돈장사 하는 새끼들은 취향이 남달라."

"선진 금융 기법이라고 표현해줘. 대표이사는 제임스 리라는 미국 영주권자야. 국적은 중국. MIT대 경영대학원을 나왔어."

"조선족이군."

"그렇겠지. 조선족 3세 엘리트. 몇 년 전에 한국에 들어와서 투자자문 일을 했는데, 평판이 꽤 좋아."

"난 금융쟁이들은 전부 사기꾼이라는 신념을 가지고 살아. 미국 물 먹은 애들은 특히."

"신념이 아니라 편견이지. 서류상으로는 별문제 될 게 없어. 이게 끝."

"끝? 고기를 2인분이나 처먹고 끝?"

"너 그렇게 나올 줄 알고 재미있는 얘깃거리를 준비해 왔어. 여기서부터는 팩트가 아니라 추리소설이라고 생각해줘."

"눈물 나게 듣고 싶다."

"HM캐피탈의 초기 자본금이 백억 원 정도 돼. 그 돈이 어디서 흘러왔는지 궁금했는데, 최대 주주가 HM파트너스라는 회사야. 역시 버진아일랜드에 설립된 페이퍼컴퍼니지."

"유령 회사라. 실소유주를 밝히고 싶지 않은 거군."

"맞아, 이 바닥은 다 그래. 하늘에서 차명 계약과 이면 거래가 쏟아지는 약속의 땅이야. 실소유주가 드러나면 주식거래를 마음대로 하기 힘드니까 다들 그러는 거지. 워낙 교묘하게 숨겨서 소유주가 누군지 보려고 해도 복잡한 자금 흐름을 다 뒤지기 힘들어. 그래도 방법은 있어. 사람을 추적하는 거지. 제임스 리와 관계된 회사를 살펴봤는데 재미있는 게 걸려들더군. 투자사인 리커버리파이낸셜이야. 거기 공동대표 중 한 명이 제임스 리. 또 한 명이 누군지 알아?"

"네 표정을 보니 거물이겠군."

"여당 원내대표까지 지낸 성현범이야. 지금은 배지 떼고 고문으로 있지. 리커버리파이낸셜 지분은 제임스 리와 성현범이 약 30퍼센트씩 가지고 있고 험프리메인이라는 회사가 또 30퍼센트를 가지고 있어. 그런데 험프리메인은 유령 회사야. 이 유령 회사와 리커버리파이낸셜과 HM캐피탈이 복잡하게 얽혀 있는 걸로 보여. 여기서부터는 추측이야. 기사로 쓰면 개작살난다고."

"알았어, 복잡하게 얽혀 있는 걸 간단하게 풀어봐."

"자, 생각해봐. 성현범이 금융에 야심을 가지고 있단 말이야. 제임스 리가 꼬이기도 했겠지. 핵심은 리커버리파이낸셜이야.

일단 성현범이 백억 원을 출자해서 리커버리파이낸셜을 만들어. 이러면 성현범 1인 회사가 돼서 너무 투명해지잖아? 그래서 유령 회사인 험프리메인에 주식을 절반 넘게 팔아. 그러면 험프리메인이 리커버리파이낸셜의 대주주가 되잖아? 험프리메인은 유령 회사인 주제에 경영권을 행사해서 리커버리파이낸셜에 증자를 단행하고 신주를 성현범과 제임스 리와 다른 차명 인사들에게 적절히 분배해. 그래서 성현범 3, 제임스 리 3, 험프리메인 3이라는 구도가 나오지. 형식상으로는 3대 3대 3이지만 실질적으로는 성현범 회사야. 성현범의 돈이 돌고 도는 것뿐이야."

"HM캐피탈은?"

"이것도 추측인데 말이야, 성현범이 HM캐피탈 주인인 것도 맞아. 그런데 HM캐피탈 주주 명단에 성현범이 이름은 없어. HM캐피탈 주식은 대부분 HM파트너스라는 유령 회사가 가지고 있어. 그리고 HM파트너스의 최대 주주는 리커버리파이낸셜이야. 이 리커버리파이낸셜의 주식은 형식적으로는 분산돼 있지만 실질적인 주인은 성현범이지. 그러니까 HM캐피탈도 성현범이 지배할 수 있어. 아마 성현범 지분을 보장하는 이면계약서가 있을 거야. 이런 식으로 성현범이 지 돈 갖고 여기저기 넣었다 뺐다 장막을 치고 쇼를 벌인 거 아닐까? 물론 제임스 리가 머리를 빌려줬겠지."

"HM캐피탈이 문제를 일으킨 적은 없어?"

"없어, 투자자문과 역외 펀드 운용을 하는데 꽤 실적이 좋은가 봐. 불법을 저지른 기미는 없어. HM캐피탈에 유독 장막을 두껍게 쳐놓은 게 마음에 걸리긴 하지만."

"조사해봐. 그러라고 내가 세금을 내잖냐."

"니가 조사해. 그러라고 내가 신문을 사 보잖냐."

빗줄기가 고깃집의 유리창을 투둑투둑 두드렸다. 조성우는 창밖을 보았다. 바람이 거세졌는지 행인들이 우산을 기울여 들었다. 그들의 손등을 때리는 냉기가 창가의 좌석까지 스며들었다. 조성우는 김진수에게 툴툴거렸다.

"정보라고는 알맹이 하나도 없이 빈껍데기만 내놓냐? 이럴 줄 알았으면 돼지 껍데기나 사줄걸."

"근데 HM캐피탈은 왜 캐고 다녀?"

"마누라님 명령이야. 소설가에서 르포 작가로 전업하셨잖아. 조선족 범죄 관련 르포를 쓸 거래. 조선족 관련 기사에 달리는 댓글을 보고 한국 사회의 인종적 편견이 위험수위에 달했다고 느꼈대. 한국 사회가 위기래."

"그럼 조선족의 역사에 대해 써야지. 수난사 같은 거 말이야. 왜 하필 조선족 범죄야?"

"나도 몰라. 근데 마누라가 취재한 조선족 날건달 놈 하나가 HM캐피탈 얘기를 꺼냈나 봐. 너도 알다시피 요즘 마누라 사정이 안 좋잖냐. 조사해달라는데 거절을 할 수가 있어야지."

"그럼 쓸데없는 말을 꺼낸 조선족 날건달 놈을 찾아내서 조지지 그랬어?"

"없어, 흔적도 없어. 깨끗하게 토꼈어. 소문도 들을 수 없어. 마누라한테 받은 휴대폰 번호도 해지된 상태야. 너 조선족 취재하기가 얼마나 어려운지 아냐? 조선족 타운 여행사나 인력사무소 가서 한국말로 아무거나 물어봐. 당장 쫓겨날걸. 경계라는 게 몸에 밴 사람들이야. 그래서 HM캐피탈 대표이사 인터뷰하고 싶다고 사무실까지 찾아갔어. 명함만 주고 정중히 쫓아내더군. 다시 생각해보니까 너무 성급하게 들쑤신 것 같아."

"HM캐피탈이 조선족 상대로 주먹질을 한다고? 아줌마 아저씨들 골목에 몰아넣고 삥이라도 뜯는단 말이야? 그게 말이 돼?"

"그럴 리가 있냐. 그런데 정치인이 껴 있다니까 직업의식이 발동하는데? 성현범이랑 조선족 엘리트라는 놈을 검찰청 포토라인에 세우고 싶다 이 말씀이야."

김진수가 한숨을 쉬었다.

"제수씨는 잘 지내?"

조성우는 된장국을 뒤적이던 젓가락을 내려놓았다. 한나절 잊고 있던 삶의 압력이 한꺼번에 어깨로 몰려오는 느낌이었다.

"안 그래도 이사하려고 집 내놨다."

"요즘도 스토커들 편지나 전화 같은 거 오냐?"

"한 놈인지 여러 놈인지는 모르겠는데 스토커가 도로 많아졌어."

조성우의 아내는 신춘문예로 등단해 세 개의 연애소설을 연달아 실패하고 네번째로 스릴러 소설을 썼다. 이혼과 파산 위기에 몰린 중년 남자가 기발한 방법으로 살인을 계속한다는 내용이었다. 남자의 쾌감은 살인 자체가 아니라 희생자와 목격자의 시선에서 왔다. 그리고 울부짖는 희생자의 시선보다 더 짜릿한 것은 살인을 지켜보는 누군가의 시선이었다. 남자는 목격자가 있을 때 살인을 저지르기로 결심하며 파국으로 치달았다. 범인의 캐릭터에는 조성우의 음울한 성격이 녹아 있었다. 조성우는 아내가 실패에 대한 복수심으로 네번째 소설을 썼다고 생각했다. 세상과 문단과 무심한 남편에 대한 복수였다.

네번째 소설의 판매량도 형편없었다. 그런데 출간 한 달 뒤부터 발신자 불명의 편지가 배달되기 시작했다. 어떤 것들은 우체국 소인도 찍히지 않은 채 아파트 우편함이나 현관문 틈에 끼여 있었다. 발신자는 인터넷이나 법의학 교과서에서 찾은 시체의 사진을 붙이고 자신이 생각한 살인 방법을 평가해달라고 요구하기도 했다.

스토킹 기사가 실리면서 소설의 판매량이 늘었다. 아내는 자신의 소설이 이렇게 변태적으로 소비되는 방식에 절망하며 앞으로 소설 집필을 중단하고 논픽션에만 전념하겠다고 기자들에게 말했다. 스토커의 행각은 점점 대담해졌다. 스토킹 사건을 다룬 기사에 아내와의 변태적인 성행위를 묘사하는 댓글이 달렸다. 서울 시내 여러 곳의 피시방 IP였다. 아내가 염원하던 작가로서의 명성이 이렇게 악의적인 방식으로 찾아오는 것을 보며 조성우는 뭔가를 쓰는 일에 회의를 느꼈다.

아내는 조선족 타운 취재를 마치고 돌아오면 서재에 틀어박혔다. 아무것도 쓰거나 읽지 않았고, 하루 종일 서재 창밖의 작은 하늘만 내다보았다. 조성우는 아내와 아들 걱정에 잠을 이루지 못했다. 아들은 조선족 가사 도우미의 치맛자락만 붙잡고 다

넣고 초등학교에서 식판을 던지며 난동을 피우기도 했다.

경찰이 수사에 돌입한 후 한동안 끊겼던 편지가 다시 오기 시작했다. 소설을 계속 쓰지 않으면 너는 창녀에 불과하므로 모든 수단을 동원해 죽이겠다고 했다. 조성우는 집을 내놓고 아이의 전학을 알아보았다. 스토커가 아이에게 따라붙을까 봐 조선족 가사 도우미에게 웃돈을 주며 감시를 부탁했다. 이 엉터리 소설이 왜 야수들의 가장 약한 곳을 찔렀는지 알 수 없었다. 삶이란 얼마나 연약한가. 삶의 균형은 얼마나 힘들게 유지되며, 또 얼마나 쉽게 부서지는가. 아내는 우울증 치료를 거부했다. 조성우는 그런 아내를 동정하면서도 경멸했다.

신분당선 막차가 끊겼다. 비 오는 날 밤에 강남역에서 분당 가는 택시를 잡는 건 기적에 가까웠다. 대로변에서 우산을 쓴 취객들이 행선지를 외쳤다. 수내동! 수내동! 조성우는 아우성의 대열에 합류해 30분 동안 팔을 휘두른 끝에 합승 택시를 잡았다.

가랑비에 코트가 젖었다. 택시 기사가 히터를 틀었지만 옷에 스민 냉기가 계속 살갗으로 파고들었다. 조성우는 감기 기운을 느꼈다. 기사가 갓길에 멈춰 취객들에게 행선지를 물었다. 조수석에 앉은 남자가 뒷좌석으로 내려오고 서현동으로 간다는 청년이 조수석에 탔다. 조수석을 내준 남자가 차창에 머리를 기댄 채 술 냄새를 풍기며 중얼거렸다. 너무 돌아가는데요, 너무 돌아가. 남자는 동의를 구한다는 듯 충혈된 눈으로 조성우를 쏘아보았다. 택시 안은 곧 끈적대는 공기와 술 냄새로 가득 찼다.

조성우는 남자의 시선을 피해 창밖을 보았다. 세상이 온통 젖어 있었다. 빗줄기가 가늘어지고 뿌연 안개가 도로를 덮었다. 차량과 건물의 불빛이 차창에 묻은 물방울에 굴절되었다. 조성우는 계속 한기에 시달렸다. 택시 안이 히터 열기로 후끈한데도 이렇게 으슬으슬한 걸 보면, 한기가 외부에서 들어오는 게 아니라 몸속에서 솟아나는 건지도 모르겠다고 생각했다.

1시 30분, 조성우는 분당구 수내동의 아파트 앞에 도착했다. 남은 돈을 털어 택시비 2만 원을 지불하고 엘리베이터에 탔다. 15층에서 내려 현관문 비밀번호를 눌렀다. 몇 달 전에 교체한 전자식 잠금장치는 어디가 고장 났는지 발로 문을 꽉 누르고 비밀번호를 눌러야 작동됐다. 전자음을 내며 문이 열렸다.

"불을 왜 꺼놨어?"

신발장 위의 자동 램프가 켜지지 않았다. 조성우는 거실의 어둠 속을 허우적대며 스위치를 찾았다. 강렬한 비린내가 몰려왔다. 쇳가루 냄새와 누린내가 뒤섞여 숨통을 막았다. 역하고 날카롭고 끈적끈적한 냄새였다.

"여보, 이게 뭔 냄새야?"

집 안의 공기는 액체에 가까웠다. 냄새의 밀도가 너무 높아 공기에 점성이 생긴 것 같았다. 몸을 움직일 때마다 점액질의 공기에 물살이 생기고 냄새의 파도가 얼굴을 때렸다. 생선을 잡아 배를 가를 때 생선의 몸 안에서 풀어져 나오는 냄새였다. 그 비린 냄새가 조성우의 의식을 계속 거꾸러뜨려 정상적인 사고를 못하게 막았다. 조성우는 구역질을 참으며 스위치를 찾았다. 스위치를 찾아야 한다는 것 외엔 다른 생각이 나지 않았다.

스위치를 켰다. 아내가 소파 밑에 쓰러져 있었다. 아내의 목에서 나온 피가 거실의 절반에 범벅이 돼 있었다. 조성우는 피의 강물 속에 서 있는 자신을 발견했다.

"동하야! 동하야!"

조성우는 아들의 방으로 뛰어가 스위치를 켰다. 아들은 침대에 누워 있었다. 아들의 목에서 나온 피가 침대를 가득 적시고 바닥으로 흘러내렸다. 아들의 분홍색 시트가 검은색으로 변해 있었다. 아들은 눈을 꼭 감고 깊은 잠에 빠져든 듯 평안한 얼굴이었다. 조성우는 아들의 목을 잡고 맥박과 호흡을 찾았다. 아들의 몸은 어떤 생명의 징후도 없이 조금씩 식어가고 있었다.

조성우는 거실로 나왔다. 무엇을 해야 할지 알 수 없었다. 말라가는 피가 양말에 들러붙어 걸을 때마다 쩍쩍 소리가 난다는 것을 그제야 알았다. 조성우는 거실 한가운데 서서 토했다. 탄내가 희미하게 남아 있는 불고기 조각들이 쏟아졌다. 조성우는 불고기가 피와 섞이는 것을 보았고, 소파 밑에 여전히 누워 있는 아내를 보았고, 소파 위의 벽에 피로 쓴 글씨를 보았다.

'써라.'

누군가 아내의 피로 그렇게 썼다. 쌍시옷과 모음 'ㅏ'와 자음 'ㄹ'은 흘러내리는 핏줄기로 밑자락이 어지러웠다. 조성우는 서재에서 아내의 노트북을 몰래 켜본 적이 있다. 소설 쓰기를 중단한 후 아내가 새로 저장한 글은 하나도 없었다. 인터넷에서 끌어모은 조선족 범죄 기사만 잔뜩 있었다. 날마다 노트북을 켜서 깜박이는 커서를 보며 절망하는 아내의 얼굴이 떠올랐다. 그런 아내에게 누군가 최후의 명령을 했다. 써라. 이제 아내는 죽어서도 이 명령에서 벗어날 수 없다. 조성우는 주저앉았다.

지옥의 문

무너지지 않은 남자

2012년 11월 6일 저녁 5시, 조성우는 남구로역 3번 출구로 나왔다. 쌀쌀한 바람이 불었고 낙엽들이 허공에 휘날렸다. 보도블록에 으깨진 은행 과육에서 구린내가 진동했다. 조성우는 대로를 건너 조선족 타운으로 내려갔다. 퇴근 시간 전이라 행인이 많지 않았다. 중국동포신문사 건물 뒤에서 헝클어진 머리의 주정뱅이들이 소주를 마시며 장기를 두고 있었다.

조성우는 가리봉시장을 지나 골목 끝까지 걸었다. 연태노래방 건너편에 북해도식당이 있었다. 초두부와 짝태 볶음과 간체자로 적힌 정체를 알 수 없는 메뉴들이 식당 유리벽에 붙어 있었다. 조성우는 유리벽 너머를 살폈다. 덩치 큰 사내 네 명이 한 테이블에 모여 앉아 맥주를 마시고 있었다. 조성우는 문을 열고 들어갔다. 출입문에 달린 작은 종이 딸랑거리며 외지인의 침입을 알렸다.

중국어로 떠들던 사내들이 일제히 조성우를 노려보았다. 초두부 냄새인지 음식 찌꺼기 냄새인지 탁자에서 역한 누린내가 올라왔다. 주방에서 10대 후반으로 보이는 소년이 메뉴판을 들고 나왔다. 조성우는 붉은 휘장으로 가린 주방 입구에서 흘러나오는 연변 사투리에 귀를 기울였다. 누군가에게 화를 내고 있는 듯했다. 소년은 손님이 달갑지 않다는 표정으로 메뉴판을 던지듯 탁자에 내려놓았다. 메뉴판이 털썩 떨어지며 아가리를 벌렸다.

　"뭐가 맛있지?"

　소년은 미간을 찌푸리고 입을 비죽 내밀었다.

　"다 맛있어요."

　연변 억양이 전혀 묻어 있지 않은 한국말이었다. 조성우는 연변식 냉면을 시켰다. 소년이 돌아가자 주방에서 나던 큰 소리가 잦아들었다. 다투던 남자들이 소리를 낮추고 뭔가를 속삭였는데 거기에는 소년의 목소리도 섞여 있었다. 옆 테이블의 사내가 중국어로 소리쳤다. 주변의 사내들이 웃음을 터뜨리며 조성우의 얼굴을 흘깃거렸다.

　소년이 냉면과 물을 가져왔다. 냉면 육수의 맛은 끔찍했다. 맹물에 설탕과 조미료를 봉지째 쏟아붓고 향신료로 오줌 몇 방울을 첨가한 것 같았다. 음식을 팔 마음이 없는 식당이라고 조성우는 생각했다. 술기운에 얼굴이 불콰한 남자 두 명이 들어와 자리에 앉지 않고 주방으로 향했다. 충혈된 눈으로 식당 안을 살피던 그들은 조성우와 눈이 마주치자 얼른 고개를 돌렸다. 낡은 누비 점퍼와 사파리 점퍼를 입은 그들의 등이 주방 휘장 안으로 사라지고 문이 닫히는 소리가 났다. 갑자기 소년의 얼굴이 휘장에서 튀어나와 조성우의 테이블을 살폈다. 조성우가 그에게 손짓했다.

"이봐, 이봐."

"왜요?"

소년이 다가왔다.

"주인장 좀 오시라고 해라."

"없는데요."

"잔말 말고 빨리 오라고 해."

소년의 얼굴에 호기심이 비쳤다. 장난기 어린 눈을 반짝이며 조성우의 옷차림을 탐색했다. 소년이 주방으로 돌아간 뒤 얼마 안 되어 주인으로 보이는 늙수그레한 남자가 나왔다. 검은 터틀넥에 양복 재킷을 차려입은 모습이 허름한 식당과 어울리지 않았다.

"불렀슴까?"

"예."

"왜요?"

조성우는 손가락으로 냉면 사발을 가리켰다.

"이거 말이요, 이거."

"이거이 뭐 어떻단 말이오?"

"오줌으로 만든 이거 이름이 뭐요?"

주인이 코웃음을 쳤다.

"이걸 우리는 냉면이라고 부르는데."

"한 순갈도 못 먹겠어."

"한국 음식 맛하고 다른 걸 낸들 어쩌겠소."

"중국에선 오줌 맛이 인기인가?"

옆 테이블의 대화가 끊겼다. 맥주잔을 쥔 사내들의 표정이 점점 굳어갔다. 주인이 말했다.

"한국 사람이 여기 음식 관광 오셨소? 먹기 싫은 거 팔 생각 없소."

조성우가 미소를 지었다. 옆 테이블의 사내 한 명이 일어났다. 조성우는 두 손을 들며 말했다.

"아, 기분 나빴다면 미안합니다. 나는 음식 관광 온 사람은 아니고 조선족 타운 취재하는 작가요. 책 한 권 써보려고. 주인장이 이 근방 유지라는 소문을 들어서 뭐 좀 물어보려고 왔어요."

사내가 일어나 주인 옆에 섰다. 주인보다 머리통 하나쯤 더 큰 키에 머리를 짧게 깎았다. 주인이 물었다.

"뭐가 궁금한데?"

"HM캐피탈이라고 아쇼?"

주인이 고개를 저었다.

"몰라, 이만 가주실까?"

"그럼 고려행정사는?"

주인이 얼굴을 찌푸렸다. 조성우는 주인의 얼굴에서 순간적으로 드러났다 사라지는 두려움의 기색을 읽었다. 제대로 찾아왔다고 조성우는 생각했다.

"고려행정사 아시냐고. 이 근방에서 제일 돈 많은 곳."

"당신 누구요? 처음 보는 얼굴인데. 경찰인가?"

"경찰일 리가 있소. 작가라니까."

조성우는 맞은편의 의자를 가리켰다.

"그러지 말고 여기 앉아서 잠깐 얘기나 합시다. 시비 걸러 온 거 아니니까."

주인은 천천히 맞은편의 의자를 당겨 앉았다. 키 큰 사내는 주인의 뒤에 서서 팔짱을 끼고 조성우를 노려보았다. 조성우는 출입문 쪽을 돌아보았다. 퇴근 시간이 가까워지며 거리에 행인이 늘어났다. 주인이 물었다.

"고려행정사 얘기를 어디서 들었소?"

"그렇게 유명한 데를 모를 리가 있나요. 불법 입국도 주선하고, 단속 걸린 불법체류자 빼내주기도 하고, 여기저기 돈도 빌려주고, 하여간 돈 냄새 맡는 데는 귀신이지."

"거기랑 여기랑 무슨 관계일까?"

조성우가 한숨을 쉬며 말했다.

"사장님, 무슨 사장님이죠? 김 사장님? 박 사장님?"

"맘대로 부르슈. 송 사장이든 오줌이든."

"예, 송 사장님. 예를 들어봅시다. 그럴 리는 없겠지만, 여기 이 동네에서 가장 큰 마작방이 있다고 칩시다. 조선족 말로 마장청 말이에요. 손님한테 메뉴판을 내던지는 건방진 애새끼가 들어간 저 주방 안에 골방이 있고, 거기에 마장상이 열 몇 개 된다고 칩시다. 그 정도로 크면 돈이 많이 돌지 않겠습니까? 현장에서 한 달 동안 번 돈을 여기서 밤새워가면서 다 털어내는 손님들이 있겠죠. 놀다가 돈 떨어지면 여권이니 외국인등록증이니 맡기고 돈 빌려 가고 거기서 고리도 심심찮게 뜯어먹고 말이에요. 그런데 이렇게 돈이 도는 곳에는 뒤를 봐주는 사람이 있어야 돼요. 경찰하고 친하고 법적인 문제도 처리해주고 건달들 시켜서 돈도 받아내주는 사람 말이오."

주인이 웃었다. 송곳니 옆에 반쯤 부러진 이가 보였다.

"그래서 작가님은 신고라도 할 생각일까?"

"뭐하러 신고를 해요? 조선족이 마작을 하든 말든 나불대서 무슨 소용이 있겠어요? 그냥 저는 조선족 지도자이신 고려행정사 사장님에 대해 궁금한 게 많을 뿐이죠. 궁금한 건 못 참으니까."

키 큰 남자가 다가와 조성우의 멱살을 잡았다. 냉면 그릇이 요란한 소리를 내며 떨어졌다. 육수와 얼음이 조성우의 얼굴에 튀었다. 남자는 혀 짧은 소리로 욕을 뱉었다.

"이 떱때끼가."

조성우는 남자의 불거진 팔뚝 근육을 보았다. 팔뚝 안쪽에 칼자국이 있었다. 건달 생활을 해본 놈이라고 조성우는 생각했다. 주인이 말했다.

"사기꾼 새끼야! 돈 뜯으러 왔나 본데 너 줄 돈 없다. 신고해봤자 소용없어. 대신 니 얼굴은 확실하게 기억해두겠어. 내 눈에 다시 띄는 날에는 멱을 따버린다."

"이거 좀 놔요. 말로 합시다."

남자가 조성우를 바닥에 내팽개치며 말했다.

"꺼져, 띠팔놈아. 너 이제 두거뎌."

조성우가 자리에 도로 앉았다. 사장이 혀 짧은 남자를 가리켰다.

"앉지 말고 가라고. 여긴 험한 곳이야. 입을 함부로 놀렸다간 혀가 잘려."

"저 친구도?"

"글쎄, 허허."

조성우는 출입문 쪽으로 걸어갔다. 사장이 남자들에게 중국어로 뭔가를 지시하는 것 같았다. 조성우는 가게를 나와 남구로역 쪽으로 걸어갔다. 해가 떨어지고 거리가 어둠에 싸였다. 조선족 타운의 네온사인들이 더 화려하고 선명해졌다. 냉면 국물에 젖은 머리카락에서 식초 냄새가 났다.

조성우는 가리봉동과 대림동 조선족 사회의 밑바닥으로 내려가고 싶었다. 불법 입국 브로커들, 국제결혼 사기단, 환치기 조직, 보이스피싱단, 밀수 조직, 보따리장수들, 마작방 업주, 이들의 뒤를 봐주는 영향력 있는 놈들의 움직임을 알고 싶었다. HM캐피탈을 정면으로 상대했다간 몇 년 동안 소송과 금융 관련 서류 더미에 빠져 있을 것이다. HM캐피탈에 다가가려면 놈들이 이용해먹고 버리는 깃털들을 찾아내야 했다.

조성우는 조선족 기획을 했던 기획취재부 동료를 통해 자신이 흑사회 소속이라고 허풍을 떠는 건달들의 연락처를 받았다. 그중 몇 명은 경찰의 정보원이었고, 대부분은 조선족 동네의 해

묵은 소문을 팔아먹는 사기꾼들이었다. 조성우는 적금을 깨서 그들의 시답잖은 정보를 사 모았다. HM캐피탈에 대한 정보는 얻지 못했지만 고려행정사에 대한 소문들이 더러 나왔다. 조선족이 세운 회사 중에 돈이 가장 많고, 구로와 영등포의 폭력배들을 움직인다는 소문이었다. 조성우는 HM캐피탈이 폭력 조직을 고용한다면 고려행정사의 힘을 빌렸을 거라고 생각했다. 한 건달의 입에서 북해도식당 얘기가 나왔다. 고려행정사 사장의 심복이 거기서 마작방을 운영하고 있으니, 한번 찔러볼 필요가 있다고 건달은 귀띔했다.

조성우는 HM캐피탈 얘기를 꺼냈을 때와 고려행정사 얘기를 꺼냈을 때 식당 사장의 표정이 어떻게 달라지는지 보았다. 사장은 HM캐피탈을 알고 있는 눈치였지만 긴장하지 않았다. 그러나 고려행정사 얘기가 나오자 흔들림을 감추지 못했다. 건달의 말대로 사장은 고려행정사 수하에 있는 사람이다. 고려행정사를 통해 HM캐피탈이라는 이름을 어렴풋이 들었겠지만 HM캐피탈의 일을 하지는 않는다. 그가 두려워하는 건 고려행정사뿐이다. 이따위 정보를 얻기 위해 멱살을 잡히고 냉면 국물을 뒤집어쓸 필요는 없었다고 조성우는 후회했다. 남구로역 앞에서 담배에 불을 붙였다. 누군가 등 뒤에서 불렀다.

"아저씨."

조성우는 뒤를 돌아보았다. 식당에서 일하는 소년이 서 있었다. 조성우는 주변을 두리번거렸다.

"괜찮아요, 아무도 안 따라와요. 아저씨 미행하라고 지시받은 게 나예요."

"역 안으로 들어가자."

조성우는 개찰구 앞에서 소년과 마주 섰다.

"날 왜 불렀냐?"

"고려행정사를 왜 캐고 다녀요?"

"말했잖아, 작가라니까."

소년이 입을 비죽 내밀었다.

"이 아저씨가 누굴 바보로 아나. 뭐가 됐든 간에 고려행정사
는 건드리지 말아요. 괜히 몸만 상하니까."

"고려행정사에 관심이 있는 게 아냐."

"그럼 뭐예요?"

"그 뒤에 있는 HM캐피탈에 관심이 있지."

"아, 캐피탈……."

"뭘 좀 아냐?"

"아저씨 진짜 직업을 가르쳐주면 말할게요."

"사장이 그러라고 시키디?"

"아님 말고요."

소년이 뒤돌아섰다. 조성우는 지갑을 꺼내 기자증을 내밀었
다.

"기자야."

"그렇구나, 기자였구나. 하하!"

"재밌냐?"

"예, 재밌어요."

"말하려던 게 뭐야?"

"마장청 일 하는 사람 중에 구렁이라는 새끼가 있어요. 개망나니죠. 중국에서 깡패 짓 하다가 넘어온 불법체류잔데 떠벌리길 좋아해요. 그 아저씨가 하루는 술 먹고 자기가 큰 금융 회사에 들어간다고 자랑했어요."

"그 회사 이름이?"

"HM캐피탈 비슷한 이름이었어요. 자기랑 친구랑 거기서 진짜 중요한 일을 하고 있다고 그랬어요."

"확실해?"

"못 믿으면 말고."

조성우는 소년의 얼굴을 훑어보았다. 두 눈이 식당에서처럼 호기심으로 반짝이고 있었다. 조성우가 물었다.

"몇 살이냐?"

"열일곱요."

"이름이 뭐냐?"

"헌트라고 해줘요. 〈미션 임파서블〉의 이단 헌트."

"개소리 말고 이름을 말해."

소년이 혀를 찼다. 세상을 다 안다는 듯한 열일곱 살짜리의 표정이 조성우는 싫지 않았다. 열일곱 살 시절의 자신과 닮은 것 같기도 했다.

"아저씨 되게 딱딱하네. 이름은 박진봉인데 마음에 안 들어요. 봉이 뭐예요, 봉이. 코맹맹이 소리 같기도 하고 방귀 뀌는 소리 같기도 하고."

"넌 조선족이 아닌 거 같은데?"

"다섯 살 때 한국에 왔어요. 할아버지가 독립유공자라서 아빠가 국적을 땄거든요."

"여기 사냐?"

"아뇨, 대림동요. 가리봉동엔 늙다리밖에 없어요."

"학교는 다녀?"

"아 씨팔, 지금 신원 조회해요? 중학교 졸업하고 때려치웠어요. 아빠는 다른 여자랑 살림 차렸고 엄마는 내가 중학교 졸업할 때쯤 지방으로 일하러 갔어요. 아동 학대죠. 이제 됐어요?"

"그런데 미행하라고 지시받은 놈이 나한테 이런 얘길 왜 하냐?"

"그냥, 마작방 새끼들이 재수 없어서요. 그 개새끼들은 나한테 똥구멍 핥는 일 말고 다 시켜요. 마작방에서 노는 아줌마 생리대까지 사 왔다니까요. 그리고 아저씨랑 일하면 재밌을 거 같기도 해요. 이 헌트를 우습게 보지 마세요. 나랑 내 친구들이 대림동, 가리봉동을 꽉 잡고 있어요. 아까 식당에 들어온 남자 두 명 있죠? 한 명은 한족 아가씨들 감춰놓고 여관바리로 오입질 시키는 여관 주인이에요. 또 한 명은 보이스피싱단하고 관련이 있어요. 가리봉동에 사는 것 같지는 않고 가끔 출몰해요. 마작방 손님 중에는 한국인 보험설계사도 있어요. 마작방에서 먹잇감을 낚아서 보험 가입시켜놓고 일부러 상해를 입혀요. 보험금을 나눠 먹는 거죠."

"그런 놈들은 필요 없어. 난 HM캐피탈에만 관심이 있어."

"휴대폰 번호 주세요. 알아보고 연락할게요. 그리고 혼자서 여기 어슬렁대지 마세요. 아저씨 하는 거 보면 아무나 붙들고 물어볼 거 같아요. 실례지만 혹시 건달이세요? 하고. 아까는 식당 분위기가 아주 안 좋을 때 들어왔어. 몇 대 맞을 뻔했다고요."

"분위기가 왜 안 좋아?"

"요즘 다른 라인이 움직여요."

"고려행정사의 적수가 나타난 거냐?"

"적수라고 말할 건 없고, 영등포에 나이트 몇 개 관리하는 한국 조폭이 여기 일에 참견하는 것 같아요. 협박당하는 조선족 몇 명이 조폭한테 찾아간 모양이에요. 보호해달라고."

"전쟁이 나나?"

"그럴 일은 없어요. 서로 나와바리가 있으니까. 그냥 신경 쓰이는 거죠. 여기라고 대낮에 뭔 일이 일어나지는 않지만 그래도 조심해야 돼요. 아저씨한텐 가이드가 필요해요."

"대가는?"

"필요 없어요. 뭐, 갤럭시S3가 갖고 싶긴 하지만."

조성우는 헌트의 낡은 휴대폰에 자신의 번호를 찍어주었다. 갑자기 이유를 알 수 없는 슬픔이 몰려왔다. 아팠다. 치통과 비슷한 슬픔이었다. 어깨가 처지고 다리에 힘이 빠졌다.

"너도 크면 건달이 되겠구나."

"아뇨, 저는 선을 지켜요. 선을 넘어가면 어떤 개새끼가 되는지 봤거든요. 돈을 모으면 여길 뜰 거예요. 근데 아저씨……."

"응?"

"왜 계속 울 거 같은 표정을 지어요? 아까 담배 피울 때도 그렇고. 뭐 안 좋은 일 있어요?"

"가족이 죽었어."

조성우는 헌트에게서 고개를 돌렸다. 눈물이 쏟아질 것 같아 어금니를 악물었다. 아내와 아들의 장례식장에서도 나오지 않던 눈물이, 조성우의 가슴속에 갇혀 있던 태평양만 한 눈물의 바다가, 이제야 출렁이고 있었다. 헌트가 말했다.

"슬픈 일이네요."

"그래, 슬픈 일이야."

조성우는 심호흡을 하고 헌트를 바라보았다. 소년의 눈에서 반짝이는 저 쾌활함과 호기심이 슬픔의 바다에 수장되지 않기를 기원하고 싶었다.

"근데 아까 그 혀 짧은 놈 말이야. 정말 혀가 잘린 거야?"

"그럴 리가요. 짝태 먹다가 혀를 씹었대요."

저녁 8시 조성우는 고대구로병원 후문 앞에 있는 커피숍에 앉아 있었다. 커피숍 안은 커피 향으로 가득했다. 퇴근길에 들른 사람들이 코트와 점퍼에 묻혀 온 고기 냄새, 찌개 냄새가 커피 향에 섞였다.

아메리카노는 카페라테나 카푸치노보다 흡연 욕구를 더 자극했다. 조성우는 아메리카노 한 모금을 마시면 출입문을 나가 담배를 피웠다. 20분 동안 레종 블루 반 갑이 사라졌다. 아내와 아들이 죽은 뒤 흡연량이 곱절로 늘었다. 담배가 없었다면 알코

올중독에 걸렸을 것이다. 조성우는 하루 세 갑의 담배 연기를 폐에 구역질이 나도록 욱여넣었다.

구로경찰서 수사과 지능팀의 김상만 형사가 커피숍에 들어왔다. 할로겐 불빛이 그의 성긴 정수리에 반사되었다. 반년 만에 머리가 더 빠지고 살은 더 찐 것 같았다. 숱 적은 머리를 짧게 깎아 달덩이처럼 보이는 김 형사의 얼굴에서 조성우는 마흔다섯 살 중년 남자의 이상 징후를 읽었다.

"조 기자, 얼굴이 많이 상했어."

김 형사가 말했다.

"형님도 좋아 보이진 않습니다."

두 사람은 웃었다. 김 형사의 낡은 파카에서 생선찌개 냄새가 났다. 조성우는 갑자기 시장기를 느꼈다.

"언제부터 머리를 길렀어?"

앞머리가 길어 눈을 찌르고 있었다. 조성우는 왠지 머리를 깎기 싫었다. 옆머리를 올려 치고 앞머리를 다듬어 단정한 모습으로 돌아간 자신을 거울로 본다면 구역질이 치밀 것 같았다.

"형님은 언제부터 머리를 밀었어요? 술 취한 브루스 윌리스 같아요."

"그거 듣던 중 불쾌한 소린데? 내가 양키 새끼 같다니."

"죄송해요, 그렇다고 술 취한 문어 대가리 같다고 할 순 없잖아요."

"그게 좀 더 낫군."

김 형사는 미국인을 싫어했다. 용산서에서 이태원 외국인 범죄를 담당하면서부터 양키라면 치를 떨었다. 클럽에서 약을 파는 미국인 영어 강사들이나 웨이터를 폭행하는 미군들은 조지 부시 같은 표정으로 조사를 받는다고 그는 말했다. 이런 씨팔, 누가 죄를 지었는지 모르겠어! 한국 형사들을 테러범 보듯 한다니까! 6개월 전 이태원의 호프집에서 만났을 때 그는 이렇게 소리쳤다.

"사건 얘긴 들었어. 뭐라고 위로를 해야 할지 모르겠네."

"수사가 잘 진척되지 않습니다."

"그 스토커 새끼가 지문 하나 안 남겼다지? 꽤 용의주도한 놈이야. 하여간 이런 것도 다 미국식이지."

김 형사에게 미국식이란 즐기기 위해 범죄를 저지르는 것이었다. 제3세계 노동자들은 살아남기 위해 범죄를 저지르지만 미국인들은 즐기기 위해 저지른다고 그는 자주 말했다. 미국식 범죄가 이태원을 뒤덮은 노천카페의 차양처럼 전국으로 번져가고 있다고도 했다.

"지문을 찾아내도 신원을 확인하진 못해요."

"왜?"

"불법체류자니까. 지문 등록을 하기 전에 한국에 들어온 조선족일 거예요."

김 형사가 한숨을 쉬었다. 그는 피해자 유족에게 사망 사실을 알릴 때의 허탈한 표정으로 변해갔다. 조성우는 계산대로 가서 김 형사의 커피와 자신이 먹을 치즈 케이크 한 조각을 시켰다. 김 형사가 한숨을 쉴 때 조성우는 그런 무기력한 연민의 표정을 짓지 마 새끼야, 라고 소리치고 싶었다.

아내와 아들이 죽은 후 그는 휴직계를 내고 분당 서현역의 오 피스텔로 이사했다. 거기서 아내처럼 하루 종일 컴퓨터를 켜놓 고 껌벅이는 커서를 노려보았다. 무언가 써야 한다고 생각했지 만 단 한 자도 쓸 수 없었다. 잠이 들면 옛집의 벽에 흐르던 핏 줄기가 써라, 써라, 하고 외치며 그를 흔들었다. 그는 한 달 만에 무언가를 쓰기 시작했다.

"우리 술 한잔 할까?"

커피와 케이크를 들고 온 조성우에게 김 형사가 물었다.

"아뇨, 술은 끊었어요."

조성우는 서른 넘어서부터 췌장염을 앓았다. 지금 술을 입에 대면 파멸하고 말 것이라는 것을 조성우는 알고 있었다. 파멸이 두렵지는 않았다. 그는 다만 범인을 잡을 때까지만 제정신이고 싶었다. 놈을 검찰청 포토라인에 세우고, 난 그렇게 쉽게 무너 지지 않았다고 소리친 뒤 무너지고 싶었다.

"조 기자, 자네는 냉철한 사람이잖아."

"냉소적이죠."

"냉철하든 냉소적이든 어쨌든 자넨 영리한 사람이야. 잘 들 게. 지금 외롭고 힘들겠지. 분노가 부글부글 끓을 거야. 그래서 분노를 터뜨릴 대상을 찾는 거야. 살아갈 의미가 그것뿐이라고 생각하니까. 하지만 그럴수록 마음만 황폐해져."

조성우는 김 형사의 그런 반박을 예상했다. 범죄 피해자들은 분노를 엉뚱한 대상에게 조준하곤 한다. 미워할 수 있는 대상의

실오라기라도 잡는 순간 그들은 맹목적으로 붙들고 늘어진다. 조성우는 자신은 다르다고 생각했다. 어떤 근거도 들이댈 수 없지만 나는 다르다, 달라야 한다. 그래야 살 수 있다.

"범인은……."

조성우는 '그 새끼'나 '그 자식' 대신 범인이라는 단어를 골랐다. 커피 향과 함께 쓴물이 식도로 올라왔다.

"범인은 집에 들어오자마자 아내를 찔렀어요. 아내 손톱에 방어흔이 하나도 없었어요. 범인은 미처 대비할 틈도 없이 거실에 앉아 있는 아내를 죽인 거예요. 물론 내가 집에 없다는 것도 알고 있었죠. 형님, 이런 경우 보셨어요? 범인은 단순한 스토커나 망상장애 환자가 아니라고요."

"성급한 놈이구먼."

"범인은 죽이는 것만이 목표였어요. 침입과 살인, 그 사이에 아무것도 없어요. 그냥 아내 목에 무작정 달려든 거예요. 배가 아니라 단숨에 죽일 수 있는 목으로. 스토커라면 이러지 않죠. 스토커의 목표는 죽이는 게 아니니까. 스토커라면 아내를 잡아 고통을 주면서 굴복시키거나 구애를 했을 거예요. 어떻게든 아내에게 자신이라는 존재를 과시하려고 했을 거예요. 스토커에게 살인은 목표가 아니라 결과예요. 스토커가 이렇게 깨끗하게 살인을 해요? 그게 가능하다고요?"

"벽에 글자가 있었잖나."

"스토커한테는 글자 몇 자가 중요한 게 아니에요. 상대의 고통이 더 중요하죠. 그리고 글자를 남기고 싶었다면 아내가 살아 있을 때 아내의 눈앞에서 남겼겠죠. 더 들어보세요. 범인은 아내를 그대로 내버려둔 채 손톱만큼도 건드리지 않았어요. 스토커라면 아내에게 엄청난 환상을 가지고 있었을 거 아니에요? 그 환상을 견디다 못해 침입했는데 그걸 실현시키지도 않고 그냥 돌아선다는 게 말이 안 돼요."

"모든 범죄를 하나의 패턴으로 정리할 순 없어. 예외라는 게 있다고."

"이상한 점이 또 있어요. 범인은 동하도 단숨에 죽였어요,"

조성우는 입에 올려선 안 되는 이름을 꺼냈다. 아들의 이름을 건드리는 순간 식도가 타고 피가 끓어올랐다.

"하지만 동하는 다르게 대했어요. 별건 아니에요. 동하를 침대에 가지런히 눕혀놓았어요."

"왜 그랬다고 생각해?"

"죄의식을 느꼈기 때문이죠. 누군가의 명령 때문에 어쩔 수 없이 아이를 죽여놓고 미안했던 거예요. 범인이 우리 집에서 한 과시적인 행동은 그게 전부예요. 생각해보세요. 스토커가 이럴 수 있어요?"

"그런데 왜 하필 조선족이야?"

"아내가 최근에 조선족 범죄를 취재하고 다녔거든요. 얼마 전부터는 HM캐피탈이라는 조선족 3세가 운영하는 투자회사를 의심했어요. 그 회사가 불법적인 일뿐만 아니라 폭력 조직과도 연계돼 있을 거라고. 저도 아내의 취재를 도왔죠. HM캐피탈 사무실에 쳐들어가기도 했어요. 작가 하나쯤이야 대수롭지 않게 생각할 수 있지만 기자까지 따라붙으니까 위협을 느꼈겠죠. 놈들은 스토커로 위장해서 아내를 죽이고 날 파멸시키려고 했어요. 기자까지 죽이면 일이 커지니까 가족만 죽였죠. 어쩌면 스토킹도 그놈들이 했는지 몰라요."

"이봐, 자네 추측에는 비약이 있어. 그 회사가 고작 취재 조금 들어갔다고 사람을 죽인단 말인가? 자네와 제수씨가 그 회사의 비리를 밝혀낸 것도 아니잖아."

"밝혀낸 뒤에 죽이면 늦죠."

"차라리 외계인의 음모라고 하지그래?"

아내가 HM캐피탈의 핵심에 다가가지는 못했다고 조성우는 생각했다. 범인은 아내의 컴퓨터와 자료를 건드리거나 없애지 않았다. 조성우는 아내의 노트북에 남아 있는 문서들을 꼼꼼히 검토했지만 아무것도 발견하지 못했다. 고작해야 신문 스크랩뿐이었다. 그러나 조성우는 아내가 의도치 않게 놈들의 뭔가를 건드렸다고 생각했다. 아내가 아니라면 조성우 자신이 건드렸을 것이다.

"경찰에 얘기는 했나?"

"했죠. 갈 때마다 말뿐. 수사를 하고 있네, 증거가 없네, 어쩌네 하고."

"알잖나, 그 사람들도 최선을 다하고 있어. 힘들 거야."

"알죠, 실적 내기 힘든 일이 걸린 거죠. 그런데 형님, 제일 기분이 더러울 때가 언젠지 알아요?"

"언제?"

"이런 생각을 할 때요. 내가 HM캐피탈을 건드리지만 않았어도 아내와 동하가 죽지 않았을 텐데 하는 생각."

"이봐, 조 기자. 그러지 마. 조 기자 때문에 아내와 아들이 죽었다고? 꼭 그렇게…… 정말……."

김 형사가 말을 흐렸다. 그가 걱정하는 지점이 어디인지를 조성우는 알고 있었다. 자신 때문에 가족이 죽었다고 생각하는 순간 범죄 피해자는 심리적 막장에 들어간다. 그 순간 남은 삶이 송두리째 지옥으로 떨어진다. 조성우는 대답했다.

"예, 제가 잘못해서 가족이 죽었어요."

"아냐, 조 기자 말은 아무런 증거가 없어. 다 상상이야."

"증거는!"

조성우가 소리쳤다. 목이 탔다. 조성우는 식어버린 아메리카노를 한 모금 마시고 한 자 한 자 다짐하듯 말했다.

"제가 찾을 겁니다."

두 사람은 말없이 커피숍 유리문 밖을 쳐다보았다. 양복을 입은 취객 두 명이 휘청거리며 걷고 있었다. 올 겨울엔 추위가 일찍 찾아와 길게 머무른다고 했다. 기상청은 12월 초부터 영하 10도의 한파가 온다고 예보했다. 취객들은 코트 깃을 잔뜩 세운 채 어둠을 휘젓고 있었다.

"바람은 잘 피우고 계세요?"

"이 상황에서 참 적절한 질문이군."

"형님, 전에 만났을 땐 회춘한 거 같더니 지금은 아닌데요."

"관뒀어, 아휴 귀찮아. 한밤중에도 전화 오지, 극장이다 모텔이다 식당이다 예약 잡아야 되지. 아휴, 귀찮아 죽겠더라고."

"형님은 범인이랑 연애하는 게 더 잘 어울려요."

"끔찍한 소리."

"절 도와주세요."

"뭘 어떻게? 나는 지금 강력팀이 아니라 지능팀이야."

"용산서에서 형님 실력은 잘 알고 있습니다."

김 형사는 두 달 전 구로서로 오기 전까지 이태원의 외국인 범죄를 수사했다. 한국인 범죄 수사가 가두리 양식장에서 고기를 잡는 거라면, 외국인 범죄 수사는 대양에서 손톱만 한 열대어를 잡는 격이었다. 위명 여권으로 들어온 외국인이라면 지문도 인적 사항도 없다. 김 형사는 평소에 허점이 많고 치밀하지 못한 사람이었다. 자신과 바람난 여자를 채 한 달도 관리하지 못하는 사람이 수사에만 돌입하면 독기를 뿜었다. 외국인 옷 가게에서 강도 살인이 발생했을 때, 김 형사는 살해당한 여주인과 거래가 있는 자의 소행으로 파악하고 수많은 전표들을 뒤져 범인을 찾아냈다.

"조선족 폭력 조직에 대해 알고 싶어요."

"HM인가 뭐시긴가가 흑사회 같은 거랑 연관돼 있다고 보는 거야? 그런 큰 조직은 없어. 죄다 말뿐이지. 불법체류라 걸리면 바로 쫓겨나는데 큰 조직이 뿌리를 내릴 수 있겠어? 안산이라면 몰라도 구로서에선 폭력 사건으로 입건되는 건 죄다 당직계에 들어오는 사건이야. 술 먹고 싸우는 거."

"그래도 주먹 쓰는 놈들이 있을 거 아닙니까?"

"글쎄, 이태원이라면 정보원들이 꽤 있지만 여긴 없어. 그냥 동료들한테 풍문으로 들은 건데, 흑룡강이든 길림이든 같은 지역끼리 모여 형 동생 하고 돌아다니는 조무래기들이래. 조선족 채무자 괴롭혀서 떼인 돈 받아내고 그런 거지, 뭐. 주로 한국에 호적이 살아 있거나 부모가 국적을 따서 귀화한 애들이 그런 짓을 한다고 들었어. 불법체류자야 사고를 치면 안 되니까 몸을 사려야지."

"마작방 쪽 사정은 어떻습니까?"

"중국 사람들이 워낙 도박을 좋아하잖아. 기업형으로 크게 하는 데는 없어. 다들 쉬쉬하면서 아는 사람들끼리 하는 거지. 개장자가 천5백 명 정도나 된다는 통계도 있어. 가게 밀실이나 일반 주택에 방을 얻어서 하는데 단속 뜨면 벨을 눌러서 다 도망가게 하지. 테이블당 하루에 20만 원 정도 뽑으니 쏠쏠한 거야. 돈 잃고 미친놈이 칼 들고 마작방을 털었다는 첩보도 있었는데 신고는 안 들어왔어."

"알아서 손봤겠죠."

"그럴 수도 있고. 그런데 조 기자 혼자서 조선족 폭력 조직을 조사할 수 있을 거라고 생각하나?"

"그럴 겁니다."

김 형사는 고개를 흔들었다.

"조선족은 경계심이 많아. 하도 속이는 놈들이 많았으니까 그럴 만도 하지. 택시 기사들은 조선족 손님을 싫어해. 돌아가는 거 아니냐, 바가지 씌우는 거 아니냐, 묻고 따지니까 말이야.

무턱대고 그들과 부딪쳐서는 아무것도 얻을 수 없어."

"압니다."

"아니야, 조 기자는 아직 몰라. 조선족 대부분은 아주 성실해. 중국에서도 열심히 일하고 교육열 높기로 유명한 소수민족이었다잖아. 사실 조선족 범죄율은 한국인보다 낮아. 그런데 조선족이 한국 사람이랑 다른 점이 하나 있어. 감정이 억눌려 있다는 거야. 그래서 쉽게 폭발해. 자기를 무시한다 싶으면 못 참아. 그리고 일단 폭발하면 끝장을 봐. 편의점 직원에게 칼부림한 사건도 그렇게 터진 거야."

조성우는 현기증을 느꼈다. 김 형사의 얼굴과 커피숍의 전등들이 오른쪽으로 살짝 기울었다. 조성우는 마지막 남은 커피를 마셨다.

"전 조선족 따위엔 아무런 관심도 없었어요. 아시잖아요. 저는 저밖에 모르는 사람이에요. 그런데 사건이 일어난 뒤에 유령을 보는 소년이 된 기분이에요. 유령들이 내 눈 앞에서 실제 인간으로 변하고 있는 거 같아요. 아들이 졸랑졸랑 따라다녔던 조선족 아주머니마저 무서워요. 그 아주머니가 마지막 돈을 받으러 왔을 때 칼로 찌르고 싶었어요. 내가 그들을 견뎌낼 수 있을지 모르겠어요."

조성우는 밖에 나가 담배를 피웠다. 늦가을 찬바람이 담배 연기와 함께 폐를 가득 메웠다. 망설이지 말고 전진하라는 마음속의 목소리가 들려왔다. 일단 발을 들여놓은 이상 거기에 뭐가 기다리고 있든 끝까지 가야 한다고 목소리가 말했다. 조성우는 서둘러 김 형사에게 돌아갔다.

"형님, 가리봉동에서 가장 큰 마작방을 제보할게요. 털어주세요."

"마작방은 왜?"

"선량한 시민의 제보예요. 거기 일하는 놈들 싹 다 유치장에 넣어주세요."

구렁이를 잡는다고 순순히 사실을 토해낼 가능성은 없다. 그러나 그가 정말 HM캐피탈과 관련이 있다면 뒤에서 누군가 움직일 것이다. 구렁이에게 변호사를 대주고 추방당하기 전에 구치소나 출입국관리소에서 빼주는 자들을 파악하면 고려행정사와 HM캐피탈의 주요 라인이 드러날 것이다.

"난 외사과나 강력팀이 아니야."

"마작방도 인지만 되면 수사할 수 있는 거 아니에요? 제 마지막 부탁이라고 생각하고 들어주세요. 큰 물건인데 실적도 되잖아요."

잠시 침묵이 흘렀다. 조성우는 포크로 치즈 케이크의 잔해를 뒤적였다.

"하나만 약속해. 만약 마작방을 털어도 단서가 안 나오면 그만두겠다고."

"그 약속은 못 드립니다. 하지만 소득이 없으면 다시는 형님을 괴롭히지 않을게요."

김 형사가 고개를 끄덕였다.

"국제범죄수사대 5대에 동기가 있어. 말해볼게."

조성우가 웃었다. 앞머리가 흘러내려 그의 왼쪽 눈을 덮었다.

"그렇게 지친 척하지 마세요. 형님은 맹수예요. 먹잇감을 놓치는 법이 없죠."

마지막 임무

겨울 바다엔 아무것도 없다. 그것은 수평선을 가득 메운 채 해변을 향해 거품을 물고 돌진하는 공백이다. 이렇게 거대하고 철저한 공백을 정문환은 본 적이 없다. 한밤중에도 모텔 밖에서 출렁이고 있을 검은 구덩이를 떠올리며 정문환은 흥분했다.

2012년 11월 6일 밤 12시, 정문환은 동해시 망상해수욕장 앞에 있는 모텔에 누워 있었다. 단란주점에서 마신 가짜 양주 때문인지 머리가 아팠다. 2차를 나온 여자의 귀밑머리에서 장미 향수 냄새가 났다. 몸속에 따뜻한 파도가 밀려오고 잠시 차오르다가 빠져나갔다. 적막이 찾아왔다.

"오빠, 나 갈게."

여자가 샤워를 하고 나왔다.

"더 있지, 인차 가나?"

"그럼 연애라도 해?"

"이렇게 피뜩 왔다 가면 정이 없지 않아."

여자가 웃었다.

"니 이름이 뭐야?"

"혜련이. 한국 사람이 아니네? 중국 사람?"

"조선 사람."

"돈이 많은가 봐."

"돈? 여기저기 꿍져놨습데."

"좋겠다. 오빠, 또 보자."

"우리 련계를 자주 갖자우."

여자가 옷을 입었다.

"브래지어를 조선말로 뭐라 하는지 아나?"

"뭔데?"

"젖가리개."

여자가 웃었다. 여자가 나가자 호텔 방의 공기가 무거워졌다. 현관문이 철컥 닫히는 순간 공기가 두 배의 압력으로 정문환의 머리와 어깨를 눌렀다. 정문환은 여자를 잡아두고 싶었다. 더블 베드는 쌍인용 침대고, 냉장고는 전기랭동기고, 종업원은 복무원이고, 팬티는 빤쯔라고 말하면 여자는 더 웃었을까. 정문환이 공사판에서 들은 후라쉬, 미야까, 가따, 류현숙이 식당에서 들은 냅킨, 앞접시, 글라스는 우습지 않았지만, 오히려 공포에 가까웠지만, 여자가 처음 듣는 조선말은 우스웠나 보다. 정문환은 여자의 귀여운 웃음소리를 기억해내려 애썼다.

정문환은 살인의 대가로 받은 돈을 중국에 부치지 않았다. 낮에는 이름만큼이나 황량한 망상해수욕장을 어슬렁거리거나 해변 앞의 카페에서 포켓볼을 치는 커플들을 구경했다. 망상의 해변은 과도하게 길고 모래는 너무 하얗고 그 한가운데 우뚝 서있는 감시탑은 동해안의 어느 백사장보다도 외로웠다. 밤에는 술을 마시고 여자를 사고 새벽까지 불면증과 싸웠다. 정문환은 새벽 3시에야 간신히 눈을 붙였다.

꿈에 아이 둘을 데리고 가는 엄마가 나왔다. 정문환이 낮에 본 모습이었다. 한 아이는 유모차에서 자고 있었고 한 아이는 엄마 뒤를 따라가고 있었다. 아이를 하나만 낳는 중국에서는 연년생을 거의 보지 못한다. 아이 둘을 키우는 한국 엄마를 보면 얼마나 힘들까 안쓰러운 생각이 든다. 정문환은 길 건너편에서 엄마를 향해 한숨을 쉬었다. 그때 엄마가 고개를 돌려 자신을 노려보았다. 정문환이 한 달 전에 죽인 마른 여자의 얼굴이었다. 여자가 말했다. 왜 한숨을 쉬는 거야? 내가 불쌍해? 너보다 내가 불쌍해? 여자가 유모차를 끌고 길을 건너 자신에게 다가왔다.

꺼져! 정문환은 눈을 떴다. 한 시간도 채 자지 못한 것 같았다. 등줄기에 식은땀이 흐르고 오한이 일었다. 정문환은 허겁지겁 가방에서 회칼을 꺼냈다. 칼날이 창틈에서 흘러오는 가느다란 빛을 받아 어둠 속에서 반짝였다. 정문환은 손잡이를 테이프로 감싼 회칼을 바닥에 놓고 숨을 몰아쉬었다.

여자와 아이를 죽일 때는 정신이 하나도 없었다. 기억나지 않는 기억 때문에 미칠 것 같을 때, 회칼을 보고 있으면 마음이 편

해졌다. 그것이 언젠가는 자신의 목에도 들어와 죽음을 재촉할
수 있다는 생각이 들었다. 정문환은 회칼의 섬광에 위로를 받으
며 계속 되물었다. 나는 왜 죽었는가.

　살인을 지시한 제임스는 과대망상증 환자였다. 미친 척하는
게 아니라 진짜 미친놈이었다. 그는 조선족 모두가 절대로 돌아
갈 수 없는 문을 통과했다고 말했다. 동북 3성의 조선족 마을엔
부모 없는 애들만 남아 있고 빈집들을 한족이 차지했다. 북경의
조선족들도 남쪽으로 이주하는 추세다. 아직 떠나지 않은 조선
족이라면 한국 사장들을 벗겨 먹으려는 꿈만 꾼다. 그들에게 당
한 한국인 사장들은 가족들을 돌려보내고 왕징 거리 아파트의
지하 쪽방에 산다. 양복을 빼입고 이스턴, 워커힐, 비타민 같은
룸살롱을 돌아다니며 중국에 갓 들어온 한국 사장들에게 꽌시
(관계, 연줄)를 판다. 청도로 내려간 조선족은 빈민과 한몫 잡은
사업가로 나뉘어 다른 세계에 산다.

　한국은 어떤가. 조선족은 동포 대접도 외국인 대접도 받지 못
한다. 생각 있는 조선족이라면 말만 번지르르한 동포 놀음 하지
말고 다문화 정책에 포함시켜달라고 말한다. 이제 조선족은 존
재하지 않는다고 제임스는 말했다.

　정문환 씨, 우리가 누구냐고요? 우리는 한국의 식민지 백성
이에요. 농담이 아닙니다. 식민지 인간들에게는 자존감이 허락
되지 않아요. 그래서 우리는 스스로를 파괴하면서 삽니다. 막노
동해서 번 돈을 도박과 술로 날리고 아무하고나 붙어먹고 싸움
질이나 하고, 그래선 안 돼요. 식민지 인간들이 치유되는 길은

싸우는 것밖에 없어요. 왜 죽이냐고 물었죠? 죽기 위해 죽여선 안 됩니다. 우리는 살아남기 위해 죽여야 합니다.

정문환은 제임스의 이야기가 모두 헛소리라고 생각했다. 그러나 살아남기 위해 죽여야 한다는 말은 가슴에 남았다. 제임스가 손가락 두 개를 펴 들고 두 건만 해결하라고 말하는 순간, 정문환은 끝이라는 게 주어지지 않는 도망자의 삶으로 돌아가지 않겠다고 결심했다. 운명에서 탈출할 수만 있다면 누구든 죽일 수 있었다. 천 명이고 만 명이고, 아이든 여자든, 닥치는 대로 죽일 수 있었다. 정문환은 먼동이 터올 때까지 회칼 앞에 무릎 꿇고 앉아 있었다. 창문으로 새벽 햇살이 들어와 칼날을 핥았다.

오전 11시, 정문환은 노크 소리에 잠이 깼다. 네 시간 정도 잔 것 같았다. 수면 부족으로 눈이 뻑뻑하고 머리가 아팠다. 노크 소리가 점점 커지며 두통을 자극했다. 정문환은 벌떡 일어나 회칼을 들고 문으로 갔다. 문구멍으로 내다보니 구렁이의 얼굴이 보였다. 정문환은 회칼을 내던지고 잠금장치를 풀었다.

"이 쌍 뒤여질 놈의 즘승 새끼야."

정문환은 구렁이의 얼굴에 욕을 뱉었다.

"아이고, 한시가 급해서 달아왔드니 보자마자 울뚝하나?"

"니 거즛부리를 생각하면 속이 휘뜩 번져진다."

"내 미안하게 됐다만……."

"이제 와서 미안해? 요놈의 회칼로 제격 내리조기고 싶당이."

구렁이는 침대에 걸터앉아 느물느물한 미소를 지었다.

"히죽벌죽 웃어? 웃으면 누가 곱다냐?"

"글쎄, 내 말은 들어보지도 않고 까박만 주니 웃는 거 말고 어쩌겠나."

"인차 한 방망이 되게 얻어맞기 싫으면 도삽 쓰지 말고 사실대로 말해라."

"여북했으면 내가 그랬겠나. 황태복이가 다짜고짜로 찾아와서 니를 죽인단데. 방법 없이 당할 수만은 없지 않아. 내 소견에도 황태복이가 어찌할지 그건 뻔한 노릇이잖아. 그래 내가 시키는 대루 거짓부리를 쳤지만서도 다시 생각해보이 그게 니한테도 옳은 일이라."

"옳기는 뭐이가 옳아?"

"니도 천년만년 아들이랑 떨어져 살래? 이 복새판에도 기회라는 게 있당이. 좋은 일이 차례질지 누가 알아?"

"내가 찾아갈 때부터 속인 건 아이고?"

"아냐 아냐, 내도 황태복이를 보고 당황해났어. 어망간에 니를 살리려고 그랬다."

정문환은 구렁이가 거짓말을 한다고 생각했지만 더 캐묻지 않았다. 구렁이가 느물느물 잔꾀를 잘 쓰기는 해도 친구를 사지에 빠뜨릴 인간은 아니었다. 이제 와서 친구를 탓해봤자 소용없는 일이었다.

"만약시 또 한 번 작간을 걸 심산이면 내 손에 죽을 줄 알아라."

"알았어, 우리 문환이가 성미가 저래도 속대는 무르다우. 사람이 순박하고 고정해서."

구렁이는 보이지 않는 누군가에게 정문환을 추켜세웠다. 그의 버릇이었다. 용정에서부터 구렁이는 잘못을 빌 때 허공에 대고 상대를 칭찬했다. 그런 모습을 보고 있으면 위험이 닥칠 때 땅에 머리를 처박는다는 타조가 떠올랐다. 구렁이가 웃으며 말했다.

"니 얼굴이 핼쑥해났다. 술집 아가씨들이 써비슨가 써레질인가 되우 해준 모양이구나."

"허무랑잡탕소리 말고."

"아, 여기야 쌔코 버린 게 술집이고 아가씨 아닌감. 부럽다야."

"니한테 속힌 게 억울해서 술만 마셨다."

구렁이가 구석에 처박힌 회칼을 보았다. 칼날의 피는 씻어냈지만 흰색 테이프를 두른 손잡이에는 붉은 기운이 남아 있었다. 구렁이의 표정이 순간 굳었다. 구렁이라면 절대로 엄마와 아이를 죽이지 못할 거라고 정문환은 생각했다.

"서울로 올라오라. 일이 있다던데. 마지막 일이."

"그래, 마지막."

"이번 판에는 내도 한몫 벌어볼 상싶었는데 하지 말라드라. 내는 못한다고."

"고거 참 잘코사니다. 그럼 내 혼자 죽여야겠다."

구렁이가 얼굴을 들었다. 구렁이의 표정에 두려움이 배어 있었다. 정문환은 화가 치밀었다. 어린 시절부터 붙어 다닌 구렁이에게서 처음으로 자신을 두려워하는 기색을 느꼈다. 구렁이는 보이지 않는 누군가에게 저 괴물은 뭐야, 저건 정문환이 아니야, 라고 말하는 것 같았다.

"아냐, 황태복이가 돕는단데."

"이런 썅."

정문환의 인생에는 퇴로가 없었다. 한번 미끄러지면 죽을 때까지 미끄러지는 인생이었다. 구렁이가 물었다.

"할 거야?"

"해야지."

"물고기 잡는 것보다 헐하다이."

황태복이 속삭였다. 2012년 11월 9일 오후 2시 30분, 정문환과 황태복은 가리봉동 조선족 타운 입구에 있는 허름한 상가 앞에 서 있었다. 모든 준비가 완벽해 사람 죽이는 게 낚시보다 쉬울 지경이라고 황태복은 말했다. 물고기는 언제 입질을 할지 알 수 없지만, HM캐피탈을 벗겨 먹으려는 그 흑룡강 촌놈은 정해진 시각에 정해진 떡밥을 먹고 낚여 올라올 거라고 했다.

황태복은 계속 실없이 웃었다. 한 달 새 살이 찐 것 같았다. 삼각형의 각진 얼굴이 타원형으로 변했고 볼살이 처져 뺨의 흉터를 덮었다. 그동안 어디서 뭘 얻어먹고 다녔는지 모르겠지만 한국 생활이 나쁘진 않은 모양이었다. 정문환은 황태복의 웃음이 불안했다.

두 사람은 상가 계단을 올라 2층에 있는 가리봉실내낚시터로 갔다. 도박에 미친 막노동꾼들이 경품으로 주는 금반지에 눈이 멀어 하루 종일 죽치고 있는 곳이었다. 이날 주인은 일반 손님들을 내쫓고 황태복이 대림동에서 끌어모은 불량배들을 손님으로 위장시켜 낚시터 구석구석에 앉혀놓았다. 오늘의 목표물은 한낮에도 사람이 많은 낚시터가 돈을 건네받기에 좋은 장소라고 생각했을 것이다. 그가 들어오면 문을 잠그고 끝장낼 계획이었다. 정문환은 그가 쥔 비밀이 어떤 것인지 몰랐다. 알 필요도 없었다. 다만 자신이 죽인 작가나 죽음을 기다리는 남자나, HM캐피탈에 치명적인 진실을 우연히 수중에 넣은 거라고 생각했다.

황태복이 실내 낚시터의 문을 열었다. 습기와 물비린내가 몰려왔다. 낚시터 안은 서늘하고 어두웠다. 커다란 수조 주변에 낚싯대를 드리운 네 남자가 황태복과 정문환을 흘깃거렸다. 수조 한가운데에 기둥이 있고, 그 기둥과 천장이 맞닿은 곳에 종유석을 연상시키는 인조대리석 장식이 있었다. 장식의 주름마다 이끼가 잔뜩 끼어 진짜 강원도의 동굴에 있는 바위처럼 보였다. 낚시터의 사면에는 벌거벗은 서양 여자의 사진이 붙어 있었는데 여자들의 가슴이 습기에 우그러져 늙어 보였다. 거품이 떠 있는 검은 물에서는 간혹 살찐 잉어가 지느러미를 내비쳤다.

정문환과 황태복은 '1시간당 1만 원'이라는 팻말이 붙어 있는 카운터로 갔다. 황태복이 고개를 끄덕이자 주인이 웃었다. 두 사람은 떡밥과 수건을 받고 낚싯대를 골라 수조 가장자리에 앉았다. 앉자마자 비린내가 진동했다. 떡밥의 구린내가 비린내와 섞였다. 검은 물 밑에서 잉어와 향어 들이 쉴 새 없이 움직였다. 배가 고프니 떡밥을 물고, 무는 순간 수면 위로 튕겨지고, 지느러미의 경품 꼬리표를 수색당한 뒤 다시 물로 던져졌을 것이다. 하루만 수조에 살아도 주둥이가 너털너털해질 것이다.

정문환은 저 검은 물이 물고기의 지옥이라고 생각했다. 지옥에는 죽음이 없다. 지옥에 있는 것들은 죽음 없이 영원한 형벌의 반복을 견뎌야 한다. 주인이 앞치마와 커피를 가져왔다. 황태복은 앞치마를 두르고 낚싯줄에 케미라이트를 달고 낚싯바늘에 떡밥을 끼워 던졌다. 정문환은 담배를 물었다.

"니도 던지라우. 안 그러면 의심한다."

황태복의 재촉에 정문환도 떡밥을 엉성하게 끼워 던졌다. 목표물은 3시에 오기로 되어 있었다. 시간이 느리게 흘렀다. 정문환은 담배를 피우고 일회용 커피를 홀짝였다. 황태복은 진짜 낚시를 하러 온 사람처럼 물 밑의 움직임에 집중했다. 맞은편에서 손님으로 위장한 졸개의 낚싯대가 휘어졌다. 4백 그램은 족히 되어 보이는 잉어가 뜰채에 담겼다.

"어? TV가 나왔는데? TV가 나왔어! 안 주나?"

졸개가 주인에게 물었다. 황태복이 맞은편을 노려보며 소리쳤다.

"쌍! 조용히 해!"

남자가 입을 다물고 잉어를 방생했다. 얼빵진 새끼…… 황태복이 중얼거렸다. 스피커에선 줄곧 낚시터 분위기와 어울리지 않는 백지영의 발라드가 흘러나왔다. 주인이 CD를 갈아 끼우자 진웨뉘[金月女]의 노래가 낮게 깔렸다. '자이젠바 자이젠…… 언제 다시 돌아온단 기약은 없지만 잊지는 마라.' 정문환은 노래를 들으며 마지막이라는 단어를 떠올렸다. 두 건만 해결하면 중국으로 돌려보내준다고 제임스는 약속했다. 정문환은 황태복에게 물었다.

"이번이 마지막이지?"

"그런가?"

"이번만 하면 중국에 돌아간다."

황태복이 웃었다.

"그 전에 내한테 진 빚을 물어야지. 내가 그랬잖아. 눅게 쳐준다고. 팔 한 짝이면 될라나."

"돈 받으면 넉넉히 줄게."

"글쎄다."

정문환은 이번 일이 끝나면 자신도 죽는다는 사실을 깨달았다. 너무나 분명해 소름이 끼치는 예감이었다. 황태복이 팔 한 짝으로 만족할 리 없었다. HM캐피탈에게도 자신은 사라져줘야 할 짐이었다. 자신의 품속에 회칼이 있듯 황태복의 초경량 파카 안주머니에도 나이프가 있다는 사실이 서늘하게 다가왔다. 살아서 중국으로 돌아가려면 목표물과 황태복을 함께 죽이고 HM캐피탈과 흥정을 벌어야 한다고 정문환은 생각했다.

황태복의 낚싯대가 휘어졌다. 쌍, 걸렸다! 황태복이 뜰채를 들어 작은 잉어를 건졌다. 잉어는 힘이 없는지 제대로 파닥이지도 않았다. 황태복이 잉어 주둥이를 손에 쥐었을 때 낚시터의 철문이 열렸다. 목표물이 눈을 껌벅이며 어둠 속으로 들어왔다. 황태복은 서둘러 낚싯바늘에서 잉어를 빼다가 손가락을 찔렸다. 잉어를 물에 던지고 피가 흐르는 오른손 검지를 빨며 황태복은 왼손을 쳐들었다. 목표물이 천천히 다가왔다.

키가 작고 뚱뚱한 남자였다. 백열등이 남자의 두툼한 볼살을 비췄다. 남자는 굳은 표정으로 어둠 속에 웅크리고 있는 손님들을 살피며 황태복에게 손을 내밀었다. 황태복이 빨고 있던 오른손을 빼내어 남자의 손을 잡았다. 남자가 속삭였다.

"빨리 끝내는 게 좋지 않겠슴둥? 돈 보여줍세."

황태복이 웃었다.

"돈? 돈 없는데?"

남자가 작은 눈을 치켜떴다. 흰자가 보였다. 남자는 고개를 돌려 주인이 막고 서 있는 출입문 쪽을 보았다. 정문환이 품속의 회칼을 꺼냈다. 칼날을 보자마자 남자가 맞은편 손님들 사이로 숨기 위해 수조에 뛰어들었다. 첨벙, 소리와 함께 물방울이 정문환의 얼굴을 때렸고 손님을 가장한 맞은편 졸개들이 일제히 일어섰다. 정문환도 수조로 뛰어들었다.

차가운 물이 허리께까지 차올랐다. 잉어들의 지느러미가 발목을 스칠 때 오한이 일어나 온몸에 퍼졌다. 수조 바닥은 이끼가 끼어 미끌미끌했다. 정문환은 힘겹게 물살을 헤치며 맞은편으로 다가가는 남자의 등을 쫓았다. 습기와 비린내가 얼굴에 들러붙었다. 하하하하, 황태복의 날카로운 웃음소리가 진웨뉘의 노래를 몰아내고 어둠 속에 울려 퍼졌다. 왜 황태복이 아무 짓도 하지 않은 채 저렇게 서서 웃고 있는지 정문환은 생각할 틈이 없었다. 정문환의 손이 남자의 등에 닿는 순간 주인이 출입문을 열어젖혔다. 쇠파이프를 든 검은 그림자들이 쏟아져 들어왔다.

"이놈들이오. 이놈들 다 때려 부숴!"

정문환의 손아귀에서 벗어난 목표물이 수조를 기어오르며 외쳤다. 그러나 검은 가죽점퍼를 입은 남자들은 황태복의 졸개들을 때리지 않고 한데 섞여 수조를 에워쌌다. 목표물이 어리둥절한 표정으로 사방을 둘러보았다. 그도 지금 이 낚시터에서 일어나고 있는 사태의 전모를 모르는 것 같았다. 그는 더 큰 미끼를 낚기 위한 미끼에 불과했다.

너무 쉽게 진행되는 일에는 반드시 함정이 있다. 정문환은 그 진리를 몸으로 체득하고 있었으나 조급함 때문에 눈치채지 못했다. 10여 년 전 왕징의 지하실에서처럼 정문환은 수조 속에 멍하니 서서 황태복의 얼굴을 바라보았다. 황태복은 계속 웃었다. 정문환은 고개를 돌려 흠뻑 젖은 목표물을 보았고, 수조를 둘러싸고 쇠파이프로 바닥을 찍고 있는 남자들을 보았다. 차가운 물에서 한기가 올라왔다. 회칼을 들고 있는 손이 떨렸고, 이가 딱딱 부딪쳤다.

슈트에 반코트를 걸친 남자가 들어왔다. 황태복과 건달들이 일제히 그에게 허리를 굽혔다. 그는 답례도 하지 않고 뒷짐을 진 채 정문환을 쏘아보았다. 눈이 큰 남자였다. 쌍꺼풀진 두 눈이 백열등 불빛에 반짝거렸다. 황태복이 말했다.

"영등포 남문파 한 사장님이다. 인사드려라."

정문환은 그냥 서 있었다.

"이래도 모르겠니? 머절싸한 놈아, 이 작전은 저 돼지가 아니라 니를 잡기 위한 거라 이 말이다. 알겐?"

정문환은 물었다.

"언제 적부터 그리로 넘어갔니?"

"퍼그나 오래됐지. 남자가 큰물에서 놀아야 하지 않겐? 고려 행정사 령감보다야 이쪽에서 일하는 거이 백배 옳다."

"령감이 니를 죽일라 할 텐데?"

"일없다. 니 걱정이나 해라."

"내를 잡아 뭐에 쓸라고?"

"죽여서 령감한테 선물할라 그런다. 겁 좀 먹으라고."

양복을 입은 남자가 정문환을 불렀다. 묵직한 음성이었다.

"이리 와."

정문환은 칼을 물속에 버리는 체하며 뒤춤에 꽂았다. 사파리 점퍼로 뒤춤을 덮고 물속을 천천히 걸어 황태복 앞에 섰다. 황태복이 말했다.

"얼씨덩 올라오라."

정문환은 황태복에게 손을 내밀었다.

"이런 개뼈대 새끼, 그거 하나 못 올라오나?"

황태복이 정문환의 팔목을 잡아 끌어올렸다. 정문환은 온 힘을 다해 황태복을 수조 속에 빠뜨렸다. 황태복이 허우적대며 거품을 물었다. 정문환은 뒤춤에서 칼을 꺼내 그의 목에 대고 왼손으로 뒷덜미를 잡아 수조 한가운데로 끌고 갔다. 황태복이 품속에 손을 집어넣었다. 정문환은 그의 목에 핏방울이 맺히도록 칼날을 찍어 눌렀다.

"허튼짓하지 마라."

정문환은 황태복의 파카 안주머니에서 나이프를 꺼내 물에 던졌다.

"발목에 있는 건 놔둘게. 할 수 있으면 해보라우."

황태복이 속삭였다.

"칼 놔라! 놓으면 살려줄게."

"허망소리치지 마."

수조를 둘러싼 남자들의 표정이 일순간 경직됐다. 양복을 입은 남자가 웃었다.

"그 새끼를 죽이든 말든 내가 눈 하나 깜짝할 줄 알아?"

정문환은 남자에게 웃음으로 응수했다.

"그거 좋은 생각이오."

정문환은 황태복의 목을 그었다. 잉어들이 붉게 물든 수면으로 몰려와 입을 뻐끔거렸다. 정문환은 황태복을 물속에 던졌다. 시체와 함께 먼지 한 톨보다 가벼운 삶에 대한 미련도 내던졌다. 잉어들이 달려들며 지느러미를 팔딱거렸다. 황태복이 잠긴 곳에서 시작된 붉은 반점이 수조 양방향으로 퍼져 나갔다. 냄새가 진동했다.

정문환은 회칼도 던져버리고 두 손을 치켜들었다. 남자들이 사방에서 첨벙첨벙 소리를 내며 달려들었다. 파이프 하나가 정문환의 옆통수를 때렸다. 정문환은 물속으로 쓰러졌다. 낚시터의 풍경이 기우뚱해지더니 차가운 물이 두 눈을 감쌌다. 숨을 쉬기 무섭게 물과 건더기들이 코로 들어왔다. 억센 손들이 그의 뒷덜미를 채어 일으킨 뒤 주먹세례를 날렸다. 턱이 휙 돌아가는 느낌과 함께 눈앞이 깜깜해졌다.

남자들이 정문환을 수조 밖으로 끌고 가 내동댕이쳤다. 깜깜했던 눈앞이 뿌옇게 밝아졌다. 다시 주먹세례가 이어졌다. 광대뼈가 통째로 날아가는 듯한 통증을 느꼈다. 누군가 구둣발로 명치를 찼다. 목구멍에서 쓴물이 넘어왔다. 떡밥의 구린 냄새, 잉어들의 비린내, 점심으로 먹은 짬뽕의 매캐한 냄새가 한꺼번에 몰려왔다. 다시 눈앞이 깜깜해졌다.

남자들이 정문환을 무릎 꿇렸다. 한 남자가 뒤통수를 잡아 자꾸 바닥으로 떨어지려는 머리를 붙들었다. 정문환은 갑자기 수박이 먹고 싶었다. 용정의 어느 더운 날 아내가 쟁반에 담아 온 수박은 칼을 대기 무섭게 갈라졌다. 그 빨간 속살은 아기의 피부처럼 말랑말랑하고 달콤했다. 아내는 지금 어디 있을까, 철우는 지금 뭘 하고 있을까, 돈을 보내줘야 한다, 돈을 보내줘야 대학에 간다, 대학에 가야 나처럼 살지 않는다. 그런데 여긴 어딘가. 수박 한 조각만 먹으면 소원이 없겠다.

정문환은 죽음을 기다렸다. 지금 맞는 죽음은 수박처럼 달콤할 것 같았다. 저벅저벅 그에게 다가오는 발소리가 들렸다. 정문환은 그 발소리의 주인공이 최대한 신속하게 자신을 죽음에 밀어 넣어주기를 바랐다. 발소리가 멈췄다. 굵은 손가락 하나가 그의 턱을 들어올렸다. 정문환은 간신히 눈을 떴다. 눈앞에 양복을 입은 한 사장이 나타났다.

"거 야멸찬 놈이네."

한 사장이 혀를 찼다.

"이봐, 아까 말했지? 불법체류자 새끼가 죽든 말든 중요하지 않아. 난 너한테 관심 있어. 알아들었어?"

정문환은 턱 밑으로 침을 질질 흘리며 눈을 치켜떴다. 한 사장의 큰 눈이 정문환에게 다가왔다.

"우리 거래를 하자고. 대한민국에선 거래를 해야 살아남을 수 있어."

정문환이 고개를 끄덕였다.

"나는 대림동 가리봉동에서 뭔 일이 일어나든 상관 안 했어. 고려행정사 영감탱이가 하는 짓이라야 같은 조선족 등쳐먹는 거니까. 내 나와바리만 침범하지 않으면 괜찮았단 말이야. 그런데 요즘 신경이 좀 쓰여. 아니, 신경이 쓰여서 미치겠어. 영감탱이가 금융 사기꾼 놈을 끌어들여서 사업을 키우려나 봐. 돈을 줄 테니까 지켜달라고 찾아오는 조선족 놈들은 그렇다 쳐. 난데없이 한국 놈들도 영감탱이한테 돈을 뜯겼다고 울며불며 난리야. 그중에는 영등포에서 단란주점 하는 사장도 있어. 이러니 내가 미치고 팔짝 뛰지 않겠어?"

한 사장이 오늘 죽일 예정이었던 목표물을 가리켰다.

"이런 와중에 저 돼지 새끼가 나타났어. HM캐피탈에 한몫 뜯을 거라나 뭐라나. 비밀이 어쩌고 별 알아들을 수 없는 소리를 지껄이는 거야. 물론 내가 지켜준다고 약속했지. 저 쓸잘머리 없는 인간 망종을 죽이려고 진짜 HM캐피탈이 움직이더군.

재밌어. 재밌어 뒤지겠어. 그리고 뭔 놈들인지 아주 궁금해 미치겠어."

정문환이 입을 달싹였다.

"거, 거래는……."

"넌 다시 돌아가야 돼. 영감탱이한테. HM캐피탈한테."

정문환은 고개를 저었다.

"영감탱이가 하는 수작은 뻔해. 너한테 돈을 줄 거 같애? 중국으로 보내줄 거 같애? 허튼수작이야. 이용해먹고 죽일 거야. 너도 알고 있잖아. 알면서도 혹시나 하는 희망에 목숨을 걸었겠지. 너한텐 가진 게 없으니까. 너한테 필요한 게 뭔지 알아? 보험이 필요해. 인생에 든든한 벗이 돼드린다는 현대해상이나 또 하나의 가족이라는 삼성화재 같은 게 필요한 거야. 내가 널 지켜줄게. 난 이용해먹고 버리는 짓은 못 해. 필요하다면 돈도 주고 밀항을 알아봐줄게. 대신에 너는 돌아가서 나한테 정보를 주는 거야. 영감탱이랑 HM캐피탈의 개망나니가 뭔 짓을 하는지 조금이라도 알면 신호를 줘. 영감탱이와 나, 두 군데에 발을 걸쳐두고 어찌 됐든 니 살 길을 찾아보라는 거야. 알겠어?"

정문환은 대답을 하지 않았다. 한 사장은 그것을 긍정의 신호로 읽은 것 같았다.

"영감탱이한테 가서 빌어. 싸웠지만 어쩔 수 없었다고. 황태복이가 배신을 때려서 너까지 당했다고. 꾀쟁이니까 당연히 의심을 하겠지. 그땐 내가 황태복이 시체 사진을 들이밀면서 협박을 할 거야. 널 죽이겠다고. 영감탱이 머릿속이 또 번쩍하면서 이놈을 미끼로든 뭐든 써먹을 가치가 있겠구나 생각할 거야."

한 사장이 일어섰다. 정문환이 중얼거렸다.

"마지막……."

한 사장이 돌아서서 물었다.

"뭐?"

"마지막인 줄 알았는데……."

영원한 형벌

2012년 11월 10일 저녁 8시, 조성우는 대림시장 뒤편에 있는 중국집으로 갔다. 한국식 요리를 내놓는 곳이었다. 홍합이 껍질 째 잔뜩 놓인 짬뽕을 앞에 놓고 헌트가 스마트폰을 만지작거렸다. 며칠 전 조성우가 집 주소로 보내준 갤럭시S3였다.

"야 헌트, 스마트폰까지 장착하니 첩보원 냄새가 나는구나."

"첩보원이요?"

"첩보원이 꿈이라며."

"농담이죠. 어른이 농담 하나 구분 못 해요?"

"그래? 그럼 헌트가 아니라 진봉이구나, 봉아."

"아, 그냥 헌트라고 불러요. 제발."

조성우는 헌트 맞은편 의자에 앉았다. 홍합짬뽕에서 김이 모락모락 올라왔다.

"이거 안 먹냐?"

"저녁 먹었어요. 그냥 있기 뻘쭘해서 시킨 거예요."

"그럼 내가 먹는다."

조성우는 점심부터 굶고 있었다. 짬뽕 국물은 너무 짜고 조미료 맛이 강했지만 면은 쫄깃쫄깃해서 먹을 만했다. 헌트가 스마트폰에서 고개를 들어 조성우를 쳐다보았다.

"왜?"

"홍합에는 왜 뻘이 없어요?"

"뻘에서 안 사니까 뻘이 없지."

"아, 그렇구나."

"학교 좀 다녀라."

"세상이 학교죠, 뭐."

조성우는 홍합을 발라내 입에 넣었다. 홍합의 연한 살이 씹을 새도 없이 목구멍으로 넘어갔다. 헌트가 물었다.

"근데 아저씨는 왜 밥을 안 먹고 다녀요?"

"내가 굶은 것처럼 보이냐?"

"한 사흘쯤."

"다이어트 하느라고 그런다."

"다이어트? 아저씨 몰골을 좀 봐요. 해골에 가발만 씌워놓은 거 같아요. 그 몸이 다이어트 할 몸이에요?"

"너는 싸가지 없는 게 한결같아서 참 좋아."

조성우는 말을 멈추고 먹는 데 집중했다. 헌트도 다시 스마트폰의 세계로 침잠했다. 토요일이었다. 토요일에 연인들은 데이트를 하고, 가족들은 외식을 하고, 일 없는 조선족은 마작을 한다. 조성우는 면을 다 건져 먹은 뒤 입가를 닦으며 물었다.

"도박하기 좋은 날이지?"

"오늘이 대목이죠."

"마작청은 그만뒀나?"

"어제 그만뒀어요. 분위기가 살벌해요."

"왜?"

"어제 무슨 일이 났나 봐요. 아마 다른 라인이……."

"한국 조폭이랑 싸웠대?"

"그건 잘 모르겠고, 여튼 대림동이랑 가리봉동에서 한국 건 달이 나타나면 말하라고 주인이 시켰어요."

"조폭이 조선족 동네에 뭘 건져먹을 게 있다고 그러냐?"

"당연히 한국인이 조선족 동네에 먹을 건 없죠. 하지만 조선 족이 한국 동네에 먹을 건 많아요."

"조선족이 먼저 나와바리를 침범했다는 말이냐?"

"센서는 있으셔."

"센서가 아니라 센스다, 헌트."

"똥이나 된장이나."

"똥하고 된장은 달라, 헌트."

"어쨌든."

"뭔 일인지 더 자세히 알아봐라. 냄새가 난다."

"안 그래도 정보를 수집하고 있어요. 근데 고려행정사 사장 있잖아요. 그 늙은이, 그 인간이 이 근방에서는 령감으로 통하 는데 입단속을 단단히 시키나 봐요. 식당 사장도 령감 전화 받더니 한마디 안 하더라고요. 몸을 잔뜩 움츠리고 있어요."

"그 자리에서 그 나이까지 살아남았으면 신중하고 영리한 인간이겠지."

"악마에 가까운 영감탱이예요. HM캐피탈 쪽 소문도 이거저거 들어봤어요. 별 얘긴 없고 거기 사장이 한국에 산 적이 있다던데요."

"한국에?"

"령감이 부하들한테 슬쩍 흘렸나 봐요. 어릴 적에 한국에 산 적 있다고."

"그것도 자세히 알아봐라."

"이것도 자세히 알아보고 저것도 자세히 알아보고, 하여간 시키는 건 많아요."

"뭘 더 갖고 싶은 게냐?"

"아, 갤럭시폰이 있으면 당연히 갤럭시탭도 있어야 세트가 완성되죠."

"너 호구를 단단히 잡았구나."

"싫음 말든가."

"어허, 이 사람아. 알았어, 알았어."

제임스 리가 한국에 잠시라도 살았을 가능성은 충분했다. 유학을 왔을 수도 있고 하다못해 친척 방문이라도 왔을 수 있다. 그러나 조성우가 알아본 바로는 제임스 리에게 한국 거주 기록이 전무했다. 그는 중국에서 태어나고 자라 북경대학에 입학했고, 북경대학을 중퇴하자마자 미국으로 유학 갔다. 뉴욕 투자회사에 근무하다가 한국에 들어온 것은 몇 년 전 일이었다. 그의 아버지는 연길의 출판공사 총경리이며, 어머니도 꽤 높은 직위의 공무원으로 알려졌다.

그가 한국에 산 적 있다는 팩트는 무거운가 가벼운가. 기자생활 내내 조성우를 괴롭혀온 질문이 지금도 어깨를 누르고 있었다. 제임스 리는 간혹 공적인 자리에서 기자들과 만날 때에도 한국 방문이 처음이라는 점을 강조했다. 조성우는 이 팩트가 사소하지 않다는 쪽에 내기를 걸었다. 당사자가 부인하는 팩트는 언제나 무겁다. 헌트가 물었다.

"단속은 언제 해요?"

"전화 주기로 했어. 곧 들이닥칠 거다."

"구로서 놈들이에요?"

"너는 경찰한테도 싸가지가 없구나?"

"유치장에 갇혀본 사람은 짭새를 존경할 수 없어요, 영원히."

"언제 갇혀봤는데?"

"글쎄, 그건 됐고. 구로서가 단속하느냐고요. 아는 형사가 나오면 싫어요."

"아냐, 서울경찰청 국제범죄수사대가 나설 거야."

몇 년 전부터 서울 일선 경찰서의 외사과 업무와 인력이 국제범죄수사대로 이관되고 있었다. 주로 인지 수사를 담당했다. 구로와 영등포를 관할하는 국죄범죄수사대 5대는 당연히 조선족 범죄를 많이 다룰 수밖에 없었다. 조성우는 5대를 딱 한 번 방문한 적이 있었다. 대림동 성심병원 옆에 있는 작은 벽돌 건물이었는데 일반 경찰서와 달리 보안이 철저했다.

"왜 구로서가 안 나서요?"

"아는 사람이 국제범죄수사대를 움직여줬어."

김 형사는 자신이 직접 나서지 않고 국제범죄수사대 동기에게 마작방 단속을 맡겼다. 의외였지만 조성우는 참고 기다리기로 했다. 조성우의 설명에 논리와 근거가 전혀 없지는 않았을 것이다. 김 형사와 대화할 때 그의 얼굴에 떠오르는 수많은 의문의 표정을 조성우는 기억했다. 김 형사는 의문이 생기면 끝까지 물고 늘어지는 사람이었다. HM캐피탈의 범죄에 대한 희미한 단서라도 잡힌다면 김 형사가 참지 못하고 나설 거라고 조성우는 생각했다. 휴대폰 진동이 울렸다. 김 형사였다. 조성우는 전화를 끊자마자 헌트를 재촉했다.

"가자, 어서."

조성우와 헌트는 대로변에 주차해놓은 NF소나타에 탔다. 헌트가 소나타의 측면과 후미에 긁힌 자국들을 보며 투덜거렸다. 조성우는 유독 주차를 못했다. 당신은 잠자리에서든 주차장에서든 넣고 빼는 걸 잘 못해. 미간을 찌푸리며 투덜거리던 아내의 표정이 갑자기 눈앞에 살아났다. 조성우는 기억을 쫓기 위해 이를 악물고 운전대를 붙들었다. 기억은 개미 떼 같아서 쫓아낼수록 더 많은 수가 덤벼든다. 헌트가 말했다.

"갤럭시탭 말고 이놈 한번 몰아보게 해주는 건 어때요?"

"꿈도 꾸지 마."

"쳇! 차 안이 왜 이렇게 썰렁해요? 쿠션 하나도 없어. 이놈은

128

시체 나를 때만 써요?"

조성우는 천성적으로 꾸미는 걸 싫어했다. 그나마 조수석 콘솔 박스 앞에 붙여두었던 아내와 아들의 사진도 사건이 발생한 후 떼버렸다. 소나타는 대림역을 돌아 가리봉동으로 달렸다. 도로가 자주 막혔다. 앞차가 출발을 지연할 때마다 조성우는 신경질적으로 클랙슨을 눌렀다. 남구로역에 들어서자 조성우와 헌트는 입을 다물었다. 소나타가 천천히 조선족 타운을 관통했다. 각종 커피, 호프 간판들과 노래방 네온사인과 중국어로 된 식당 이름들이 차장 위로 깃발처럼 휘날렸다. 조성우는 북해도식당 건너편 연태노래방 담장에 차를 댔다. 북해도식당 앞에는 벌써 경찰 미니밴 두 대가 주차해 있었다. 조성우가 헌트에게 말했다.

"이제부터 머리 숙여라."

헌트가 머리를 좌석 밑으로 파묻었다. 조성우가 물었다.

"오늘 영업하는 거 확실한 거냐?"

"이 헌트를 뭘로 보고 그런……."

"아, 알았어. 구렁이도 있겠지?"

"확실해요."

마작방 종업원들이 끌려 나오는 데는 시간이 오래 걸리지 않았다. 뒷문으로 채 빠져나가지 못한 도박꾼들도 함께 잡혔다. 간판 불빛에 그들의 얼굴이 환하게 드러났다. 퉁명스러운 사장의 얼굴이 보였다. 여전히 터틀넥에 양복 재킷을 입고 있었다. 혀 짧은 소리를 내며 조성우를 바닥에 팽개쳤던 보디가드도 끌려 나왔다. 조성우가 속삭였다.

"저 새끼, 혀는 다 나았겠지?"

"그럼요, 말이 청산유수예요."

헌트가 차장 너머를 흘깃거리며 손짓했다.

"저기요, 이제 나오는 놈이 구렁이예요."

구렁이가 식당 문을 나서고 있었다. 까무잡잡하고 긴 얼굴이었다. 더벅머리를 푹 숙이고 경찰에 양팔을 붙들려 미니밴에 올랐다. 조성우는 놈의 얼굴을 뇌리에 박아 넣었다. 헌트가 말했다.

"작전 완료."

"아니, 이제 시작이야."

조성우는 단테의 〈신곡〉 지옥 편을 떠올렸다. 검은 하늘 위로 높게 솟아 있는 지옥의 문 현판에는 이런 글귀가 있다. "나는 영원토록 있으리라, 여기 들어오는 자 희망을 버려라." 지옥을 지옥답게 만드는 것은 그 영원성이다. 조성우는 방금 지옥의 문을 통과한 것 같은 불길한 예감에 시달렸다. 멈출 수도 없고, 돌이킬 수도 없고, 일단 발을 들여놓은 이상 영원한 형벌만이 기다리는 곳에 온 게 아닐까. 헌트가 빈정거렸다.

"또 울상이셔."

다가오는 그림자

20년 전, 어느 조선족의 회고 2

내 고향은 흑룡강성의 국경 마을이다. 그 마을의 이름도 모습도 기억나지 않는다. 물이 허벅지께밖에 차지 않는 얕은 강이 있었던 것 같다. 강을 사이에 두고 인민해방군 초소와 러시아군 초소가 있었던 것 같다. 두 나라 사이가 나빠진 뒤로는 국경 건너기가 쉽지 않다고 어른들이 말했던 것 같다.

아버지의 얼굴은 기억나지 않는다. 할아버지와 할머니는 내가 태어나기도 전에 죽었다. 어머니는 할아버지가 애꾸눈이었다고 했다. 문화대혁명 때 집에 보관하고 있던 태극기 때문에 남조선 특무로 몰려 투쟁을 받다가 그렇게 되었다고 했다. 나는 개패를 목에 걸고 조반파 제자들에게 멱살잡이를 당하는 할아버지의 모습을 상상해보곤 한다. 그건 인간이 견디기 힘든 모욕이었을 것이다.

인민공사화와 대약진 시기에도 한족과 사이좋게 지냈던 조선족 지식분자들이 문화대혁명이 터지자 하루아침에 간첩이나 부농으로 몰렸다. 모욕은 조선족의 운명이다. 모욕의 칼은 때로 한 인간의 실존까지 베어버린다. 할아버지는 소학교 교장을 그만두고 시름시름 앓다가 세상을 떠났고 할머니도 몇 달 뒤에 뇌졸중으로 쓰러져 죽었다.

할아버지 때문에 학교를 다니지 못한 아버지는 일찌감치 농사를 지었다. 할아버지와 절친한 친구였던 외할아버지도 목단강시에서 투쟁을 받았는데, 그 힘든 와중에도 할아버지와의 약속을 지키기 위해 어머니를 시집보냈다. 문화대혁명이 끝나고 식구 수대로 수전을 분배받았다. 흑룡강은 토지가 비옥한 데다가 한전을 짓는 한족보다 수전을 짓는 조선족의 수확량이 훨씬 높았는데도 우리 집은 먹고살기 힘들었다고 한다.

나는 할아버지가 당한 모욕이 아버지의 영혼까지 잠식했기 때문이라고 생각한다. 할아버지가 투쟁을 받을 때 아버지는 "나는 아버지를 타도한다"는 구호를 따라 부르지 않아 피투성이가 되도록 얻어맞았다고 한다. 그 뒤 아버지는 술에 절어 살다가 내가 네 살 때 사고로 죽었다. 뜨락또르(트랙터) 사고라고 했는데 어머니는 그 죽음의 자세한 정황을 말하지 않았다. 자살이었을지도 모른다. 아버지가 죽은 뒤 살 길이 막막해진 어머니는 이모가 사는 연길로 갔다. 그때는 도시 호구를 받는 게 지금처럼 어렵지 않았다고 한다.

연길에서 나는 하루 종일 방에 갇혀 혼자 놀았다. 뭘 하며 놀았는지 잘 기억나진 않지만 외로움의 서늘한 감정만은 남아 있다. 어머니는 닥치는 대로 장사를 했다. 당시에는 연길에서 운동복과 우산이 가장 잘 팔렸다. 어머니는 복주에서 물건을 가져와 서시장의 매대에서 곱절의 가격으로 팔았다. 운동복과 우산 장사 경쟁이 치열해지자 짠지 장사를 시작했다. 아침에 눈을 뜨면 어머니는 어느새 김치, 미역, 해파리, 땅콩 등을 쌓아놓고 있었다. 시큼하고 짠 냄새가 하루 종일 방 안에 맴돌았다.

어머니는 연길에 만족하지 못했다. 상해 같은 남쪽 도시에 가면 짠지 장사로 1년에 중국 돈 만 원을 벌 수 있다고 말하곤 했다. 북한 장사에도 눈을 돌렸다. 매일 몇 트럭 분량의 물건들이 연길에서 북한으로 들어갔고, 국경을 왔다 갔다 하는 보따리장수도 많았다. 북한에 물건을 대주는 아재 중에 하루에 중국 돈 4천 원 이상을 버는 사람도 있다고 했다.

러시아 장사도 어머니를 유혹했다. 어느 여름밤에 나는 잠에서 깨어 러시아에서 왔다는 아주머니와 어머니의 대화를 엿들은 적이 있다. 두 사람은 내가 깨지 않도록 목소리를 낮추며 러시아 장사 계획을 논의했다. 아주머니는 마우재(러시아인)들이 총을 쏘며 조선 사람들 물건을 강탈한다는 소문은 사실이 아니라고 말했다. 한국에 가면 조선 사람이라고 무시를 당하는데 마우재들은 다들 친절하다고 했다.

아주머니는 3백 달러로 비자를 사서 우쑤리(우수리스크)를 거쳐 하바롭스크로 갔다. 보따리 여섯 개가 금방 팔렸고, 루블화가 똥값이어서 돈 몇 보따리를 짊어지고 환전소로 가야 했다. 단속이 뜰 땐 경찰에 뇌물을 주면 그만이고 혼자 장사하기 힘들

땐 따발(가짜 부부)을 이루면 된다고 했다. 그때 천둥이 치고 소나기가 쏟아졌다. 나는 거리를 난타하는 빗방울 소리에 시달리며 잠이 들었고 새벽에 오줌을 지렸다.

나는 버림받을까 봐 무서웠다. 그때 어머니의 입에선 하루 종일 숫자가 튀어나왔다. 이 장사는 몇천 원, 저 장사는 몇만 원, 어머니는 상상 속의 돈다발을 세며 낯선 땅으로 가는 꿈을 꿨다. 어머니에겐 나보다 돈이 중요한 것 같았다. 어머니가 돈을 찾아 먼 나라로 날아가는 순간, 나는 죽어버리겠다고 결심했다. 세월이 흐른 뒤 어머니는 한국에 오지 않았다면 상해나 북한이나 러시아로 갔을 거라고 말했다. 그리고 그리로 갔어야 했다고 말했다.

1990년 가을에 친척 방문으로 한국에 다녀온 아주머니가 찾아왔다. 한국에 농장을 만들어 중국 집체호처럼 공동체를 일구고 싶어 하는 사람이 있다고 아주머니는 말했다. 한국인보다 자본주의 때가 덜 묻은 조선 사람을 찾고 있으며, 이미 여러 사람을 초청했고, 이번에는 혼자 사는 여자를 찾고 있다고 했다.

아, 글쎄 내 말 좀 믿기요. 내가 거짓부리를 왜 하나? 먼 데 가서 장사하는 것보다 훨씬 반가분 일이 아니겠슴둥? 맞갈지 않으문 돌아오면 돼. 글쎄 아이가 있어도 괜찮데두나. 초청 서류 꾸미고 비행기 표까지 보내서 친척 방문 비자를 얻게 해준단데. 나중에 좋은 사람이랑 성가시켜서 영주권도 받게 해준다드라. 근데 거기 살려면 교회를 다녀야 돼. 농장 주인이 장로인가 뭐시긴가 하는 사람이단데.

"부파(不怕, 두려워 마라)!"

겨울밤에는 과자 삼촌이 생각난다. 그날 밤에 농장 예배당으로 쓰이는 가건물 벽에 등을 기대고 조선 사람들이 탄재라고 부르는 담요를 내게 건네주며 과자 삼촌은 이렇게 말했다. 겨울이 깊어갈수록 그의 몸은 빼싹 말랐고 얼굴은 누렇게 부어올랐다. 나는 어둠이 덮인 구영산 깊은 계곡의 평화농장을 돌아보았다. 멀리 멧돼지가 파헤친 논밭 너머 이남읍의 불빛들이 가물거렸다. 농장에는 가건물밖에 없었다. 벽돌로 숙소를 만드는 공사는 시작되기 무섭게 중단되었다.

"부파!"

과자 삼촌은 습관처럼 이렇게 말했다. 그는 머리가 큰 중년 남자로 숱이 많은 머리칼을 짧게 깎았다. 눈은 째진 데다 툭 튀어나온 이마에 굵은 주름 두 개가 있었는데 웃거나 인상을 찌푸릴 때마다 흉하게 꿈틀거렸다. 어깨 근육이 두툼하여 갑옷을 두른 것 같았다. 처음 평화농장에 온 날에도 그는 부파, 라고 외치며 초콜릿을 바른 크래커를 주었다.

어르나가 어찌 숫기가 없어? 왜서 뜨직해? 여기도 사람 사는 곳인데 무서워하면 뭐하나? 과자 삼촌은 트럭을 몰고 읍내에 갈 때마다 과자를 사서 평화농장의 꼬마들에게 나눠 주었다. 그래서 그는 이름 대신 과자 삼촌이라는 별명으로 불렸고, 자신도 그 별명을 좋아했다. 겨울바람이 창틀을 두드리며 윙윙거릴 때 나는 그가 미친 듯이 그립다. 그럴 때면 그가 내게 해준 것이 사소한 것들뿐이라고 스스로를 위로한다. 그러나 나는 과자 삼촌이 영원히 내게서 사라지지 않는다는 것을 안다. 무슨 일이 있어도 폭력을 쓰지 말라던 과자 삼촌의 가르침을 배반하며 살아왔지만 과자 삼촌은 여전히 내 가슴에 있다.

"니나 내나 목적성 있게 나왔으문 헛방 치고 가지 말아야지. 모든 게 습관되면 괜찮아."

과자 삼촌이 나를 위로했다. 나는 그와 함께할 날이 많지 않다는 것을 본능적으로 알았다. 평화농장의 모든 것이 무너지려하고 있었다. 봄부터 가을까지 우리가 쏟았던 땀방울의 결실도, 읍내 인간들에게 구걸했던 평화도, 모두 공중 분해되기 직전이었다. 나는 물었다.

"싸워야 옳지 않습까?"

"무슨?"

"놈들이 이리 걸고드는데 참고만 있는 게 옳습까? 쫓겨날 때 나더라두 엇서봐야지요."

"니는 안 쫓겨난다. 아지매가 성가하셨으니깐 혼인신고만 하면 영주권이 나온댔어."

"그런 놈 싫어요!"

"아버지한테 버릇대기 없이 그게 뭔 소리냐?"

"아무튼 내는 참기 싫어요! 만만한 게 쇄지고기라구 새뻿하문 우리만 못살게 굴지 않아요? 싸워야 옳지요!"

"아이구야 시끄럽다. 그만 고아대라우. 뭐라? 몽둥이라도 들어? 그걸루 한국 사람들 머리통이라두 갈겨줄 셈이나? 그러면 누가 씨원히 잘했다고 떠이고 다닐 줄 아나? 우리가 무기를 드는 날이면 된코에 걸릴 판이야. 주먹치기로는 일점의 리득도 없다 이 말이다. 알겠?"

"리득이 없어도 속이야 풀리겠지요."

"남잡이가 제잡이인 거라. 주먹을 쓰면 다 그리 돌고 돌아."

과자 삼촌이 내 머리를 쓰다듬으며 담배를 피웠다. 담배 연기가 하얀 입김에 섞여 북방으로 흘러갔다. 나는 농장 사무실 앞에서 과자 삼촌과 헤어졌다. 과자 삼촌은 아저씨들과 할 얘기가 있다며 숙소로 가라고 나를 떠밀었다. 나는 새아버지와 만나기 싫어 영춘이가 있는 방을 기웃거렸다. 평화농장에는 나와 영춘이와 한 살 어린 룡우, 세 명의 꼬마가 있었다. 나는 발돋움을 해 영춘이의 방 창문을 훔쳐보았다. 영춘이는 바로 그 창문 앞에서 나와 눈을 마주쳤다.

"아이구, 놀래라. 진웅이 니 여서 뭐하나?"

"니가 또 도망을 빼는지 감시할라구 이런다."

"도망? 틈을 봐서 떼깍 빼야지."

나는 창틀을 잡고 영춘이의 방을 훑어보았다. 영춘이의 병약한 어머니는 보이지 않았다.

"어드메로? 산속인데 말이야."

"잘 보라, 이번 판에는 경찰서로 달아간다이. 중국으로 쫓아내면 아름차게 고맙지비. 내 먼저 중국 가서 엄마 기다리면 되지 않나?"

"머절싸한 짓 좀 하지 말라."

영춘이는 몇 주 전 탈출을 감행했다. 논밭이 파헤쳐지고 유기농 작물의 판로가 막힌 뒤 농장의 험악해진 분위기를 영춘이는 견디지 못했다. 작업을 감독하는 한국 아저씨들도 우리를 거칠게 대했다. 어차피 완성되지도 못할 숙소 공사에 우리를 동원해 벽돌을 어설프게 나른다고 기합을 주었다. 우리는 벽돌을 세 장씩 안고 숙소 주위를 다섯 바퀴 뛰었다. 과자 삼촌이 말리지 않았다면 열 바퀴를 뛰었을 것이다.

그날 오후 룡우가 몸살에 걸렸다. 룡우는 몸이 약하고 머리가 모자란 아이였다. 자신이 남들과 다른 이유에 대해 그는 이렇게 말하곤 했다. 어릴 적에 아빠가 내를 죽일 잡도리를 하고 덴졌어. 축구뽈을 덴지듯이 단통 덴져버렸다이까. 눈앞이 몽몽해나고 머리가 바사지는 감이 났어. 그래 내가 이렇게 된 기야. 아빠는 제격하면 내를 조겨댔어. 열 살 때 내가 벨이 나서 잠자는 아빠를 칼로 콱 찌르려고 했는데 엄마한테 걸렸어. 내는 엄마가 말려도 담에 또 하겠다고 했지. 어벌떼기 내가 죽나 아빠가 죽나 한번 해보자 이거야. 그래 엄마가 내를 데리고 이리 왔어. 내가 아빠를 죽일까 봐.

영춘이는 룡우를 이대로 두면 죽을 거라고 했다. 기합을 받은 날 밤 영춘이는 룡우를 들것에 태워 질질 끌며 농장을 빠져나갔다. 영춘이는 산속 깊이 들어갔다. 신열에 들뜬 룡우는 들것에 누워서도 발로 땅을 밀며 영춘이에게 힘을 보탰다. 그들은 곧 방향감각을 잃었다. 마을로 내려가는 길이 보이지 않았고, 내려가서 무엇을 해야 하는지도 알 수 없었다. 그들은 바람이 살을 에는 산속에서 하룻밤을 보내기로 마음먹었다. 영춘이는 옥수수 알이 섞인 쇠똥을 발견하고 냇물에 씻어 룽우와 나눠 먹었다. 추위에 지쳐 잠들기 직전에 농장의 조선족 아저씨들이 그들을 찾아냈다.

룽우는 감기 몸살이 폐렴으로 번져 이틀 동안 읍내 병원 신세를 졌다. 영춘이는 방 안에 감금돼 근신해야 했고, 영춘이의 어머니는 점심때까지 논두렁에 무릎 꿇고 회개 기도를 올리라는 지시를 받았다. 우리가 점심을 먹으러 갈 때 영춘이의 어머니는 두 손을 모으고 겨울 하늘을 보고 있었다. 하늘에서 창백한 겨울 햇살이 쏟아졌다. 영춘이의 어머니는 얼굴을 잔뜩 찌푸리면서도 하늘에서 눈을 떼지 못했다. 하늘 한복판에 이름 모를 새한 마리가 날고 있었다. 영춘이는 나중에 장로 새끼를 죽이고 농장을 또 탈출할 거라고 말했다.

밤늦도록 나는 숙소로 돌아가지 않았다. 추위가 예리해졌다. 바람이 웅웅 비명을 지르며 내 뺨을 긁어 시린 동통을 일으켰다. 나는 추위를 이기려고 농장 이곳저곳을 돌아다녔다. 식당 뒤편에 아저씨들이 모닥불을 피워놓고 모여 있었다. 과자 삼촌의 얼굴도 보였다. 아저씨들은 모두 기영이 아재의 열변을 듣고 있었다. 모닥불의 열기에 그의 얼굴이 달아올랐다.

"읍내 것들이 농장을 망치려고 기를 쓰는 데야 심통이 꼴려서 볼 수가 없소! 우리가 죄범인가? 해도 해도 분수가 있어야지!"

기영이 아재는 성미가 불같은 남자였다. 그를 제압할 수 있는 사람은 과자 삼촌밖에 없었다. 그는 장로의 눈을 피해 곧잘 싸움을 벌였다. 농장에 들어온 지 얼마 안 되어 나는 그가 칼을 들고 날뛰는 모습을 본 적 있다. 농장에서 일어나는 싸움은 모두 돈이 원인이었다. 읍내 유지들이 유기농 농작물의 판로를 막을 때까지 아저씨들은 한 달에 120만 원 정도의 월급을 받았고, 대부분 번 돈을 중국에 송금했다. 가족 중 누가 아프거나 큰돈이 필요한 사람은 형편이 나은 사람의 돈을 꾸어 송금하기도 했다.

돈을 갚지 않는 아저씨와 시비를 벌이던 기영이 아재는 아내가 중국 군인이랑 붙어먹고 있다는 소리를 듣고 칼을 들었다. 그가 진짜 찌를 것처럼 상대를 벽에 몰아붙인 채 칼을 휘둘렀을 때 과자 삼촌이 둘 사이에 뛰어들었다. 허공을 가르던 기영이 아재의 칼이 과자 삼촌의 이마를 긁었다. 과자 삼촌은 피를 흘리며 기영이 아재의 팔을 등 뒤로 꺾었다. 과자 삼촌에게 붙들린 채로 상대를 바라보던 기영이 아재의 그 눈빛이 이날 모닥불 앞에서도 번득이고 있었다.

"장로가 약조를 걸레쪼박같이 저버렸어. 돈은 내놓아야 할 거 아임메? 이거 소비돈만 받아갖고 어이 사나? 아글타글 푼전을 모아봐야 빚만 남소. 시체마냥 살면 그거이 사람의 틀거지인가 말이야."

과자 삼촌이 말했다.

"낸들 이 노릇이 소원이겠는가. 그러더라도 이 모양으로 털고 중국에 가면 운수가 트일 것도 없다."

"누가 허타이 돌아가겠다나? 읍내 것들 때문에 돈줄이 안 풀리면 싸워서라도 풀어야 할 거 아이요?"

"그럼 어찌는가? 어찌 싸워?"

"싸우면 싸우지 왜 못 싸움담까? 눈에서 불찌가 나는데 참고 있는 것보담은 옳소."

"그럼 다가 쫓겨난당이."

"쫓겨났으문 벌써 쫓겨났지비. 한중 수교도 한다는데 우릴 왜서 쫓아내? 지금 세월엔 고아대는 놈이 배통을 채우는 판이오."

"글쎄 엇서봐야 일호의 효력도 없는 상싶지."

"형님!"

"열싸게 종알거리지 마! 니는 무슨 환장이 나서 하필 그 수작이냐? 제격하면 골딱지부터 내는 게 도리냐?"

과자 삼촌의 목소리도 높아졌다. 바람이 불자 모닥불이 불찌를 탁탁 튀겼다. 나는 싸움이 나기 전에 숙소로 돌아가야겠다고 생각했다. 평화농장의 짧은 수명이 다하고 있었다. 농장이 망하면 아저씨들과 영춘이와 룡우는 중국으로 돌아갈 것이다. 그러나 한국인 새아버지와 결혼한 어머니와 나는 이곳에 남을 것이다. 언젠가 새아버지는 나를 룡우처럼 벽에 패대기칠지도 모른다. 왜 살아야 하는가.

어머니와 새아버지가 예배당에서 결혼식을 치른 날 나는 과자 삼촌에게 똑같은 질문을 던진 적이 있다. 과자 삼촌, 우리는 왜 삼까? 과자 삼촌은 내 어깨에 손을 얹고 고개를 저으며 말했다. 내는 모르지. 내 친구 중에 일껏 매몰찬 생각을 가진 놈이 있더랬어. 잠간 새에 죽을 수 있을 것이라 생각하고 농약을 먹었더랬어. 그놈이 학교 숙사 방에 이불을 뒤집어쓰고 고개를 탈면서 니꼬찐을 먹은 뱀마냥 바르르 떨었다이. 놈 얼굴이 울깃불깃해나서 마지막에 하는 말이 가슴에 쿡 맞혀오드라. 그놈 말이 뭔지 아나? 니는 살라우. 이렇게 죽진 말아라. 이건 아이다. 그래 말하드라. 그 후로 죽고 싶으면 그놈 말이 들려와.

과자 삼촌은 우리가 왜 사는지 이유를 알 때까지 살아야 한다고 말했다. 나는 내 앞에 놓인 음울한 시간들을 헤아리며 숙소 쪽으로 몸을 돌렸다. 그때 산비탈에서 다가오는 그림자들이 보였다. 잔설과 낙엽을 헤치며, 곡괭이와 몽둥이를 달빛에 반사시키며, 어깨가 단단한 그림자들이 농장으로 올라오고 있었다. 순간 바람이 잦아들었다. 농장의 모든 소음이 사라지고 그림자들이 서걱서걱 걸어오는 소리만 내 귀에 울렸다. 나는 외쳤다. 과자 삼촌! 저기를 봐요! 엄마! 엄마!

상실의 힘

조선족 타운의 지배자

"뭐라? 빠꾸를 맞아?"

"한국 세관에 공무 출국 기록이 없습데."

"음……."

여자의 목소리가 겁에 질려 떨렸다. 심양 초대소에 불법 입국
자들을 모아놓고 교육시키는 강사였다. 령감은 수화기를 든 채
한동안 침묵하며 여자의 공포를 즐겼다.

"대련으로 빼라."

여자가 황급히 전화를 끊었다. 불법 입국자들이 입국 심사대
에서 '빠꾸'를 맞는 일은 비일비재했다. 이번 건은 공무 출국을
위장한 일곱 명의 소규모 그룹이었다. 여자 강사가 그들에게 모
직 코트를 입히고, 비즈니스 가방을 들리고, 중국의 가짜 회사
와 세한기계의 업무 내용을 가르쳤다. 그들이 교육을 받는 동안
한국 세한기계가 1인당 2백만 원을 받고 초청 서류를 만들어줬

고, 고려행정사가 매수한 세관원이 일정을 짰다. 불법 입국자들은 정해진 시간에 창문 쪽에서 다섯번째 입국 심사대를 통과하기로 돼 있었다. 모든 상황을 계산에 넣고 모든 위험에 대비해도 사소한 변수가 튀어나와 일을 망친다.

"돈만 주면 어떻게든 돼."

령감이 중얼거렸다. 사람은 사람을 배신해도 돈은 사람을 배신하지 않는다. 대련에서 다시 입국을 시도할 예정인 불법체류자들은 1인당 한국 돈 천만 원이 든 통장을 중국 브로커에게 맡겼다. 이 중 2백만 원은 세한기계가, 20만 원은 중국 조선족 브로커들이, 백만 원은 세관원이, 나머지는 고려행정사가 먹는다. 짭짤한 수익이었다. 그 짭짤한 맛 덕택에 모든 가담자가 입을 닫는다. 령감은 아무리 일이 바빠도 불법 입국 사업만은 직접 챙겼다.

령감은 자리에서 일어나 창가로 갔다. 고려행정사·여행사 건물은 남구로역 3번 출구에서 10여 미터 내려간 곳에 있었다. 3층 사장실 창가에 서면 가리봉동 조선족 타운의 전경이 한눈에 보였다. 2012년 11월 13일 오후 2시, 도로에 먼지바람이 날렸다. 남구로역에서 가산디지털단지로 내려오는 우마길 옆에 중국어 간판과 네온사인이 다닥다닥 붙은 거리가 있고, 거리 중간에 가리봉시장의 둥근 아치가, 그 뒤 가파른 고갯길에 쪽방촌이 걸려 있었다.

령감은 연길에서도 이름난 장사꾼이었다. 짠지부터 의류까지 손 안 대는 장사가 없었고, 타고난 배짱과 수완으로 큰돈을 굴렸다. 연길의 건달과 유지도 령감의 이름을 들으면 한 수 접었다. 한중 수교 뒤 수산물 무역업을 시작한 령감은 한국에서 모진 차별을 당했다. 수산물을 한국 시장에 들여올 때마다 품질이 안 좋다고 퇴짜를 맞았다.

한국 상인들은 최상급 물건 한두 상자를 숨겨뒀다가, 령감이 오면 꺼내놓고 령감의 것과 비교하며 령감의 것은 중국산이라 품질이 안 좋다고 가격을 후려쳤다. 체류 기간이 3개월인데 마냥 버틸 수 없어 손해를 보고라도 팔아야 했다. 밑지는 장사를 하느니 국적을 따서 한국에 직접 회사를 세워야겠다는 생각이 들었다. 한국 국적은 엘도라도로 가는 통행증이었다. 아무리 차별을 당해도 한국은 중국에서는 상상도 못할 돈뭉치가 굴러다니는 기회의 땅이었고, 그것을 외면하기엔 령감의 야심이 너무 컸다.

그때 가리봉동에서 건달들을 모으고 있던 서창원을 만났다. 북경에서 연변파의 중간 보스급으로 활동하던 서창원은 연변파와 흑룡강파의 세력 균형이 깨지고 신흥 조직들이 난장판을 벌이기 시작할 때 운 좋게 한국으로 건너왔다. 1990년대 초반 가리봉동에 하나둘씩 생겨나는 유흥주점들을 착취했고, 중국 폭력 조직과의 끈을 이용해 불법 입국 사업도 벌였다.

령감은 서창원에게서 한국 호적을 얻었다. 한국에 호적이 살아 있는 동포는 국적 회복 신청을 할 수 있다. 령감은 서창원이 종친회 관계자에게 받은 국내 무연고 호적 중 박정호라는 이름을 고른 뒤 중국 공무원을 통해 박정호 명의의 호구부, 거민신분증, 여권을 위조했다. 이렇게 령감은 일제 말기 어린 나이에 가족을 따라 중국으로 건너갔다가 한중 수교 뒤 귀국한 조선족 1세대가 되었다. 40대 중반의 나이에 50대 중반의 박정호로 변신하기 위해 박정호의 가족 관계를 줄줄 외우고 머리를 탈색하고 한국 억양을 훈련했다. 령감은 자신의 진짜 이름과 진짜 나이, 중국에서 이룬 모든 것을 지워버리기로 결심했다. 그것들은 원화로 환산하면 한국 전셋값에 지나지 않았다.

한국에 세운 무역 회사는 그럭저럭 잘나갔다. 그러나 서창원이 베풀어준 호의에는 대가가 필요했다. 서창원의 지시에 따라 중국 수입 조개 상자에 중국산 비아그라를 숨겨 들여오기 시작했다. 서창원은 만족을 몰랐다. 밀수한 비아그라의 양이 시가 10억 원 상당 7천4백여 통에 이르자 령감은 거기서 한 발짝만 더 나가면 끝장이라고 생각했다.

게다가 서창원은 재첩 상자에 북한산 히로뽕을 숨겨 일본으로 밀반입하려는 계획까지 세웠다. 령감은 서창원의 엉성한 조직이 그런 일을 벌이다가는 파국을 맞게 되고, 그 죄는 고스란히 자신이 뒤집어쓸 것이라는 사실을 알았다. 단속에 걸리면 서창원은 꼬리 자르기를 할 것이다. 그렇다고 중국으로 도망쳤다간 서해 바다에서 시체로 떠오를 것이다. 령감은 정면 돌파하기로 마음먹었다. 놈들에게서 벗어날 수 없다면 놈들의 지도자가 돼야 한다.

령감은 서창원의 오른팔이 되었다. 어렵게 세운 무역 회사를 졸개들에게 줘버리고 불법 입국 사업부터 맡아 체계적으로 진행시켰다. 령감은 불법 입국자든 브로커든 누구에게도 사기를 치지 않았다. 어떤 난관이 있어도 입국을 성공시키고 사전에 약속한 대로 돈을 배분했다. 령감은 지금까지 단 한순간도 자신을 건달이라고 생각해본 적이 없었다. 령감은 장사꾼이고 장사꾼은 신뢰가 우선이었다.

곧 조직의 다른 사업들도 령감의 관할로 떨어졌다. 령감이 세운 고려행정사·여행사는 점점 세력을 키워 가리봉동과 대림동 일대를 장악하기 시작했다. 초창기에는 불법 입국 사업 다음으로 마작방 사업의 수익이 컸다. 령감은 얼치기들이 주택 골방에서 벌이는 마작판을 눈감아주는 대신 몇 개의 기업형 마작방을 키웠다. 지하 카지노, 성인 오락실, 중국산 식품 밀수, 위장 결혼 알선, 다단계판매에도 손을 댔다.

2000년대 가리봉동 조선족 타운의 전성기가 시작되면서 유흥 주점과 성매매 사업에 집중했다. 령감은 유흥 주점이 진짜 사업다운 사업이라고 생각했다. 고려행정사는 가리봉동과 대림동의 굵직한 가게들을 타인의 명의를 빌려 소유했다. 수하들도 점점 늘어났다. 령감은 능력 있는 수하들을 선별해 영주권이나 재외 동포 비자를 따게 하고, 위험한 일은 불법체류자의 손을 빌렸다. 령감은 폭력이라는 서비스를 파는 장사꾼으로 진화해갔다.

남구로역과 대림역에 이르는 작은 제국이 완성되었다. 령감은 그 제국의 유지에 전력을 다했다. 조선족 상권을 등쳐먹으려고 어슬렁거리는 외국인들부터 몰아냈다. 하노이에 진출한 조폭들과 어울리며 한국에 재미를 붙인 베트남인들을 쫓아내고, 환치기 조직에 통장을 빌려주며 원화 맛을 알게 된 대만인들도 청소했다. 그들이 대림역 2번 출구 앞에 출몰하기만 해도 조직에 제보가 들어왔다. 최소한 남구로역과 대림역의 경계 안에서 그들이 발붙일 곳은 없었다.

령감의 제국을 지키려면 한국 조폭과의 협력이 필수였다. 그것은 굴복이라는 방식으로 이뤄졌다. 령감은 영등포 남문파, 중앙동파, 간석오거리파의 하수인을 자처했다. 한국에서 사업을 벌인다는 사실만으로도 조선족은 약자였다. 령감은 한국 조폭이 벌이는 납치나 협박 등에 조선족 불법체류자의 손을 빌려주었다. 사고를 친 조폭 조직원들을 중국으로 보내 국적 세탁을 돕기도 했다. 거민신분증의 사진만 바꿔치는 게 아니라 아예 호구부를 새로 만들어 완벽한 중국인으로 탈바꿈시켰다. 그런 방법을 통해 고려행정사는 중국 내 조선족 조직과 한국 조폭을 이어주는 통로가 되었다. 령감은 한국 조폭에게 고려행정사가 쓸모 있다는 사실을 각인시키려고 애썼다.

령감의 리더십이 커질수록 서창원의 견제가 심해졌다. 서창원은 자신이 손에 피를 묻히는 동안 령감은 회계장부만 들여다보고 있다고 타박했다. 그때부터 령감은 은밀히 심복들을 매수해 서창원의 손발을 잘라나갔다. 그때까지만 해도 서창원을 허수아비 대표로 만들면 그만이라고 생각했다.

고려행정사가 유흥 주점 사업을 확장해나가던 2000년대 중반, 마작방에서 2백만 원을 고리대로 빌린 불법체류자가 자취를 감췄다. 흔한 일이었다. 서창원이 느닷없이 그 도박꾼의 동거녀를 처리하라고 령감에게 지시했다. 네가 직접해, 그 주판알 두드리는 손으로 말이야. 령감은 서창원이 내린 시험을 정면 돌파하겠다고 생각했다. 서창원과 수하들 앞에서 여자를 죽여 자신의 잔혹성을 과시할 필요가 있었다.

령감은 가리봉동의 노래방 지하 골방에서 여자를 죽였다. 중국에 초중 다니는 아들이 있다고 흐느끼는 여자의 목을 조를 때 령감은 오래전 세상을 뜬 어머니를 떠올렸다. 사업에 바빠 결혼 시기를 놓친 게 얼마나 큰 행운인지 깨달았다. 그래, 여자를 죽인 느낌이 어때? 서창원이 물었다. 령감은 그 느물거리는 얼굴을 보며 네놈을 죽이겠다고, 갈가리 찢어 복수하겠다고 다짐했다.

조선족 타운의 일인자 서창원을 죽이려면 한국 조폭들의 허락을 받아야 했다. 령감은 서창원이 영등포의 노래방들을 인수하려 한다고 누명을 씌웠다. 한국 조폭들도 서창원의 난폭한 행태에 진력이 나 있었다. 허락이 떨어졌고, 령감이 조선족 타운의 주인이라는 보증도 얻었다. 여자가 죽은 바로 그곳에서 심복들의 칼에 난자당하는 서창원을 보며 령감은 희열을 느꼈다. 복수의 쾌감이 심장과 아랫도리를 요동치게 하는 순간, 새로운 야심이 번뜩였다.

갈 데까지 가볼 수 없을까. 저 영등포의 번쩍이는 네온사인 중 일부라도 차지할 수 없을까. 강남의 룸살롱으로 남하할 수 없을까. 령감은 제국의 경계를 동쪽과 남쪽으로, 갈 수 있는 최대한 먼 곳까지 확장하고 싶은 욕망을 느꼈다.

"나도 늙었다."

령감이 중얼거렸다. 조선족 타운의 쇠락한 풍경이 펼쳐지는 유리창에 지친 얼굴이 비쳤다. 령감의 실제 나이는 60대 중반이었지만 가짜 호적상 나이는 70대 중반이었다. 어느 순간 생물학적 나이에서 이탈해 서류상의 나이로 전락해버린 것 같았다. 폭풍 속에서 살아온 인생이었다. 맞바람 치는 바다 한가운데에서도 본능과도 같은 신중함 덕택에 침몰하지 않고 살아남았다. 헛된 이상 따위는 믿지 않았다. 대약진운동과 문화대혁명을 겪은 조선족이라면 인간의 이상이 얼마나 참혹한 결과를 낳는지 알고 있었다. 눈에 보이는 것만이, 엄지손가락에 만져지는 지폐만이 인간을 구원할 수 있었다. 그런데 늙어 노망이 난 걸까. 헛된 꿈이라도 꾼 걸까. 령감은 자문했다.

령감의 야심이 무르익을 무렵 제임스가 나타났다. 그의 학력과 능력과 카리스마, 특히 정치권과의 인맥에 군침이 흘렀다. 제임스는 고려행정사가 HM캐피탈의 근육이 돼달라고 했다. HM캐피탈이 진행하는 금융 사업에 완력을 빌려주면 고려행정사가 영등포와 강남의 상권에 진출할 수 있도록 자금과 로비력을 제공하겠다고 약속했다. 제임스는 고려행정사가 장악한 영토를 식민지라고 불렀다. 진짜 사업을 하려면 경계를 먼저 깨고 나와야 한다고 말했다. 령감은 그때 몇 년 동안 가슴속에 고여 있던 야심의 샘이 흘러넘치는 것을 느꼈다. 그 황홀경 속에서도 한 가닥 불길한 예감이 스쳤다. 제임스의 망상 때문이었다.

제임스는 조선족 사회를 숙주로 강력한 세력을 형성해 한국 사회를 움직이는 꿈을 꿨다. 거기엔 개인적인 원한의 냄새도 깔려 있었다. 령감은 제임스의 망상이 언젠가는 그의 능력을 가릴 거라고 생각했다. 자신의 본능이 그 사실을 적시하고 경보를 울리고 있음에도 령감은 일에 뛰어들었다. 그건 노망이었을까.

사업은 착착 진행됐다. 령감은 HM캐피탈의 비밀을 공유하는 대신 자금을 지원받아 영등포의 유흥 주점 몇 곳을 인수했다. 그러나 곧 벽에 부딪쳤다. 령감의 야심을 눈치챈 영등포 일대 조폭들이 평소에는 거들떠보지도 않던 조선족 채무자를 보호하겠다고 나서거나 대림동 상권에 개입하려 했다. 고려행정사의 지배력이 흔들린다는 것을 눈치챈 조선족들도 일만 터지면 조폭에게 달려갔다.

상인들도 동요했다. 올 초부터 대림2동 동포상인회 간부들의 방문이 잦아졌다. 그들은 최근 폭력 사건이 많이 일어나 상권이 위협받고 있다고 하소연하면서 슬그머니 본심을 꺼냈다. 령감님이 받는 임대료가 너무…… . 평소 고려행정사 일에 눈감았던 상인회와 동포연합회가 도전장을 내밀었다.

비밀은 유지비가 비쌌다. 고려행정사가 도전을 받는 와중에 HM캐피탈의 비밀을 손에 쥔 불법체류자가 영등포 남문파로 넘어갔다. 그 북새통에 작가와 기자 부부까지 끼어들었다. 작가와 기자라니, 게다가 부부라니, 환상의 조합이었다. 령감은 처음에 킬러를 고용하는 일에 반대했다. 그러나 제임스는 단호하게 킬러를 수배하라고 말했다. 바로 그 순간이 제임스의 망상이 능력을 가리는 지점이었다.

킬러는 실패했다. 남문파에 넘어간 불법체류자를 죽이러 간 작자가 묵사발이 되어 돌아왔다. 그는 황태복이라는 뱀 새끼가 배신했다고 말했다. 령감은 정문환을 해치우려 했지만 그를 내놓으라는 남문파의 협박을 받고 생각을 바꿨다. 정문환을 남문파와의 협상에서 지렛대로 쓸 작정이었다. 그런데 제임스가 이상하게도 정문환에게 관심을 보였다. 그가 자신의 우스꽝스러운 아지트에서 자신만의 방식으로 정문환을 취조하겠다고 말했을 때, 령감은 차라리 파우스트적인 거래를 한 자신을 탓했다.

게다가 아내와 아들을 잃은 기자는 무너지지 않았다. 무너지기는커녕 HM캐피탈을 사냥하기 위해 지금 고려행정사 사장실로 달려오고 있었다. 령감은 출구를 찾아야 한다고 생각했다. 출구를 찾기만 하면 조폭이든 기자든 누구와도 거래를 할 수 있었고, 얼마든지 제임스를 배신할 수도 있었다. 누군가 방문을 노크했다. 령감이 들어오라는 말을 하기도 전에 문을 열고 들어왔다. 기자였다.

"박정호 사장님 되십니까?"

기자는 바싹 마른 얼굴에 머리가 길었다. 보기 좋게 기른 게 아니라 자르기 귀찮아 방치한 모양새였다. 덥수룩한 앞머리가 왼쪽 눈의 절반을 덮었다. 눈꺼풀이 따가울 텐데 기자는 머리를 쓸어 올리지도 않았다. 령감은 기자와 악수한 뒤 사무실에 커피를 내오라고 시켰다. 기자는 령감의 책상에 놓여 있는 재떨이를 보고 담배를 피워도 되느냐고 묻더니 령감이 권하기 무섭게 담배를 물었다.

령감은 기자가 맹목적인 의지로 버텨내고 있다고 생각했다. 맹목적인 인간이 가장 무섭다. 그들은 공포를 모른다. 령감은 모든 것을 잃고 적의에 사로잡혀 물불 안 가리고 뛰어드는 인간들을 여럿 보았다. 그들은 삶의 의미를 복수에 묶어둔 채 한계 이상의 괴력을 발휘하며 목표물로 돌진했다.

"전화는 받았소만, 무슨 일로 오셨습니까?"

기자가 씩 웃었다.

"탐색전 같은 건 집어치우죠. 마작방 제보한 게 접니다."

령감은 기자가 꽤나 까칠한 남자라고 생각했다.

"마작방에 뭐 건질 게 있다고 그러셨소?"

"거기 HM캐피탈 잔심부름을 하는 깡패가 있다길래 누가 움직이나 보려고 그랬죠."

"누가 그런 말을 합디까?"

"누군가 합디다."

령감은 기자가 조선족 사회의 정보를 긁어모으고 있다고 생각했다. 그는 HM캐피탈에서 흘러나오는 정보를 얻기 위해 필사적일 것이다. 누군가 그에게 구렁이를 지목하며 갈증에 시달리는 사람에게 단비를 내려주었다. 령감은 기자의 빨대를 찾아내겠다고 결심했다. 가리봉동과 대림동 일대에서 령감이 찾겠다고 마음먹은 사람을 못 찾은 적은 한 번도 없었다.

"그럼 HM캐피탈로 가보시지."

"누가 움직이나 봤더니 사장님이 직접 경찰서로 찾아가고 변호사 사무실에 연락하고 하시던데요. 솔직히 놀랐습니다. 잔챙이들이 움직일 줄 알았거든요. 구렁이가 대단한 정보를 가진 것도 아니잖아요. 저도 그 정도는 짐작할 머리가 됩니다. 이런 일에 직접 움직이기 꽤나 꺼려졌을 텐데요. HM캐피탈이 그러라고 시키던가요?"

령감은 정곡을 찔렀다. 마작방이 털렸을 때 령감은 경찰 인맥을 동원해 제보자가 기자라는 사실을 알아냈다. 그곳 종업원 중에 HM캐피탈과 관련 있는 사람은 구렁이뿐이었으나, 그는 HM캐피탈의 비밀을 전혀 알지 못하는 잔챙이였다. 겁 많은 구렁이가 킬러를 고용했다는 사실을 경찰에 털어놓을 가능성도 없었다. 령감은 기자의 미끼를 물지 않고 무대응으로 대응하고 싶었으나 제임스는 령감이 직접 나서기를 종용했다. 요청이 아니라 협박이었다.

제임스는 고려행정사를 뿌리째 뽑아버릴 만큼 강력한 인맥을 가지고 있었다. 령감은 제임스의 가랑이를 기는 심정으로 직접 나섰다. 구렁이가 마작방 종업원이 아니라 식당 종업원이라는 증언을 확보해 그의 혐의를 벗겨내고, 불법체류자 신분이 발각되어 외국인보호소로 가면 변호사를 고용해 빼낼 계획이었다. 외국인이 추방될 때 재산상의 불이익이 발생하지 않도록 돕는 '보호 일시 해제' 제도를 이용해 전세 계약서 등 관련 서류를 위조하면 임시 석방이 가능했다. 일을 진행하면서도 령감은 제임스에게 당한 모욕이 쓸쓸했다.

"거 젊은이가 예의가 없구먼."

"바른말은 버릇없이 들리죠."

"무슨 소리요?"

"사장님, HM캐피탈은 사장님을 이용해먹고 버릴 거예요. 그때 가서 어쩌시겠습니까?"

"글쎄, 나는 금융 일은 잘 몰라서."

기자가 한숨을 쉬었다. 담배 냄새와 입 냄새가 코끝으로 몰려왔다.

"저는 꽤 많은 사람들을 알고 있어요. 고려행정사의 불법행위 정도는 쉽게 단속할 수 있어요. 회사를 세우는 건 어려워도 쓰러뜨리는 건 쉬워요. 게다가 조선족을 상대하는 회사라면 더 쉽죠."

"나도 꽤 많은 사람을 알고 있소만."

"일이 터지면 그 사람들이 보호막이 돼줄 거라고 생각하세요? 덤터기 씌우기 바쁠 거예요. 그 사람들도 사장님을 이용하는 것뿐이에요. 세상이 그렇죠. 다들 이용해먹고 버리고. 조선족에게는 특히."

"이 작은 회사를 건드려서 뭘 얻으시려고."

"고려행정사가 작은 회사가 아니라는 건 알고 있습니다. 하지만 전 사장님이 조선족 돈을 어떻게 굴리든 관심 없어요."

기자의 얼굴에 경멸이 비쳤다.

"아시겠어요? 조선족이 무슨 일을 당하든 상관 안 한다고요. 전 다만 HM캐피탈을 잡고 싶을 뿐이에요. 저와 거래를 하시죠. HM캐피탈에 대한 정보를 주세요."

"그럼 댁은 뭘 주시겠소?"

"침묵."

"고작 그거?"

"고려행정사와 관련된 모든 일에 침묵하죠."

"허허, 어이가 없군."

기자가 령감을 노려보았다. 눈동자가 흔들리지 않았다.

"HM캐피탈은 반드시 사장님의 뒤통수를 칩니다. 놈들이 그러지 않아도 사장님 사업은 기울게 돼 있어요. 사장님은 최악의 경우에 탈출할 수 있는 여러 길을 뚫어놔야 해요. 그중 하나가 저예요."

"그만둡시다, 이만. 일이 바빠서."

기자는 더 캐묻거나 달라붙지 않고 일어섰다. 애초에 HM캐피탈의 정보를 캐내기보다 경고의 메시지를 던지기 위해 방문한 듯했다. 고려행정사를 한번 떠본 셈이었다. 기자는 HM캐피탈과 고려행정사 사이의 갈등을 파고들었다. 그렇다면 령감이 제임스의 방식에 불평을 늘어놓는다는 정보와 한국 조폭들이 고려행정사를 흔들고 있다는 정보를 어디선가 입수했을 것이다. 기자는 고려행정사 앞에 펼쳐진 수렁을 포착하고 있다.

"그 HM캐피탈 사장이 한국인에게 원한을 가진 것 같던데."

령감이 기자의 뒤통수를 향해 중얼거렸다. 령감은 기자와 거래의 여지를 남겨두고 싶었다. 기자가 돌아섰다.

"원한? 무슨 원한?"

"음…… 더 알아보고 말씀드리지. 명함 두고 가슈."

령감이 보낸 신호가 정확히 기자에게 전달된 것 같았다. 기자는 아무 말 없이 명함을 두고 나갔다. 령감은 조성우라는 이름이 적힌 명함을 보며 기자의 말처럼 최악의 상황에서 협상에 쓸 지렛대를 많이 만들겠다고 생각했다. 바람이 사장실의 창문을 핥으며 웅웅거렸다. 초겨울의 찬바람이었다.

조선족 타운의 여자

바람이 심했다. 올겨울의 유난한 추위를 예고하는 바람이었다. 창문 너머 공원 벤치에 앉은 국적 불명의 남자를 바람이 할퀴고 있었다. 창틀이 덜컹거렸다. 제임스가 부드럽게 정인애의 몸을 애무했다. 그가 몸을 만질 때면 정인애는 해부대 위에 누워 있는 기분이 들었다. 제임스는 정인애의 몸만이 아니라 감정과 마음까지 지배하고 싶어 했다.

제임스를 처음 만났을 때 정인애는 자신이 찾던 의지의 소유자가 나타났다고 생각했다. 제임스는 생존을 위해 타인의 발가락을 핥아야 하는 이 오욕의 세상에서 정인애를 탈출시켜줄 유일한 남자였다. 그는 친절하고 섬세했으며 조선족에게 결핍된 이상을 가지고 있었다. 그것이 철저히 계산된 행동이라는 것을 알기 전에 정인애는 몸과 마음을 포박당했다.

제임스가 무슨 일이든 할 수 있고 누구든 죽일 수 있다는 사실을 정인애는 최근에야 깨달았다. 그때는 어쩔 수 없었다. 제임스라는 기관차에는 제동장치가 달려 있지 않아서 기어이 파멸로 달려갈 것이다. 그래도 좋았다.

"정문환을 어떻게 할 거야?"

정인애가 속옷을 입으며 물었다. 정문환은 정인애의 발밑에 있는 방에서 나흘째 취조를 받고 있었다. 비용 문제로 재개발되지 못한 채 방치된 이 강남아파트를 제임스는 유독 좋아했다. 귀신이 나올 것 같은 아파트의 이름이 '강남'이라는 사실마저 마음에 든다고 제임스는 말했다.

정문환은 13동 302호에 갇혀 있었고, 제임스는 402호에서 모니터로 취조 장면을 확인하거나 글을 썼다. 402호는 제임스의 사적인 공간이었다. 강남아파트 13동 402호가 지구상에서 유일하게 제임스에게 휴식을 허락하는 동굴이라고 정인애는 생각했다.

"죽이진 않아."

제임스가 대답했다.

"정문환을 믿어?"

"아니, 그놈은 날 죽이려고 돌아온 거야."

"그럼 어떡해?"

"날 죽이기 전까진 뭐든 시키는 대로 하겠지."

제임스가 창문을 보며 웃었다. 그의 어깨에서 잘 다져진 근육들이 꿈틀거렸다. 정인애가 말했다.

"오늘 기자가 올 거야."

"언제?"

"한 4시쯤. 고려행정사 령감한테도 들른다는데."

"가리봉동 대림동을 누비고 다니는군, 겁도 없이."

"기자를 죽일 거야?"

"아니, 그럼 일이 커져. 뭔 짓을 하는지 지켜보다가 경찰에 압력을 넣을 거야."

"그래."

제임스가 속옷을 집어 들었다. 머리칼이 그의 이마로 쏟아졌다. 정인애는 모발이 가늘고 살짝 구불거리는 그의 반곱슬머리가 좋았다. 분노할 때면 세상을 집어 삼킬 듯 커지는 눈망울도 좋았다.

"령감이 요즘 당신한테 불만이 많아."

"그 늙은이는 언젠간 날 배신할 거야."

"그러지 말고 잘 다독여. 령감이 필요하잖아."

"알아, 하지만."

제임스가 돌아섰다. 벌어진 와이셔츠 사이로 가슴 근육이 드러났다.

"령감은 독사 같은 새끼야. 그놈 머릿속엔 대차대조표밖에 없어. 오늘은 이편, 내일은 저편, 손익분기점에서 누가 이익이 되고, 누가 비용이 되는지만 따져. 지폐 말고는 아무것도 믿지 않아. 령감보다는 정문환이나 기자가 훨씬 나아. 놈들에게는 적의가 있어. 적에게 필사적으로 도전해 오지. 상대할 마음이 나."

정인애는 제임스의 와이셔츠 속에 손을 넣고 싶은 충동을 느

164

끼며 물었다.

"정문환이 일을 성공시켰으면 정말 중국으로 보내줄 작정이
었어?"

"물론, 약속을 깨진 않아."

"기자한테는 뭐라고 할까?"

"네 맘대로."

동포여성쉼터는 대림역 3번 출구 꽃노을식당 건물 지하에 있
었다. 식당으로 성공한 조선족 귀화자가 임대료를 거의 받지 않
고 내준 공간이었다. 한국인 남편과 이혼하거나 유흥 주점에서
탈출해 갈 곳이 없는 조선족 여성들이 묵었다. 밤이 되면 이 지
하 벙커 같은 곳 주위로 대림동 유흥가의 네온사인들이 붉게 타
올랐다.

오후 3시 30분, 정인애는 쉼터로 출근했다. 자신이 운영하던
천호동의 네일숍을 쉼터 출신 여성에게 맡겨두고 요즘엔 이곳
일만 보고 있었다. HM캐피탈의 후원 덕분이었다. 제임스가 왜
이곳에 직접 찾아와 후원 의사를 밝혔는지 정인애는 이해할 수
없었다. 애인이 필요했거나, 알리바이를 원했거나, 고려행정사
령감의 심기를 긁고 싶었을 거라고 짐작할 뿐이었다. 제임스의
진짜 의도가 무엇이든 정인애는 그에게 이용당할 준비가 돼 있
었다. 그때 정인애는 외롭고 지쳐 있었다.

침상에 앉아 『벼룩시장』을 읽고 있는 여성들과 수인사를 나
눈 정인애는 사무실로 쓰는 골방에 들어갔다. 유일한 상근자인

인숙 씨는 감기 몸살로 출근하지 못했다. 정인애는 밀린 상담 일지를 정리하며 기자를 기다렸다. 쉼터 여성들의 사연은 너무 익숙해서 첫 문장만 들어도 나머지 내용을 짐작할 수 있었다.

남편이라는 이름의 인간 망종에게 두들겨 맞은 여자들이 많았다. 20대 초반의 조선 여자들이 그 망종의 아기를 안고 들어와 분유를 얻을 수 있느냐고 울었다. 시댁과 남편이 할 만큼 했다고 항변하는데 이혼한 여자들도 있었다. 중국 대도시에서 자란 중산층 가정의 여성이 맞선을 보고 결혼한 경우였다. 남편이 가사를 도맡는 북경이나 상해의 가정에 비하면, 한국 남편과 시댁의 '할 만큼 했다는' 대우는 노예 취급에 가까웠다.

사기 계약 결혼 피해자들도 많았다. 위조된 서류만 믿고 돈을 입금시킨 뒤 방문 비자로 왔는데 브로커도 가짜 남편도 사라진 경우였다. 정인애는 령감이 손볼 기회만 노리고 있다는 결혼 사기 브로커들을 본 적 있었다. 다음에 눈에 띄면 고려행정사까지 갈 것 없이 제임스에게 부탁해 처리하겠다고 정인애는 결심했다. 그리고 그런 생각을 하는 자신에 놀랐다.

조성우라는 이름의 기자가 문을 두드렸다. 지치고 핼쑥한 얼굴이었다. 커피를 권하자 이미 마셨다며 거절했다. 정인애는 쉼터 자원봉사자가 가져온 페레로 로쉐 초콜릿을 꺼냈다. 기자가 금박을 벗겨내고 초콜릿과 헤이즐넛을 오도독 씹었다. 정인애는 그가 점심을 건너뛰었을 거라고 생각했다. 기자는 초콜릿을 삼키고 심호흡을 했다. 흡연 욕구를 느끼고 있는 모양이었다. 흡연을 경멸하는 제임스는 담배를 못 피울 때 입맛을 다시거나 심호흡을 하는 골초 령감의 습관에 짜증을 내곤 했다.

"담배는 안 돼요. 지하인 데다 아기도 있어서."

기자가 고개를 끄덕였다.

"쉼터를 취재하신다고요?"

"예, 그리고 조선족 사회에 대해 이것저것."

"그럼 물어보세요."

"언제 쉼터를 만드셨죠?"

"스무 살에 결혼해서 한국에 왔어요. 그리고 이혼했죠. 왜 이혼했는지는 묻지 마세요."

기자가 웃었다. 앞니에 초콜릿이 묻어 바보스러워 보였고, 입술이 갈라져 피가 맺혔다.

"2000년대 초반까지는 동포들이 만든 단체가 거의 없었어요. 그러다 약장사 단속이 시작됐죠. 그때만 해도 서울역 앞에 한약재 파는 아주머니들이 진을 치고 있었는데 서울역 재정비 사업을 한다고 매일 단속이 떴어요. 그런데 한국인은 놔두고 조선족만 쫓아내는 거예요. 심지어 귀화해서 한국 국적을 가진 조선족도 쫓아냈죠. 아주머니들이 화가 단단히 나서 외국인노동자센터니 인권 목사니 찾아다니다가 모임을 만들었어요. 그게 조선족연합회의 시작이에요. 그 뒤로는 자고 나면 조선족 단체가 하나씩 생겼죠. 허울뿐인 명함을 파 들고 다니는 사람도 생겼고."

"원장님은 어떻게 이 일을……."

"우리 쉼터에 원장은 없어요. 그냥 간사라고 부르세요. 저는 이혼한 뒤에 생계가 막막해서 미용실에 다녔어요. 지금은 몰골이 이래도 10년 전에는 꾸미는 걸 좋아했거든요."

"미인이신데요, 뭘."

"빼싹 마르고 얼굴은 오이처럼 길죠."

"실례일지 모르지만 뽀빠이 애인 올리브 같습니다."

"하하."

정인애는 자신이 진짜 뽀빠이의 애인일지 모르겠다고 생각했다.

"미용실에 다녀서 그런지 덥수룩한 머리를 보면 깎아주고 싶다는 생각을 해요. 지금도 기자님을 미용 의자에 묶어놓고 조아스 스테인리스 이발기로 밀어주고 싶어요."

기자는 웃지 않았다. 이야기를 옆길로 새게 만든 걸 후회하는 눈치였다. 기자는 초조해하고 있었다.

"미용실 보조로 일하면서 네일아트 자격증을 땄어요. 저는 천호동 로데오거리에 있는 큰 미용실에서 일했는데요. 건물 한 층이 다 미용실이고, 그 위는 유흥업소였어요. 원장이 제가 열심히 일하는 걸 보고 네일아트 하라고 미용실 공간을 내줬어요. 낮에는 업소 아가씨들이 많이 왔어요. 나에 대해선 한마디도 묻지 않고 애가 두셋씩 딸린 유부남 애인 얘기만 하다가 돌아가요. 근처 종합병원 간호사들도 왔죠. 진한 색이나 화려한 그림은 못 그리고 연한 원칼라만 하고 가요. 그분들은 환자 얘기만 해요. 특히 야간 응급실 근무하는 간호사 얘기를 듣다 보면 손이 떨려요. 간호사들은 그 얘기를 털어놓기 위해서 오는 것 같았어요."

"조선족 문제에는 언제 관심을……."

"네일숍 하다가 한국에 시집온 여자들의 인터넷 카페에 가입했어요. 그땐 유학생들도 네트워크를 만들고 할 때거든요. 우리도 모여보자 이거였죠. 유학생 네트워크 사무실에는 외사과 형사들이 드나들었지만 우리는 그냥 인터넷 친목 모임이니까 괜찮았어요. 카페 언니들이랑 얘기해보니까 열이면 아홉 불행했어요. 한국 남자들은 아무리 노력해도 적응이 안 되는 거죠."

"그래서 쉼터를 만드셨군요."

"처음에는 이렇게까지 일을 벌일 생각이 없었어요. 그런데 조선족 사회가 점점 시끄러워졌어요. 2001년에 재외동포법 개정 운동이 일어났죠. 조선족의 자유 왕래를 보장해달라고 데모도 많이 했어요. 일이 잘 진척이 안 되니까 2003년쯤 서경석 목사 주도로 국적 포기 운동도 벌였어요. 우리가 상징적으로 중국 국적 포기 선언을 할 테니 한국 정부가 알아서 대우해달라는 거였죠. 그런데 그 운동 때문에 조선족 사회가 분열됐어요. 중국에 애정을 가진 사람들이 국적 포기 운동 하는 사람들을 배신자라고 몰아붙였죠. 그렇게 시끌시끌하다 보니 한국에 시집온 여자들끼리 뜻을 합쳐 동포를 위해 일하자는 얘기가 나온 거예요."

"조선족 사회에 대해 이것저것 많이 아신다고 들었습니다."

기자가 슬쩍 본론을 꺼내 들었다. 정인애는 기자가 조선족 인권 운동 따위에 아무 관심 없다는 것을 알았다. 그럴수록 정인애는 이야기를 돌리고 싶었다. 기자가 초조하다 못해 그녀를 다그치는 모습을 보고 싶었다. 화내고 호소하며 본심을 꺼내놓을 때, 기자의 저 초췌한 표정이 어떻게 변하는지 알고 싶었다. 정인애는 기자에게 호기심을 느꼈다.

"한국에 처음 왔을 때 인천에서 살았어요. 그때는 조선족이 드물어서 사람들이 신기해했어요. 중국에서 왔는데 한국말도 잘한다고 좋아하고 중국말도 잘하냐고 묻고. 사람들이 친절했고 차별 같은 건 잘 못 느꼈어요. 신기해할 때가 나아요. 최소한 우리가 있다는 건 느끼니까. 문제는 조선족이 많아져서 익숙해질 때예요. 너무 익숙해서 없는 것처럼 느껴질 때, 그때부터 차별이 시작돼요. 그래서 저는 우리가 여기 있다는 걸 항상 외쳐야 한다고 생각해요. 제가 존경하는 동포연합회의 언니는 노동자연합회를 만들고 싶어 했어요. 중국노동자협회처럼. 한국 사람들은 우리가 노동자라는 걸 생각하지 못해요. 참 이상한 일이에요."

"여기서 쉼터 일을 하다 보면 질 나쁜 사람들도 만나게 되시죠?"

"그럴 때도 있죠."

"고려행정사 사장한테 대드는 유일한 분이라고 들었습니다."

"누가 그러던가요?"

"우연히 들었습니다."

정인애는 령감의 기분 나쁜 백발 눈썹을 떠올렸다. 쉼터를 운영하다 보니 유흥 업소에서 도망 나온 여자 때문에 고려행정사 조무래기들과 충돌할 때가 있었다. 그때마다 정인애는 거품을 물고 대들었다. 동포연합회와 상인회가 나서주지 않았다면 령감은 쉼터를 뿌리째 뽑아버렸을 것이다. 지난달에 령감은 쉼터에 와서 정인애와 제임스와의 관계를 캐묻다가 중얼거렸다. 하필이면…… 쯧. 하필이면 이런 말라깽이 독종과 연애할 게 뭐냐는 뜻이었다.

령감의 취향은 풍만한 여자들이었다. 정인애는 령감과 잠자리를 함께한 유흥 업소 여자들을 가끔 만났다. 한결같이 젖가슴이 큰 그 여자들은 령감 이름만 들어도 이를 갈았다. 령감은 가학성애자였다. 여자들이 온몸에 피멍이 들도록 얻어맞으면서 비명을 지를 때마다 령감은 기분 나쁜 웃음소리를 냈다고 한다.

"고려행정사 박 사장은 조선족 사회의 암종이에요. 더 커지기 전에 도려내야 돼요."

"고려행정사가 HM캐피탈이라는 투자사와 가깝게 지낸다는 얘기 들어보셨나요?"

"그거 때문에 오셨어요?"

"겸사겸사요."

"글쎄, 소문을 듣기는 했어요. 고려행정사가 금융회사 일도 한다고. 하지만 자세한 건 몰라요."

기자가 고개를 끄덕였다.

"예, 혹시나 해서 여쭤봤습니다. 사실 제가 찾아뵌 건 다른 일 때문이에요."

"뭐죠?"

"혹시 간사님한테 작가가 찾아오지 않았습니까. 조선족 사회를 취재하는 여자 작가요. 30대 중반쯤 되는."

정인애는 킬러가 죽인 기자의 아내를 생각했다. 가냘프고 신경질적인 여자였다. 정인애와 닮은 점이 많았다.

"왔어요."

"그래요? 뭘 물어보던가요?"

"그냥 기자님처럼 이것저것."

기자의 얼굴에서 표정이 사라졌다. 그는 멍한 얼굴로 정인애 너머 어딘가를 보며 물었다.

"간사님은 혹시 아이가 있나요?"

"아뇨."

정인애는 거짓말을 했다. 눈앞에 자신의 아이가 칼에 찔려 죽어 있다면 어떤 느낌일지 정인애는 짐작할 수 있었다. 가슴에 구멍이 뚫릴 것이다. 온 세상이 그 구멍 속으로 빨려 들어가 사라질 것이다. 정인애는 기자의 얼굴에 번뜩이는 집념을 이해할 수 있었다. 그것은 상실 때문이었다. 평범했던 삶이 어느 날 갑자기 상실 속으로 빨려 들어가 상실 자체가 되는 순간이 있다. 그럴 땐 무언가에 맹목적으로 집착하지 않고서는 살 수도 죽을 수도 없다. 삶은 영원히 상실 주위를 공전하며 반복된다. 기자도 제임스도 상실을 껴안고 사는 인간이라고 정인애는 생각했다. 기자가 말했다.

"그 작가는 제 아내입니다. 얼마 전에 아내와 아이가 죽었어요."

"저런."

정인애의 가슴속에서 격렬한 통증이 일었다. 기자가 표정 변화를 눈치채지 않도록 애를 써야 했다. 정인애는 죄의식 따위 쓸모없는 것이라고 스스로를 위로했다. 모든 일은 이미 시작되었고, 돌이킬 수 없었다. 기자가 말했다.

"죽은 아내를 위해서라도 그때 무슨 질문을 했는지 자세히 말해주세요."

"어떻게 돌아가셨어요?"

"살해당했습니다."

"세상에…… 부인이 돌아가신 게 HM캐피탈과 관련이 있다고 생각하세요?"

"그렇습니다."

"부인은 HM캐피탈에 대해서 물었어요. 별로 대답해줄 게 없었죠. 아……."

"왜요?"

정인애는 기자에 대한 호기심이 호감으로 변하는 것을 느꼈다. 기자는 제임스와 동형의 인간이었다. 그를 위해 무슨 말이든 하고 싶었다.

"HM캐피탈 대표가 어릴 적에 한국에서 산 적이 있다는 소문을 들어봤냐고 묻더군요."

"그래서요?"

"전 모르겠다고 했죠. 부인께서는 그 사실이 아주 중요한 것 같다고 했어요."

"그것뿐인가요?"

"예, 그게 다예요."

조선족 타운의 꼬마

저녁 6시, 헌트는 김밥을 실은 스쿠터를 강남아파트 13동 현관 앞에 댔다. 그 아파트 단지는 추레한 대림동 일대에서도 돋보이게 추레했다. 헌트의 친구인 분식집 배달 소년은 고려행정사 깡패들이 13동을 아지트로 쓰고 있으며 특히 3층이 수상하다고 말했다. 그럼 구경해봐야지. 헌트가 친구를 대신해 배달에 나섰다.

헌트는 김밥 상자를 어깨에 지고 다단계판매 교육장으로 쓰이는 104호로 걸어가며 령감을 만나러 간 기자를 떠올렸다. 범행 일체를 자백하라고 호통치다가 뺨이나 맞고 오는 게 아닌지 걱정됐다. 건달들을 상대하기에 조성우는 너무 뻣뻣했다. 그런 주제에 경솔하게 행동하지 말고 몸조심하라고 헌트를 타이르기 일쑤였다. 이 헌트를 뭘로 보고, 쳇.

헌트는 104호의 문을 열었다. 보드판에 무언가를 적고 있던 강사가 헌트를 향해 잠시 기다리라고 말했다. 헌트는 김밥 상자를 내려놓고 주위를 둘러보았다. 거실에 열댓 명의 조선족 아줌마들이 앉아 있었다. 쌀쌀한 날씨에도 그곳은 열기로 후끈했다. 벌겋게 돈독이 오른 눈동자들이 강사를 향해 간절한 눈빛을 보내고 있었다. 헌트는 돈 많기로 소문난 고려행정사가 왜 저 어리숙한 아줌마들을 데리고 다단계판매까지 벌이는지 알 수 없었다. 돈 때문이 아니라 조선족 사회의 진정한 주인인 아줌마들을 통제하기 위해서라는 생각도 들었다. 양복을 차려입은 강사가 부인병에 좋은 건강식품을 설명했다.

"아까 말했듯이 우리 제품은 천연 여성호르몬이에요. 여자가 나이 들면 제일 먼저 뭐가 문제일까? 맞아요. 여성호르몬이 떨어져서 큰일이 나는 거야. 여성호르몬은 어떤 일을 할까? 여성호르몬 중에 에스트로겐이라는 거, 그거 뜻이 성욕을 불러일으킨다는 뜻이야. 그러니까 여성호르몬은 남자들이 여자를 자빠뜨리고 싶도록 아름답게 만드는 호르몬이에요. 저 아줌마 웃네? 많이 자빠져보셨나? 하하!"

얼씨구. 헌트는 강사의 혓바닥이 아줌마들의 빈틈 어딘가를 자극한다고 생각했다. 강의가 끝나고 질문 시간을 갖기 전에 강사가 김밥 값을 계산했다. 조용하던 아줌마들이 김밥을 먹으며 잡담을 나눴다.

"저 강사 나그네는 들변이 좋아가지고 돈도 잘 번답데."

"니네들이 돈을 번다는 소리에 귀가 뺄쭉해가지고서리 딴소리는 귀에 안 들어오는갑다."

"돈이 최고야. 누구 나 돈 좀 꿔줘."

"돈이야 일해서 벌어야지. 돈만 주면 귀신도 석마를 돌린단데."

헌트는 104호를 나와 현관 앞 계단을 바라보았다. 돈에 대한 열망으로 후끈거리는 교육장과 달리 계단은 싸늘하고 어둠에 젖어 있었다. 그냥 나갈까 망설이던 헌트는 세계 최초의 겁 많은 첩보원이라고 빈정대는 조성우의 얼굴이 떠올라 계단을 오르기로 결심했다. 주변을 살피며 천천히 3층까지 올라갔다. 최대한 조심했는데도 발소리가 복도에 텅텅 울리는 것 같았다.

헌트는 기자에게 능력을 과시하고 싶었다. 그가 기자에게 끌리는 이유는 갤럭시S3 때문이 아니라 기자의 슬픔 때문이었다. 식당에서부터 기자를 미행해 남구로역까지 갔을 때 헌트는 담배 연기 뒤에 어른거리는 기자의 얼굴을 보았다. 슬픔에 잠겨 익사할 것 같은 표정이었다. 왜일까. 어처구니없이 깊고, 언제 어디서나 불현듯 나타나 찰랑거리는 조성우의 슬픔이 헌트를 끌어당겼다.

헌트는 3층 계단 밑에 웅크렸다. 302호 문 앞에 양복을 입은 남자가 서 있었다. 그의 눈에 띄지 않고 3층 복도를 걷는 건 불가능했다. 헌트는 일단 4층으로 올라갔다. 방음이 거의 되지 않는 싸구려 아파트이므로, 402호가 비어 있다면 들어가서 아래 층의 소리를 염탐할 생각이었다. 4층 복도에 발을 딛기 직전에 402호의 문이 열렸다. 헌트는 재빨리 5층 계단으로 올라갔다. 쾅, 402호의 문이 닫히는 소리가 나고 삐삐삐 이상한 전자음이 들렸다, 뚜벅뚜벅, 4층 복도를 걷는 발소리, 쿵쿵쿵, 계단을 내려가는 발소리, 3층 복도를 걷는 발소리, 302호의 문이 열리고 닫히는 소리가 났다.

헌트는 모든 소리가 잦아든 뒤에도 한참 동안 5층 계단에 웅크린 채 생각에 잠겼다. 한 남자가 402호에서 나와 302호로 들어갔다. 아지트가 두 곳일까. 아니다. 감시원이 있는 건 302호뿐이니, 302호가 아지트일 것이다. 남자는 한 층 위에서 무슨 일을 하다가 아지트로 들어간 걸까. 402호는 사무실일까. 남자는 중요한 사람일까.

헌트는 살금살금 4층 복도로 내려갔다. 인기척이 없었다. 다른 층에는 간혹 거주민이나 심부름센터 간판 등이 보이는데, 4층에는 아무것도 없었다. 헌트는 전자식 잠금장치가 달려 있는 402호 현관문으로 다가갔다. 잠금장치에 빨간불이 깜박였다. 아까 들렸던 전자음은 잠금장치가 제대로 잠기지 않았다는 신호였다. 강남아파트 현관문이 워낙 낡아서 헐겁게 닫히면 잠금장치도 에러를 내는 것 같았다. 남자가 잠금장치를 제대로 확인하지 않았다는 것은 곧 돌아온다는 뜻이었다. 헌트는 현관문을 살짝 열었다. 안에 누군가 있다면 층수를 잘못 찾아왔다고 둘러댈 생각이었다. 거실은 텅 비어 있었다.

텅 빈 거실에 책상과 의자와 모니터만 놓여 있었다. 냉장고나 거실장도 없고 모든 창에 블라인드가 쳐져 있어 어두웠다. 헌트는 거실에 들어가 책상에 앉았다. 책상 서랍은 모두 잠겨 있었고, 컴퓨터 모니터에는 열대어가 헤엄치고 있었다. 헌트는 엔터

키를 눌렀다. 화면 보호기가 사라지고 어두운 골방이 나타났다. 아래층의 CCTV가 실시간으로 전송하는 장면이라고 헌트는 생각했다.

머리를 짧게 깎은 남자가 의자에 묶여 있었다. 해상도가 낮아 남자의 얼굴을 자세히 볼 수는 없었지만 상처를 입은 것 같았다. 양복을 입은 남자 두 명이 그 주위에 서 있었다. 의자에 묶인 남자는 고개를 가누기 힘들어 보였다. 중력과 사투를 벌이며 허공을 응시하다가 졸음에 겨운 듯 고개를 떨궜다. 양복을 입은 남자가 다가가 그의 고환을 주먹으로 힘껏 쳤다.

어이쿠. 남자의 통증이 케이블을 타고 헌트의 사타구니에까지 전달됐다. 남자가 진저리를 치며 고개를 들었다. 앙다문 입술이 보였다. 헌트는 남자가 고환의 통증에 못 이겨 어떤 진실을 털어놓을지 궁금했다. 양복을 입은 남자들이 그의 얼굴을 보며 뭔가를 윽박질렀다. 헌트는 스피커의 스위치를 켰다. 심문자들의 외침이 작은 소리로 흘러나왔다.

"졸지 말란 말야, 새끼야. 눈 똑바로 떠!"

"다시 말해봐."

의자에 묶인 남자가 고개를 흔들었다.

"다 말했잖습까? 뭘 더 말함까?"

남자의 쉰 목소리, 헉헉대는 숨소리가 스피커에 흘러나왔다. 남자는 연변 억양을 쓰는 조선족이었고, 심문자들은 한국말을 쓰고 있었다. 헌트는 한국 조폭들과 문제가 생겼다는 마작방 주인의 말을 떠올렸다. 고려행정사 소속이든 HM캐피탈 소속이

든, 저 남자가 문제의 근원이라고 헌트는 생각했다. 심문자들이 남자를 계속 윽박질렀다.

"그래서 황태복이는 배신했고, 너는 배신 안 했어?"

"예, 예."

"너도 배신했어?"

"예, 예."

"이 새끼가!"

심문자가 남자의 머리를 붙들었다. 백열등 불빛이 눈을 찌른 듯 남자의 얼굴이 찌푸려졌다. 노동에 찌든 얼굴이었다. 조선족이 사는 동네라면 어디서든 볼 수 있는 메마르고 까만 얼굴이었다. 갑자기 심문자들이 문 쪽으로 고개를 돌렸다. 와이셔츠만 입은 남자가 머그컵을 들고 들어왔다. 남자는 허리 숙여 인사하는 심문자들을 내보낸 뒤 의자를 당겨 고문받는 남자 앞에 앉았다. 두 사람만 남겨진 방 안에 정적이 흘렀다. 헌트는 여기까지만 봐야 한다고 생각했다. 더 욕심을 내면 잠금장치를 확인하지 않고 나간 이 방의 주인이 들이닥칠 것 같았다. 헌트가 일어섰을 때 스피커에서 말소리가 흘러나왔다.

"네 얘기는 다 들었어. 혼자서 CCTV로. 나는 이런 구경이 재밌거든."

헌트는 도로 앉았다. 혼자서 CCTV로 구경거리를 즐겼다고 말하는 저 남자가 이 방의 주인이었다. 그가 CCTV 화면에 잡힐 때까지 헌트는 안전하다.

"네 얘기는 전부 개수작이야."

와이셔츠를 입은 남자가 머그컵에 든 액체를 홀짝이며 말했다. 커피일 것이다. 심문받는 남자가 말했다.

"그럼 죽이십쇼."

"하하!"

남자가 들고 있는 머그컵이 웃음에 흔들렸다.

"하나만 믿어주지. 황태복이를 죽인 거 말이야. 그건 맘에 들어. 그리고 네가 걱정할까 봐 하는 말인데, 난 널 죽이지 않아."

"어쩌람까?"

"자고 싶나?"

"예."

"내 제안을 받아들이면 재워주지."

"뭡니까?"

"난 투견이 필요해. 주인도 물어뜯는다는 도사견 같은 놈이. 고려행정사 영감 말은 듣지 마. 언젠가는 그 영감 명을 끊어야 할 날도 올 거다. 넌 내 투견이 돼라. 물라면 물고 죽이라면 죽여."

"그럼…….""

"그럼 끝을 볼 수 있을 거야. 어차피 이따위로 살 순 없잖아. 도박을 해."

묶인 남자가 뭐라고 중얼거렸다. 스피커의 볼륨이 낮아 잘 들리지 않았으나 동의한다는 뜻인 것 같았다. 와이셔츠를 입은 남자가 다리를 꼬고 등받이에 몸을 기대며 말했다.

"솔직히 네가 황태복이를 죽였다는 말에 감명받았어. 수많은 적에게 둘러싸인 상황에서 적의 목을 그을 수 있는 인간은 흔치 않아. 넌 지옥이 뭔지 알아. 지옥을 경험한 인간은 거기서 벗어나기 위해 뭐든 할 수 있어. 내게도 그런 순간이 있었어. 평화농장이라는 곳이었지."

고문받는 남자는 그 이야기에 아무 관심 없어 보였다. 멍하니 고개를 들고 있을 뿐이었다.

"HM캐피탈의 모든 사업은 평화농장에서 나왔어. 나중에 그 이야기를 해주지. 비밀을 나누는 건 팔 한 짝을 떼주는 것과 같아. 투견의 주인이 되려면 투견에게 팔 한 짝은 떼줘야지. 넌 잠을 좀 자고 내 지시를 기다려."

와이셔츠를 입은 남자는 HM캐피탈 대표 제임스였다. 소문으로 듣던 모습보다 훨씬 젊었다. 헌트는 스피커를 껐다. 제임스가 마지막 커피 한 모금을 마시고 이 변태적인 놀이터로 올라올 것이다. 헌트는 서둘러 현관에 놓인 신발을 신었다. 그러다가 거실에 희미하게 깔린 커피 향에 붙들렸다. 제임스는 여기서 혼자만 커피를 마셨을까.

헌트는 안방으로 갔다. 더블 침대 하나가 좁은 방에 있었다. 침대 머리맡에 놓인 화장대 위에 머그컵 두 개가 있었다. 그중 하나에는 립스틱 자국이 있었다. 제임스에게는 애인이 있다. 누굴까. 이런 곳에서 커피와 섹스를 나누는 여자라면 대림동 일대의 술집 여자일 수도 있다. 헌트가 다시 현관 쪽으로 몸을 돌렸을 때 현관문을 여는 소리가 났다. 숨을 곳이 없었다. 헌트는 침대 밑으로 기어들었다. 난방이 잘된 방바닥이 후끈거렸다.

제임스가 그렇게 빨리 올라올 수는 없었다. 현관문을 열고 들어온 누군가는 거실을 천천히 지나쳐 안방 문을 열었다. 침대 매트가 출렁거리고, 분홍색 양말을 신은 작은 발과 청바지를 입은 얇은 종아리가 헌트의 눈앞에 떨어졌다. 여자였다. 헌트는 스마트폰을 꺼내 메시지 함을 열었다. HM캐피탈 놈들에게 발각되더라도 자신이 방금 얻은 단서를 기자에게 남겨두고 싶었다. 헌트는 조심조심 갤럭시S3 메시지 창에 '평화농장'이라고 썼다.

그가 전송 버튼을 누르기 직전에 여자가 벌떡 일어섰다. 종아리와 양말이 사라지고 마른 얼굴이 헌트의 눈앞에 나타났다. 파마머리를 길게 늘어뜨린 우아한 얼굴, 헌트가 기자에게 만나보라고 한 쉼터 여자의 얼굴이었다. 헌트는 스마트폰의 전송 버튼을 눌렀다. 여자가 말했다.

"너였구나."

아줌마였군. 헌트는 속으로 대답했다. 여자는 놀라거나 당황하지 않았다. 오히려 슬픈 얼굴이었다. 금방이라도 눈물을 쏟을 것 같았다. 이렇게 방바닥에 배를 깔고 엎드려 헌트의 얼굴을 마주 봐야 하는 상황이 못 견디게 비통하다는 듯 눈가를 떨었다. 헌트는 402호에 여자밖에 없다는 사실을 깨달았다. 여자의 얼굴을 밀치고 침대 밖으로 나와 현관에서 신발을 신고 달렸다. 4층 복도가 경인국도보다 길게 느껴졌다. 헌트는 복도를 벗어나 계단으로 내달렸다. 3층 계단참에 서 있던 양복을 입은 남자 두 명이 돌진하는 형체에 놀라 눈을 부릅떴다. 헌트는 관성을 이기지 못하고 남자들의 품에 뛰어들었다.

조선족 타운의 형사

    김상만 형사는 맥주 거품이 가득한 수조에 있었다. 눈을 깜박일 때마다 맥주의 수위가 높아져 목까지 차올랐다. 김 형사는 까치발을 하고 고개를 쳐들었다. 맥주가 목울대를 지나 턱 밑에서 찰랑거렸다. 탄산가스가 코를 간질이고 맥주의 시큼한 냄새가 숨통을 막았다. 익사 위험을 알리는 종소리가 수조 가득 울려 퍼졌다. 얼굴이 잠기는 순간, 김 형사는 눈을 떴다. 방광이 터질 것 같았다. 김 형사는 화장실로 달려갔다. 아랫배에 힘을 주자 가느다란 오줌 줄기가 나왔다.

    두 달 전부터 김 형사는 한밤중에 두세 번씩 소변이 마려워 잠에서 깼다. 술이라도 마시는 날에는 그 횟수가 배로 늘었다. 한 달 전에 비뇨기과에서 전립선비대증이라는 진단을 받았다. 환갑 지난 노인들이나 앓는다는 병이 이렇게 일찍 찾아온 것은, 아마도 젊은 시절부터 주식처럼 섭취한 알코올 덕분일 것이다.

남성호르몬 합성을 늦춘다는 알약들을 처방하면서 의사는 완치가 안 되는 병이니 관리를 잘하라고 말했다.

관리? 잘해야지. 암 잘해야 하고말고. 김 형사는 전립선비대증이 준 마음의 상처에 소주와 맥주를 들이부었다. 한밤중에 깨어 화장실을 들락거릴 때면 알코올 기운으로 막아둔 불안이 새어 나왔다. 전립선이 망가지면 더 이상 남자가 아닐 것이다. 이러다간 요실금 기저귀를 차고 범인과 추격전을 벌이거나, 어느 날 갑자기 젖가슴이 튀어나올지도 모른다. 나이 들면 미래에 대한 불안이 사라질 줄 알았다. 인생이 제 궤도를 찾아, 지루하지만 정해진 대로 흘러갈 줄 알았다. 그러나 40대 중반의 미래는 20대보다 불투명했다.

화장실에서 나와 침대 머리맡에 놓인 휴대폰을 집어 들었다. 2012년 11월 14일 새벽 5시, 형사과 후배에게 문자가 와 있었다. '사건 있음.' 김 형사는 당직을 서는 형사과 후배들에게 조선족 관련 수상한 사건이 접수되면 지체 없이 문자를 남겨달라고 부탁했다. 숙취가 몰려왔다. 무릎과 허리가 쑤셨다. 어젯밤 용산서 동료들과 폭탄주를 마신 뒤 버스에서 졸다가 정류장을 지나쳐 오류동에서 내린 기억이 떠올랐다. 이가 갈리도록 추웠다. 집 근처 개봉사거리까지 걸어와 3차 안주로 먹은 과메기를 게워냈다.

이렇게 진탕 마신 뒤에는 실컷 울어버린 것처럼 가슴이 허탈했다. 아내가 잠꼬대를 하며 돌아누웠다. 김 형사는 아내의 푸짐한 엉덩이를 쓰다듬었다. 어젯밤 아내는 술 취한 남편에게 기어이 양치질을 시키며 술독에 빠져 죽을 인간이라고 혀를 찼다. 아내의 예언대로 김 형사는 꿈에서 익사할 뻔했다. 내가 남자 구실을 못하면 우리는 정다운 자매가 되는 건가, 아들놈은 초등학교 졸업 기념으로 두 명의 엄마를 갖게 되는 건가. 어이없는 생각에 헛웃음이 나왔다. 김 형사는 후배에게 전화를 걸었다.

"안 주무셨어요?"

후배 송 형사의 목소리가 들떠 있었다.

"너 때문에 깼어."

"언제든 연락하라면서요?"

"이럴 때만 말을 참 잘 듣지."

"애가 하나 죽었어요."

"애라니?"

"고등학생 정도."

"어디서?"

"가리봉교회 옆 골목에 누워 있었어요."

"누워?"

"예, 큰 대자로 뻗어 있었어요. 두꺼운 끈 같은 걸로 목이 졸려 죽었어요. 옆집 주인이 일 나가다가 발견했어요. 처음엔 술에 취해 자는 줄 알았대요."

"그 애는 영안실에 있나?"

"예, 고대구로병원 영안실에 있어요. 감식팀도 출동했는데 증거라곤 없어요. 딴 데서 죽이고 시체를 거기 버린 것 같아요."

"변사자 신원은? 조선족인가?"

"아직 몰라요. 휴대폰도 없고 지갑도 없어요. 조선족이겠죠. 이 동네는 좁으니까 금방 알 수 있을 거예요. 근데 이런 경우는 처음인데요. 어린애를 길바닥에 대자로 눕혀놓다니."

"고마워, 술 살게."

"양주로 사십쇼."

김 형사는 전화를 끊고 침대에 누웠다. 후배의 문자를 확인했을 때 제일 먼저 떠오른 얼굴은 조성우 기자였다. 동네 불량배들을 집적거리다가 기어이 린치를 당했구나 싶었다. 그런데 어린애라니. 어린애? 조성우는 가리봉동을 돌아다니다가 학교를 중퇴한 꼬마를 만났다고 말했다. 싸가지가 없지만 영리하다고 했던 것 같다. 설마 그럴 리가.

김 형사는 눈을 감았다. 잠이 오지 않았다. 피로가 온몸을 짓어 누르는데 정신은 또렷해졌다. 20분 뒤 김 형사는 불면과의 싸움을 포기하고 조성우에게 문자를 보냈다. '가리봉동에서 고등학생이 살해당했음.'

5분 만에 전화가 왔다. 조성우는 다급했다. 평소 목소리를 높이는 법이 없던 기자가 귀가 따갑도록 소리치고 있었다.

"애가 죽었다고요? 이름이 뭐예요?"

"진정해, 아직 신원이 확인되지 않았어."

"어떻게 죽었어요? 걔는 어디 있어요?"

"목이 졸려 죽었어. 지금 영안실에 있어."

"어디 영안실요?"

"고대구로병원. 가볼 텐가?"

"지금 당장 갈게요."

"한 시간 뒤에 영안실 앞에서 만나세."

2012년 11월 14일 아침 7시, 맑고 차가운 날이었다. 구로구청 옥상 위로 떠오른 태양이 거리에 눌어붙은 한기를 조금씩 녹이고 있었다. 이른 아침의 병원 풍경은 초췌했다. 밤새 환자에게 시달린 보호자 몇 명이 응급실 앞에 서서 잠을 쫓았다. 검은 양복을 입은 상주가 장례식장 앞에서 담배를 피웠다. 조성우는 눈에 핏발이 서 있었다. 밤새 숙취에 시달린 자신이나 불면에 시달린 조성우나, 이 병원의 풍경과 잘 어울리는 몰골이라고 김 형사는 생각했다. 김 형사와 조성우는 신분증을 제시하고 영안실로 내려갔다.

영안실 복도에서 조성우의 걸음이 느려졌다. 김 형사는 그의 심정을 이해했다. 어느 병원이나 영안실의 공기에는 서늘함이 깃들어 있다. 그것은 복도에 내려서는 순간부터 방문자를 휘감으며 불길한 예언들을 속삭인다. 네 인생은 달라졌어, 다시는 예전의 삶으로 돌아갈 수 없어.

김 형사와 조성우는 무연고 변사자의 시신을 담은 17번 냉장고로 갔다. 주인의 이름을 쓰는 라벨이 하얗게 비어 있었다. 관리인이 철제 손잡이를 잡아 문을 열고 스테인리스 판을 끌어당겼다. 드르륵 소리와 함께 시트로 덮인 시신이 나타났다. 김 형사가 시트를 걷었다. 고집스럽게 입을 다문 앳된 얼굴이 나왔다. 아이의 뻣뻣한 머리칼이 아직 살아 있다고 외치듯 사방으로 뻗쳐 있었다. 조성우가 두어 걸음 물러섰다. 헉, 아주 작은 신음 소리가 그의 입에서 새 나왔다. 김 형사가 물었다.

"맞아?"

"예."

조성우는 시신에게 다가가지 않았다. 스테인리스 판 두어 걸음 뒤에 서서 아이의 죽음을 매정하게 들추는 김 형사의 손을 보았다. 김 형사가 아이의 상반신 밑으로 시트를 걷었다. 목에 굵은 삭흔이 보였다. 손목과 팔뚝에 포박흔이 보였고, 손톱에는 방어흔이 없었다. 범인은 아이의 손을 묶고 굵은 끈으로 목을 졸랐다.

"이름이 뭐야?"

"박진봉요. 귀화한 조선족. 대림동에 살고 부모는 지방에 일하러 갔어요. 그리고…….."

"그리고?"

"자기 이름을 싫어했어요."

김 형사가 휴대폰을 꺼내 후배에게 아이의 이름을 불러줬다. 하루만 탐문하면 아이의 행적이 나올 것이다. 범인은 아이를 밀실에서 살해하고 골목으로 가져왔다. 차량을 이용했을 것이다. 근처 CCTV를 확인해야 한다. 그런데 왜 시신을 숨기지 않고 골목에 버렸을까. 김 형사가 물었다.

"애한테 마지막으로 연락 온 게 언제야?"

"어제저녁요."

"뭐라고 하던가?"

"이상한 문자를 보냈어요. 평화농장 네 글자."

"그게 뭐야?"

"몰라요, 전화를 걸어봤지만 안 받았어요. 워낙 엉뚱한 놈이니까 그러려니 했죠."

김 형사는 한숨을 쉬었다. 좀 더 일찍 나섰어야 했다. 이제 조성우가 손을 뗀다 해도 끝장을 보겠다고 김 형사는 결심했다. 마흔다섯 전립선비대증 환자 김상만이 다시 남성호르몬을 분출할 때가 되었다. 김 형사가 돌아서서 말했다.

"가세."

"잠시만요."

조성우가 아이에게 다가갔다. 눈을 부릅뜨고 아이의 얼굴과 목에 난 삭흔을 노려보았다.

"이제 됐어. 자세한 건 부검을 해봐야지."

"놈들이 애를 어디에다 버렸다고요?"

놈인지 놈들인지 아직 알 수 없어, 라고 말하려다 김 형사는 입을 다물었다. 조성우가 다시 물었다.

"어디라고 했죠?"

"가리봉교회 옆의 주택가 골목. 쪽방들 많은 데 있잖아."

"큰 대자로 누워 있었다고요?"

"그래."

"나 보라고 그런 거예요. 나한테 경고하려고."

"그럴 수도 있지, 제기랄."

"형님, 애가 누워 있던 데로 가봅시다."

"거긴 가서 뭐하게? 아무것도 없어."

조성우는 대꾸하지 않고 먼저 영안실을 나섰다. 들어올 때와 달리 한 치의 망설임도 없는 걸음걸이였다.

"여기서 내리지."

휴대폰으로 현장 위치를 확인한 김 형사가 말했다. 조성우가 가리봉시장 맞은편에 차를 댔다. 김 형사는 조성우를 안내해 가리봉시장 뒤편, 쪽방촌으로 이어지는 가파른 언덕길을 올랐다. 태양의 고도가 높아졌다. 쪽방촌에서 출근하는 노동자들이 드문드문 내려왔다. 조성우가 되는대로 걸쳤음이 분명한 낡은 파카의 지퍼를 열었다. 그의 청바지 지퍼가 벌어져 있는 게 보였지만 김 형사는 아무 말도 하지 않았다.

숙취 때문에 언덕길을 오르기가 힘들었다. 숨을 몰아쉴 때마다 맥주와 소주와 과메기 비린내가 진동했다. 가리봉교회의 첨탑이 나타났다. 사체 유기 현장은 교회 후문 건너편 골목 중간쯤이었다. 그 골목은 가파른 내리막길이었다. 골목 어귀에 장기로 방을 빌려주는 허름한 여관이 있고, 길을 따라 끝까지 내려가면 남구로역 앞 도로에 닿았다.

도로가 붐비는 출근 시간이었기 때문에 가리봉시장 뒤편에서 언덕을 올라 돌아 내려가는 길을 선택했지만, 새벽이라면 도로 갓길에 차를 대고 골목을 되짚어 올라가는 것이 편하다. 범인은 편한 길을 선택했을 것이다. 목격자가 없었을까. 김 형사는 고개를 저었다. 갓길에서 아이를 업고 올라갔다가 돌아오는 건 5분도 채 걸리지 않는다. 목격자가 있다 해도 그가 불법체류자라면, 혹은 H-2 비자 만료로 곧 불법체류자가 될 사람이라면 입을 열지 않을 것이다. 교통 카메라가 유일한 희망이지만, 추적이 가능한 번호판을 달았을 리 없다.

김 형사와 조성우는 골목을 내려갔다. 얕은 담장 너머로 쪽방을 나서는 남자가 보였다. 김 형사가 곁눈질로 그의 방을 훔쳐보았다. 아침으로 먹었을 김치찌개 냄비가 가스버너 위에 있었다. 남자는 험상궂은 표정으로 아침의 불청객들을 쏘아보았다. 김 형사가 걸음을 재촉했다.

가파른 계단 밑에 폴리스라인으로 둘러진 작은 공간이 보였다. 아이가 누워 있던 곳이었다. 김 형사와 조성우가 그 앞으로 달려갔다. 감식팀이 흰색 스프레이로 소년의 형상을 그려놓았다. 잠을 자는 줄 알았다던 옆집 주인의 말이 이해가 됐다. 아이는 어른들의 잘못으로 희생당한 자신을 보라는 듯 큰 대자로 누워 있었다. 아이는 찬 바닥에 버려졌고, 사후경직이 시작되면서 팔을 조금 오므렸을 것이다. 후배는 감식팀이 건진 것이 거의 없다고 말했다. 찾은 건 아이의 체액과 체모, 범인의 차량에서 묻었을 먼지나 미세 증거물 정도였다.

"괜히 왔어."

김 형사가 조성우에게 말했다. 그는 무표정한 얼굴로 아이의 형상을 내려다보았다. 광대뼈의 음영이 짙어졌다. 며칠 새 또 살이 빠졌다.

"휴대폰이 없었다고요?"

"그래."

"내가 사줬어요."

"그랬군."

담장 밑의 콘크리트 틈새에서 지린내가 몰려왔다. 공사판 일용직 노동자들이 쏟아놓은 지난밤의 방종을 햇볕이 증발시키고 있었다.

"HM캐피탈 지시로 고려행정사 건달 놈들이 죽였을 거예요. 우리 애도 그렇게 죽였겠죠. 차로 옮긴 게 아닐지도 몰라요."

"무슨 소리야?"

조성우가 고개를 들어 담장 너머 웅크린 작은 문들을 바라보았다.

"여기 아무 방에서나 죽여서 연탄재 내놓듯이 버렸을지도 몰라요."

"그건 노출될 위험이 너무 크잖아."

"아니에요, 그런 놈들이에요. 내가 다 돌려줄 거예요. 제임스와 박 사장을 한 줄에 엮어서 다 찢어놓을 거예요."

조성우가 골목 어귀를 보며 소리쳤다.

"야, 이 새끼들아!"

옆집 2층 쪽방에서 늙수그레한 남자의 머리가 튀어나와 아래를 내려다보았다. 골목을 지나던 행인이 박 형사와 조성우를 노려보았다.

"이봐, 진정해."

김 형사가 조성우의 어깨를 잡았다. 조성우가 손을 뿌리치며 소리쳤다.

"이 새끼들아, 잘 들어! 난 무너지지 않아!"

"그만둬."

"뭘 그만둬? 망할 새끼들! 망할 동네!"

골목 입구가 웅성거렸다. 사내 서너 명이 팔짱을 끼고 이쪽을 보았다. 조성우는 그들을 향해 달려들 기세였다.

"뭘 꼬나봐? 이 병신들아! 꺼져!"

사내 두 명이 눈을 부릅뜨고 다가왔다. 김 형사가 경찰 신분증을 꺼내 그들을 저지했다.

"조 기자, 안 되겠다. 가자!"

김 형사가 조성우의 뒷덜미를 끌었다. 조성우가 발을 헛디뎌 넘어지면서 계속 소리쳤다.

"이거 놔! 야 이 새끼들아, 이 버러지 같은 새끼들아! 다 덤벼!"

조성우의 입에서 침이 튀었다. 거품을 머금은 침이 턱으로 흘러내렸다. 김 형사는 사내들에게 그냥 가라고 손짓하면서 조성우를 끌어안았다. 야아아아아아! 조성우는 김 형사의 품 안에서도 계속 소리쳤다. 김 형사는 조성우의 벌겋게 달아오른 분노를 보았다. 그토록 단단했던 한 사내의 균열을 보았다. 조성우의 비명이 총성처럼 긴 꼬리를 끌며 골목 너머로 사라졌다.

"야아아아아아!"

비밀의 뒷면

평화농장으로

2012년 11월 20일 아침 8시, 조성우는 강남역 4번 출구 앞에 차를 세우고 김 형사를 기다렸다. 8시에 약속을 했으므로 8시 30분에야 술 냄새를 풍기며 나타날 것이다. 조성우는 약속 시간을 어긴 적이 한 번도 없었다. 김 형사는 지킨 적이 한 번도 없었다. 매번 약속을 잡을 때마다 배반당할 줄 알면서도 조성우는 제시간에 나왔다. 약속 시간을 지켜야 직성이 풀렸다.

조성우는 DJ의 시답잖은 농담이 싫어 라디오를 끄고 아내의 유품인 MP3를 꽂았다. 아내는 조수석에 앉으면 MP3를 꽂고 각오한 듯 눈을 감았다. 차 안에서는 거의 한마디도 하지 않았다. 아내의 MP3에는 걸그룹 노래도 있었고 인디밴드의 하드록도 있었고 슈게이징 음악이나 아바Abba의 노래도 있었다. 조성우는 아내의 취향을 알 수 없었다.

데미안 라이스Damien Rice의 〈엘리펀트Elephant〉가 흘러나왔다.

'하지만 당신은 코끼리를 그녀만큼 잘 그릴 순 없어……' 이 노래를 들을 때마다 조성우는 가사의 뜻을 종잡을 수 없어 짜증이 났다. 아내가 없는 차 안에서 조성우는 노래 가사처럼 의미 없이 흩어져 있는 아내의 기사 스크랩을 떠올렸다.

인터넷으로 평화농장을 검색하자 1991년 겨울의 기사들이 나왔다. 아내의 스크랩에도 있는 기사였다. 아내가 죽은 직후 노트북을 뒤졌을 때 20년 전의 기사가 끼어 있는 점이 이상했지만 그냥 넘어갔다. 이제 조성우는 그 기사가 아내가 쓰려 했던 책의 핵심일지도 모른다고 생각했다.

어느 독실한 기독교 신자가 전라도에 유기농 농장을 만들고 조선족을 불러들였다. 유기농 사업과 조선족 선교를 함께 하려 했을 것이다. 그러나 농장이 문을 연 지 1년 만에 농작물 판로 등의 문제로 지역 주민들과 말썽이 벌어졌다. 급기야 술 취한 마을 청년들이 농장에 쳐들어갔고, 싸움 끝에 조선족 한 명과 주민 한 명이 죽었다. 1, 2단짜리 짧은 기사만 검색되는 것을 보니 한중 수교를 앞두고 정부와 언론이 쉬쉬했던 것 같다. 당시 고등학교 3학년이었던 조성우는 그 사건에 대해 아무런 기억이 없었다.

그런데 왜일까. 왜 이 팩트가 놈들에게 치명적인 걸까. 제임스가 그 농장에 있었다는 사실이 밝혀져도 개인적인 원한만 드러날 뿐이다. 개인적인 원한은 누구에게도 치명적이지 않다. 중요한 건 HM캐피탈이 지금 무슨 짓을 벌이고 있느냐다. 스피커에서 데미안 라이스의 고음이 터져 나왔다. '나는 요즘 너무 외로우니까……' 알아, 나도 외로워. 근데 너는 그녀보다 코끼리를 잘 그릴 수 있어?

김 형사는 조성우의 예상보다 10분 일찍 왔다. 술 냄새가 진동했다. 파카 안에 받쳐 입은 연두색 스웨터에는 치약이 묻어 있었다. 그가 약속 시간에 20분밖에 늦지 않은 것도 드문 일이었다. 조성우가 사이드브레이크를 풀며 물었다.

"한잔하셨어요?"

"당연하지. 어제 형사과 놈들과 마셨어. 살인 사건 수사가 어떻게 진행되나 보려고."

"단서라도 나왔습니까?"

"어떨 거 같나?"

"전혀요."

"맞아."

강남대로에는 차가 많았다. 김 형사는 꼬리를 문 차량 행렬을 보며 변명하듯 말했다.

"고려행정사를 주목하라고 말은 해놨어. 강력팀 애들도 고려행정사가 뒤에서 구린 짓을 많이 한다는 소문은 듣고 있더군. 그런데 소문뿐이야. 한 번도 걸린 적이 없어. 그 흔한 연수생 사기나 학원 자격증 사기도 없어. 신고하는 놈도 없고 당했다는 피해자도 없어. 표면상으론 건실한 조선족 기업이라고. 게다가 기부까지 해."

"살인 사건은요?"

"그 애가 저녁에 김밥 배달을 했더군."

"김밥집에 취직했다는 말은 못 들었는데요."

"맞아, 친구 대신 하루 뛰어준 거라더군. 분식집 주인이 그렇게 말했어."

"어디로 배달 갔어요?"

"대림사거리 위쪽에 있는 강남아파트라고, 귀신 나올 거 같은 데가 있어. 거기서 방문판매업체 교육이 있었는데, 거기 배달 갔다더군. 업체 쪽에서는 돈 지불하고 보냈대. 그 뒤론 행방이 묘연해. 스쿠터는 강남아파트 건너편에 세워져 있더군."

"그 아파트 뒤져봤대요?"

"싹 훑었대. 깨끗해. 아무것도 없어. 그 업체 교육장이라는 데도 빈 아파트를 하루만 빌린 거야. 다 쓰러져가는 망할 놈의 아파트에는 주민도 별로 없어. 바람난 남편 뒤나 캐주는 심부름센터 몇 개 정도. 거기엔 CCTV도 없어. 그런데 말이야, 좀 수상한 게 있어."

"뭔데요?"

"그 업체가 개인사업자로 등록돼 있는데 말이야, 사장이 귀화한 조선족이야. 조선족이 조선족 등쳐먹으려고 만든 회사지. 그날 교육장에 있었던 판매원 아줌마들한테서 그 업체 사장 놈이 고려행정사 사장이랑 친하다는 얘기가 나왔어."

"그렇겠죠."

"단서는 그거뿐이야. 애가 누워 있던 곳 주변 CCTV는 분석 중인데 별게 없어. 시체를 옮기는 장면이 찍힐 만한 CCTV는 없었고."

차는 양재 IC를 빠져나가 경부고속도로에 진입했다. 평일이라 고속도로 소통이 원활했다. 순천으로 가려면 경부고속도로, 천안논산고속도로, 호남고속도로를 차례로 타라고 내비게이션이 지시했다. 날은 맑았지만 남쪽 먼 곳에서 구름이 몰려오고 있었다. 톨게이트를 지나자 도로 끝의 한 곳에서 회색 연기 같은 구름이 피어올랐다. 구름은 점점 더 많아져 좌우로 퍼져가며 남쪽 상공의 대부분을 잠식했다. 김 형사는 평택을 지날 때부터 코를 골았다. 조성우는 스피커의 볼륨을 낮췄다. 김 형사가 코 고는 소리를 점점 높이며 숨을 내쉴 때마다 술 냄새가 진동했다.

조성우는 평화농장 사건을 더 자세히 알아보기 위해 광주, 전남 지역 신문사들에 문의했다. 중앙 언론사의 주목을 받지 못한 사건들은 해당 지역 신문사를 뒤지는 것이 효율적이었다. 21년 전 사건이라 당시 취재를 담당했던 기자와는 연락이 닿지 않았다. 그러나 『광주일보』에서 평화농장의 주인이었던 박현필 장로의 인터뷰 기사를 복사해 보내줬다. 사건이 터지기 여섯 달 전에 '이 주의 인물'란에 실린 기사였다.

박 장로는 1980년대 광주에서 복사기, 전자계산기, 농협 도난방지기 등을 고치는 전자제품 수리점을 운영했다. 일대에서 잘나가는 가게였으나 수리비를 높이기 위해 고객들에게 거짓말을 해야 하는 생활에 환멸을 느꼈고, 1980년대 말에 본격적으로 유기농을 공부하기 시작했다. 한국 유기농법 보급의 선구라 할 수 있는 정농회에 가입하고 일본 견학을 다녀오기도 했다. 그는 집념의 사나이였다. 1980년대 말 정농회 멤버 다섯 명과 지리산 자락으로 들어가 유기농 농장을 만들었고, 가족의 반대가 극심해 이혼까지 했다. 가족들이 자신을 광신도로 몰아갈 때가 가장 힘들었다고 박 장로는 인터뷰에서 말했다.

1989년 처음 만든 농장이 불법 용지 전용 혐의로 폐쇄당한 뒤 박 장로는 단독으로 구영산 계곡에 들어가 평화농장을 차렸다. 인근 주민들은 그를 일에 미친 사람이라고 했다. 트럭이 들어가기 힘든 농장 입구에 포클레인으로 길을 내고 새벽 4시부터 밤 11시까지 일에 몰두했다. 황무지가 밭으로 바뀌기 시작하자 중국에서 조선족을 불러 모았다. 읍내 목사의 승인을 받고 농장 내에 교회 분소를 만들어 직접 예배를 주관했다.

사건이 일어날 때까지 박 장로는 광기에 가까운 집념으로 자신의 공동체에 모든 것을 쏟아부었다. 그는 지금 어디 있을까. 사건 이후 박 장로의 행적을 추적한 기사는 한 건도 없었다. 박 장로의 현재에 대해서는 김 형사가 파악하고 있을 것이다. 장거리 운전자 옆에서 코를 골며 어젯밤 안주로 뭘 먹었는지 헤아리게 만드는 눈치 없는 인간이었지만, 김 형사가 해야 할 일을 안한 적은 없었다.

차는 천안논산고속도로를 벗어나 호남고속도로로 진입했다. 남쪽으로 내려갈수록 먹구름의 덩치가 커지며 사위가 어두워졌다. 바람이 소나타의 등짝을 스칠 때마다 웅웅거리며 차체가 흔들렸다. 내비게이션은 익산분기점에서 순천완주고속도로, 남해고속도로를 타라고 지시했다. 조성우는 서울과 순천 사이에 놓인 그 모든 분기점과 톨게이트가 지겨워졌다. 이서휴게소 알림판이 머리 위로 지나갔다. 아직 점심을 먹을 시간은 아니었으나 조성우는 차를 휴게소로 진입시켰다.

차가 멈추자 김 형사의 코골이도 그쳤다. 김 형사는 한순간도 졸지 않았다는 표정으로 사방을 두리번거리며 차에서 내렸다. 바람이 생각보다 차가웠다. 조성우의 더벅머리와 고어텍스 등산 점퍼가 펄럭였다. 방금 교향악 연주를 마친 김 형사의 주먹코도 빨개졌다. 휴게소에는 사람이 많지 않았다. 식당에는 출장을 가는 듯한 양복을 입은 남자 몇 명만이 천5백 원짜리 아메리카노를 홀짝이고 있었다. 조성우와 김 형사는 어묵우동을 먹었다.

"그래, 속풀이는 어묵 국물이 최고지."

"너무 짠데요."

"마누라가 주는 콩나물국보단 덜 짜."

조성우는 면을 놔두고 어묵만 골라 먹었다. 쫄깃하게 씹히는 질감이 나쁘지 않았다.

"날이 안 좋네요."

"진눈깨비 같은 지랄 맞은 게 한바탕 쏟아질 거 같은데."

"우린 평화농장 터로 바로 갑니까?"

"아니, 순천에 들를 거야."

오늘의 일정은 경찰 재직 이래 최초로 이틀 휴가를 냈다는 김 형사가 짰다. 큰 기대 하지 말고 당시 폭력 사건 피의자들에게 단서나 긁어모아보자고 김 형사는 말했다. 퍼즐이든 인생이든 중요한 것은 무의미해 보이는 조각들이며, 모으다 보면 그것들을 관통하는 법칙을 찾아내게 된다고 했다. 조성우는 물었다.

"그때 기소된 사람이 몇 명이죠?"

"한국인은 세 명이야. 조선족들은 바로 추방됐고."

"그거밖에 안 돼요?"

"패싸움을 벌였으니 가담자는 더 많았겠지. 그때는 쉬쉬하는 분위기였고 또 봐주는 분위기도 있었을 거야. 아무래도 피해자가 조선족이니까. 쉬쉬하고 봐주는 분위기면 판관 포청천이 와도 별수 없어. 사건이 그놈의 '쉬쉬 봐주기법'에 딱 걸린 거지. 미국 놈들 범죄처럼."

"그 세 명이 형은 제대로 받았대요?"

"두 명은 집행유예로 나왔어. 직접 조선족 머리통을 까부순 놈만 3년형을 받았지. 세 놈 모두 마을에서 내놓은 희생양들일 거야."

"3년? 싸도 너무 싼데요."

"쉬쉬 봐주기법이 적용됐다니까. 읍에서 탄원서를 내고 난리를 쳤겠지. 헌법보다 센 법인데 별수 있나. 주소지를 확인해봤더니 한 놈은 순천서 살아. 주소지가 식당이더군. 나머지 두 놈은 아직도 이남읍에 살아. 근데 그거 알아? 평화농장 터를 그중 한 놈이 차지했어."

"철면피 같은 놈이네요."

"그렇지, 농장 이름만 산들농장으로 바꾸고 영농법인 만들어서 효손지 뭔지 팔아먹더군. 박 장로가 내놓은 농장을 날름 먹은 거야."

"박 장로는 어떻게 됐습니까?"

"사망신고가 돼 있어. 사건 터지고 얼마 안 돼서. 알아보니 자살이더군. 뭐, 그럴 만도 하지. 일생을 걸고 만든 농장이 그 모양으로 나자빠졌으니."

조성우는 김 형사가 가르쳐준 식당 주소를 내비게이션에 입력하고 순천으로 달렸다. 남해고속도로 순천 IC에서 순천만 방면으로 좌회전했다. 조성우는 순천만에서 떼 지어 날아오르는 철새들과 날이 추워질수록 살이 오른다는 참꼬막을 떠올렸다. 내비게이션은 조성우의 상념을 비웃듯 낡은 건물들이 엎드리고 있는 순천 시내로 차를 이끌었고 장천동 순천종합버스터미널 건너편의 식당가에 최종 목적지를 표시했다. 식당가에서도 가장 덩치가 큰 그 식당의 이름은 '이남골'이었다. 조성우와 김 형사는 주차 안내원의 수신호에 따라 식당 건물 뒤편의 주차장에 차를 대고 식당 입구로 갔다.

"우와! 이거 참……."

김 형사의 입이 벌어졌다. 숙취로 충혈된 눈이 커졌다. 이남골은 그냥 큰 식당이 아니라 웅장한 식당이었다. 지역 특산물로 구성된 한정식과 불고기 백반이 주메뉴였는데, 3층 건물 중 두 개 층을 통째로 쓰고 있었다. 조성우는 그 건물이 키치의 절정이라고 생각했다. 식당 입구는 한옥 처마를 흉내 낸 목조 인테리어였으나, 2층부터는 인조대리석 장식재를 붙여 멋을 냈다. 고대 그리스의 신전을 연상시키는 양각 무늬가 새겨져 있고 꼭대기에는 비잔틴 양식의 작은 돔까지 붙어 있었다. 좋다는 건 다 갖다 붙인 건물이었다. 예식장보다 더 키치적이었다. 어느 날건달 같은 건축업자가 돈 많은 촌부의 등을 치기 위해 만든 흉물이라고밖에 볼 수 없었다. 조성우가 김 형사에게 물었다.

"원래 돈이 많은 놈이었나요?"

"몰라, 로또라도 맞았나?"

조성우가 기자증을 꺼냈다.

"맛집 취재 왔다고 할까요?"

김 형사가 고개를 흔들었다.

"아니, 그래 가지고 뭘 알아내겠나? 정면 승부 해야지. 촌사람들한테는 이게 잘 먹혀."

김 형사는 지갑에서 경찰 신분증을 꺼내 흔들었다.

"휴가 중인데 괜찮겠어요?"

"괜찮을 리가 있나. 지방은 유지들이 끈적끈적하게 얽혀 있어. 서울에서 내려온 형사가 설치고 다니면 바로 순천서에 민원 들어가겠지. 어쨌든 뭐, 속전속결. 빨리 치고 빠지자고."

조성우와 김 형사는 식당 안으로 들어갔다. 점심시간이라 그런지 손님이 많았다. 테이블 곳곳에서 불고기 냄새가 올라왔고, 앞치마를 두른 직원들이 바쁘게 뛰어다녔다. 조성우는 입구에 들어선 순간 김 형사의 표정이 달라지는 것을 보았다. 출입문이 열리자마자 숙취와 여독에 찌든 중년의 얼굴이 사라지고 입을 굳게 다물고 사방을 쏘아보는 형사의 얼굴이 등장했다. 김 형사는 매니저인 듯 보이는 양복을 입은 사내에게 다가가 신분증을 내밀었다.

"여기 주인장을 뵈러 왔소만. 황두석 씨 계십니까?"

"황두석 씨요?"

머리에 왁스를 잔뜩 바른 매니저가 김 형사의 얼굴과 신분증을 번갈아 보았다.

"사장님 아드님을 말씀하시는 거 같은데…… 아드님은 안 계십니다."

"사장님은 계십니까? 그분이라도 뵙고 싶은데요."

"저기 잠깐 앉아 계십시오."

매니저가 조성우와 김 형사를 홀 끝에 있는 빈방으로 안내했다. 회식용으로만 쓸 것 같은 큰 방이었다. 매니저가 문을 닫기 전에 김 형사가 물었다.

"곧 오시나?"

"예, 3층에서 쉬고 계십니다."

3층은 사장이 가정집으로 쓰고 있는 것 같았다. 매니저가 나가자마자 조성우가 물었다.

"황두석이가 몇 살이에요?"

"나랑 같아. 사건 당시에 스물두 살. 아버지는 일찌감치 사망 신고돼 있고 노모랑 단둘이 살았을 거야. 읍내에 몇 안 되는 젊은 놈이었겠지. 설마 건실한 영농후계자가 그런 짓을 했겠어? 건달이었을 거야. 읍내 당구장에 모여 시시덕대는 양아치들 말이야."

"노모가 돈이 많았을까요? 여기 사장인 거 같던데."

"그럴 리가 있나. 한번 생각해봐. 황두석이는 독박을 썼어. 모든 책임을 혼자 끌어안고 감방에 갔다고. 그 인간 집안이 방귀

깨나 뀌는 집안이었으면 그걸 그냥 놔뒀겠어? 쥐뿔도 없는 마을 양아치니까 책임을 덤터기 씌웠겠지."

"그럼 이 식당은 뭐죠?"

"몰라, 로또로밖에 설명 안 돼."

"황두석이는 여기서 일 안 하나 봐요."

"황두석을 조회해보니까 교도소 나온 뒤로도 전과 기록이 줄줄이 달렸어. 폭행, 상해, 기물파손, 업무방해……. 다 합의가 돼서 실형을 받진 않았더군. 그 짓 하고 다니겠지."

조성우는 담배를 꺼냈다가 기다리는 사람이 할머니라는 사실을 떠올리고 도로 집어넣었다. 몇 분 지나지 않아 방문이 열렸다. 등이 굽은 할머니 한 명이 커피 잔을 받친 쟁반을 들고 들어왔다. 그냥 할머니였다. 뙤약볕이 내려쬐는 논밭에서 수건 쓰고 김을 매다가 불려 나온 것 같은 얼굴이었다. 몸은 작고 여위었으며 얼굴은 검었다. 얼굴에 주름이 자글자글해서 작은 눈조차 주름으로 보였다. 그 주름 속의 탁한 눈동자가 불안에 휩쓸려 이리저리 굴러다녔다.

조성우는 그녀를 보자마자 이런 규모의 식당을 경영할 만한 인물이 아니라는 사실을 깨달았다. 이남골의 모든 경영은 기름기 번질번질한 매니저가 도맡아 하고 있을 것이다. 할머니는 커피 두 잔을 내려놓고 끙 소리를 내며 맞은편 방석에 앉았다.

"형사님들이 왜 또 두석이를 찾고 그런단가?"

가늘고 새된 목소리였다. 김 형사가 말했다.

"예, 서울서 무슨 사건 신고가 들어왔는데, 두석 씨 이름이 나왔습니다. 큰일은 아니고, 뭐 좀 물어보려고요."

할머니가 두 손을 휘저었다. 주름에 파묻힌 눈이 갑자기 동그
래졌다.

"하이고오, 인자 두석이는 사고 칠 심도 없당께요. 뭔가 잘못
알았는갑소."

김 형사가 물었다.

"두석 씨가 뭐 잘못됐나요?"

"위암이여, 말기. 그 뭐시기냐 전남대 호스 뭐시기에 지금 있
당께요. 그런 놈이 뭔 사고를 치겠소? 안 그라요?"

"전남대병원 호스피스 병동요?"

"잉, 말도 마쇼. 교도소 나오고 뭔 억하심정이 뻗쳤는지 맨날
술 먹고 쌈질에…… 폐인이 돼부렀소. 외아들인디 나라고 두고
만 봤겠소? 근디 글러부렀어. 암만 타일러도 안 돼. 그 지랄빙을
떨더니 암을 덜컥 붙들었소. 짠한 것이."

할머니의 눈에 눈물이 맺혔다. 손끝이 가늘게 떨렸다. 할머니
는 광이 나도록 닦인 밥상을 손으로 쓸면서 울분을 삭이려 했
다. 형광등 불빛에 할머니가 남긴 손자국이 드러났다가 사라졌
다. 김 형사가 물었다.

"언제 입원했나요?"

"말기 암이라 수술도 못 해보고, 하도 아픙께 지지난달에 빙
원을 소개받아서 넣어줬소. 쫌 나으면 퇴원했다 또 아프면 들어
가고 그라요. 지난주에 퇴원했다가 엊그저께 아프다고 난리를
쳐서 또 들어갔소. 빙원 가보문 가심이 무너져. 비쩍 마른 것이

약에 취해갖고. 걍 일찌감치 편한 디로 가부렀으면 좋겄어."

"두석 씨가 왜 교도소 나와서 사고를 치고 다녔습니까? 원한이라도 있었나요?"

"몰러, 말을 통 안 해준께 알 수가 있어야지. 한번 지랄빙이 나면 칼 들고 읍내를 설치고 다녔당께. 유지들 찾아가서 고함을 치고 말도 못혀. 식당 일 하문서 한 멫 년 잠잠한가 싶드니만 또 발광이 났어. 그 틈에 장개도 못 가보고."

조성우는 커피 잔을 들고 있는 김 형사를 쳐다보았다. 김 형사는 시종일관 무표정했다.

"죄송합니다. 저희가 잘못 알았는가 봅니다."

김 형사가 커피 잔을 단숨에 비우고 가게 안을 둘러보았다.

"근데 가게가 참 좋습니다. 언제 차리셨어요?"

"두석이가 감방에 있을 때 차렸소. 주변 어른이 도와주서 잘 되었제. 시방도 틈만 나문 도와줘. 여그 매니저도 구해주고."

"누가 그렇게 잘 도와주세요?"

"아따 그런 분이 있소. 뭐 그런 거까지 묻고 그라요?"

"아 예, 죄송합니다. 이거 땅도 어머님 소유죠? 차리려면 돈이 많이 드셨겠습니다. 저도 퇴직하면 이런 식당 차리는 게 꿈인데."

"다 빚이제. 이거이 겉으론 멀쩡해도 속은 다 빚이여."

"누가 돈까지 빌려주셨어요?"

"은행에서 빌렸제."

"예, 그렇군요. 커피 잘 마셨습니다."

김 형사가 일어섰다. 식당 문을 나설 때 조성우는 뒤를 돌아보았다. 고기 굽는 연기와 손님들의 수다로 가득 찬 홀 뒤편에서 할머니가 방문에 등을 기대고 서 있었다. 그녀는 실크 재질의 주름치마를 한 손으로 붙든 채 조성우와 김 형사에게서 시선을 거두지 않았다.

조성우와 김 형사는 평화농장 터로 출발했다. 내비게이션에 '산들농장'을 입력하니 길이 나왔다. 남원 IC에서 국도로 빠져 30여 분을 달리자 우람한 산들이 나타났다. 흐린 날의 숲 속은 쓸쓸해 보였다. 헐벗은 나무 발치마다 낙엽들이 수북했다. 도로는 점점 좁아지고 구불구불 휘어지며 능선을 오르내리기 시작했다. 간혹 '생태 농장'이니 '청정 유기농 마을'이니 하는 팻말들이 눈앞을 스쳤다. 구영산 일대에 유기농 농가들이 많은 것 같았다. 박 장로가 뿌린 씨앗이 이렇게 싹트고 있는지 모른다고 조성우는 생각했다. 김 형사는 도로 양편에 비죽비죽 솟아 있는 산봉우리를 보며 생각에 잠겨 있었다.

"뭘 그렇게 생각하세요?"

"어, 뭔가 찜찜한데 뭐가 찜찜한지 잘 모르겠어."

"그냥 졸린 거겠죠."

"그런가."

포장도로가 끝났다. 길은 완연히 좁아져 길가의 나뭇가지들이 차창을 긁었다. 돌부리에 차이고 진흙 웅덩이에 빠지며 차는 한참 동안 오르막길을 올랐다. 산들농장은 구영산이 품은 유기농 농장 중에서도 가장 깊은 품에 숨어 있는 것 같았다. 산길 밑의 까마득한 계곡에서 수량이 적은 개울이 흘렀다. 고개 끝에 이르자 산들농장 이정표가 보였다. 그 이후로는 평탄한 길이 이어졌고 갑자기 시야가 탁 트이는 지점에 커다란 스테인리스 탱크가 보였다.

"여긴가 보죠?"

"그럴 거야. 저게 발효액을 저장하는 탱크일걸."

조성우가 탱크 앞에 차를 세웠다. 산속의 공기는 도시보다 차가웠다. 구영산 봉우리에 걸려 있는 먹구름이 당장이라도 눈보라를 쏟을 것 같았다. 조성우와 김 형사는 잠시 산들농장을 둘러보았다. 이 험한 곳까지 길을 내고 터를 닦은 사람은 박 장로일 것이다. 산 중턱을 깎아 만든 농장 전면에 산야초를 발효시키는 옹기 50여 개가 놓여 있었다. 초겨울이라 발효 시즌은 지났지만 아직도 시큼한 냄새가 맴돌았다. 옹기들 앞에 서면 구영산의 능선과 그 너머 이남읍까지 구경할 수 있었다.

"공기가 좋네요."

"공기가 하도 좋아서 지랄 맞게 춥다."

김 형사가 목을 움츠렸다. 습한 추위가 조성우의 목덜미에도 배어들었다. 옹기 뒤에 가건물로 지은 농장 사무실에서 경리로 보이는 여직원이 걸어왔다. 사장은 탱크 뒤에 있는 공장에서 일하고 있다고 직원이 말했다. 조성우와 김 형사는 직원이 가리키는 가건물 앞으로 걸어갔다. 발효액을 병이나 파우치에 넣어 포장하는 공장이었다. 김 형사가 공장 문 앞에 달린 벨을 누르고 사장을 찾았다. 몇 분 뒤에 문이 열렸다. 기계음과 시큼한 냄새가 한꺼번에 쏟아지며 위생모를 쓴 남자가 나왔다.

"송형수 사장님이십니까?"

"그런데요."

김 형사가 신분증을 내보였다. 신분증을 보는 순간 남자의 표정이 굳었다.

"서울에서 왔습니다. 20년 전에 여기 농장에서 일어난 사건 관련 제보가 들어와서요."

"그 수사는 다 끝났는디."

"압니다. 그런데 서울에서 누가 탄원서를 넣었어요. 몇 가지만 확인하고 가겠습니다. 그냥 형식적인 절차예요."

"언제적 일을 갖고 그려쇼잉. 그런 거라면 순천서에서 오문 될 텐데……."

남자가 미간을 찌푸렸다. 작지만 단단한 체구를 가진 남자는, 인상을 구기기만 해도 매우 공격적으로 보였다.

"요즘 민원 처리 방식이 바뀌었어요. 접수한 관할 서에서 직접 확인하고 보고서를 내야 됩니다."

"여튼 저그 저 벤치로 갑시다. 공장 안은 시끄럽고 사무실에는 직원들 눈이 있응께."

추위를 타는 김 형사에게 최악의 장소였다. 옹기들 앞에 놓인 벤치에 앉자마자 산중의 칼바람이 쏟아졌다. 벤치는 구영산의 풍경을 즐기는 일종의 전망대 같았다. 김 형사가 말했다.

"공기가 참 좋네요."

김 형사는 반 시간만 여기에 앉아 있으면 오한에 떨며 기침이라도 할 표정이었다.

"여그가 원래 어느 문중 선산이었소. 박 장로가 가지고 있음 뭐하냐고 하도 팔라고 통사정해서 팔았다던디. 이래 뵈도 청정 지대요. 일전에 나무를 연구하는 학자가 와서 여그 나무들이 스트레스를 하나도 안 받은 진짜 나무들이라고 감탄을 합디다."

조성우는 사장에게 양해를 구하고 담배를 피웠다. 담배 연기가 구영산의 능선들 너머로 날아갔다. 21년 전 평화농장에서 일하던 조선족들도 일과를 마친 뒤 여기서 담배를 피웠을 것이라고 조성우는 생각했다. 그때는 하늘이 붉게 물들고 읍내의 불빛들이 반짝였을 것이다. 김 형사가 사장에게 물었다.

"농장이 참 멋집니다. 이거 수익도 좋습니까?"

"말도 마쇼. 농장 인수해서 첨에는 관행 농법을 했수다. 할 줄 아는 게 그거밖에 없옹께. 유기농이 대세가 될 거라고 혀서 그걸로 바꿨는디 아따 돈이 안 돼, 돈이. 생각해보쇼. 여름에 비 올 때 아무도 모르게 케일 고랑에 요소 비료 확 뿌려불면 이삼일 뒤에 몇 배로 커부러. 금방 커불제. 그거를 유기농인지 아닌지 누가 알었어? 진짜 유기농을 할라 했드니만 돈도 많이 들고 판로도 없어. 그러다 97년돈가부터 생식이 유행해서 그걸로 재미를 봤제. 지금은 생식도 안 허고 발효액만 만드요. 뽕도 키우고 더덕도 키우고 하문서. 읍에서 영농법인 만들어서 인증도 해주고 교육도 해주고 작물도 팔아준께 좋아졌지."

"고생이 많으셨겠습니다."

송형수 사장은 옥살이를 한 이남골식당의 외아들보다 건실하게 살아온 것 같았다. 그는 평화농장이 쑥대밭이 되는 순간에 찾아온 행운을 놓치지 않았다.

　"아이고, 고생이야 할 만큼 했제. 근디 물어볼 게 뭐요? 빨랑빨랑 해붑시다, 바쁜께."

　"사건이 터지고 세 분이 조사를 받았지요? 한 분은 감옥까지 다녀오고. 그냥 우발적으로 싸움이 일어난 겁니까?"

　사장이 한숨을 쉬었다. 바람이 사장의 숨결을 휘저었다.

　"우리는 싸울 맴까지는 없었소. 솔직히 평화농장이 뭔 일을 하는지도 몰랐당께. 근디 읍내 유지덜이 평화농장 때문에 주민 농사 다 뺏겨분다고 난리를 쳤소. 젊은 놈들 술 사주면서 니들은 배알도 없냐고 호통치고. 한참 혈기 왕성한 땐데 계집애들보다 못하다고 욕을 먹어서야 쓰겠소? 긍게 우리도 슬슬 달아오릅디다."

　"유지들이 그랬다고요?"

　"딱 부러지게 시킨 건 아니었지만서도 유지들 등쌀에 우리도 불끈했다는 거 아니요. 마을 청년들이 대부분 나서서 싸움을 벌였지만 주동한 건 우리 셋이 맞소. 그때 지금은 다 죽어가는 황두석이허고 나허고 영농법인서 일하는 정진묵이허고 마을서 제일 젊었제. 종고 졸업하고 여그 남아 있는 20대는 우리 셋뿐이었소. 당연히 친했제. 못된 장난도 좀 치고. 그날 청년회 모임서 술 먹고 우리가 그랬소. 형님들, 더는 못 견디겠소, 다 뽀사시다, 허고. 지금 생각하문 이상해. 우리가 아무 피해를 본 게 없었는디 말여. 그냥 혈기였제."

"세 분 중에 황두석 씨가 제일 적극적이었습니까? 그래서 감옥에도 가고?"

"아녀, 영농법인 만든 정진묵이가 주동혔어. 그놈 아부지가 지주요. 마을 유지 중에 젤로 돈 많은 유지. 읍내에 건물을 몇 개씩이나 가지고 있고 순천에도 있다든가 허요. 지 아부지가 하도 열 내니께 지도 덩달아 그랬는지 입만 열문 평화농장 욕이었소. 그날 싸움도 그놈이 제일 먼저 깃발 들었제. 근디 정작 싸움이 나니께 지만 슬금슬금 뒤로 빼더란 말이요. 뭣도 모르는 황두식이만 치고받고 하다 사람도 죽여뿔고. 그때 알았제. 돈 많은 집안 자식새끼는 하여간 약삭빠르구나 허고."

조성우와 김 형사는 평화농장을 나서면 이남영농조합의 대표인 정진묵을 만날 작정이었다. 사장의 이야기를 들으며 조성우는 기분 나쁜 역설을 발견했다. 그들에게 그날의 폭력은 축복이었다. 황두석마저도 정신을 차렸다면 암에 걸리지 않고 식당 사장으로 떵떵거리며 살았을 것이다. 조성우는 분에 넘치는 대가를 받은 농장 사장에게 물었다.

"황두석 씨는 혼자 감옥에 가서 상심이 컸습니까?"

"그렸소, 근디 도가 넘었어. 원래 나는 정진묵이보다 황두석이랑 더 친했단 말이요. 없는 집안 자식들끼리만 통하는 게 있었소. 이놈이 감옥 갔다 와서 폐인이 되는 걸 봉께 진짜 짠하더라고. 그래 내가 물었소. 어무니가 식당도 차렸는디 왜 그렇게 행패를 부리고 다니냐고. 헌디 말을 안 합디다. 그냥 자기도 미친 것 같다고 헙디다. 그래서 내가 또 그랬지. 영감들헌티 무신 억하심정이 있느냐고. 이놈이 술만 처먹으면 온 읍내를 돌아다니문서 영감들 집 대문 깨부수고 지랄 발광을 했당게. 왜 그러는지 말을 안 해. 그놈이 짠해서 내가 그놈 어무니한테는 잘혔소. 철마다 인사드리고."

사장이 황두석에게 품은 감정은 동정이 아니라 죄의식일 것이라고 조성우는 생각했다. 그는 황두석의 어머니를 보살피면서, 평화농장을 무너뜨리고 강탈한 자신의 비열함을 감췄다. 그는 작은 선행으로 큰 죄악을 덮었다. 윤리의 저울은 언제나 비대칭이다. 그는 이제 모든 것을 잊었을 것이다. 산들농장의 번영은 자신의 성실함 때문이고 황두석의 추락은 그의 태만 때문이라고 생각할 것이다. 사장이 물었다.

"인자 다 끝났소?"

김 형사가 물었다.

"농장 인수할 때 박 장로를 보셨습니까?"

"아녀, 내가 인수한 건 장로가 자살한 다음이요. 장로 전 부인이 와서 계약서에 서명합디다. 무슨 썩은 똥물을 치우듯이 계약서를 던지고 가던디. 박 장로는 농장서 애 딸린 조선족하고 결혼까지 했는디 말여, 혼인신고는 안 됐는갑서."

"결혼요?"

"그려, 조선족 여자랑 결혼식도 치렀다던디. 눈이 크고 예쁘장했지. 그 여자랑 손잡고 읍내를 돌아다니는 것도 봤는디? 그 여자는 애도 하나 있다고 헙디다."

조성우는 제임스를 떠올리며 사장에게 물었다.

"평화농장에 애들이 많았습니까?"

"많지는 않고, 몇 명 된다고 합니다. 뭐하러 중국서 애새끼들 꺼정 불러들였는지 지금도 이해가 안 돼. 아, 근디 말이 나와서 하는 말인디, 그날 마을 아재 한 명이 칼에 찔려 죽었잖어. 그 여자가 한 거라는 소문도 있소. 새벽에 여자랑 아재랑 같이 걸어가는 걸 본 사람이 있었나 봐. 다들 쉬쉬해서 사실인지는 모르겠지만."

"주민 살해범은 안 잡혔죠?"

"그 여자랑 애는 사라져부렀어. 행방조차 몰러. 나머지는 바로 외국인보호소로 보내부렀다고 합디다. 아따, 인제 되었소? 그만할라요."

조성우가 황급히 물었다.

"마을 사람들이 왜 그렇게 평화농장을 싫어했을까요? 박 장로가 나쁜 짓을 했는지 안 했는지 전혀 기억나지 않습니까?"

"전혀 안 난당께. 그해 가을까지는 박 장로랑 유지들이랑 친했소. 영감이 돈이 좀 있었나 봐. 큰돈을 이남상조신용에 넣어놓고 직원들 월급 줄 때 찾아갔는디, 그게 마을 발전에 도움이 된다고 좋아들 혔어. 봄에 장로가 폐렴에 걸려서 장애 2급을 받을 정도로 앓아누웠는디 유지들이 문병까지 갔당께. 그러다가 가을부터 사이가 틀어졌제. 뭔 일인지 나도 몰러."

조성우와 김 형사는 벤치에서 일어섰다. 농장 사장이 그들을 배웅했다. 차 앞까지 걸어가며 사장은 그날의 기억들을 중얼거렸다. 고해성사 같기도 하고 혼잣말인 것 같기도 했다. 바람이 심해 그의 낮은 목소리는 귀를 기울여야 간신히 알아들을 수 있었다.

"그날 무슨 짓을 했는지 암만 생각해도 기억이 안 나. 머시냐, 마을을 대표하는 청년으로서 자존심을 지키려고 뛰어들었는디 말여, 막상 닥치고 봉께 정신이 하나도 없어. 그냥 몽둥이를 휘두르기만 혔어. 내가 아니라 영판 딴사람인 것처럼, 혼이 몸 밖으로 빠져나가서 내 몸을 지켜보는 느낌이더란 말여. 내가 유일하게 기억하는 장면이 있소. 두석이가 남자 머리를 내리치는데 그 남자 얼굴이 나랑 너무 닮아 보여. 지금도 가끔 꿈에 나와."

가해자란 그런 것이다. 가해자는 자기 내면의 약함 때문에 폭력을 휘두른다. 조성우는 사장의 면전에 그 말을 뱉고 싶었지만 입을 다물고 차에 올라탔다. 김 형사가 조수석 문을 열며 마지막 질문을 던졌다.

"이 농장 인수할 때 돈이 많이 들었습니까?"

"다 빚이요, 빚 덩어리."

조성우는 이남읍으로 차를 몰았다. 벌써 4시가 넘었다. 하늘을 덮은 구름이 조금씩 검어지고 산 그림자가 짙어졌다. 김 형사가 머리를 긁으며 말했다.

"아까부터 뭔가 계속 찜찜해 죽겠단 말이야."

"마을 주민 살인 사건은 미제로 묻힌 건가요?"

"응, 조선족들을 제대로 조사도 안 하고 추방시킨 것 같아."

"사건 직후 이 근방에서 불법체류자 신고가 들어왔을지도 몰라요. 조선족 여자와 아이. 멀리 갔을 리가 없잖아요."

"그 HM캐피탈 대표가 장로랑 결혼한 여자 아들이라고 생각하는 거야? 그보다는 바로 추방당한 아이들 중 한 명일 가능성이 높지. 중국에서 공부하고 유학 갔다며?"

"어쩌면 장로의 돈 중 일부가 아이한테 갔을지도 몰라요. 유학까지 가려면 돈이 많이 들죠."

"기록을 뒤져봐야지, 남아 있다면. 그나저나 벌써 해가 간당간당하네. 그 영농조합 대표인지 뭔지는 입을 나불댈 것 같지도 않은데 빨리 해치우세. 잘 데도 알아봐야 되고 식당에서 소주도 한잔 해야 하고, 할 일이 많아."

"또 마셔요?"

"토론을 하려면 술이 있어야 돼. 기계를 돌리려면 윤활유를 쳐야 하는 것과 비슷한 원리지."

"아주 과학적이네요."

차는 이남읍에 들어섰다. 시골의 여느 읍과 다를 바 없었다. 추레한 상가 건물들이 드문드문 서 있었고, 산나물과 마른 생선을 파는 재래시장에는 할머니들이 모여 있었다. 이남영농조합을 모르는 주민은 없었다. 위치를 묻자 모두들 한 방향을 가리켰다.

영농조합 건물은 읍에서 가장 깨끗했다. 직육면체의 평범한 3층 건물이었지만 벽을 뒤덮은 흰 타일이 반짝거릴 정도로 잘 닦여 있었다. 김 형사가 법인 간판에 적힌 번호로 전화를 걸어

정진묵 대표가 있는지 확인했다. 직원이 대표실로 전화를 돌렸다. 정 대표가 먼저 서울에서 온 형사냐고 묻더니 들어오라고 했다. 누군가 그에게 연락을 취했을 것이다. 시골의 인간관계는 거미줄과 같아서 한 곳에 자극을 주면 건너편까지 순식간에 전달된다.

"아 씨팔, 내가 여기서 설치고 다니는 게 경찰회보에 실릴 기세네."

"그러게 기자 행세 했어야죠."

대표실은 2층에 있었다. 건물 외벽만큼이나 청결하고 넓은 방이었다. 흰색 벽면에는 영농조합의 발전상을 보여주는 사진들이 걸려 있었다. 창가에 대표의 원목 책상이 놓여 있었고, 그 앞에 손님용 가족 소파가 있었다. 정진묵 대표의 모습도 청결했다. 검은색 양복을 입고 빨간 넥타이를 맨 그는 한 번도 농사일을 하지 않은 듯 얼굴이 하얬다. 정 대표는 사투리가 전혀 섞이지 않은 서울말로 외지인을 응대했다. 전형적인 사업가의 모습이었다.

"평화농장 사건을 조사하신다고요?"

"예, 간단히 여쭙고 가겠습니다."

"그럼 물어보십시오."

정 대표가 소파에 몸을 기대며 미소를 지었다. 조성우는 정 대표의 허여멀건 얼굴을 보며 분노를 느꼈다. 그의 피부는 산중의 강렬한 햇볕과 싸우며 검게 탄 산들농장 사장의 피부보다 훨씬 비열해 보였다. 그는 죄악을 저지르고도 한 줌의 멜라닌 색소조차 짜낼 필요가 없는 생활을 했다. 조성우가 그에게 물었다.

"건물이 상당히 큰데요. 사업이 잘되시나 봅니다."

"아이고, 이거 만들 때 고생을 무지 했어요. 군청에서 예산 따오는 것부터가 극기 훈련이었어요. 뭔 조건들이 그렇게 까다로운지, 허허. 지금은 틀이 좀 잡혔죠. 여기 유기농 농가들을 지원하고 판로도 뚫어줘요. 앞으론 한국을 대표하는 유기농 지역이될 겁니다."

"관공서 사람들이 잘 도와주던가요?"

"그렇죠, 다들 도와주셨죠."

조성우는 정 대표를 찌르는 말을 던지고 싶었다. 그럴 필요가없다는 걸 알면서도 그를 도발하고 싶었다.

"여기 와서 놀랐습니다. 그 사건으로 기소된 분들이 너무 부유하게 잘사십니다. 사람도 죽었는데."

김 형사가 인상을 찌푸리며 조성우를 쳐다보았다. 정 대표는감정의 변화를 전혀 드러내지 않았다. 입가에 걸린 미소조차 딱딱해지지 않았다. 조성우는 마을 청년들을 선동해놓고 싸움판에서는 몸을 뺀 하얀 얼굴의 지주 아들을 떠올렸다.

"속죄하는 마음으로 살고 있죠. 젊을 땐 누구나 욱하는 심정에사고도 치고 그러는 거 아니겠습니다. 철들고 나서 후회하죠."

김 형사가 물었다.

"아까 농장 사장님을 뵈었는데 마을 유지들이 평화농장에 악감정을 가졌다고 하시더군요. 그래서 청년들이 나선 거라고요."

정 대표가 고개를 흔들었다.

"형수요? 송형수가 그런 말을 합니까? 뭘 잘못 기억하나 본데요. 아니면 책임을 돌리고 싶거나. 그때는 유지들이 그럴 만한 일이 없었어요. 그냥 저를 포함해서 마을 청년들이 외지인들을 못마땅하게 여겼던 거죠. 게다가 다른 사람도 아니고 조선족들이잖아요. 중국에서 넘어온 사람들인데 믿을 수가 있어야죠. 빨갱이라는 소리도 나오고."

"그 사장님 말로는 대표님이 평화농장을 공격하자고 제일 먼저 선동…… 아니 제안을 하셨다던데요."

정 대표가 웃었다. 처지기 시작한 아랫배가 흔들렸다.

"하하하! 형수 이 자식, 왜 그러나 몰라. 걔가 원래 말을 막 해요. 없던 일도 지어내고."

"그럼 사실이 아닌가요?"

"그럴 리가 있나요. 그때는 마을 젊은이들이 다 평화농장을 미워했어요. 읍내에 농장 사람들이 돌아다니는 것도 싫어했고. 잘 이해를 못 하실 텐데, 원래 시골은 그래요. 외지인에 대한 감정이 아주 안 좋죠. 특히 젊을수록 더해요."

김 형사가 고개를 끄덕였다.

"그렇군요. 역시 우발적인 싸움이었군요."

"그렇습니다. 제가 잘못을 인정 안 하는 건 아닙니다. 저도 충분히 반성하고 있어요. 정말 잘못했죠. 하지만 누가 시켰다거나 무슨 음모가 있었다거나 그런 건 절대 아닙니다."

"알겠습니다. 어차피 재판이 끝난 사건입니다. 저희는 그냥 확인차 들렀을 뿐입니다. 너무 신경 쓰지 마십시오."

"예, 박 장로님이 자살하신 것도 정말 유감입니다. 다 저희 탓이지요. 저도 기독교인으로서 매일 회개 기도 올리고 있습니다."

"박 장로님은 누가 발견해서 신고했나요?"

"농장 부지 내놓고 이곳을 뜨려고 여기 신성장이라는 읍내 여관에 머무르셨대요. 저도 조사받고 있던 중이라 거기까진 신경을 못 썼습니다. 여관 주인이 목매단 시신을 발견하고 신고했답니다."

"혹시 그분이 조선족 여성과 결혼했다는 얘기 들어보셨습니까?"

"금시초문인데요."

"알겠습니다. 저희는 이만 가겠습니다. 실례가 됐다면 죄송합니다."

"이거 저녁이라도 대접해야 하는데…… 바로 가십니까? 묵으실 데가 없으면 제가 알아봐드리죠."

"아뇨, 여관서 자겠습니다. 공무 중에 민폐를 끼치면 안 됩니다."

"여관이라면 읍내에 한 군데밖에 없습니다. 아니면 순천으로 가셔야죠."

"신성장요?"

"맞습니다."

김 형사가 조성우의 소매를 잡고 소파에서 일어났다. 대표실 문을 나서며 조성우는 뒤를 돌아보았다. 정 대표가 미소를 잃지 않고 목례했다. 이남골식당 할머니와 달리 그의 눈에는 한 점의 불안도 일렁이지 않았다. 갓길에 주차한 차로 다가가며 김 형사가 물었다.

"쓸데없는 질문은 왜 한 거야?"

"그냥 성질이 뻗쳐서요. 그러는 형님은 왜 그렇게 서둘러 나와요?"

"이만하면 됐어. 저 인간은 농장 사장 따위와 달라. 아무 얘기도 들을 수 없다고. 오히려 우리 얘기를 뺏기지. 뭐, 장로가 조선족이랑 결혼했다는 얘기가 금시초문이라고? 당시 동네에 소문이 쫙 퍼졌을 텐데 말이나 돼?"

조성우는 차 문을 열기 전 자신을 스쳐 가는 사내를 보았다. 검고 마른 남자였다. 짧게 깎은 머리가 제멋대로 자라 밤송이처럼 뻗쳐 있었다. 재래시장 쪽 어딘가를 바라보는 척하며 조성우를 곁눈질했다. 조성우는 섬뜩했다. 그 느낌은 사내의 날카로운 생김새 때문이 아니라, 시선을 가누지 못해 흔들리는 눈동자 때문이었다. 조성우는 멍하니 서서 낡은 사파리 점퍼를 입은 사내의 등이 멀어지는 것을 지켜보았다. 사내는 한 번도 뒤돌아보지 않고 조합 건물 후문 쪽에 주차된 검은색 SM5 조수석에 올라탔다. 저 차를 언제 본 적이 있던가. 조성우는 김 형사에게 물었다.

"형님, 만약에 우리가 여기 내려오는 줄 안다면 놈들이 우리를 미행하지 않을까요?"

"그럴 수도 있지."

"우릴 죽이려 들까요?"

"설마, 아무리 간이 큰 놈들이라도 형사가 있는데."

조성우는 시동을 걸고 움직이기 시작하는 SM5를 가리켰다.

"저 차가 수상해요."

정문환은 기자를 보았다. 기자의 아내와 아들을 죽일 때, 정문환은 그가 절망의 나락에 처박혀 다시는 올라오지 않기를 바랐다. 이 흐리고 추운 날에, 하필이면 이 빌어먹을 촌구석에서 기자와 대면하고 싶지 않았다. 그러나 기자를 미행하면서 한 번만이라도 기자의 얼굴을 정면으로 보고 싶다는 욕망을 느꼈다. 자신이 그에게서 무엇을 빼앗았으며, 그의 얼굴에 어떤 고통의 낙인이 찍혀 있는지 확인하고 싶었다. 기자는 눈을 찌르는 더벅머리에 하얗고 마른 얼굴이었다. 정문환은 그가 좀비 같다고 생각했다. 상실감이나 증오나 고통 따위 없이, 껍데기만 남아 겨우 숨 쉬고 있는 것 같았다. 정문환은 등을 찌르는 기자의 시선을 느끼며 차에 올라탔다. 제임스가 고용한 용역 회사 직원이 시동을 걸며 말했다.

"아 씨팔, 그 앞을 지나가면 어떡해? 우릴 기억할 거 아냐?"

정문환은 조합 건물 옆에 있는 구멍가게에서 담배를 사서 돌아오는 길이었다. 기자와 형사가 그렇게 빨리 차로 돌아올 것이라고는 예상하지 못했다. 용역 회사 직원은 서둘러 기자의 시야 밖으로 차를 몰았다. 검은 가죽점퍼를 입고 스킨 냄새를 진하게 풍기는 이 애송이를 정문환은 강남아파트의 아지트에서 처음 보았다. 잠을 자지 못하도록 랜턴을 들이대고 고환을 때리던 놈 중 하나였는데, 그때도 스킨 냄새를 풍겼다.

강남아파트에 갇혀 있었던 시간은 아무것도 기억나지 않았다. 실제처럼 꿈틀거리는 환상만 남았다. 사나흘을 잠도 자지 않고 버텼다. 나흘째 되던 날 주위가 환해지는 환상이 보였다. 노모가 바닥에 누워 있었다. 주름진 손으로 건네주는 땅콩을 씹었는데 실제처럼 바삭거리고 고소한 맛이 났다. 갑자기 노모가 사라지고 아내가 나왔다. 뱃가죽이 찢어진 채 내장을 줄줄 흘리며 눈물 젖은 눈으로 정문환을 바라보았다. 정문환은 헛소리를 지껄였다. 여보, 배에서 뭘 흘리는 거야? 소시지야?

정문환은 비명을 지르지 않았다. 놈들이 원하는 것이 그것이었기 때문이다. 비명을 지르거나 울음을 터뜨리는 순간, 내면의 모든 것이 무너지며 놈들이 원하는 무슨 대답이든 지어서라도 할 것 같았다. 눈물 콧물 흘리며 영등포 조폭 얘기를 흘렸다면 그는 살아남지 못했을 것이다. 그때는 살아남아야 한다는 명령이 그를 지배하고 있었다. 삶을 이렇게 끝내서는 안 된다는 목소리가 내면에서 쩌렁쩌렁 울려왔다. 끝을 원해? 그럼 살아남아! 정문환은 그 명령을 따랐고 마침내 잠을 허락받았다.

놈들이 자신을 업고 가리봉동의 허름한 여관방에 처넣을 때까지 정문환은 잠에서 깨지 않았다. 얼마나 잤는지는 모른다. 목이 마르면 소형 냉장고에서 생수를 꺼내 마시고, 소변이 마려우면 화장실로 엉금엉금 기어가 일을 보고, 도로 잠들었다. 자다 지쳐 죽을 것 같을 때쯤 제임스가 도시락을 들고 와 그를 깨웠다. 새로 태어난 것 같았다. 기나긴 동면을 통해 이전의 자신이 지워지고 신생아부터 생을 다시 시작하는 느낌이었다. 그가 도시락을 먹는 동안 제임스가 HM캐피탈의 사업 이야기를 들려주었다. 별것 아닌 이야기였다. 조선족이 조선족의 등을 치는, 가리봉동과 대림동과 전국 어디서나 흔하게 벌어지는 협잡이었다. 다만 그 규모가 조금 클 뿐이었다.

정문환은 그 여관에서 제임스의 개로 사육당했다. 자신을 믿기 때문에 한쪽 팔을 떼주는 심정으로 비밀을 들려준다는 제임스의 이야기는 거짓이었다. 휴대폰을 뺏겼다. 밥을 먹으러 갈 때나 담배를 사러 갈 때도 미행이 따라붙었고, 한밤중에는 여관 주인이 아예 나가지 못하게 막았다. 제임스가 정문환에게 HM캐피탈의 비밀을 알려준 이유는, 정문환이 앞으로 자신의 도사견 역할을 수행하는 데 필요한 지식이었기 때문이다. 이틀 뒤 정문환은 영등포 남문파 한 사장이 지정해준 가리봉시장의 칼국숫집으로 갔다. 계산하는 도중에 HM캐피탈의 비밀이 담긴 쪽지를 주인에게 건넸다.

이틀 뒤 정문환은 기자를 미행하라는 제임스의 지시를 받았다. 기자가 형사를 데리고 평화농장으로 갈 것 같다고 했다. 정문환은 그날 저녁 칼국숫집에 평화농장으로 간다는 쪽지를 남기고, 다음 날 아침 일찍 여관 앞까지 찾아온 용역 회사의 SM5를 탔다. 승용차 운전석에는 스킨 냄새를 풍기는 고문자가 앉아 있었다. 정문환보다 대여섯 살쯤 어려 보이는데도 계속 반말을 지껄였다. 소속 회사 이름은 범호시큐리티인데 단속을 피해 분기마다 새로 등록하니 이름 따위를 기억할 필요는 없었다. 그는 자신을 조 대리라 불러달라고 했다. 전직 군인과 경찰과 건달 들이 모여 만든 회사인 듯했다. 경비부터 미행과 감시까지, HM캐피탈에 거액을 받고 턴키turnkey로 일을 따냈다고 했다.

조 대리의 회사는 HM캐피탈의 심부름꾼에 불과했다. 가끔 납치와 협박은 하지만 청부 살인처럼 리스크가 큰 일에는 관여하지 않는 것 같았다. HM캐피탈의 흥기는 고려행정사뿐이었다. 조 대리는 강남아파트를 염탐하던 아이를 잡았는데 고려행정사 쪽이 데려갔다는 말을 했다. 조선족은 아이를 아무렇지도 않게 죽이냐는 물음을 담은 얼굴이었다. 고려행정사라면 그럴 수도 있는 일이었다.

조 대리는 고속도로 휴게소에서 기자의 차 범퍼 밑에 GPS 추적 장치를 달았다. 이까짓 장비는 아무것도 아니라고 그는 말했다. 초소형 도청 장치부터 고화질 카메라를 장착한 RC 헬리콥터까지 회사에 없는 게 없다고 했다. 정문환은 조 대리의 어깨 너머로 GPS에 표시되는 차의 움직임을 살폈다. 기자와 형사는 읍내를 벗어나지 않았다.

"이 새끼들 오늘 여기서 잘 거 같은데, 좆됐네."

조 대리가 중얼거리며 스마트폰을 꺼냈다. 이번 일을 위해 따로 지급받은 대포폰이었다.

"너네 대장한테 보고해, 읍내 여관에 갔다고."

정문환은 대포폰에 입력된 번호를 눌렀다. 제임스의 목소리가 들렸다.

"여보세요."

"기자가 조합에서 나왔습니다, 대표님."

"지금 어디 있나?"

"읍내 여관으로 갔습니다. 어떻게 할까요?"

"얻어낸 건 없을 거야. 여관 주변에 차를 대고 감시해라."

"알겠습니다."

정문환은 조 대리에게 제임스의 말을 전했다. 조 대리의 얼굴
이 구겨졌다.

"밤을 새우라고? 니미 씨팔."

사실의 우선순위

5시 30분, 해가 거의 떨어지고 먹구름 사이에서 노을이 내비쳤다. 구름은 잠깐 새에 아주 검고 딱딱한 덩어리로 변했다. 신성장은 영농법인에서 차로 5분 거리에 있었다. 손바닥만 한 읍내에 하나뿐인 여관 건물을 찾기는 어렵지 않았다.

"아, 지친다."

김 형사가 여관 현관문을 열며 말했다. 아주 낡고 추레한 여관이었다. 현관에서부터 락스 냄새가 진동했는데, 오늘 대청소라도 한 모양이었다. 주인인 듯한 할머니가 누렇게 변색된 숙박부를 들이밀었다. 마지막 손님은 이틀 전에 와서 알아보기 힘든 악필로 서울 종로구의 듣도 보도 못한 가짜 주소를 적어놓았다. 이런 식이라면 여관이 어떻게 수익을 맞추는지 궁금했다. 조성우와 김 형사는 203호 열쇠를 받고 올라갔다. 하지만 방문이 망가져 있어 열쇠를 아무리 돌려도 잠기지 않았다.

"나보다 더 한심한 여관이군."

김 형사가 중얼거리며 방에 드러누웠다. 여관방은 침대 없는 온돌 구조였다. 머리맡에 쌓여 있는 이불, 방바닥, 벽지에서 매 캐한 곰팡내가 진동했다. 욕실에는 샤워기와 세면대가 없었다. 대신 호스가 달린 수도꼭지 두 개와 세숫대야가 있었다. 빨간색 꼭지에서 온수가, 파란색 꼭지에서 찬물이 나왔다. 조성우는 샤 워를 포기하고 방으로 가 창문을 열었다.

마침내 비가 내렸다. 창문을 열자마자 한기와 습기가 한꺼번 에 들이닥쳤다. 진눈깨비에 가까운 비였다. 비는 점성이 커져 끈적끈적 지면에 늘어지는 것처럼 보였다. 조성우가 담배를 입 에 물었다. 창문 너머 낮은 기와집 불빛이 보였다. 조성우는 방 금 형사들이 여관에 들어왔다는 사실이 온 읍내로 퍼져나갔을 것이라고 생각했다. 이 촌구석의 보이지 않는 비상 연락망을 피 할 재간은 없었다.

"박 장로가 여기서 자살했단 말이지."

조성우는 여관방 문설주에 매달린 박 장로를 상상했다. 당시 박 장로가 이 여관에 있다는 걸 모르는 주민은 없었을 것이다. 그의 일거수일투족이 읍내의 감시망에 포착되었을 것이다. 그 는 마지막 순간까지 수천 개의 적의 어린 시선을 받으며 절망할 여유조차 갖지 못했을 것이다. 박 장로가 죽은 걸 나중에 들었 다고? 그가 발견되고 10분도 지나지 않아서 귀에 들어갔을 텐 데? 회개 기도를 올린다고? 농장 사장만큼의 죄의식도 없는데? 조성우는 영농법인 대표에게 다시 분노를 느꼈다.

"너무 피곤해서 식욕도 없다. 잠깐만 쉬자."

김 형사가 말했다.

"머리에 윤활유를 친다면서요?"

"술도 체력이 있어야 먹는 거야."

김 형사가 이불로 배를 덮었다. 이불을 펼칠 때마다 곰팡내가 퍼져 나와 코가 아렸다. 조성우는 가로등 불빛에 반짝이는 빗줄기를 바라보았다. 그것은 어둠 속에서 직선으로, 혹은 사선으로 끈적끈적하게 내리며 온 세상을 포획했다. 조성우는 김 형사의 졸음을 쫓기 위해 질문을 던졌다.

"농장 주인과 영농법인 대표. 누가 거짓말을 했을까요?"

김 형사의 나른한 목소리가 들려왔다.

"몰라, 서로 책임을 미루려는 수작이지. 그게 중요해?"

"몰라요, 왠지 마음에 걸려요. 왜 유지들이 젊은 애들을 부추겨서 농장을 부췄을까요?"

"법인 대표가 거짓말을 했다고 단정 짓지 마. 그 반들반들한 놈이 거짓말에서는 한 수 위 같지만 사건 수사는 미리 단정 짓는 순간 산으로 가는 거야. 그 대표 말처럼 우발적인 사고일 수도 있어. 젊은 애들이 술 처먹고 욱해서 쌈질을 벌인 걸지도 모른다고."

조성우는 창문 밖으로 담배꽁초를 던졌다. 빨간 불씨가 어둠을 항해하며 사그라졌다. 김 형사가 말했다.

"근데 그거보다는 더 중요한 게 있지 않아?"

"뭔데요?"

"제임스가 누구냔 말이야. 정말 장로랑 결혼한 조선족 여자 아들일까?"

조성우는 돌아서서 벽에 등을 기댔다. 김 형사가 누운 채로 충혈된 눈을 치켜떴다.

"아뇨, 다시 생각해보니까 제임스가 누구인지는 중요하지 않아요. 평화농장에 있던 아이들 중에 한 명이겠죠. 놈이 누구인지 밝혀내려고 시간 낭비 하다 보면 핵심을 놓쳐요. 사실에는 우선순위가 있어요. 가장 중요한 사실은 그런 게 아니에요."

"그럼 중요한 게 뭐야?"

"사람들이 무슨 말을 했는가보다 중요한 건 무슨 말을 하지 않았는가예요. 뻔한 얘기일 텐데 말하지 않고 둘러대는 것, 거기에 핵심이 있어요. 세 명의 피의자가 무슨 돈으로 식당과 농장과 법인을 차릴 수 있었을까. 이게 핵심이에요. 다들 이 질문에서는 뒤로 슬금슬금 물러났지요. 거기에 뭔가가 숨어 있는 것 같아요."

"그 돈이 수상하단 말이야?"

"그럴지도 모르죠."

김 형사가 휴대폰을 꺼냈다.

"갑자기 누구한테 전화해요?"

"지능팀에."

김 형사는 수첩을 꺼내 동료에게 식당과 농장 주소를 불러 줬다.

"20년 전부터 근저당 설정이 누구 앞으로 돼 있는지 말소 사항까지 다 확인해보라고 했어. 특정인 지분이 있는지도. 그걸 보면 대충 알 수 있지 않을까?"

"훌륭하십니다."

조성우는 다시 돌아서서 담배를 물었다. 낮에 본 SM5가 근처에 있는지 어둠 속을 살폈다. 여관 밖은 정적뿐이었다. 담배 한 대가 다 탔을 즈음 빨간 불빛이 샛길에서부터 다가왔다.

"형님, 지금 우리가 여기 있는 걸 읍내 사람들이 다 알고 있겠죠?"

"마을 똥개도 알고 있을걸."

"그럼 누가 우릴 손보러 올 가능성도 있겠네요."

"뭐하러? 우리가 알아낸 것도 없는데."

"지금 오고 있어요."

김 형사가 일어나 창가로 다가갔다. 자동차 한 대가 헤드라이트 불빛을 휘두르며 여관 앞에 멈췄다. 검은색 벤츠였다. 시동이 꺼지자 운전석에서 사내가 내렸다. 김 형사가 속삭였다.

"저거 법인 대표 놈 아냐? 낮에 못다 한 대접을 하러 왔나?"

"방망이는 안 들었네요."

조수석 문이 열리고 호리호리한 노인이 내렸다. 백발 머리를 단정하게 빗어 넘긴 그는 노인치고는 키가 크고 머리숱이 많았다. 정 대표와 노인 모두 검은색 양복을 입고 있어서 장례식에 온 것처럼 보였다. 정 대표가 우산을 들고 노인을 부축해 여관 입구로 다가왔다. 노인은 오른쪽 다리를 절었다.

"우리한테 오는 거겠죠?"

"그럼 저 신사님들이 여기 자러 오겠나?"

조성우와 김 형사는 창문을 닫고 돌아섰다. 몇 분 뒤 노크 소리와 함께 정 대표와 노인이 들어왔다. 비바람을 뚫고 왔는데도 왁스를 바른 머리칼이 한 가닥도 흐트러지지 않았다. 그들의 양복 어깨에 튀어 있는 물방울 정도가 바깥 날씨의 흔적이었다. 정 대표가 고개를 숙였다.

"쉬시는데 죄송합니다. 이분은 제 아버님입니다."

노인이 방 안을 둘러보았다. 곰팡내 나는 이불이 눈에 띄자 인상을 찌푸렸다. 김 형사가 이불을 치우고 앉을 자리를 만들었다. 노인이 정 대표의 부축을 받으며 자리에 앉았다.

"서울서 여그꺼정 오셨는디 대접이 영 소홀하요잉. 죄송하게 되었소."

노인이 느릿느릿 말했다. 조성우는 마디와 마디 사이에 뜸을 두는 저 말투가 자신의 지위를 드러내려는 시골 영감들의 전형적인 버릇이라고 생각했다. 김 형사가 말했다.

"별말씀을요. 공무 중인데 신세를 져서야 되나요. 그런데 어르신께서 이 날씨에 여기까지 웬일이신가요? 다리도 불편하신 것 같은데요."

노인이 웃었다. 일흔을 훨씬 넘긴 나이로 보이는데도 치아가 고르고 깨끗했다.

"나이가 들고 봉께 무릎이고 어디고 성한 디가 없소. 나는 정현수라고 허요. 아까 들으셨겠지만 이놈이 내 아들놈이요."

"예, 어르신. 여관이다 보니 이거 커피 한잔 대접할 형편도 못

되네요."

"꽤안소. 고생허시는 분들헌티 그런 거 얻어묵자고 왔겠소?"

"그럼 무슨 일로……."

"저녁은 자셨소?"

"예, 먹었습니다. 어르신께서는?"

"아직 전이요. 안 드셨으면 회라도 한 사라 대접할라고 왔드니만. 안되었소."

김 형사는 점잔 빼는 노인과 밥상을 마주하기 싫은 눈치였다. 노인이 머리를 매만졌다. 머리숱이 많은 게 이 집안의 유전인 것 같다고 조성우는 생각했다.

"아들놈이 얘기합디다. 평화농장 사건을 또 조사하신다문서요?"

"예, 민원이 들어와서 확인차 왔습니다."

"이제 다 끝났소?"

"끝나고 말고 할 것도 없는 일입니다. 내일 바로 올라갈 겁니다."

"올라가기 전에 식사라도 같이 합시다. 시골 사람들은 손님을 그냥 보내는 거이 서운한 법이요."

"죄송합니다. 밀린 일이 많아서 날 밝으면 바로 올라갈 생각이에요. 어르신 배려는 감사합니다만."

노인이 혀로 입가를 적셨다. 그가 본심을 꺼내놓을 시점이었다.

"나는 나주 정씨 대호군파 18대손이요. 우리 문중은 원래 나

주서 살았는디 고조할아버지 대에 이리로 왔소. 고조할아버지
가 터를 잡니라고 고생을 엄청 많이 하셨다고 들었소. 다행히
고조할아버지부터 이 아들놈꺼정 뽈갱이 한 놈 없이 근면혀서
그럭저럭 먹고사요."

"그러셨군요."

노인이 창문 쪽을 보았다. 투둑투둑 빗방울 떨어지는 소리가
들렸다.

"시골 노인이 다 그렇겠지만서도 나도 여그에 애정이 많소.
여그 풀 한 포기 나무 한 그루꺼정 대대로 우리 문중이 가꾸고
심어온 거요. 여그 사는 사람들, 여그서 일어나는 일들은 하나
도 빠짐없이 알고 있소. 마을에 조금이라도 안 좋은 일이 생기
문 가심이 아프요."

"평화농장 사건 때도 많이 힘드셨겠네요."

노인이 고개를 끄덕였다.

"그 일은 애기들이 욱해서 벌인 일이요. 어디서 뭔 애길 들으
셨는지 모르겠지만, 나를 포함혀서 많이 말리고 다녔소. 박 장
로가 나쁜 사람도 아니고, 함께 잘 살자는디 쫓아내서야 쓰겄냐
고. 근디 애기들이 어디 말을 듣소? 여그 이놈만 해도 그때 친구
들헌티 홀려갖고 농장에 들어갔다가 조사까지 받았는디."

정 대표는 착실한 아들인 것 같았다. 노인 옆에 앉아 한마디
도 참견하지 않고 고개를 숙이고 있었다. 김 형사가 대답했다.

"예, 저희도 그렇게 생각하고 있습니다. 괜히 여기까지 오셨
군요. 신경 쓰시지 않아도 되는데요."

"그리 생각하신다니 다행이요. 그라고……."

노인이 한참 뜸을 들였다. 저 노인네와 저녁 식사를 했다면 밤을 새울 판이었겠다고 조성우는 생각했다.

"암만 생각혀도 말여, 서울 형사님들이 여그꺼정 조사를 온다는 거이 믿기질 않아서 내가 순천서에 좀 알아봤소. 순천서에서 서울로 전화를 넣어봤는지 어쨌는지는 모르겄는디 형사님이 그냥 휴가 중이라고 합디다."

김 형사의 표정이 굳었다. 그의 가슴에서 끓어오르는 온갖 욕들이 조성우의 눈에는 보였다. 김 형사는 누가 봐도 거짓말일게 뻔한 변명을 시작했다.

"아, 구로경찰서에서 누가 잘못 알았나 봅니다. 공무상 출장인데 휴가라고 오해했나 보네요. 요즘 경찰들이 다 그렇지요. 죄송합니다, 하하!"

"그려요. 그런갑소. 휴가 중인 형사님이 신분증 내밀고 시골 마을 돌아다니믄서 수사를 사칭한다는 거이 말이 안 되니께. 혹시라도 불쾌했다믄 죄송허요. 그냥 일이 그렇다는 거잉께 이해허쇼."

"그럼요."

"내가 여그 오래 살다 봉께 경찰들도 두루두루 아요. 혹시나 순천서 놈들이 구로서에 모진 말을 했을지도 모릉께 내일 후딱 올라가서 거시기 하쇼. 오해는 바로잡아야제."

"알겠습니다."

노인이 정 대표의 부축을 받고 일어났다. 조성우와 김 형사는 방문 앞까지만 그들을 배웅했다. 문을 닫기 전에 노인이 말했다.

"요담에는 공무 대신 관광으로 함 오쇼. 마을이 이래 봬도 먹을 만한 게 많소. 대접 후하게 하리다."

"예, 그러죠. 진짜 휴가라도 한번 내야겠는데요, 하하!"

노인과 정 대표가 계단을 내려가는 소리가 들렸다. 조성우는 다시 창문을 열었다. 여관 현관 앞에서 노인과 아들이 차를 타고 어둠 속으로 사라졌다. 김 형사는 문가에 그대로 기대서 있었다.

"여우 같은 늙은이, 영감이나 아들이나 똑같네."

"서울 가면 팀장한테 한 소리 듣겠네요."

"뭐 어쩔 수 없지."

김 형사가 조성우에게 다가와 어깨를 탁 쳤다.

"저 영감이야! 이제 알았어, 확실히 알았어."

"뭘요?"

"저 영감이 그때 뭔가 역할을 했어. 다 저 영감이 시킨 짓이야."

"정 대표가 거짓말한 거죠?"

"그래, 딱 감이 온다. 읍내를 설치고 다니면 누군가 걸려들 거라고 생각했어. 제 발로 찾아와주셨군."

김 형사는 주머니에서 휴대폰을 꺼냈다. 부재중 전화 목록에 구로경찰서 동료의 것이 있었다. 김 형사는 전화를 걸어 등기부 등본에 대해 물었다.

"뭐랍니까?"

김 형사가 조성우의 눈을 바라보았다.

"없어, 1991년 이후로 근저당 설정이 된 적이 한 번도 없다고."

"그럴 리가요. 그럼 은행이 담보도 안 잡고 가진 것 없는 놈들한테 거액을 꿔줬다는 말이에요?"

"응, 그런 말이야. 이상하지? 자세한 건 금융 기록을 뒤져봐야 알겠지. 지금 상황에선 왜 그랬는지 아는 게 불가능해."

김 형사가 또 어디론가 전화를 걸었다. 전화 속 상대에게 말끝마다 존칭을 붙여가며 상대가 눈앞에 있는 것처럼 고개를 굽실거렸다. 어디서 만날 약속을 잡는 것 같았다. 김 형사가 통화를 끝내자마자 조성우가 물었다.

"누구예요? 대통령?"

"아니, 혹시나 하고 평화농장 사건을 담당했던 순천서 형사 연락처를 받아냈어. 지금은 정년퇴직했지. 만날 일 없겠지 했는데 만나야겠군. 가세, 술은 거기 가서 먹지. 출발하자고!"

조성우와 김 형사는 순천만자연생태공원 앞에 있는 순천시 대대동 식당가로 향했다. 국도변에 얼핏 생태공원 정문이 지나갔다. 조성우는 평화농장 사건 따위 팽개치고 용산전망대에서 순천만 전경이나 구경했으면 좋았겠다고 생각했다. 다 잊어버리고 황혼녘에 붉게 반짝이는 갯벌과 사각거리는 갈대의 노래를 들으면 어떨까.

수습기자 딱지를 떼고 경제부로 발령받은 지 얼마 안 되어 조성우는 옛 애인과 순천만을 방문한 적이 있다. 아내를 만나기 전에 선배에게 소개받은 여자였다. 화창한 가을날, 그들은 무진

교로 올라가 용산전망대에서 일몰을 보았다. 그때는 동천과 이
사천이 그려놓은 연안 습지의 장관을 즐길 여유가 없었다. 조성
우는 갯벌보다 붉게 물든 여자의 뺨에 흥분했고, 어떻게 하면
여자를 모텔로 데려갈까만 궁리했다. 어린 시절에는 부풀어 오
르는 성기의 모세혈관보다 가치가 없었던 그 풍경이, 지금은 대
단한 추억이라도 되는 양 그리워졌다. 나이가 들수록 한 번도
자신의 소유가 아니었던 것들에 대해 상실감을 느끼게 되었다.
차창 밖에는 여전히 비가 내리고 있었다.

대대동 식당가는 꼬막정식집 천지였다. 조성우는 '만사랑'이
라는 작은 식당 앞에 차를 댔다. 식당 간판에 '코레일 지정업소,
생방송 화제집중 출연'이라는 문구가 식당 이름보다 크게 박혀
있었다. 식당 문을 열고 들어서니 반찬 그릇으로 가득 차 다리
가 부러질 것 같은 상 앞에 남자 하나가 앉아 있었다.

퇴직 형사 남재홍은 검은 얼굴에 지독하게 심한 곱슬머리를
가진 초로의 남자였다. 입술마저 두터워 얼핏 보면 흑인 같았
다. 그는 이미 홍합정식 2인분과 짱뚱어탕 1인분, 소주를 시켜
놓고 있었다. 조성우는 남도의 풍성한 상차림을 훑어보았다. 삶
은 꼬막, 꼬막무침, 꼬막전, 꼬막 된장국, 주꾸미 말이, 갓김치,
삶은 단호박, 젓갈 몇 종류가 펼쳐져 있었다. 조성우는 젓가락
옆에 놓인 빨간 집게로 삶은 꼬막을 까서 입에 넣었다. 바다의
짠맛이 탄산처럼 혀를 찔렀다. 꼬막의 육질은 서울에서 맛본 것
들보다 쫄깃했다. 씹을수록 고소한 맛이 났다. 조성우는 대접에
꼬막무침과 밥을 넣고 비볐다. 칼칼한 시골 고추장 맛이 벗겨지

면 참꼬막 특유의 감칠맛이 났다.

"자네는 기자라문서? 기자는 술을 좀 해야 하는 법이네."

남 형사가 소주를 따랐다. 조성우는 단숨에 잔을 비웠다. 소주가 식도와 위벽을 긁으며 천천히 내려갔다. 김 형사가 물었다.

"선배님, 평화농장 사건 수사 때는 무척 힘드셨겠죠?"

"뭐, 힘들고 자시고 할 것도 없었어. 위에서부터 쉬쉬하라고 했응께. 그때가 뭐시냐 한중 수교인가 땜에 민감한 시기였거든. 퍼뜩 거시기해서 검찰로 송치해불라고 난리였제."

조성우는 삶은 꼬막을 계속 씹었다. 코끝에 갯내가 스쳤다. 그 냄새가 꼬막의 육즙에서 나는 것인지, 식당 현관문을 들추며 들어오는 갯바람 때문인지 알 수 없었다.

"근디 뭘 물으러 오셨당가? 별것도 아닌 사건으로 여그꺼정 행차할 이유가 없는디?"

남 형사가 조성우와 김 형사를 번갈아 보며 물었다. 그의 검은 피부 덕분에 눈빛은 더 날카로워 보였다. 오랜 세월 형사 생활로 단련된 눈빛이라고 조성우는 생각했다. 김 형사가 대답했다.

"이 기자 양반이 나랑 친한데, 그 사건을 취재하고 싶다고 해서 왔습니다, 선배님. 별거 아니에요."

남 형사의 표정이 굳었다.

"아따 아무거나 쓰지 마소. 기자님이야 신기한 거 한번 써보면 좋겠다 싶을지 몰러도, 막 쓰문 여러 사람 다치요."

조성우가 고개를 끄덕였다.

"알겠습니다. 지금은 쓸지 안 쓸지도 모르고, 혹시 쓰더라도 조심하겠습니다."

김 형사가 맞장구쳤다.

"이 친구는 제가 보증합니다. 신중한 기자예요. 그러니까 이렇게 돕고 다니는 거 아니겠습니까?"

김 형사의 얼굴이 불콰하게 달아올랐다. 그는 이미 소주를 반병 넘게 비우고 있었다. 남 형사가 김 형사의 빈 잔에 술을 따라주며 중얼거렸다.

"형사는 기자랑 너무 친하면 안 되네. 난중에 꼭 뒤통수를 맞거든. 명심하소."

"하하, 선배님. 걱정 마십쇼. 근데 평화농장 사건은 읍내 유지가 부추긴 거라는 말도 있던데요. 정현수라고 대단한 지주죠. 아십니까?"

"잉, 나도 그 양반 얼굴을 알제. 그 양반이 부추겼다고? 그때 수사받은 애기들은 그런 말 안 하든디? 그냥 지들이 술 먹고 욱해서 그런 거라고 하데. 근디 정현수 그 양반을 비롯해서 읍내 유지 것들이 자꾸만 뭘 대접할라고 그래. 뭔 비싼 회도 사주고 한정식도 사주고 양주도 멕이고, 수고한다고 차비 하라고 돈도 주데."

"그래서 받으셨어요?"

"물론 받았제. 허허, 그래 봤자 얼마 안 됭께. 자네는 받은 적 없능가? 근디 이것들이 그렇게 극진히 모시니께 말여, 좀 의심이 되데. 뭔가 구린 게 있는 거 아닌가 하고 말여."

"좀 알아보셨어요?"

"아녀, 그런다고 뭐가 나오겠는가. 잘못한 거야 몽둥이로 때려 뿌순 놈들이 잘못이지, 유지가 뭔 지랄 났다고 범행을 사주하겠냔 말여. 그라고 솔직히 나도 귀찮데. 뻔한 사건 가지고 질질 끌기도 싫어서 후딱 넘겨부렀제."

"만약에, 진짜 만약에 말입니다. 정현수 씨가 청년들을 부추겼다면 왜 그랬을까요? 왜 평화농장을 그렇게 싫어했을까요?"

"나도 모르지. 시골에 외지 것들이 들어와 살문 당연히 싫은 게 인지상정 아닌가? 조선족 임금이 싸니까 읍내 농사 뺏길 것도 같고 말여. 그런 거겠제."

평화농장에 대한 대화가 잠시 끊겼다. 남 형사는 오랜만에 만난 후배에게 자신의 무용담을 늘어놓았다. 범죄와의 전쟁 때 조폭을 단속하다 다친 이야기, 자위 중에 심장마비로 죽은 청년 등 해괴한 사건 이야기, 요즘에 비하면 옛날 형사들은 목숨 걸고 일했다는 한탄, 조성우도 김 형사도 관심 없는 이야기들이 술상에 풀려 나왔다. 밤은 깊어가고, 두 형사 앞에 놓인 빈 술병들은 늘어갔다. 조성우가 물었다.

"형사 퇴직하고 요즘은 무슨 일 하십니까?"

"암 일도 안 해. 마누라가 이 근방서 구멍가게를 하는디, 돈이 별로 안 돼. 그냥저냥 내 연금이랑 더해서 묵고살제. 내 한 달 용돈이 30만 원이여. 그걸로는 담배도 사기 힘들어서 그냥 끊어부렀네."

조성우는 메뉴판을 보았다. 짱뚱어탕이 1인분에 만 2천 원, 꼬막정식이 1인분에 만 5천 원이었다. 술값까지 합하면 남 형사는 오늘 밥값으로 용돈의 6분의 1을 쓰게 될 것이다. 체면을 중시하는 노인이 후배가 밥값을 치르도록 놔둘 리도 없다. 조성우는 안도했다. 노인의 궁벽한 생활이 평화농장 사건에 연루되지 않았다는 증거라고 조성우는 생각했다. 김 형사가 물었다.

"그때 피의자들은 다들 떵떵거리고 살던데요. 큰 식당, 농장, 영농법인 차리고 돈도 많이 벌어요. 알고 계셨습니까?"

"그려? 거참 운 좋은 놈들이구먼."

"혹시 정현수 씨가 준 거 아닐까요?"

"그 양반이? 아녀. 바늘로 찔러도 피 한 방울 안 나올 양반이여. 지 돈을 남을 줘? 그럴 일은 없어."

"다들 돈을 빌려서 차렸다고 하더군요. 그것도 은행에서. 근데 은행이 담보도 안 잡은 모양입니다. 근저당 설정이 전혀 안 돼 있어요. 세상에 어떤 은행이 돈 없는 사람들한테 담보 없이 돈을 빌려주겠습니까."

"잉…… 시골선 그럴 수도 있제."

남 형사가 웃었다.

"순천에는 은행들이 많지만서도 거그 이남읍에는 없어. 딱 이남상조신용 하나뿐이여. 근디 거그 관리가 엉망이거든. 힘 있는 어르신이 담보 없이 돈 좀 빌려달라고 하면 바로 빌려줄 인간들이여. 한 10년 전인가 이남상조신용 이사장이 돈을 수백억 횡령하다가 걸렸는디, 기자님은 모르시는가? 신문 방송에 보도되고 난리가 아니였다는디."

"아, 그 사건…… 기억납니다."

왜 몰랐을까. 왜 그 사건을 떠올리지 못했을까. 박 장로가 이남상조신용에 큰돈을 맡겼다고 농장 주인이 말했을 때 귀에 익숙한 기분이 들었던 것은 2001년에 터진 그 사건 때문이었다. 그때는 편집부 야근조에 있어서 직접 관련 기사의 제목까지 뽑았다. 이남상조신용 이사장과 직원들이 상조신용중앙회 전산망에 등록되지 않은 별도의 전산망을 만들어 읍내 고객 예금 8백억 원을 관리하고 그중 백억 원 정도를 빼돌린 사건이었다. 액수가 높은 데다 수법이 정교해 파장이 컸다. 조성우는 물었다.

"그 사건에 대해 잘 아십니까?"

"몰러, 그때 나는 여수서에 있어서 수사에 관여도 안 했당께. 듣자 하니 그때 이남읍 분위기가 살벌했다던디. 해결이 안 되었으문 여러 사람 죽어 나갔을 거여. 당장 칼부림이 일어날 기세였다대. 그런 상처가 있어서 이남읍 사람들은 상조신용 이름도 안 꺼내."

"그렇군요."

남 형사는 자신의 무용담을 더 풀어놓고 싶어 했으나 거기서 끝내야 했다. 조성우는 김 형사의 필름이 끊기기 직전에 술자리에서 끌어내 차에 태웠다. 비가 그쳤다. 먹구름이 짜낸 마지막 방울들이 보닛 위에 똑똑 떨어졌다. 김 형사가 조수석 등받이를 눕히고 고개를 기대며 말했다.

"그놈의 늙은이 술 세네. 간에 좋은 걸 먹나? 괜히 만났어. 얻은 것도 별로 없이. 뭐해? 출발 안 해?"

"잠깐만요."

조성우가 스마트폰으로 이남상조신용 사건을 검색했다. 진작에 검색했어야 했다. 포털 사이트 검색어로 '평화농장'만 치는 게 아니라 '이남'을 쳐서 모든 기사를 훑었어야 했다. 상조신용은 1965년 향토개발사업의 하나로 설립된 금융조합이다. 해당 지역에 거주지가 등록돼 있으면 누구나 조합원이 될 수 있고, 가입 시 출자 1좌를 납입한다. 보통예금통장을 만들기 전 만원짜리 출자 통장을 만든다. 조합원들이 총회를 열어 무기명투표로 이사장을 뽑는다. 이남읍은 주민이 만 명도 안 되는 작은읍이라 제1금융권 은행이 없고, 오직 제2금융권의 이남상조신용만이 금융기관 구실을 했다. 읍내 주민의 절반 이상이 이남상조신용에 돈을 예치했다.

1987년에 이사장이 된 양돈장 주인 성 아무개는 1997년 중앙회가 통합 전산망을 구축하자 '해피 패밀리'라는 별도의 전산망을 만들었다. 여기에 주민들의 정기예금 8백억을 집어넣고 수시로 돈을 빼먹었다. 상조신용 광주지점에서 적금 통장을 확인하던 읍내 주민이 통합 전산망에 등록되지 않은 대포통장이라는 말을 듣고 신고했다. 그렇다면 그 이전, 통합 전산망이 구축되기 이전에는 횡령 사실이 없었을까? 그럴 리 없다. 수기로 장부를 기록하던 시절에는 돈을 빼돌리기가 더 쉬웠을 것이다.

조성우는 차를 출발시켰다. 잠든 줄 알았던 김 형사가 말을 걸었다.

"나도 눈치가 있어. 상조신용이 마음에 걸리는 거지?"

"식당과 농장 주인은 모두 이남상조신용에서 돈을 대출받았을 거예요. 그 문제의 이사장 놈은 몇 건의 대출 사기로 걸렸어요. 타인 명의로 자기가 대출받아놓고 돈을 갚은 것처럼 꾸몄어요. 그런 놈이 유지 말 몇 마디에 대출 안 해줬겠어요? 담보 따위 필요도 없었겠죠."

"거기도 감사라는 게 있었을 거 아냐?"

"자체 감사야 허수아비였겠죠. 전부 이사장이 내세운 친인척들이었는데. 중앙회 정기 감사도 마찬가지예요. 사건 당시에 주민 몇 명이 증언했는데, 중앙에서 감사 오면 술판이 시끄럽게 벌어졌대요."

"간이 배 밖으로 나온 놈이군."

"시골이라 가능했겠죠. 전부 가족처럼 얽혀 있으니까. 돈을 수시로 넣고 빼는 보통예금은 중앙회 통합 전산망에 등록했어요. 일정 기간 예치하는 정기예금 중 일부만 자기네 전산망에 넣었죠. 중앙회에서 감사가 오면 통합 전산망에 등록한 원장만 보여줬겠죠. 시골에서 소 키우고 모 심는 늙은이들이 한 푼 두 푼 모으는 정기적금만 노린 거예요. 그런 노인들은 다른 지점에서 돈을 인출하거나 하지 않으니까 들통 날 리도 없었죠."

"아냐, 언젠가 들통 나게 돼 있어."

"맞아요, 만기 돌아온 적금 빼주고 새로 예치된 적금으로 메우더라도, 야금야금 빼먹은 돈이 있어서 언젠간 부도나게 돼 있었어요. 모든 금융 사기가 다 그래요. 언젠간 무너지죠."

"그래, 그런 썩을 놈들이 있었어. 근데 이게 평화농장이랑 무슨 상관이야?"

"내가 마음에 걸리는 게 그 점이에요. 정말 검찰 조사대로 1997년부터 횡령이 시작됐을까요? 그 전에도 있지 않았을까요? 평화농장이 들어서던 시기에도 말이에요. 농장 주인은 박 장로가 이남상조신용에 거액을 맡겨놨다고 했어요."

"그거야 그 이사장 놈을 족쳐보면 알겠지."

"이남상조신용은 이사장을 포함해 직원이 여덟 명밖에 안 되는 아주 작은 곳이었어요. 그중 주동자는 이사장과 여직원이에요. 둘이 내연 관계였다는 보도가 있어요. 나머지 전무니 상무니 하는 것들은 뇌물 받고 눈감아준 정도예요."

"이사장과 여직원을 찾아보자고. 걔들 이름이 뭐야? 나이는?"

조성우가 차를 국도변 갓길에 세우고 스마트폰으로 기사를 검색했다. 대부분 가명으로 처리돼 있었으나 지역신문 한 곳에는 본명이 밝혀져 있었다. 1심 판결이 나던 때의 기사였다.

"이사장 성우룡, 직원 장현미요. 성우룡은 당시 51세니까 지금 62세. 장현미는 지금 43세."

"아직 빵에 있을까?"

"가석방됐으면 나올 만한 시점이에요."

김 형사가 구로서로 전화해 신원 조회를 부탁했다. 생각보다 통화가 길어졌다. 김 형사는 누군가를 다독이듯 알았어, 알았어를 연발했다. 조성우가 물었다.

"뭔 일 있어요?"

"내가 여기서 설치고 다니는 걸 서장까지 알게 된 모양이야. 빨리 오라고 난리야. 그리워 죽겠나 봐."

"이러다 잘리는 거 아니에요?"

"그래, 그럴 수도 있지. 그럼 영등포 롯데백화점 주차장 경비를 하면 되겠어. 거기 제복이 멋있지. 자네라고 무사하겠나? 자네는 기자 출신이니 차량 번호 받아 적으면 되겠네."

신성장에 도착하자 대기가 더 차가워져 있었다. 김 형사는 화장실에서 빨간 수도꼭지, 파란 수도꼭지를 틀어놓고 대야에 물을 섞어 세수를 했다. 조성우는 이불을 폈다. 김 형사가 수건을 어깨에 걸치고 화장실에서 나왔을 때 전화벨이 울렸다. 구로서 후배였다.

"뭐래요?"

"조 기자 말대로 이사장과 여직원 둘 다 가석방됐어."

"주소지가 어디예요?"

"없어."

"뭔 소리예요!"

"이사장은 재작년 가석방된 지 한 달 만에 자살했어."

"여직원은요?"

김 형사가 고개를 끄덕였다.

"자살?"

"그래, 5년 전에 가석방되고 나서. 둘 다 출소하자마자 이 근처로 돌아왔더군. 최종 주소지가 그래."

"이런 젠장."

조성우와 김 형사는 불을 끄고 자리에 누웠다. 한적한 시골의 여관방은 고요하다 못해 쓸쓸했다. 창틀을 흔들던 바람마저 숨을 죽였다. 김 형사가 한숨을 쉬며 말했다.

"내일 서울 올라가기 전에 그놈한테 들르세."

"전남대병원 호스피스 병동?"

"그래, 그 조선족 죽이고 폐인이 된 놈 말야. 죽음을 앞두고 있으니 뭔 말이라도 하겠지."

"저도 그 생각 했어요."

"빨리 자자고."

정적이 깊어졌다. 잠시 후 김 형사의 코 고는 소리가 들렸다. 조성우도 눈을 감았다. 눈꺼풀에 모래알이 낀 듯 쓰렸다.

최후의 증언

2012년 11월 21일 아침 8시, 올해 들어 가장 추운 날이었다. 아침 최저기온이 영하 7도까지 내려갔다. 하늘은 맑았고, 겨울 특유의 까슬까슬한 바람이 구영산에서 불어왔다. 여관 현관문을 여는 순간 조성우는 11월에 이토록 매운 추위를 느껴본 건 처음이라고 생각했다. 김 형사가 투덜거렸다.

"내복을 입고 올걸, 젠장. 자네는 세수도 안 하나?"

"추워서요."

"여관방이 절간 화장실 같아. 바람이 술술 통하더군."

조성우와 김 형사는 이제 막 문을 연 재래시장 순댓국집에서 아침을 먹었다. 맞은편 테이블에서 아침을 먹던 상인들이 그들의 행색을 훔쳐보았다. 김 형사의 콧등에 땀이 맺혔다. 뜨거운 순댓국 국물이 밤새 얼어붙은 위장을 녹였다. 조성우와 김 형사는 아침을 먹자마자 차에 올랐다.

순천에서 전남대병원까지는 한 시간 반가량 걸렸다. 호남고속도로를 한 시간 달린 뒤 광주로 가는 제2순환도로를 타야 했다. 도로에 차가 많지 않았다. 과속하면 한 시간 안에 도착할 수도 있겠다고 조성우는 생각했다.

"근데 조 기자, 고객 예탁금을 빼돌리는 게 정말 가능한 거야?"

김 형사가 물었다. 입가에 빨간 순댓국 자국이 있었다.

"상조신용중앙회 통합 전산망에 등록이 안 된 별도 전산망을 만들었잖아요. 검찰 발표에 따르면 광주의 한 IT 업체에 거액을 주고 만들었답니다. 시골 장사꾼들, 농부들, 농장 주인들이 정기예금을 들면 별도 전산망에 계좌를 만들어 관리했어요. 그렇게 되면 고객 통장에는 금액이 찍히지만 중앙회 전산망에는 입력되지 않아요. 이남상조신용이 지들 맘대로 돈으로 장난칠 수 있죠. 다른 지역 상조신용에서 통장을 조회하면 등록되지 않은 대포통장이라고 나올 수밖에 없어요. 이사장이 순천 은행들보다 높은 이자를 준다고 주민들을 꼬였대요."

"그래도 난 이해가 안 돼. 1997년부터 횡령을 시작했는데 2001년에야 신고가 접수되다니. 그동안 정말 아무도 몰랐을까?"

"그러게요. 표면상으론 2001년에 광주에서 통장을 조회한 주민 한 명이 대포통장이라는 말을 듣고 깜짝 놀라서 중앙회에 신고한 걸로 돼 있어요. 하지만 그 전에 아무도 몰랐을 리가 있어요? 여기저기서 이상하다는 소리가 나왔을 거예요. 누군가, 정현수 같은 노인이 찍어 눌렀겠죠. 다 마을 사업을 위한 일이다, 다른 데서도 다 그렇게 한다 하고."

"그렇지, 그러지 않고는 설명이 안 돼."

"이사장은 사건이 터지기 2년 전부터 불안을 느낀 것 같아요. 주민들 불만이 터져 나온 거죠. 그때 자기 친구한테 이사장직을 넘겼어요. 물론 명목상으로만 이사장이고 실제 일은 자기가 다 했겠지만. 중앙회 감사가 나오기 이틀 전에는 가족들 데리고 몰래 읍을 떠났어요. 광주에서 검거됐죠."

"그 이사장 놈은 횡령한 돈으로 뭐했대?"

"그 인간은 고객 명의로 대출을 받아 가로채거나 오랫동안 거래하지 않은 통장을 해지해서 돈을 빼돌렸어요. 백억 정도. 그 큰돈을 망해가는 사업에 쏟아부었대요. 원래 이남읍 근처에서 양돈장을 했는데, 그게 영농조합에 편입되면서 보상금을 많이 받았어요. 보상금을 가지고 다른 곳에 엄청나게 큰 양돈장을 새로 차렸죠. 그런데 90년대 말에 양돈장에 불이 나면서 돼지 삼사천 마리가 폐사했고, 그 후로 돼지 값이 폭락하면서 큰 손실을 입은 모양이에요. 검찰 조사에서 횡령한 돈을 거기에 계속 투자했다고 말했어요."

"횡령한 돈을 거기에만 썼을까?"

"그게 저도 이상해요. 그 농장은 애물단지였어요. 3차 근저당까지 설정돼 있는 부도 직전의 농장에 백억이나 되는 돈을 쏟아부을 필요는 없었겠죠. 그보다는 돈의 일부만 자기가 갖고 나머지는 다른 사람에게 상납했다고 보는 게 일리가 있죠."

"이사장한테 뇌물 받아서 걸린 놈은 없어?"

"군수가 걸렸어요. 이사장이 버스공용터미널을 자기 땅에 세

우게 해달라고 5천만 원을 줬답니다. 군수는 징역 3년을 받고
피선거권이 박탈됐어요."

"정현수는 안 걸렸어?"

"예, 검찰 조사에는 안 걸렸어요."

"쉬쉬했겠지. 발뺌하면 알아낼 방법이 없으니까."

"군수를 희생양으로 삼은 거예요. 정현수라는 영감탱이가."

제2순환도로를 알리는 이정표가 보였다. 광주에 가까워질수
록 차량이 늘어났다. 고속도로를 달리는 내내 조성우는 백미러
를 흘깃거렸다. 내비게이션보다 백미러를 보는 시간이 더 많았
다. 김 형사가 물었다.

"왜 그래? 뒤에 뭐 있어?"

"이남읍에서 본 검은색 SM5 기억나요?"

"그래."

"그게 우리 차 뒤에서 나타났다 사라졌다 해요. 고속도로 가
는 내내."

"다른 차 아니고?"

"아니에요, 우린 미행당하고 있어요."

지난밤은 추웠다. 차라리 비가 올 때가 나았다. 비가 그치고
난 뒤 추위가 각성했다. 축축한 냉기가 목덜미와 등판과 신발
속으로 파고들었다. 정문환과 조 대리는 순천시 대대동의 꼬막
정식집까지 미행하고 차 안에서 빵과 컵라면을 먹었다. 식당 안
에서 꼬막무침을 먹고 있을 기자와 형사에게 조 대리가 욕을 퍼

부었다. 그들은 다시 이남읍으로 돌아와 신성장 뒤편의 공터에 차를 세우고 교대로 여관을 살폈다. 견디기 어려울 때만 시동을 걸어 히터를 틀었다.

아침에 기자와 형사는 일찍 길을 나섰다. 그들이 재래시장에서 순댓국을 먹을 때, 정문환은 또 빵과 우유를 먹었다. 기자와 형사는 30분 만에 아침을 해치우고 차에 올라탔다.

"부지런도 하셔라, 씹새끼들."

조 대리가 중얼거렸다. 기자와 형사가 탄 소나타가 순천에서 호남고속도로를 타고 달렸다. 조 대리는 GPS로 차의 위치를 확인하며 미행했다. 정문환은 휴대폰으로 제임스에게 보고했다.

"놈들이 출발했습니다. 호남고속도로를 탔습니다. 서울로 가는 것 같습니다."

수화기 너머 제임스의 목소리가 들렸다. 아침이라 그런지 약간 쉬어 있었다.

"그래? 순순히 올라오는군."

"어떻게 할까요?"

"계속 미행해. 이상 있으면 보고하고."

"알겠습니다."

소나타가 차량이 드문 고속도로를 과속으로 달렸다. 조 대리는 계속 GPS를 확인하며 앞차가 눈치채지 못하도록 간격을 유지하며 미행했다. 40여 분 호남고속도로를 달리던 소나타가 제2순환도로에 진입했다. 조 대리가 말했다.

"어? 이 새끼들 광주 가네."

"서울이 아닙니까?"

"그래, 이 길은 광주뿐이야. 빨리 너네 대표한테 보고해라."

정문환은 제임스에게 전화를 걸었다.

"대표님, 놈들이 광주로 갑니다."

"그래…… 그랬군."

제임스가 잠시 침묵했다. 그의 숨소리가 희미하게 들리고 나서 문을 여는 소리가 나더니 다시 문을 닫는 소리가 났다. 제임스가 다시 입을 열었을 때에는 밀폐된 장소인 듯 목소리가 울렸다. 대표실에 딸린 화장실로 자리를 옮긴 모양이었다.

"놈들은 전남대병원으로 가는 거야. 그 살인범을 만나러. 너도 알지?"

"예."

"그래, 아직까진 놈들이 알아낸 게 없을 거야. 하지만 말기 암 환자는 불안하다. 우리가 진실을 말하지 못하는 이유가 뭔지 아나?"

"모릅니다."

"삶에 대한 미련 때문이야. 그 미련을 버린 자는 뭐든 말할 수 있어. 놈들을 앞질러서 전남대병원으로 가라. 놈들이 오기 전에 무슨 수를 써서라도 암 환자를 끌어내. 어디 한적한 곳으로 끌고 가서 죽여."

"예?"

제임스가 낮은 목소리로 으르렁거렸다.

"죽여! 죽여버리라고! 내 말 못 알아듣나? 죽이라면 죽여

그냥!"

"알겠습니다."

"지금 용역 회사 직원이 운전하고 있지?"

"예."

"산속으로 가서 직원을 먼저 죽이고 암 환자를 죽여라. 목격자를 남겨선 안 돼. 둘 다 안 보이게 파묻어버려."

"알겠습니다."

정문환이 전화를 끊었다. 조 대리가 물었다.

"뭐래?"

"액셀을 밟으십쇼."

조성우는 자신도 모르게 가속페달을 밟았다. 누군가 뒤에서 미행하고 있다고 생각하니 마음이 급해졌다. SM5는 5분 전에 백미러에 포착된 뒤 더 이상 나타나지 않았다. 김 형사가 말했다.

"이봐, 천천히 가. 급할 거 없어."

각화터널을 통과했을 때 SM5가 다시 나타났다. 이번에는 느긋하게 미행하는 낌새가 아니었다. 왕복 4차선 도로에서 차들을 지그재그로 추월해 소나타를 향해 돌진하고 있었다. 백미러에 작은 얼룩처럼 비치던 SM5의 앞범퍼와 유리창이 순식간에 커졌다. 짙은 선팅을 한 앞유리 뒤에 운전자의 실루엣이 일렁였다. 조성우가 소리쳤다.

"형님, 뒤를 봐요!"

김 형사가 뒤를 돌아보았을 때 SM5는 이미 소나타를 추월하

고 있었다. 운전자의 솜씨가 상당했다. 시속 150킬로미터 정도
는 밟고 있는 것 같았다. SM5는 소나타의 문손잡이를 스칠 듯
지나쳐서 앞에 달리던 SUV와 탑차를 추월해 멀어졌다.

"어, 저놈들……."

"우리보다 먼저 병원에 가려는 겁니다."

"안 되겠다. 조 기자, 밟아!"

조성우가 가속페달을 밟았다. 몸이 뒤로 젖혀지고 엔진이 굉
음을 냈다. 1차선에서 달리던 SUV와 2차선에서 달리던 탑차
사이를 파고들었다. 탑차가 갓길로 피하며 클랙슨을 울렸다. 조
수석의 김 형사의 머리가 유리창에 부딪혔다. 조성우는 멀리 보
이는 SM5의 꽁무니를 향해 속도를 더 높였다. 귀 아프게 울려
대던 탑차의 경적 소리가 멀어졌다. 김 형사가 유리창에 부딪힌
머리를 문지르며 말했다.

"암 환자보다 우리가 먼저 황천길로 가는 거 아냐?"

조성우는 대답하지 않았다. 아무리 페달을 밟아도 SM5와의
간격이 줄어들지 않았다. 멀리 두암교차로가 보였다. 백 미터
앞에서 1차선으로 달리던 트럭이 2차선으로 넘어오며 시야를
가렸다. 조성우는 가속페달에서 발을 떼지 않고 트럭을 추월했
다. SM5가 두암교차로에 진입해 우회전하며 또 시야에서 사라
졌다. 조성우는 사라진 SM5를 쫓아 교차로에서 핸들을 오른쪽
으로 꺾었다. 차체가 기울고 몸이 오른쪽으로 쏟아졌다. 김 형
사가 조수석 손잡이를 붙들고 육두문자를 내뱉었다. 발밑에서
차바퀴 허브베어링이 끼기긱 소리를 냈다.

SM5가 다시 보였다. 간격이 조금 줄어든 것 같았다. SM5와 소나타는 갈마로를 순식간에 내달렸다. 보도블록에 서서 입을 벌린 행인들의 얼굴이 수없이 지나갔다. 헐벗은 가로수들이 가지를 휘저으며 멀어졌다. 김 형사가 외쳤다.

"신호등 없나? 놈들이 신호등에 걸려야 되는데."

"저기 사거리가 있어요."

두암지구 사거리 신호등은 좌회전에서 막 노란불로 바뀌고 있었다. SM5가 앞차를 추월해 좌회전하는 순간 신호등이 빨간 불로 바뀌었다.

"조 기자, 멈춰!"

"괜찮아요."

조성우는 속도를 줄이지 않고 사거리에 진입해 핸들을 왼쪽으로 꺾었다. 맞은편에서 직진하려던 차들이 급제동했다. 경적소리가 사거리에 울려 퍼졌다. 좌회전하는 순간 전방의 횡단보도에 파란불이 들어왔다. 포대기에 아이를 업고 보도를 건너려던 여자가 뒤로 물러섰다. 공포에 가득 차 뭔가 비명을 지르는 얼굴이었다. 아이구, 김 형사가 신음했다.

"오늘 신호 위반에 과속에 벌금이 백만 원쯤 나오겠군."

"괜찮아요."

왕복 6차선 팔문대로에 접어들자 차들이 더 많아졌다. 조성우는 비상등을 켜고 앞차들을 이리저리 추월해가며 SM5와의 간격을 좁혔다. 3차선에서 1차선으로 진입해 차량 두 대를 제쳤을 때 차 옆구리가 중앙분리대와 부딪쳤다. 밧줄로 연결된 빨간

봉 대여섯 개가 부러졌다.

"씨팔, 공공 기물 파손까지."

"괜찮아요, 괜찮아."

조성우는 온몸의 감각이 깨어나는 것을 느꼈다. 말초신경이 차와 연결되어, 차의 아픔이 자신에게 전달되고 자신의 흥분이 차에게 전달되는 것 같았다. 피로로 흐려졌던 정신이 또렷해졌다. SM5의 번호판이 희미하게 보일 정도로 간격이 좁혀졌다. 조성우가 소리쳤다.

"형님, 번호판!"

"49도 4367, 49도에 4367! 이런 니미."

SM5와 소나타는 팔문대로 1.8킬로미터 구간을 곡예를 하듯 달렸다. 도로가 왕복 4차선으로 좁아졌다. 조선대 입구 사거리 근처에서 관광버스 두 대가 1, 2차선을 점령하고 있어서 SM5가 빠져나갈 틈을 주지 않았다. SM5는 2차선 관광버스 꽁무니에 바짝 붙어 경적을 울려댔다. 운전자의 초조한 얼굴이 눈에 보이는 듯했다. 덕분에 조성우는 SM5를 거의 따라잡았다. 이제 SM5가 중앙선을 넘어 달리지 않는 한 놓칠 리 없다고 조성우는 자신했다.

전남대병원으로 가려면 사거리에서 우회전해야 했다. 조성우는 소나타를 SM5의 뒷범퍼에 바짝 댔다. 그 순간 경적 소리에 시달리던 관광버스가 1차선으로 슬금슬금 피했다. SM5의 앞길이 트였다. 김 형사가 소리쳤다.

"조 기자, 받아! 받아버려!"

"예?"

"괜찮아, 괜찮아. 놈들이 우회전하는 순간에 옆구리를 받아 버려!"

SM5가 조선대 공과대학 건물 앞으로 우회전했다. 조성우는 급가속해 SM5와 나란히 우회전하다가 핸들을 오른쪽으로 꺾었다. 소나타의 앞범퍼가 SM5의 옆구리를 가격했다. SM5는 보도블록으로 튕겨져 올라가며 가로수를 들이받았다. 쾅 하는 충돌 소리와 함께 행인들의 비명 소리가 섞여 들렸다.

"이제 달려!"

소나타가 서남로를 따라 내달렸다. 조성우는 백미러로 멀어져가는 충돌 현장을 지켜보았다. 가로수 주변으로 사람들이 몰려들었다. SM5는 움직이지 않았다. 조성우는 동구청 앞에서 좌회전해서 전남대병원 정문으로 들어갔다. 주차 안내원의 수신호를 따라 지상 주차장에 차를 댔다.

"호스피스 병동이 어디예요?"

달의 뒷면을 보았는가

조성우와 김 형사는 안내원이 가리키는 방향으로 달렸다. 유리 건물로 신축된 본관 옆을 돌아 흰색 암병동까지 숨차게 뛰었다. 호스피스 병동은 암병동 건물 꼭대기인 9층에 있었다. 병동 복도는 고요했다. 엘리베이터의 문이 열리는 작은 소리마저 복도 전체에 울려 퍼졌다. 영안실처럼 무거운 공기가 깔려 있었다. 환자들의 기침 소리, 신음 소리, 링거 스탠드를 옮기는 소리가 병실에서 흘러나왔다. 일반 병실처럼 소독약 냄새가 강하지 않았다. 조성우와 김 형사는 간호 스테이션으로 걸어갔다. 찍찍, 리놀륨을 깐 바닥에서 나는 조성우의 등산화 소리가 불경스럽게 들렸다.

"황두석 씨가 어디 계십니까?"

화장기 없는 얼굴의 간호사가 대답했다.

"912호실이지만, 면회 시간은 오후 2시부터인데요."

김 형사가 경찰 신분증을 내밀었다.

"급한 일이 있어서 서울에서 왔습니다. 잠시면 됩니다."

간호사가 눈을 치켜떴다. 형광등 불빛이 눈에 비쳐 반짝였다. 조성우와 김 형사는 간호사의 허락을 기다리지 않고 912호로 향했다. 이봐요, 이봐요, 간호사가 두어 번 그들을 속삭이듯 부르더니 입을 닫았다. 912호는 4인실이었다. 조성우와 김 형사가 입구에 들어섰을 때 간호사 한 명이 문 왼쪽에 있는 침대의 칸막이를 쳤다. 임종이 다가온 듯했다. 칸막이 주변에 어머니로 보이는 할머니와 남편으로 보이는 남자와 초등학생 딸이 서 있었다. 간호사가 급히 환자를 1인실로 옮겨야 한다고 말했다. 칸막이 안에서 폐부를 짜내는 것 같은 신음이 흘러나왔다. 남자가 칸막이 안으로 들어갔다. 여보, 미안해. 남자가 이를 악물고 흐느끼는 소리가 들렸다.

황두석은 창가 침대에 잠들어 있었다. 170센티미터를 조금 넘는 키에 뼈와 피부만 남은 얼굴이었다. 원래 얼굴이 어땠는지 짐작조차 할 수 없었다. 황두석은 코에 꽂힌 관으로 침대 밑에 놓인 병에 회백색 액체를 흘리고 있었다. 위장이 암 덩어리로 막혀 아무것도 먹을 수 없었지만, 하도 잣죽이 먹고 싶다 하여 먹인 뒤 이렇게 뽑아내고 있다고 조선족 간병인 아주머니가 말했다. 아침부터 아프다고 난리를 쳤는데 모르핀 맞고 잣죽 먹고 30분 전에 잠들었다고 했다. 항암 치료를 중단한 황두석의 머리에는 윤기 없는 머리칼이 자라 있었다.

조성우와 김 형사는 침대맡에 멍하니 서 있었다. 어떻게 할까요? 조성우가 김 형사에게 속삭였다. 김 형사가 고개를 저었다. 조선족 아주머니는 이렇게 고이 자다가도 갑자기 깨어날 때가 많다고 했다. 조성우와 김 형사는 의자에 앉아 잠시 기다리기로 했다. 창가로 초겨울의 햇살이 쏟아졌다. 첫 한파가 닥친 바깥세상과 달리 병실은 등에 땀이 맺히도록 따뜻했다. 조성우는 등산 재킷을 벗었다. 칸막이를 친 침대에서 나온 남자가 아이를 데리고 어딘가로 사라졌다. 옆 침대에서는 가래 끓는 소리를 내는 환자 옆에 노모가 앉아서 중얼거리며 기도를 하고 있었다. 조성우는 병실이 평화롭다고 생각했다. 이곳에 피 흘리는 죽음은 없다. 기나긴 고통을 거쳐 용서의 제의를 통과하는 죽음만이 이 병실에 놓여 있다. 조성우는 갑자기 나른해졌다.

그로부터 10분쯤 뒤에 황두석이 몸을 꿈틀거렸다. 다시 5분 뒤에 신음 소리를 냈고, 10분이 더 흐르고 난 뒤에 눈을 떴다. 아줌마 머리 감겨줘. 황두석은 초점이 없는 눈동자로 조성우와 김 형사를 보며 말했다. 모르핀에 취해 사람을 알아보지 못했다. 머리 감겨줄 시간이 되면 귀신같이 눈을 뜬다고 조선족 아주머니가 말했다. 황두석은 알아들을 수 없는 말을 한참 지껄이더니 점차 눈에 초점을 찾아갔다. 정상으로 돌아온 그의 눈에 의문의 빛이 서렸다.

"저희는 서울에서 내려온 형사와 기자입니다. 평화농장 사건에 대해 듣고 싶어서 왔습니다."

김 형사가 황두석의 귀에 대고 속삭였다. 황두석이 웃었다. 잇몸이 검게 죽어 있었다. 황두석은 코에 꽂힌 관을 가리키며 간병인에게 뽑아달라는 신호를 했다. 조선족 아주머니가 관을 천천히 뽑았다. 관 끝에 정체를 알 수 없는 초록색 체액이 묻어 있었다.

"나 좀 앉혀주쇼. 휠체어 타고 내려가서 얘기헙시다."

"밖은 춥습니다."

"괜찮혀. 현관꺼정만 갑시다."

김 형사가 휠체어를 가져왔다. 조성우가 황두석을 부축해 휠체어에 앉혔다. 황두석의 몸은 깃털처럼 가벼웠다. 몸의 어느 곳에서도 근육이나 살이 만져지지 않았다. 조금만 세게 쥐면 뼈가 부서질 것 같았다. 조성우와 김 형사는 황두석의 환자복 위에 외투를 입히고 병실을 빠져나왔다. 황두석이 가벼운 기침을 했다. 간호 스테이션에 있던 간호사가 그들을 제지하려고 다가왔다.

"아, 됐소. 이러지 마쇼잉. 1층에만 잠깐 갔다 올팅게."

황두석이 쉰 목소리로 성을 냈다. 성을 낼 때조차 그의 목소리는 귀 기울여야 들을 수 있을 정도로 미약했다. 간호사가 물러섰다. 그들은 1층 로비로 내려가 현관문 앞에 자리를 잡았다. 병동 앞의 잔디밭에 햇살이 쏟아지고 있었다. 사람들이 문을 오갈 때마다 찬바람이 파고들었다. 황두석이 몸을 떨었다.

"괜찮으십니까?"

"밖이 많이 춥소?"

"예, 춥습니다."

"어제 비가 올 때부텀 추울 줄 알았소. 밖에 나가서 담배 한

대 피우고 싶네. 담배 가진 거 있소?"

김 형사가 고개를 저었다.

"저희는 담배 안 피웁니다."

"잉, 그럴 줄 알았소."

황두석이 잠시 침묵했다. 조성우는 조바심을 느꼈다.

"그럼 몇 가지 여쭙고 가겠습니다."

황두석이 엉뚱한 질문을 했다.

"사람이 쥐똥만 하다는 말이 뭔 말인지 아요?"

조성우와 김 형사는 대답하지 않았다.

"사람이 아무리 작아도 쥐똥보담은 클 거인디 왜 그러나 싶었제. 그란디 제주도에 가보고 의문이 풀려부렀소. 제주도에 쥐똥나무라는 게 있습디다. 그거이 키가 아주 작거든. 그래서 사람들이 쥐똥나무만 하다 그랬겄제. 그거이 줄어서 쥐똥만 허다, 그랬을 테고."

"그랬군요."

"제주도에 한 번 더 가보고 싶소. 이남읍 거기는 징글징글혀. 거그는 돌아가기 싫지만 제주도에는 마지막으로 한번 가보고 잡제."

조성우가 말했다.

"저희는 제주도 얘길 하러 온 게 아닙니다. 평화농장 사건에 대해 물어보려고 왔습니다."

"뭘 말할까? 얘기할 것도 말 것도 없는디?"

조성우는 휠체어 앞에 쭈그리고 앉아 황두석의 눈을 바라보왔다.

"정현수가 시킨 거죠? 상조신용 비리를 박 장로가 알게 되자 쫓아내려고 한 거 아닙니까?"

황두석이 인상을 찌푸렸다. 얼굴에 가득한 잔주름들이 꿈틀거렸다.

"다 조사하신 거 같은디 뭐하러 여그꺼정 오셨소?"

"황두석 씨 입으로 듣고 싶어서 왔습니다. 증언이 필요합니다."

"증언?"

"예."

"그거 들어서 뭐할라고?"

"어떻게든 잘못된 건 바로잡아야지요."

"어떻게든?"

"예, 반드시."

황두석이 이를 악물고 신음 소리를 냈다. 검게 죽어 있던 잇몸이 하얗게 변했다.

"아이고, 또 아파부러. 요즘은 약 기운 떨어지기 무섭게 아픈 게 슬슬 올라와."

김 형사가 휠체어를 더 따뜻한 로비 대기실 쪽으로 옮겼다. 황두석이 말했다.

"빨리 합시다. 내가 발광하기 전에. 녹음할 수 있소?"

조성우가 고개를 끄덕이며 스마트폰을 꺼냈다. 황두석이 계속 빨리, 빨리 하고 중얼거렸다.

"기자님 말은 틀렸소. 정현수가 아니요."

"정말 아닙니까?"

"아, 정현수만은 아니라는 뜻이제."

"그럼 또 누가 있습니까?"

"전부요."

"전부라니요?"

"마을 유지들 전부 다."

"예?"

"언젠간 이런 날이 올 줄 알았소. 이렇게들 오시니께 속이 후련허요. 그려, 죽기 전에 말해야제. 아침에 눈 뜨문 그 야그를 하고 죽어야제 싶드라고."

"말씀해주십시오."

황두석이 고개를 들어 로비 천장을 보았다. 조성우는 황두석의 어머니를 떠올렸다. 둘 다 얼굴에 주름이 자글자글했다. 눈이 그 주름들 중 하나처럼 움푹 파여 있었다. 사람은 죽기 직전에 제 부모의 얼굴을 갖게 되는 거라고 조성우는 생각했다. 황두석은 고통이 심해지는 듯 인상을 수시로 찌푸렸다.

"유지들이 그랬소. 평화농장이 우리 걸 뺏어 간다고. 우리 걸 뺏긴당께 분위기가 살벌해졌소. 누구나 그런 거 아니겠소?"

"그렇죠."

"교도소 나와서 첨에는 그냥 울화가 치밀었소. 나만 살인범이 되어부렀응께. 시골 동네선 살인범이라고 낙인찍히면 못 사요. 다들 뒷전에서 수군댔제. 한 번 죽인 놈은 두 번도 죽인다고.

어디로 보내부러야 한다고. 그래서 술을 마시고 지랄 발광을 혔소. 아, 내가 무슨 죄가 있는가 말여. 그 뭐냐 우발적으로 조선족을 죽이긴 혔어도 시킨 건 유지들 아녀. 유지들이 우리가 남자 구실도 못한다고 하도 타박을 해싼게 자존심 때문에 나섰단 말여. 그란디…… 이거 녹음되고 있소?"

조성우가 고개를 끄덕였다. 황두석은 자신의 증언을 유언처럼 남겨, 죽은 뒤에도 목소리만은 영원히 보존되기를 원하는 것 같았다.

"그렇게 지랄 발광을 치다가 우리 어무니 보기도 그렇고 혀서 맘잡고 살라고 혔소. 유지들이 상조신용을 움직여서 대출도 받아줬응께 그걸로 지난 감정 묻어불고 식당이나 하문서 편히 살라고. 근디 2001년에 이남상조신용 이사장이 돈을 삥땅친 사건이 딱 터지고 봉께, 감이 오드라고. 딱 감이 와. 그 전부터 마을 사람덜이 시끌시끌혔어. 상조신용이 수상하다고 말여. 근디 유지들이 일언반구도 못 허게 막았제. 원래 그런 거라고. 다 마을 잘되게 할라고 그런 거라고."

"그런데 어떻게 사실을 아셨습니까?"

"유지 한 명 목에 칼을 대고 물었제. 다 불라고. 그 어른이 겁에 질려서 오줌을 싸문서 다 불드라고. 얘기를 듣고 봉께 기가 차. 원래 80년대부텀 마을 유지들이 마을 사람 돈을 이남상조신용에 넣어놓고 장난을 친 거여. 짜고 치는 고스톱이었제. 지들 중에서 이사장이랑 감사랑 다 뽑고, 중앙회에서 간섭을 못 허게 장부를 따로 작성혔어. 한마디로 상조신용이 사금고였어. 마을 사람들 피땀 흘려 번 돈을 지네들 호주머니에 넣고 지네들 사업에 맘대루 썼어. 하다못해 아들놈 결혼식 비용까지 거기서 뺑땅 쳤다니께. 근디 90년대 초에 박 장로가 들어와서 상조신용에 돈을 맡겼잖아. 그때는 좋았겠지만 얼마 안 지나서 박 장로가 눈치채부렀어."

"박 장로는 신고를 하면 됐잖아요?"

"아녀, 박 장로가 신고를 혔으문 평화농장도 마을 등쌀에 문 닫아부렀겠제. 박 장로는 암말 안 할 터이니 상조신용 돈을 농장에 투자하라고 혔어. 그땐 유지들이 설설 기었겠제. 지들 드러운 꼴이 다 들통 날 참이니께 말여. 유지들은 앞구녁에선 박 장로한테 살살거리고 뒷구녁에선 청년들을 꼬드겼어. 평화농장 다 때려 부수라고. 내가 거기에 딱 말려들어부렀제."

"신고하실 생각은 안 했습니까?"

"혔제, 근디 어무니가 걸리드라고. 신고하문 마을이랑 연이 딱 끊기는데 말여, 어무니가 그 연세에 따돌림당허고 어찌 살겠는가. 다행히 어무니 식당은 2001년에 그 사건 터지고도 유지들이 배려했는지 그대로 남았어. 게다가 신고해도 수사도 잘 안 될 거 같았어. 2001년에 그 이사장 놈이 죄를 다 가져가부렀응게 증거도 안 남았잖어. 영감들은 이사장 놈헌티 출소하문 큰돈을 마련해주기로 허고 입을 막아부렀을 거여."

"답답하셨겠군요."

"답답혔제. 그래서 암에 걸려부렀어. 내가 살인범이 된 게 다 저놈들 모략이라고 생각하니께 견딜 수가 있어야제. 미쳐불겠

드라고. 계속 술 묵고 폐인이 돼부렀지."

황두석이 배를 움켜쥐었다. 목덜미에 식은땀을 흘리며 온몸을 떨었다. 고통이 심해지는 모양이었다. 조성우와 김 형사는 서둘러 휠체어를 엘리베이터로 몰았다. 엘리베이터 안에서 황두석이 말했다.

"내가 잘못했어. 사실을 알았을 때, 그때 싸웠어야 하는디 말여."

이미 늦었다. 싸움에는 때가 있다. 조성우는 목구멍에서 튀어나오려는 그 말을 도로 삼켰다. 황두석도 피해자였다. 가해와 피해의 경계는 습자지처럼 얇고 유리처럼 투명하다. 조성우는 황두석이 맞고 있는 최후가 자신의 가까운 미래가 아닐까 생각했다. 엘리베이터를 나오며 황두석이 마지막으로 말했다.

"내가 죽인 조선족 가족이라도 만나문 말여, 미안허다고 전해주쇼."

조성우와 김 형사는 병원을 나섰다. 해가 정수리 위로 떠올랐지만 추위는 가라앉지 않았다. 김 형사가 파카 지퍼를 잠그며 말했다.

"자네, 차량 추격전 전문 요원으로 경찰에 특채될 생각 없나?"

"공무원은 싫어요."

"참 아까운 인재인데."

두 사람은 앞범퍼가 덜렁거리고 헤드라이트가 깨진 소나타로 다가갔다. 김 형사가 조수석에 타며 물었다.

"자, 사실은 대강 밝혀졌어. 그런데 제임스랑은 무슨 관계지?"

"제임스는 상조신용의 비밀을 알았을 거예요. 똑똑한 놈이니 알아냈겠죠. 아니면 장로나 어머니한테 들었거나. 그렇다면 한 가지 가능성이 있어요."

"뭔데?"

"이남상조신용을 똑같은 방법으로 장악하려고 하지 않았을까요?"

"그건 말이 안 돼. 사건 터지고 관리를 철저하게 할 텐데?"

"그건 그 영감탱이한테 물어보면 알겠죠."

"무슨 영감탱이?"

"영농법인의 그 왕대가리 유지 정현수 말이에요."

"또 이남읍에 가자고?"

"맞아요, 점심은 영감이랑 먹죠. 우리도 한 방 먹여야죠."

차가 출발했다. 엔진이 가래 끓는 소리를 냈다. 차는 온 길을 되짚어 이남읍으로 달려갔다. SM5의 사고 현장에는 사고 지점을 표시한 흰 페인트 외에는 아무것도 없었다. 차는 12시가 다 되어서야 이남읍 영농조합 건물에 도착했다.

영농조합 정 대표는 점심 식사 약속 때문에 사무실을 나서던 참이었다. 아버지는 무릎이 안 좋아 자택에 있다고 했다. 무슨 일이냐고 캐묻는 정 대표에게 마지막으로 점심을 같이하고 싶다고 둘러댔다. 정 대표는 약속을 취소하고 조성우와 김 형사를 집으로 안내했다. 영농조합 건물에서 차로 5분이 채 되지 않는 거리였다. 정 대표는 앞범퍼가 깨진 조성우의 차를 흘깃거리면서도 무슨 일이냐고 묻지 않았다.

　정 대표의 집은 의외로 소박했다. 벽돌로 지은 2층집 앞에 잔디가 깔린 마당이 있었다. 가정부가 문을 열며, 손님이 올 줄 미리 알았더라면 점심을 따로 준비했을 거라고 투덜댔다. 준비된 밥상에 밥 두 공기만 더 올려놓으면 된다고 김 형사가 그녀를 달랬다. 조성우와 김 형사가 현관으로 다가가자 마당 한쪽에 묶여 있던 셰퍼드가 왕왕 짖었다. 정 대표를 보면서 꼬리를 흔들고 낯선 침입자를 보며 목청을 높였다.

　노인은 이미 식탁에 앉아 있었다. 상차림은 소박했다. 밥과 된장국과 나물 몇 가지가 전부였다. 노인과 형식적인 인사를 나누고 조성우와 김 형사는 말없이 밥을 먹었다. 밥상 위에는 어색한 침묵이 흘렀다. 왜 찾아왔느냐고, 무슨 할 말이 남았느냐고 노인도 정 대표도 묻지 않았다. 어쩌면 모두 알고 있을지도 모른다고 생각했다. 점심을 마친 뒤 조성우가 말했다.

　"잠깐 드릴 말씀이 있습니다. 어르신과 저희만요."

　"아들놈이 들으면 안 될 얘기요?"

　"그렇습니다."

　노인이 정 대표에게 나가라고 손짓했다. 정 대표가 허리를 굽혀 인사하고 집을 나섰다. 정 대표의 차가 출발하는 소리를 듣고 난 뒤에 조성우가 말했다.

　"아까 전남대병원에 있는 황두석 씨를 만났습니다."

　"그렇소? 잘 있습디까?"

　"예, 근데 황두석 씨가 아주 흥미로운 증언을 했습니다. 녹음했는데, 들어보시겠습니까?"

녹음을 듣는 동안 노인은 아무런 동요의 기색도 비치지 않았
다. 어떻게 하면 저 노인을 흔들 수 있을까 조성우는 생각했다.
남해안에 쓰나미가 몰려와 마을과 농장을 삼킨다 해도 노인은
동요하지 않을 것 같았다. 황두석의 증언을 다 듣고 난 뒤에 노
인이 물었다.

"그려, 이놈 말이 사실이라고 헌들 뭘 어쩌시려고?"

"사실입니까?"

"나는 모르는 일이오."

"횡령을 저지른 이사장과 여직원이 출소한 뒤에 여기로 다
시 돌아왔어요. 마을 사람들이 그냥 두었겠습니까? 마을 돈을
10억도 아니고 백억 원 넘게 횡령한 사람들인데요. 그런데 왜
돌아왔을까요?"

"글쎄, 나는 모른대도 그라요."

가정부가 숭늉을 가져왔다. 밥공기에 숭늉을 부어 꿀꺽꿀꺽
마시는 노인의 모습에서 조성우는 약간의 흔들림을 보았다. 노
인은 지금 분노하고 있었다. 조성우가 말했다.

"돈을 받으려고 왔겠지요. 마을 유지들에게서 횡령한 돈의
일부를 받아내려고 왔다가 죽은 겁니다. 자살이라니 좀 이상하
지 않나요? 상식적으로 말이 안 됩니다. 돈을 받으려고 온 사람
이 왜 자살했을까요?"

"다 끝난 사안이오. 쓸데없는 추측 마씨요. 나도 이만허면 많
이 참았소."

"예, 죄송합니다."

"이제 되었소? 나를 그걸로 몰아붙일려고 왔다믄 오산이오. 황두석이 그 미친놈의 말로는 아무것도 입증 못 하니께."

노인이 웃었다. 그제야 노인의 얼굴에서 이 촌구석의 잔혹한 권력자의 표정이 나왔다. 조성우가 말했다.

"압니다. 저도 이걸로 뭘 어쩌자는 게 아닙니다. 제가 궁금한 건 딱 하나예요."

"그거이 뭐요?"

"최근에 이남상조신용에 또 누군가 들어오지 않았습니까? 유지들의 허락을 얻어서 예전과 같은 방식으로 상조신용을 이용하려는 놈이 없었습니까? 이게 저한테 가장 중요한 일입니다. 이것만 알면 됩니다."

노인이 의아한 표정을 지었다. 이런 엉뚱한 질문이 들어오리라고는 예상하지 못한 얼굴이었다.

"보소. 그거이 말이 되는가? 기자 양반도 생각이 있으문 알 거 아니요. 예전 이남상조신용은 폐쇄되었소. 사건이 터지자마자 신용 업무 정지 공고가 붙었단 말이오. 지금 있는 건 상조신용 금룡군 지점이오. 읍이 아니라 군에서 직접 관리한단 말이오. 감사도 군에서 뽑아 내려오니께 읍내 사람들은 손도 못 대. 그것도 모자라서 매분기 중앙회 감사가 들어오고 행정자치부에까지 계속 보고가 올라간답디다. 근디 횡령이 또 일어날 수 있겠소?"

노인의 말은 진심이었다. 거짓을 말할 땐 그토록 태연하던 노인이, 진실을 말할 땐 언성을 높이며 침을 튀겼다.

"다시 묻겠습니다. 혹시 누군가 상조신용 건으로 접근하지 않았습니까?"

"글쎄, 그런 일은 불가능하다니께! 예금도 줄어서 이제는 푼돈밖에 안 되는디 누가 그 짓을 해? 나도 답답하당께. 우리 읍내 돈인디 우리가 참견도 못 해!"

노인이 탁자를 손바닥으로 때렸다. 밥공기와 수저가 흔들렸다. 노인은 아직도 상조신용의 돈을 자기의 돈으로 여겼다. 읍내 사람들이 한 푼 두 푼 적금한 돈을 자신이 맘대로 하지 못한다는 사실에 분노하고 있었다. 영농조합을 차린 건, 상조신용에서 배제된 뒤 자신의 영향력을 유지하기 위한 수작이었다. 그는 이 소읍의 임금이었다. 그마저 손을 뗀 상조신용에 다른 누군가 개입할 여지는 없었다. 조성우는 자리에서 일어나 현관문으로 걸어갔다. 노인이 헛기침을 했다. 현관문을 열며 조성우가 외쳤다.

"저는 다시 돌아옵니다. 이사장과 직원과 박 장로가 정말 자살한 건지 꼭 알아내겠습니다. 당신이 죽기 전에."

조성우와 김 형사는 차로 돌아갔다. 조성우는 분을 삭이지 못해 운전대를 두드렸다. 김 형사가 물었다.

"헛다리 짚었지?"

조성우가 한숨을 쉬었다.

"더 조사해볼 필요도 없어요."

"서울로 올라가서 찬찬히 생각해보자고. 지금은 이것저것 머리가 복잡해. 술도 없고."

조성우가 차를 출발시켰다. 이남읍의 풍경이 멀어지면서 조성우는 해방감과 함께 아쉬움을 느꼈다.

"상조신용 횡령 사건은 시골 소읍처럼 인간관계가 폐쇄적인 곳이어서 가능했어요. 내부의 비밀이 외부로 잘 알려지지 않는 곳이어야 전산망을 따로 만들어도 들통이 안 나죠. 사건 이후로는 그 폐쇄성이 해체돼서 횡령이 불가능해요."

"제임스, 그 조선족 놈도 그 정도는 알겠지."

"그래요, 조선족…… 조선족."

조성우는 누군가 몽둥이로 머리를 후려치는 것 같은 충격을 느꼈다. 머릿속에서 얌전히 정리되던 사건들이 충격에 흐트러졌다. HM캐피탈과 평화농장, 각기 다른 방에서 다른 논리로 배열돼 있는 의혹들이 제멋대로 뒤엉켰다. 그는 새로운 배열법이 필요하다고 생각했다.

"조선족……."

"왜 그래?"

"형님, 휴대폰으로 가리봉동이나 대림동에 상조신용이 있는지 검색해보세요."

김 형사가 휴대폰을 꺼냈다. 조성우는 오전의 과속을 반성하듯 차를 규정 속도 이하로 몰았다.

"있어, 대림동에 하나 가리봉동에 하나. 다 최근에 설립 신고를 했어."

"그래요?"

"상조신용은 전국 천4백여 개 지역에 있어. 전체 자산이 무려 백조에 가까워. 대림상조신용과 가리봉상조신용 모두 2010년에 생겼어. 이 지점들 홈페이지는 아직 없군."

"2년 전이라……."

조성우는 평화농장 사건과 이남상조신용 사건을 제대로 검색했다면 이곳에 내려올 필요도 없었다고 생각했다. 왜 제임스가 이남읍에서 복수극을 저지른다고 생각했을까. 왜 팩트에만 매달려 구조를 보지 못했을까. 김 형사가 물었다.

"단서를 찾았나?"

"조선족 사회도 폐쇄적이죠. 내부의 비밀이 유출되지 않아요. 고려행정사 같은 권력자 몇 명이 쥐고 있죠."

"그래서?"

"조선족 밀집 지역인 가리봉동과 대림동 상조신용을 제임스가 만들었다면?"

조성우가 김 형사를 돌아보았다. 김 형사가 고개를 갸웃거렸다. 조성우는 눈살을 찌푸리고 입을 내밀며 다시 멍해지는 김 형사의 표정을 관찰했다. 김 형사가 갑자기 소리쳤다.

"차 조심해!"

소나타가 중앙선을 침범하고 있었다. 조성우는 두 손으로 핸들을 잡았다.

"제임스가 상조신용을 가만둘 리 없어요."

"그래, 그럴듯해."

"가리봉상조신용 이사장은 고려행정사가 내세운 귀화자일

게 틀림없어요. 대림동도 그렇고요. 고객은 대부분 조선족이겠죠. 한국인 예금은 있어봤자 극히 적은 금액일 거고, 그건 중앙회 전산망에 등록됐을 거예요. 문제는 조선족들의 정기예금이죠. 어디서도 확인하지 않고, 오직 거기서만 확인하는. 두 곳 합치면 액수가 수천억은 될 거예요. 아마 조선족 우대 정책이 있겠죠. 이자율을 높여준다거나 불법체류자 돈도 관리해준다거나 하는. 조선족은 조선족만 우대하는 금융기관을 신뢰할 테니."

"내부에서 말썽이 생겨도 고려행정사가 찍어 누른다?"

"그렇죠, 그거였어요. 왜 몰랐을까요? 왜 이렇게 먼 길을 돌아서……."

"아직 확실하진 않아. 조사해봐야지. 어쨌든 저 빌어먹을 이남읍엔 다시 갈 필요가 없겠구먼."

조성우는 처음으로 제임스가 대단하다고 생각했다. 제임스는 복수를 위해 이남읍의 유지와 살인범들을 암살하지 않았다. 평화농장을 작살낸 촌부 몇 명이 아니라 사회에 복수의 칼을 들이댔다.

"가리봉과 대림상조신용의 임원들이 어떤 작자들인지 조사해볼 필요가 있어요. 전부 고려행정사와 연줄이 있을 거예요. 거기 금융 정보도 파악해야 해요. 중앙회 전산망에 등록된 원장과 거기 장부를 뒤져봐야죠. 서울로 올라가자마자."

"서둘지 마."

"가리봉과 대림은 시작일 뿐이에요. 제임스는 건대 앞이든 안산이든 전국 조선족 밀집 지역을 다 집어삼킬 거예요. 어마어

마한 돈이 흘러들겠죠."

차가 호남고속도로에 진입했다. 가속페달을 밟자 차체가 흔들렸다. 이남읍에서 캐 온 의문들이 트렁크에 가득 실려 있는 느낌이었다. 제임스의 사업을 위해 비밀은 철저히 은폐돼야 했다. 인종적 증오나 복수의 열망 같은 건 비밀 주위를 떠다니는 신기루에 불과했다. 조선족이 한국 자본주의를 떠받치는 밑바닥 노동자라는 사실, 조선족 문제가 한국 자본주의 시스템의 부스러기라는 사실이 은폐되는 것도 같은 원리라고 조성우는 생각했다. 서울이 가까워질수록 흥분이 가라앉고 우울해졌다. 그는 서울이라는 블랙홀의 인력에 다시 붙들렸다.

"형님, 내 포털 사이트 아이디와 비번을 문자로 찍어드릴게요. 클라우드 서비스에 모든 기록을 정리해서 올려놓을게요. 만일 저한테 무슨 일이라도 생기면……."

"쓸데없는 소리 하지 마."

두 사람은 한동안 말이 없었다. 조성우가 아내의 MP3를 틀었다. 아바의 노래가 이어진 뒤 데미안 라이스의 〈콜드 워터Cold Water〉가 나왔다.

"이거 노래가 왜 이래? 양키 놈이지?"

"아일랜드예요."

"그쪽도 다 양키야, 내 기준엔."

데미안 라이스의 목소리는 사막을 연상시켰다. 조성우는 한국에도 한 곳쯤 사막이 있으면 좋겠다고 생각했다. 햇볕에 달궈진 열사를 맨발로 밟으며 사막의 이쪽 끝에서 저쪽 끝까지 걸어

보고 싶었다. 김 형사가 말했다.

"이쯤 되면 상부에 보고해야겠어. 이 사건은 지능팀 관할이기도 하니까. 정식 수사에 착수하기에는 아직 증거가 부족하지만 내사라도 해볼 수 있겠지. 일단 가능한 모든 기록을 확보하고 사실들을 하나씩 확인하는 거야. 조금씩, 조금씩, 아주 조심스럽게 전진해야 돼."

"그래야죠."

"명심해. 확신이 서기 전까지 섣불리 행동하지 마. 몸조심하고."

차가 천안논산고속도로에 진입했다. 햇살이 차창에 쏟아졌다. 겨울 해는 빨리 넘어간다. 경부고속도로에 진입해 정체와 서행을 반복할 때쯤 해는 서편으로 기울어지고, 햇살은 전면 유리창을 떠나 측면 유리창에 부서질 것이다. 조성우가 말했다.

"형님, 우리는 달의 앞면만 본다는 거 알아요?"

"그런가?"

"사건도 그래요. 보이는 건 언제나 앞면이죠. 우리는 그 뒷면을 상상해야 돼요. 보이지 않는 구조를 알아야 제대로 싸울 수 있어요."

"또 개똥철학이군."

"예전에는 가늘고 길게 살려고 했어요. 싸울 일이 있으면 피했죠. 하지만 이젠 알겠어요. 누구도 싸움을 피할 수 없어요. 무엇을 위해서든 힘껏 싸워야 해요."

"물어볼 게 있네."

"뭔데요?"

"있는 힘껏 싸우고 난 다음, 그다음은 어떻게 할 거지?"

"무슨 소리예요?"

"그 뒤엔 어떻게 살아갈 거냐고."

조성우는 대답하지 않았다. 대답할 말도 없었다. 김 형사가
말했다.

"나한테 조카가 있어. 이혼한 누나의 아들인데, 어릴 적부터
귀여워했어. 근데 이놈이 중학교 때 일진한테 괴롭힘을 당했어.
걔네 반에 동네에서 악마로 소문난 놈이 있는데 돈 바치라고 병
을 깨서 위협까지 했다더군. 그래서 내가 그랬어. 싸우라고. 먼
훗날 돌아보면 그렇게 아무 짓도 안 하고 당하고 있던 자신이
한심해 보일 거라고. 그렇다고 주먹으로 치고받고 하라는 게 아
니라 네가 취할 수 있는 정당한 방법으로 싸우라고."

"그래서 싸웠나요?"

"그랬지. 조카 놈이 그 일진을 경찰에 신고했어. 그 나이에 그
런 용기 내기 쉽나? 게다가 아버지도 없는 앤데. 정말 멋진 놈이
야. 내가 잘했다고 칭찬해줬어. 그런데 그 후로 걔가 왕따가 됐
어. 중학교 3학년 때부터 방에만 틀어박혔어. 내가 찾아가도 방
문을 안 열어줘. 결국 학교도 자퇴했지. 그 애 때문에 내가 더 술
을 먹게 됐는지 몰라."

"술은 원래 많이 먹었잖아요."

"이봐, 조 기자. 싸우는 건 중요하지 않아. 싸울 때는 고민에
시달릴 필요가 없어. 무엇이 옳고 그른지, 누가 적이고 아군인

284

지, 내가 무엇을 해야 하는지, 모든 게 선명해 보여. 중요한 건 그다음이야. 그다음에 어떻게 살아가는가가 진짜 싸움이야."

"나 때문에 죽은 사람들을 위해 살아야죠. 아내와 아들과 헌트를 위해."

"그래, 뭘 위해서든 좋아. 자기를 파괴하지 말고 살라고."

조성우가 차를 천천히 갓길에 댔다. 뒤차가 경적을 울리며 지나갔다. 조성우는 운전대에 얼굴을 파묻고 울었다. 가슴을 떨면서 숨이 막힐 정도로 울었다. 성년이 되고 나서 누군가에게 자신의 우는 모습을 보인 건 처음이었다. 아내와 아들의 장례식장에서도 울지 않았던 조성우가 김 형사의 토닥임을 받으며 오열했다.

몸 어디에 이렇게 많은 물이 고여 있었던 걸까. 몸 안에 가둬왔던 태평양만 한 바다가 한꺼번에 쏟아져 나왔다. 조성우는 모든 것이 슬펐다. 아내와 아들과 헌트와, 조선족을 등쳐먹는 작자들과, 그들에게 고용된 킬러와, 세상에 내던져진 모든 것이 슬펐다. 그들을 위해 오늘 하루만, 지금 이 순간만은 울어주고 싶었다. 눈물이 운전대를 지나 바닥으로 뚝뚝 떨어졌다.

GPS로 소나타를 추적하던 정문환이 제임스에게 전화를 걸었다.

"차가 갑자기 멈췄습니다."

"왜지?"

"모르겠습니다."

"미행을 눈치챈 건 아닌가?"

"그럴 수도 있습니다."

조 대리는 충돌 사고를 단순 부주의로 신고하고 각종 행정 절차를 처리하기 위해 광주에 남았다. 정문환 혼자 렌터카를 몰아 이남읍에서부터 소나타를 미행했다. 기자가 암 환자를 만나고 읍내 유지를 다시 방문했다는 점이 마음에 걸렸다. 비밀을 캐낸 뒤 유지와 뭔가 흥정을 하려 했던 걸까. 제임스가 말했다.

"넌 실패했어. 넌 개만도 못한 놈이야."

"지금이라도 죽일 수 있습니다."

"됐다, 올라와라."

정문환은 멈춰 있는 소나타를 그냥 지나쳤다. 기자와 형사가 차 안에서 어떤 작전을 짜고 있을지 궁금했다. 그들은 고려행정사와 HM캐피탈을 파멸시킬 비법을 숙의하고 있을 테고, 그것이 어쩌면 모든 고통을 평화롭게 끝낼지도 모른다. 정문환은 기자의 좀비 같은 얼굴을 떠올렸다. 껍데기만 남은 자신의 얼굴과 너무 닮아 있었다. 정문환은 자신도 좀비라고 생각했다.

추방

과자 삼촌의 마지막 말

 그날 밤은 길었다. 내 인생 전부보다 길었다. 나는 청양고추를 넣은 우거지된장국을 저녁으로 먹었고, 농장 예배당에서 예배를 보았고, 과자 삼촌과 다른 아재들이 논쟁을 벌이는 장면을 보았다. 낮에 내리던 싸라기눈이 그치면서 공기가 더 차가워졌다. 그날 밤의 시린 칼바람과 발밑에서 나던 뽀드득 소리를 나는 기억한다. 아무도 우리를 돕지 않았다. 그날 밤, 세상의 어떤 미동도 느껴지지 않았고, 우리를 위한 단 한마디의 경고도 흘러나오지 않았다. 나는 그게 정말 섬뜩하다.

 그날 밤에 읍내 청년들이 쳐들어왔다. 모두 쇠파이프나 곡괭이 자루를 들고 술 냄새를 풍겼다. 그들은 산비탈을 저벅저벅 올라와 아저씨들이 곁불을 쬐던 예배당 뒤로 모여들었다. 그들이 몇 명이었는지는 모른다. 농장의 조선족 일꾼보다는 훨씬 많았고, 내 기억 속에는 수천수만 명으로 남아 있다. 그중 한 명이 모닥불에 오줌을 쌌다. 하얀 연기가 퍼지며 지린내가 났다. 나는 아저씨들 뒤에 숨어 그의 성기를 보았다. 오줌 줄기를 직선으로 뿜어내는 그 검고 길쭉한 물체가 나는 두려웠다.

농장 아저씨들이 그들에게 다가갔다. 기영이 아재는 타다 남은 장작을 들었다. 과자 삼촌이 아저씨들을 만류하며 청년들에게 말을 걸었다.

"무슨 일이심까? 말로 하자요."

"일은 무신 일! 농장 뿌셔불라고 왔제. 뒈지기 싫으문 저리 꺼져라잉."

"글쎄, 갑자기 걸고드는 이유가 뭔지요? 우리가 무슨 오유_{誤謬}를 저질렀슴까?"

"느그들 땜에 읍내 농사 다 망쳐분다. 인제는 더는 못 참고 말로 하기도 싫응게 오늘 밤에 콱 거시기해불라고 왔다."

장로가 달려왔다. 달릴 때마다 흔들리는 그의 볼살이 나는 싫었다. 장로는 청년들 앞에 서서 화해를 구걸했다.

"왜들 이러십니까? 무슨 일로 화가 났는지 모르겠지만 마음 가라앉히고 내일 얘기합시다. 내가 원하는 거 다 들어주겠소."

"비키쇼. 우리는 작정을 허고 왔응께 당신하고 여그 한국인 직원들 데리고 내려가쇼. 조선족들이야 뒈지든 말든 모르겠고."

"이러면 경찰을 부를 수밖에 없어요."

"경찰? 거 좋네. 후딱 가서 부르쇼잉."

청년들이 예배당과 식당과 숙소를 부수기 시작했다. 철제 패널로 만든 가건물이 굉음을 내며 허물어졌다. 고함 소리와 웃음

소리가 섞여 들려왔다. 장로는 비겁하게 뒷걸음치며 내 손을 잡아끌었다. 나는 그의 손을 뿌리치고 아저씨들 곁에 남았다. 내가 지금 있어야 할 곳은 바로 여기라는 생각이 들었다.

쿵 소리를 내며 예배당의 첨탑이 무너졌다. 알루미늄 십자가가 농장 아저씨의 어깨를 스치며 싸라기눈이 깔린 땅에 박혔다. 아저씨가 신음했다. 그의 찢어진 점퍼에서 피가 배어 나왔다. 숙소 유리창이 깨졌다. 유리 조각들이 검은 하늘에 반짝이며 사방으로 튀었다. 숙소에 있던 여자들과 아이들이 울며 뛰어나왔다. 청년들이 그들의 등짝과 엉덩이를 보이는 대로 걷어찼다.

"이 아새끼들이!"

기영이 아재가 장작을 들고 청년들에게 달려갔다. 숙소를 부수던 한 청년의 등짝을 향해 아재가 장작을 드는 순간, 등 뒤에서 누군가 곡괭이 자루를 휘둘렀다. 기영이 아재가 어깨를 감싸 안고 주저앉았다. 청년들이 아재에게 몰려들어 발길질을 했다. 내게는 아재의 웅크린 등만 보였다. 누군가 군화 뒷굽으로 아재의 등을 찍었다. 아재는 감전된 듯 비명을 지르며 전신을 떨었다. 누군가 아재의 열려진 배를 찼다.

"참아! 참아! 애들을 지켜!"

과자 삼촌이 여자들과 아이들을 농장 밑의 골짜기로 보내며 외쳤다. 장로와 한국인 직원은 어디론가 피신했는지 눈에 띄지도 않았다. 농장 아저씨들은 골짜기로 내려가는 입구에 늘어서서 여자들과 아이들을 지켰다. 나는 과자 삼촌 뒤에서 그의 손을 잡았다. 두꺼운 군은살이 박인 손 마디마디를 손가락으로 훑었다. 과자 삼촌이 속삭였다.

"니도 빨리 내려가라."

"싫슴다, 난 안 가요."

과자 삼촌이 뒤를 돌아보며 인상을 썼지만 하나도 무섭지 않았다. 나는 그의 이마 한가운데 박힌 굵은 주름살을 좋아했다.

"진웅아."

"예?"

"기억해두라. 하나도 빠뜨리지 말고. 이 일을 절대 잊지 말아라."

"그게 무슨 소용임까."

"나중에 어른이 되면 쓰라. 사람들이 다 알 수 있도록."

나는 대답하지 않았다. 쓴다는 것이 무슨 소용인가. 나중에 보상이라도 받을 수 있단 말인가. 나는 폐허로 변하는 농장을 둘러보았다. 우리가 그해 피땀 흘려 이룩했던 것들이 몇십 분 만에 허물어졌다. 봄에는 돌투성이 산을 깎아 밭을 만드는 작업에 아이들까지 동원됐다. 하루 종일 땀과 흙으로 범벅된 채 밭을 고르면 한밤중에 오한과 악몽 때문에 비명을 질러야 했다. 한여름에 천막이었던 식당을 가건물로 개축했을 때 식당 의자를 나르다가 엄지손가락을 못에 찔렸다. 밤새 퍼렇게 부어오르는 손가락을 핥으며 신음했다. 그 모든 것이 무너지고 있었다. 부서진 숙소에 우리의 유일한 위안이었던 TV가 뒹굴었고 옷가지와 이불이 찢어진 깃발처럼 사방에서 펄럭였다.

그때 비탈 뒤에서 작은 그림자가 튀어나왔다. 룽우였다. 룽우의 눈에 농장을 부수는 청년들은 자신을 축구공처럼 던져버린 아버지로 보였을 것이다. 아무도 막을 틈이 없었다. 룡우는 이제 막 숙소를 부수고 사무실로 걸어가는 청년의 다리에 달라붙어 종아리를 물었다. 아악, 비명 소리가 들렸던 것 같다. 룡우라면 종아리 살이 덜렁거릴 정도로 물어뜯었을 것이다. 청년이 뒤로 돌아 룡우를 축구공처럼 걷어찼다. 룡우의 몸이 허공으로 떠올랐다가 맨땅에 내팽개쳐졌다. 청년은 분을 삭이치 못해 씨근거리며 룡우에게 다가갔다.

"애다! 애다! 그만하라우!"

과자 삼촌이 달려가 청년의 가슴을 걷어찼다. 청년이 뒤로 넘어졌다. 과자 삼촌이 룡우를 안고 일어섰다. 그때였다. 뒤에 서 있던 다른 청년이 과자 삼촌의 머리를 몽둥이로 내려쳤다. 딱하고 뭔가 부서지는 소리가 골짜기 입구에 있던 우리 귀에까지 들렸다. 20여 년이 지났지만 나는 그 순간을 지금 일어나는 것처럼 눈앞에 그려낼 수 있다. 내 기억 속에서 그 장면은 음향이 삭제되고 슬로모션으로 흐른다.

몽둥이가 천천히 과자 삼촌의 정수리를 향해 내려온다. 몽둥이가 두피에 닿는 순간, 과자 삼촌의 주름살이 깊어지고 목이 뒤로 꺾인다. 얼굴이 충격에 일렁인다. 후골이 불쑥 튀어나오고 꺾인 목 뒤로 핏줄기가 흐른다. 과자 삼촌은 먼 산을 보는 것 같다. 눈이 초점을 잃는다. 부서진 가건물에서 피어오르는 먼지, 구영산 봉우리 위에서 우리를 싸늘하게 내려다보는 달, 농장 저 아래 읍내에서 반짝이는 불빛들이 어둠의 장막 뒤로 사라진다.

과자 삼촌의 눈에서 생명의 빛이 사그라진다. 천천히, 아주 천천히, 영겁의 시간만큼이나 오랫동안 과자 삼촌의 무릎이 꺾인다. 후우우우, 과자 삼촌이 긴 숨을 내쉬며 무릎을 꿇는다. 코밑에 대롱대롱 매달려 있던 핏방울 하나가 땅에 떨어진다. 과자 삼촌이 팔을 내린다. 품에 안겨 있던 룽우가 싸라기눈 위로 떨어진다. 과자 삼촌의 몸이 옆으로 기운다. 철갑을 짊어진 것 같던 두터운 어깨가 맥없이 풀어져 땅에 박힌다. 그 순간 또 한 개의 몽둥이가 과자 삼촌의 뒤통수를 가격한다. 과자 삼촌이 기침한다. 과자 삼촌의 입에서 빨간 안개가 뿜어져 나온다.

농장 아저씨들이 고함을 지르며 과자 삼촌에게 달려갔다. 나는 그 자리에 서 있었다. 어떤 힘이 나를 붙들고 놔주지 않았다. 너는 움직이지 말고 이 자리에 계속 서서 이 모든 꼬락서니를 보라고, 어떤 힘이 내게 속삭이는 것 같았다.

한 아저씨가 룽우를 안고 골짜기를 내려갔다. 다른 아저씨들은 돌이건 막대기건 손에 집히는 것들을 닥치는 대로 청년들에게 휘둘렀다. 사무실을 부수던 청년들이 달려 나와 아저씨들을 때렸다. 누군가 뒤에서 죽이지는 말라고, 죽이면 문제 생긴다고 고함을 쳤다. 청년들이 쓰러진 아저씨들에게 발길질을 했다.

어머니가 내 손을 잡았다. 그제야 나는 보이지 않는 힘에서 풀려났다. 어머니가 내 팔을 잡아끌었고, 나는 있는 힘껏 버티고 서서 고개를 저었다.

"켕하니 서서 뭐하는 게야? 저래 조겨대는 거 안 보이나?"

어머니가 내 뺨을 때렸다. 나는 아무런 아픔도 느끼지 못했다.

"날래 가지 못해?"

나는 어머니의 손이 이끄는 대로 골짜기를 내려갔다. 엄마,
과자 삼촌이…… 과자 삼촌이……. 나는 어머니에게 방금 내가
받은 충격과 상처를 말하고 싶었지만 어떻게 말해야 할지 몰랐
다. 과자 삼촌이 죽는 순간 내 세계가 박살 났음을, 내 안의 모든
것이 무너졌음을 알리고 싶었다. 어머니는 계속 빨리 가라고 나
를 채근했다.

회귀 본능

그날 밤 어머니는 읍내 목사 집에 잠시 피신했다가 농장으로 돌아가겠다며 나를 데리고 나왔다. 술 냄새 나는 마을 주민 황 씨가 농장 분위기를 자기가 알아봐주겠다며 우리를 헛간으로 데리고 갔다. 그는 농장 소식 대신 식칼을 들고 어머니에게 달려들었다. 어머니가 황 씨의 얼굴을 할퀴자 칼로 어머니의 허벅지를 찔렀다. 황 씨가 어머니의 몸에 올라탔을 때 나는 그가 버린 식칼로 황 씨의 목덜미를 찔렀다. 몇 번을 찔렀는지 기억조차 나지 않았다. 어머니는 허벅지에 피를 흘리며 나와 함께 산을 넘었다. 그리고 산속에서 죽었다.

나는 마을 주민의 신고로 순천경찰서에서 간단한 조사를 받았다. 외사과 형사에게 나는 많은 말을 하지 않았다. 시골 농장들을 돌아다니던 어머니가 병으로 숨진 뒤, 길을 잃고 헤매다가 마을로 가게 되었다고만 했다. 그래야 빨리 중국으로 돌아갈 수 있을 것 같았다. 조사를 마치고 나는 외국인보호소로 가는 버스를 기다렸다.

점심때 버스가 왔다. 버스 안에는 수갑을 찬 조선족 아저씨 아줌마들로 가득했다. 단속 과정에서 얻어맞아 얼굴에 멍이 든 아저씨들도 많았다. 수갑을 차지 않은 사람은 나뿐이었다. 아침에 다른 경찰서에서 버스를 탄 사람은 몇 시간 동안 버스에만 갇혀 있었던 모양이었다. 언제 가나, 아이구 지겨워, 하는 속삭임이 여기저기서 들렸다. 버스가 출발했다. 내 뒷좌석에 앉은 아주머니가 계속 끙끙거리며 긴 한숨을 쉬었다.

"저기요, 선생님! 화장실 좀!"

아주머니가 참지 못하고 맨 앞좌석에 앉은 출입국사무소 직원에게 소리쳤다. 젊은 직원이 뒤를 돌아보았다.

"참아."

"못 참겠는데요."

직원은 말이 없었다. 아주머니의 신음 소리와 한숨 소리가 점점 커졌다. 아이고오, 아이고오, 때로는 상가에서 곡을 하는 소리를 내기도 했다. 소변이 마려운 사람이 아주머니만은 아닌 듯했다. 아주머니의 신음에 장단을 맞춰 여기저기서 끙끙 소리를 냈다. 30분 뒤 아주머니가 또 소리쳤다.

"선생님, 화장실!"

"여수터미널까지 참으라고, 씨팔."

버스는 그렇게 여수공용버스터미널까지 신음을 안고 달렸다. 터미널 앞에서 버스가 멈추고 직원 두 명이 일어섰다.

"화장실 가고 싶은 사람 나와."

사람들이 여러 좌석에서 튀어나왔다. 직원들이 그들을 데리고 버스에서 내렸다. 나는 차창 밖으로 수갑을 찬 조선족들이 아랫배의 무게를 이기지 못해 어기적어기적 터미널 건물 안으로 줄지어 들어가는 모습을 보았다. 건물 앞에서 담배를 피우던 남자들이 그 모습을 보며 웃었다. 나는 그들이 조선족에게 뿜어내는 담배 연기에 분노를 느꼈다.

오후 3시쯤 외국인보호소에 도착했다. 우리는 남자와 여자로 나뉘어 몇 명씩 조사실로 들어갔다. 조사실을 나온 아저씨들은 쇠창살이 달린 방으로 흩어졌다. 내 차례가 되었다. 조사실에 들어서자 조사과 직원 두 명이 옷을 다 벗으라고 했다. 나는 코르덴 바지와 파란색 스웨터와 오리털 파카를 벗었다. 공기가 차가워 온몸에 소름이 돋았다. 나는 팬티만 걸친 채 몸을 웅크렸다.

"팬티도 벗어."

직원이 말했다. 우리는 천천히 팬티를 벗었다. 빨리! 직원이 또 재촉했다. 나와 아저씨들의 쪼그라든 성기가 허공에 덜렁거렸다. 직원들이 우리의 알몸을 뒤졌다. 우리는 앞으로 서고, 뒤로 서고, 팔을 벌리고, 앉았다 일어났다를 다섯 번 반복하기도 했다.

알몸 검사가 끝난 뒤 파란색 체육복을 받았다. 등판에 '보호 외국인'이라는 글자가 박혀 있었다. 내가 받은 체육복은 너무 크고 곰팡내가 많이 났다. 나는 체육복의 소매와 바짓단을 큰 폭으로 세 번 접어 입었다. 그리고 방으로 들어갔다.

철창으로 막힌 그 방에는 구린내가 떠나지 않았다. 아저씨들이 무좀 가득한 발로 냄새 나는 침상을 밟고 다녔다. 우리는 각자의 소지품을 머리 위의 선반에 보관했다. 우리는 정해진 시간에 밥을 허겁지겁 먹어야 했다. 식사가 끝나면 운동도 하지 못하고 책이나 TV도 보지 못한 채 햇볕도 잘 들지 않는 방에 하루 종일 갇혀 있었다.

그 방에서, 나는 많은 사연들을 만났다. 이제는 그 사연들이 하나로 뭉쳐져, 한 사람이 겪은 고난처럼 느껴진다. 손가락과 팔이 잘리고 하반신이 마비된 채 잃어버린 돈을 찾아달라고 부르짖는, 철창 안의 짐승이 떠오른다. 그는 공장에서 일하다가 왼쪽 팔 동맥이 끊어졌는데 병원이 보증인을 요구하며 열 시간 동안 방치해 팔을 잘랐고, 공사판에서 다섯 달 동안 일했는데 회사가 불법체류자로 신고하겠다며 임금을 주지 않아 신장을 팔았고, 불심검문에 걸렸는데 경찰이 노래를 시켜서 〈두만강〉 1절을 길거리에서 불렀고, 딸에게 주려고 산 마이마이 워크맨을 선물이 아니라 장물이라고 우기는 형사에게 압수당했고, 보호소에서 헤어지자는 아내의 편지를 받고 화장실에 들어가 흐느꼈다.

그들은 모두 한국을 떠나기 싫어했다. 남 씨 아줌마는 한국에서 3천만 원을 사기당한 뒤 그 충격으로 쓰러져 하반신이 마비됐다. 떠나는 날, 아줌마는 재판이라도 걸어보기 전에는 못 떠난다며 직원들에게 주먹을 휘둘렀다. 직원들이 아줌마의 사지를 붙들고 버스에 실었을 때, 온몸을 버둥거리며 입에 게거품을 물었다.

원 씨 아저씨는 2천여만 원의 체불임금 소송을 제기하고 다섯 달 동안 보호소에 갇혀 있었다. 조사과에서는 먼저 중국에 돌아가고 차후에 법무부 장관에게 체불임금 이유를 제출해 비자를 받으라고 했다. 아저씨는 그 말을 들을 때마다 격분했다.

"사내라면 포기할 줄도 알아야 한다드라. 그게 말이 되나? 1년 동안 중국에 생활비를 못 보내줘서 애들이 길바닥에 나앉게 생겼다. 그냥 돌아가면 어쩌라고?"

나는 언젠가 원 씨 아저씨에게 한국을 떠나기가 그렇게 싫으냐고, 한국이 그렇게 좋으냐고 물어보았다. 아저씨는 고개를 저었다.

"그게 아이다. 애초에 오질 말았어야 했다. 왜 왔는지 그걸 나도 모르겠다."

원 씨 아저씨는 출소 준비를 하라고 지시받은 날 밤에 칫솔을 삼켰다. 구역질을 참으며 칫솔을 식도 안으로 집어넣는 아저씨의 고통을 나는 상상해보곤 한다. 아저씨는 밤중에 식은땀을 흘리며 흰 거품을 토했고, 의무실을 거쳐 응급실로 실려 갔고, 다음 날 귀국선을 탔다.

어머니는 자신의 죽음을 예측하기라도 한 듯, 사건이 일어나기 며칠 전에 연길의 이모에게 보내는 편지를 써놓았다. 나는 방 안에서 틈만 나면 어머니가 쓴 편지를 읽었다. 그 편지에는 마을 사람들이 평화농장을 부순 진짜 이유가 적혀 있었다. 장로의 돈이 든 중국 은행 계좌도 적혀 있었다.

그 편지의 내용을 이해하는 데는 오랜 시간이 걸렸다. 편지의 모든 문장을 외우고 난 뒤에 나는 어머니가 읍내 목사 집에 피신한 지 30분도 안 되어 농장으로 돌아가려고 한 이유를 알았다. 어머니는 그 상황에서도 서류, 전표, 영수증 따위를 챙겨야 한다고 중얼거리며 목사 집을 나섰다. 황 씨가 우리를 헛간으로 데려갈 때에도 어머니는 계속 서류 얘기만 했다. 모든 비밀의 핵심에는 돈이 있었다. 나는 중국으로 돌아가서 무슨 수를 써서라도 장로의 돈을 찾겠다고 결심했다. 연길에서 큰 출판공사에 다니는 이모부의 손을 빌리면 가능할 것 같았다.

출소일이 왔다. 더 조사받을 것도 처리해야 할 재산도 없어서 일이 빨리 진행되었다고 아침에 담당 주임이 말했다. 꼬마야, 잘 가라!

나는 귀국선을 탔다. 뱃고동이 울리며 바닥이 흔들릴 때 나는 아팠다. 그 아픔을 어떻게 표현해야 할까. 내 몸이 뿌리째 뽑히는 느낌이었다. 온몸의 생살이 찢어지는 느낌이었다. 나는 이 나라를 떠난다. 어머니와 과자 삼촌이 묻힌 작은 산들의 나라를 떠난다. 폭력을 좋아하는 사람들, 한 살만 어려도 친구가 될 수 없고, 셋만 모여도 서열을 따지는 사람들, 죽도록 일하고 죽도록 술을 먹는 사람들, 모든 남자가 군인이며 모든 일에 정신력을 강조하는 사람들, 웃고 떠들며 노래하기를 좋아하는 사람들, 주먹을 휘두르며 싸우다가도 다음 날 어깨동무를 할 수 있는 사람들, 열세 살 이전의 삶을 허물고 인생의 새로운 지침을 내려준 사람들을 나는 떠난다.

나는 울음을 삼켰다. 뺨 위로 눈물 두어 방울이 흘러내렸다. 나는 손바닥으로 뺨을 감싸고 눈물의 온기를 느꼈다. 두 번 다시 울지 않을 것이다. 이 울음을 가슴 깊이 묻어두고 거기서 나오는 힘으로 살 것이다. 어디선가 과자 삼촌의 목소리가 들려왔다. 너는 죽지 말아라, 너는 살아남아라.

나는 언젠가 이 땅에 돌아올 것이라고 결심했다. 나는 푸른 대양을 버리고 태어난 곳을 향해 강을 거슬러 오르는 연어의 신세다. 고통스럽지만 끓어오르는 본능에 이끌려 죽을 때까지 지느러미를 움직여야 한다. 나는 돌아오겠다. 거기에 내 모든 것을 걸겠다. 지식이 필요하다면 밤을 새워 공부하고, 힘이 필요하다면 권력자의 가랑이 밑을 기고, 방해하는 자가 있다면 죽이겠다. 나는 다른 모습으로 돌아오겠다. 팔다리가 잘리고 뺏긴 돈을 찾겠다고 울부짖는 사람이 되지는 않겠다. 나는 강해지겠다.

두번째 날

모든 음모에는 구멍이 있다

11월의 마지막 날이었다. 일찍 찾아온 추위가 보름 동안 물러가지 않았다. 추위와 대선이 사람들의 대화를 지배했다. 포털 사이트 인기 검색어에는 이상기후, 주요 대선 후보의 과거사와 각종 추문으로 도배돼 있었다.

조성우는 양재역 앞의 커피숍에서 상조신용중앙회 강재섭 검사1팀장을 만났다. 중앙회 사무실로 오라고 한 강 팀장이 갑작스레 약속 장소를 변경한 점이 마음에 걸렸다. 거기에 뭔가가 있다는 생각이 들었다. 강 팀장은 도수 높은 안경을 쓰고 말쑥한 정장 차림을 한 40대 중반의 남자였다. 저런 얼굴과 복장을 한 사람은 어떤 사소한 위험도 감수하지 않는다고 조성우는 생각했다.

"금융권이 다 그렇겠지만 특히 상조신용 시스템은 투명한 관리가 불가능해요. 3천여 개 지역이 독자적으로 조합원을 모집

해 예금을 운용하니까요."

강 팀장이 넥타이를 만지며 말했다. 그는 대화 중에 자주 얼굴을 들고 커피숍 밖을 살폈다. 조성우는 그에게 걸었던 한 가닥 기대가 사그라지는 것을 느꼈다.

"그 시스템의 빈틈 때문에 이남상조신용 사건이 터진 거죠?"

"빈틈? 뭐 그렇게 표현할 수도 있겠죠. 사실 모든 금융 시스템에는 빈틈이 있어요. 내가 넣어둔 돈이 어떻게 쓰이는지 알 수가 없으니까요. 상조신용은 그 빈틈이 도드라져 보이는 거고."

"이중 전산이 어떻게 가능한 겁니까?"

"먼저 말씀드릴 게 있어요. 모든 지역이 이중 전산을 사용한다고 생각하지는 마세요. 감사 시스템이 그렇게 허술하진 않아요. 이남상조신용은 아주 특이한 케이스였어요."

"유념하겠습니다."

"상조신용중앙회는 통합 전산망을 구축하고 나서 금융결제원에 가입하려고 중앙회에 요구불계좌(수시로 돈을 입출금하는 보통예금과 당좌) 전산원장을 만들었어요. 3천여 개 지역이 각자 자기네 컴퓨터로 예금을 관리하면 금융결제원 가입이 불가능하니까요. 예를 들어 보통예금을 신규 개설하면 전산원장은 지역이 아니라 중앙회에 있게 돼요. 고객이 만 원을 입금하면 중앙회 원장에 만 원이 그대로 찍히죠. 중앙회가 다 파악할 수 있어요."

"보통예금이 아니면?"

"개별 지역과 중앙회 전산망 프로그램이 정확하게 일치할 수는 없어요. 출자금은 따로 관리돼요. 지역 상조신용에 조합원으로 가입하려고 만드는 계좌니까 중앙회가 통제할 수 없죠. 그런 돈은 지역 상조신용에 원장도 기표되고 회계도 기표돼요. 중앙회 전산 시스템에 통보되지 않죠."

"정기적금도 그렇겠죠?"

"정기적금이나 대출은 지역에서만 확인이 가능한 곳들이 있어요. 생각해보세요. 지역마다 대출 이율과 적금 이율이 달라요. 자기네 상황에 맞게 운용하는 거죠. 그러니까 시스템을 일률적으로 적용할 수 없어요. 요구불예금과 중앙회에서 직접 운용하는 공제를 제외하고 적금이나 대출 등은 중앙회에서 파악하기 어려웠죠."

"지금도 그렇습니까?"

"지금은 지역에 통합 전산망이 깔려 있는지 확인해요. 그리고 지역마다 정보 공유 협약을 맺도록 해서 한 지역의 적금이나 대출을 다른 지역에서 확인할 수 있어요. 그래도……."

"그래도 불완전한 부분이 있죠?"

"솔직히 완벽하다고는 말씀 못 드리겠습니다."

"제가 말씀드린 가리봉과 대림 상조신용은 어떻습니까?"

"그곳들은 생긴 지 얼마 안 됐고, 아직 정보 공유 협약을 맺지 않았어요. 더 조사를 해봐야 돼요."

"저번에 조사에 착수한다고 말씀하셨는데요."

"그렇게 간단한 게 아니에요. 만에 하나 그곳들이 이중 전산 시스템을 운용하고 횡령을 했다고 하더라도 밝혀내는 데에는 시간이 걸려요. 이남상조신용을 보세요. 거기 이사장이 8백억 원을 통째로 횡령한 게 아니에요. 관리만 한 거죠. 돈을 별도 전산망에 넣어두고 고객 통장에 예금도 찍어주고 만기가 되면 내줬어요. 그중에 백억 정도만 야금야금 먹은 거죠. 단번에 8백억 원을 삼켰다면 바로 걸렸겠지만 그러지 않았잖아요."

"어느 부분을 먼저 조사해야 합니까?"

"대출을 조회해야 해요. 대출은 신용 정보에 등록되니까. 만약 이중 전산을 사용했다면 은행연합회의 신용 정보 조회와 실제 대출액이 다를 수 있어요. 지역 고객의 대출 정보가 은행연합회에 정확히 등록돼 있는지, 그리고 입출금 전표와 통장 내역이 은행연합회 정보와 일치하는지 봐야죠. 다르다면 내부적으로 자금을 활용하기 위해 특정 계좌를 운용했다는 뜻이니까요."

"가리봉과 대림도 살펴보셨습니까?"

"봤어요. 고객 대출 통장과 신용 정보를 일일이 맞춰볼 수는 없고, 전체 대출액만 조회해봤죠. 조금 수상하긴 하더군요. 아무리 생긴 지 얼마 안 되는 지역이라지만 액수가 너무 적어요."

"제가 알아봤는데 가리봉과 대림 상조신용에는 엄청난 돈이 들어갔을 거예요. 상조신용이 생긴 뒤에 은행에 돈을 예치하는 조선족은 거의 없어요. 전부 상조신용으로 옮겼죠. 파격적인 이자율 혜택을 주거든요. 금액이 장난이 아닐 거예요."

"그렇군요."

강 팀장이 또 창밖을 보았다. 조성우가 말했다.

"거기 이사장과 임원진을 살펴봤어요. 귀화한 조선족 상인들이더군요. 대부분 고려행정사라는 건달 조직과 관련이 있어요."

"이남상조신용 사건이 터진 뒤에 이사장은 3년 임기에 연임이 불가능하도록 상조신용법이 개정됐어요."

"이사장이 바뀌어도 거기서 거기겠죠. 조선족 사회가 폐쇄적이니까, 비슷한 놈들이 해먹는다고요, 아시겠어요?"

조성우는 가리봉과 대림 상조신용의 이사진을 뒤져본 뒤에 제임스의 범죄를 확신했다. 더 따져볼 필요도 없었다. 가리봉상조신용 이사장은 고려행정사가 세 든 건물의 건물주였다. 실제 소유주는 고려행정사 사장이고 건물주는 이름만 빌려준 허수아비일 것이다. 대림상조신용 이사장은 전통시장진흥회 회장이었다. 진흥회 홈페이지에 고려행정사가 가장 큰 후원사로 등재돼 있고, 고려행정사에 감사한다는 인사말까지 있었다. 게다가 대림상조신용 이사진에 고려행정사 박정호 사장의 이름도 있었다. 제임스는 고려행정사가 거느린 허수아비들을 이용해 상조신용을 지배하고 있었다. 강 팀장이 물었다.

"근데 왜 기자님이 이렇게 적극적으로 나서는 겁니까?"

"이유는 나중에 말씀드리죠. 지금 당장 중앙회 특별 감사를 청구해주세요."

강 팀장이 고개를 저었다.

"아시다시피 그곳들도 정기 감사를 충실히 받고 있습니다. 특별 감사까지 하기에는 근거가 없어요. 업무가 밀려서 저는 이만."

강 팀장이 바바리코트를 들고 일어섰다. 양복 재킷 어깨에 비듬이 떨어져 있었다. 조성우가 소리쳤다.

"왜죠?"

강 팀장이 조성우를 보았다.

"왜라니요?"

"저번에 만났을 때는 의혹에 공감했잖습니까. 의욕도 보이셨고요. 갑자기 왜 이러시는 겁니까?"

강 팀장이 웃었다. 어제 술을 마셨는지 피부가 까칠해 보였다. 말 안 해도 알지 않느냐고 강 팀장은 표정으로 말하고 있었다. 조성우가 다시 물었다.

"중앙회가 안 된다면 어디를 더 알아봐야 합니까?"

"행안부를 알아보세요. 상조신용은 금감원이 아니라 행안부의 관리 감독을 받고 있어요. 요즘 감독권을 금감원으로 넘겨야 한다는 지적이 많지만."

"행안부도 안 된다면요?"

"그럼 기다리세요. 금융 비리가 정말 있다면 언젠가는 터지게 돼 있어요. 이남상조신용도 한 고객의 제보로 드러나게 된 게 아니에요. 사건이 터지기 이삼 개월 전부터 대규모 인출 사태가 벌어졌어요. 금융 비리의 수명이 다한 거죠."

강 팀장이 출입문을 향해 걸어갔다. 조성우가 그의 등을 따라가며 물었다.

"그냥 덮으라는 지시를 받았습니까?"

강 팀장은 돌아보지 않고 출입문을 열었다. 찬 공기가 들이닥쳤다.

"왜 이렇게 집요한지 모르겠군요. 그럴 필요가 없을 텐데요."

조성우는 자리로 돌아와 남은 커피를 마셨다. 식은 커피가 씁쓸했다. 일이 생각대로 쉽게 풀릴 리 없다고 조성우는 생각했다. 뚫린 곳은 금세 막히기 마련이고, 막히면 다른 곳을 뚫어가며 전진해야 한다. 그러나 제임스와 연결된 권력이 마침내 움직이기 시작했다는 점이 조성우는 불안했다. 혼자 싸우기에는 너무 큰 권력이었다. 조성우는 김 형사에게 전화를 걸었다.

"형님, 중앙회 쪽 사람 만나봤는데 쉽지 않겠습니다. 누군가 막고 있어요."

"그럴 줄 알았네."

김 형사의 긴 한숨이 들렸다. 목소리에 힘이 없어 보였다.

"내사는 어떻게 됐어요?"

"팀장한테 보고는 했지."

"그러고요?"

"글렀네. 너무 심심해서 미쳐버린 놈 취급을 하더군."

"젠장, 증거가 너무 없어요. 증거를 한 조각이라도 쥐어야 일이 돼요. 형님, 상조신용 이사장실로 쳐들어가서 들이댑시다."

"이봐, 잠깐! 더 중요한 일이 있어."

"뭔데요?"

김 형사는 대답하는 데 뜸을 들였다. 그가 뭔가를 말하기 어려워 우물쭈물한다면 큰일이 터진 것이다.

"빨리 말해요."

"대전으로 차출됐네. 그저께 구치소에서 탈주한 놈 있잖아. 수사본부가 대전에 설치됐는데 거기 가래."

"탈주범 수사본부? 지능팀 형사가 거기를 왜 갑니까?"

"난들 아나."

"지금 어디예요?"

"경찰서지 어디긴 어디야."

"지금 갈게요."

"빨리 와. 늦게 오면 내가 없을 수도 있어. 팀장이 지금 당장 내려가라고 난리야."

조성우는 구로서로 차를 몰았다. 평일 오후에도 꽉 막힌 강남대로에 욕을 퍼부었다. 상황이 최악으로 치닫고 있었다. 놈들은 조성우가 HM캐피탈의 비밀을 쥐었다는 것을 알고 놀라울 정도로 신속하게 손을 썼다. 조성우는 의문을 느꼈다. 여당 고문 성현범이 애초에 이 사실을 알고 있었을까. 조선족의 돈을 뜯어먹어보자고 제임스를 고용했을까. 아니다. 정치에 야심을 가지고 있다면 금융 사기 따위에 눈을 돌릴 리 없고, 게다가 성현범은 지금 여당 후보 대선 캠프에서 요직을 맡고 있다. 제임스가 성현범 몰래 벌인 짓이다. 그런데 왜 성현범은 제임스를 보호하는가.

차가 구로경찰서 주차장에 도착했다. 조성우는 차 안에서 김 형사에게 전화를 걸어 내려오라고 했다. 몇 분 뒤 김 형사가 내려와 조수석에 앉았다. 조성우가 말했다.

"대전에 내려가지 마세요."

"가야 돼. 안 그러면 파면이야."

"그래도 가지 마세요."

"이거 참……. 잘 들어. 대전에 내려가도 곧 돌아와. 수사본부
는 길어야 몇 주일이야. 그때까지 성급하게 행동하지 마. 시간
은 우리 편이야. 저놈들은 어떻게든 들통 나게 돼 있어. 천천히
증거를 확보하면서 놈들의 목을 조여야 돼."

조성우가 운전석 옆의 차창을 주먹으로 쳤다. 차 문이 흔들리
며 뽀얀 먼지가 일었다.

"가지 말라니까요!"

"나더러 잘리란 말야?"

"가지 마요. 잘려도 가지 마요."

김 형사가 손바닥으로 얼굴을 쓸었다. 서걱서걱, 마른 얼굴과
손바닥이 마찰했다.

"그래, 다 때려치우고 자네 꽁무니나 따라다니란 말야? 이것
봐. 나한테는 마누라가 있고 자식이 있어. 자식 놈이 이제 중학
교에 들어가. 자네한테 자네의 싸움이 있듯이 나한테도 나만의
싸움이 있어!"

조성우는 대답할 말을 찾지 못했다. 두 사람은 한참 동안 침
묵했다. 차창 너머 경찰서 본관 입구에서 민원인들이 들어가고
쏟아져 나왔다. 모두 각자의 서류 봉투를 어깻죽지에 끼고 겨
울바람을 막기 위해 목을 움츠렸다. 조성우는 외로웠다. 그리고
무서웠다. 그는 힘껏 심호흡을 하고 중얼거렸다.

"알아요, 그냥 시간이 우리 편이 아닌 것 같아서 그래요. 왠지
우리한테 시간이 별로 없다는 생각이 들어요."

"조급해하지 마. 조급해할수록 일을 망쳐."

"윗선 어디서 파견 지시를 내렸을까요? 구로경찰서장? 서울경찰청장?"

"더 위일 수도 있지."

"그래요, 본청일 수도 있겠죠."

조성우는 경찰청장의 얼굴을 떠올렸다. 몇 년 전 그가 서울경찰청장이던 시절 기획취재팀 동료들과 술자리를 한 적이 있었다. 폭탄주를 마는 솜씨가 탁월했다. 그는 이 정권에서 몇 건의 과잉 진압 논란을 일으킨 뒤 경찰복을 입고 닿을 수 있는 가장 높은 자리까지 올랐다. 조성우는 고개를 흔들어 그의 얼굴을 털어버렸다.

"안 되겠어요. 성현범을 만나야겠어요."

"만나서 뭐하려고?"

"의중이라도 떠봐야죠."

"제발 나대지 마. 그리고 무슨 일이 생기면 바로 나한테 연락해."

김 형사가 차에서 내렸다. 조성우가 시동을 걸었다. 별관 입구로 걸어가던 김 형사는 다시 차로 돌아와 차창을 두드렸다. 조성우가 창을 내렸다.

"몸조심해."

조성우는 손을 흔들며 차를 출발시켰다.

"백중세라고요? 야당은 져요. 그것도 압도적인 표 차로."

성현범은 이렇게 말하며 젓가락으로 계란말이를 집었다. 눈

314

을 감은 채 계란말이를 반쯤 베어 물고 입에서 오물거리며 맛을 확인한 뒤 꿀꺽 삼켰다. 기자들은 그의 거드름에 익숙했다. 백세주 세 잔을 마신 그의 볼이 살짝 달아올랐다. 염색이 빠져 머리카락 밑동이 하얗게 드러났다.

누군가 여당 선본 자체 여론조사에서도 백중세로 나왔다고 반론을 폈다. 성현범은 고개를 흔들었다. 돋보기안경을 벗고 한참 쳐다보다가 입김을 불고 안경알을 닦았다. 그것도 성현범이 자주 구사하는 거드름이었다.

"야당은 쇼를 좋아해요. 언제부턴가 쇼에만 익숙해졌어요. 정공법을 구사할 줄 몰라요. 정치는 그런 게 아니에요. 바닥 민심부터 훑어야 돼요. 지금 야당 후보 지지율은 다 거품이에요."

그냥 하는 말이 아니라고 조성우는 생각했다. 성현범은 기업인 출신답게 계산에 능했다. 선거법 위반과 비리 혐의로 몇 번의 정치적 위기를 겪고 이리저리 줄을 바꿔 타면서도 살아남은 건 그의 계산 능력 덕택이었다. 그가 확신에 차서 말한다면 새겨들어야 한다.

12월 3일, 성현범은 신문로의 한정식집에서 여당 출입 기자들과 점심을 먹었다. 조성우는 여당 반장인 동기에게 부탁해 그 자리에 끼어들었다. 다들 조성우를 어색해했다. 원래 동료들에게 인기 있는 스타일이 아닌 데다가 언론 바닥이 좁아서 아내와 아들이 당한 일을 대부분 알고 있었다. 조성우가 휴직계를 낸 뒤 있지도 않은 조선족 범죄 조직을 추적하며 망가져서 이제는 구제할 수 없는 지경이라는 소문이 돌았다. 조성우도 소문을 알고 있었다. 안부를 걱정하는 체하는 동료들의 표정에서 조성우는 연민과 경멸을 읽었다.

식사 자리의 이슈는 단연 대선이었다. 성현범의 확신에 맞장구를 쳐주기 위해 기자들은 야당 후보의 동선을 비판했다. 후보의 동선을 서울과 부산의 대학가에 가둬놓은 책임자를 문책해야 한다는 이야기였다. 한 기자가 여당 선본은 너무 폐쇄적이라고 지적했다. 마크맨들이 경호원에 치여 여당 후보에게 질문 하나 던지지 못한다고 또 다른 기자가 말했다. 성현범이 미소를 지었다.

"그런 건 중요한 게 아니에요. 중요한 건 통일된 메시지예요. 우리 선본은 일사불란한 지휘 체계로 움직이기 때문에 메시지가 흩어지지 않아요. 그러면 된 거예요. 야당은 각 조직이 제멋대로예요. 야당 후보 마크맨들에게 물어보세요. 여기선 이 말하고 저기선 저 말 하고, 선본이 어디로 가는지도 몰라요. 언론 입장에선 야당 쪽이 훨씬 답답할걸요. 허허!"

기자들이 대부분 수긍했다. 한 기자가 공식 브리핑이라도 충실히 해달라고 부탁했고, 성현범은 적극 수용하겠다고 말했다. 빈말이었지만 아무도 토를 달지 않았다. 조성우는 고개를 숙인 채 밥을 먹었다. 간장게장의 간이 심심해서 먹을 만했다. 성현범이 갑자기 조성우를 바라보며 물었다.

"그런데 얼굴 모르는 기자분이 한 분 계시네요. 『대한일보』였나요? 아까 악수는 했지만 잘 몰라서."

기자들이 일제히 조성우 쪽으로 고개를 돌렸다. 조성우가 말했다.

"예, 저는 조성우라고 합니다. 기획취재팀에 있지만 고문님을 한번 뵙고 싶어서 염치 불고하고 이렇게 왔습니다."

"그래요⋯⋯. 고맙습니다."

성현범은 대선 이야기로 돌아갔다. 여당 정치인과 기자들이 서로를 추켜세우는 빈말들이 밥상 위에 쏟아졌다. 조성우는 대화 중에도 자신을 흘깃거리는 성현범의 시선을 느꼈다. 성현범이 자신의 존재를 알고 있다고 조성우는 확신했다. 식사가 끝나고 후식으로 식혜가 나올 때쯤 성현범은 화장실에 간다며 자리에서 일어섰다. 보좌진의 방해를 받지 않고 그와 대화할 수 있는 기회였다. 조성우는 성현범의 뒤를 따라 화장실에 들어섰다.

화장실에는 성현범과 조성우 외에 아무도 없었다. 성현범이 볼일을 마칠 때까지 조성우는 세면대에서 손을 씻었다. 성현범이 천천히 옆 세면대로 다가왔다.

"식사는 괜찮았습니까?"

성현범이 물었다.

"예, 간장게장과 떡갈비가 맛있더군요."

"다행입니다. 여기는 간이 세지 않아서 제가 좋아합니다."

거울을 쳐다보던 성현범이 소매를 걷고 물을 틀었다. 환갑 넘은 노인답지 않게 팔뚝 근육이 단단했다. 조성우가 말했다.

"제임스를 보호하지 마십시오. 놈은 폭탄입니다."

성현범이 물을 껐다.

"무슨 말씀인지?"

"HM캐피탈 말입니다."

"저는 모르는 회사입니다만."

"제임스를 지금 제거해야 합니다. 일이 더 커지면 고문님에게 부메랑이 될 겁니다."

성현범은 티슈를 뜯어 손을 닦으면서도 거울 속의 자신에게서 눈을 떼지 않았다.

"제임스요? 어디선가 들어본 이름 같기도 합니다."

조성우는 성현범이 자신을 떠본다고 생각했다. 그도 답답할 것이다. 제임스의 비리를 안 순간, 그에게 속아 넘어간 자신을 원망했을 것이다. 산전수전 다 겪은 거물 정치인이 애송이 금융인의 잔꾀에 말려든 것만 해도 수치스러운 일인데, 자칫하면 HM캐피탈의 비리를 뒤집어쓸 수도 있었다. 하필 지금은 대선 기간이었다. 조성우는 성현범이 어떤 계산을 하고 있는지 궁금했다. 성현범은 외통수에 걸렸다. 자신의 정치적 생명을 지키려면 제임스를 수사 당국으로부터 숨겨줘야 하지만, 그럴수록 제임스는 벼랑 끝으로 달려갈 것이다. 조성우는 성현범에게 제임스를 포기하라는 메시지를 던지고 싶었다.

"제임스는 멈추지 않을 겁니다. 20년 전부터 계획해온 일이에요. 놈을 막으려면 지금 잡아야 합니다."

성현범이 티슈를 휴지통에 던졌다. 조성우는 마지막 기회를 놓치기 싫었다.

"제임스를 수사 당국에 넘기십시오. 더 큰 일을 저지르기 전에 구속시켜놓고 놈과 거래를 하세요. 입단속만 잘하면 고문님에게 책임이 넘어가지 않을 겁니다. 아직까지는."

성현범이 돌아섰다. 그의 계산속에 체포나 구속 수사 따위가 없다는 것을 조성우는 깨달았다. 성현범은 화장실 문을 열며 물었다.

"제임스가 한국 사람입니까?"

"조선족입니다."

성현범이 고개를 흔들었다.

"아이구, 조선족이라니. 골치 아픈 사람들."

"이제 기억이 나십니까?"

"제임스라는 사람이 무슨 잘못을 저지른 모양인데. 죄를 지었으면 밝혀지겠지요. 제가 장담합니다. 차차 밝혀질 겁니다. 걱정하지 마십시오."

성현범이 화장실을 나섰다. 조성우는 화장실 벽에 기대 생각에 잠겼다. 죄는 밝혀질 것이다. 그러나 지금은 아니다. 조성우는 성현범이 시간을 벌고 싶어 한다고 생각했다. 제임스가 한국에서 사업을 계속하도록 성현범이 놔둘 리 없었다. 성현범은 HM캐피탈에 남아 있는 자신의 흔적을 모두 지우고 제임스를 중국으로 쫓아낼 것이다. 상조신용 비리가 터질 때 사건의 주범은 한국에 없다. 그때 성현범은 수사 당국의 손이 닿지 않는 곳에서 제임스를 관리하면서, 겉으로는 한국 금융 시스템을 수술해야 한다고 핏대를 높일 것이다. 약간의 시간만 벌면 될 것이다. 그때까지는 제임스에게 다가오는 손들을 모두 잘라낼 것이다.

시간이 없다. 조성우는 화장실 문틀을 주먹으로 쳤다. 마른 주먹과 팔뚝에 통증이 흘렀다. 조성우는 자신에게 남은 시간을 헤아렸다. 일주일이거나 열흘이거나 아니면 대선이 끝나는 보름 정도일 것이다. 타사의 고참 선배가 화장실로 들어왔다.

"여기서 뭐해?"

"끝났습니까?"

"곧 나갈 거야."

"저는 갑니다."

조성우가 화장실을 나섰다. 선배가 그의 등 뒤에서 소리쳤다.

"인사는 하고 가야지."

"저 대신 전해주세요. 잘 먹고 잘 살라고."

조성우는 한정식집을 나섰다. 점심 식사를 마치고 회사로 돌아가는 사람들이 거리에 가득했다. 조성우는 광화문 지하도로 들어가 5호선 전철역과 교보문고 사이를 어슬렁거렸다. 갈 곳이 없었다. 김 형사마저 서울을 떠난 지금, 비상구를 찾아 함께 헤맬 수 있는 사람이 아무도 없었다. 신문사로 돌아가고 싶었지만 단 한 줄의 기사도 데스크를 통과하지 못할 것이라는 생각이 들었다. 그러나 포기할 수는 없었다. 남아 있는 시간 동안 공식적인 통로로 제임스를 잡을 기회가 없다면 비공식적인 통로를 뚫겠다고 조성우는 생각했다. 지상에 기회가 없다면 지하로 들어가야 한다. 조성우는 지하도 한복판에 멈춰 사방을 두리번거렸다.

12월 5일 저녁 6시, 조성우는 영등포역 롯데백화점 지하 주차장에 차를 댔다. 시동이 꺼지자 동시에 욕설이 튀어나왔다. 이곳에 차를 대기 위해 주차장 입구로 향하는 미로 같은 길을 찾아 정체가 시작된 영등포 로터리를 몇 번이나 더듬어야 했다. 조성우는 차 밖으로 나와 주위를 살폈다. 출입하는 차량들의 엔진 소리, 주차장 안내원의 인사, 발권기의 신호음 외에는 아무 소리도 들리지 않았다. 성현범을 만나고 난 뒤 며칠 동안 조성우에게 들러붙어 있던 시선이 주차장에서는 느껴지지 않았다. 그 시선은 가리봉동과 대림동 일대, 제보자를 만나는 커피숍, 한밤중의 집 앞까지 언제 어디서나 출몰했다. 때로는 한 명이었다가 때로는 여러 명이었다. 조성우는 언젠가 미행자가 방어선을 뚫고 들어와 자신의 목에 칼을 들이댈 것이라고 생각했다.

　아직은 아닐 거야. 조성우는 자동차 열쇠의 버튼을 눌러 차 문을 잠그고 혼자 중얼거렸다. 놈들은 조성우가 그들에게 겨눈 무기가 무엇인지 확실해질 때까지 방어선을 넘지 않을 것이다. 그때까지 조성우는 목숨을 지켜줄 누군가와 흥정을 해야 한다. 김 형사가 하루에도 서너 번씩 전화를 걸어 안전을 확인했지만 조성우는 미행자의 존재를 말하지 않았다. 어차피 김 형사가 할 수 있는 일은 없었다.

　조성우는 주차장을 나와 영등포시장 쪽으로 걸어갔다. 포장마차의 어묵 단지에서 수증기가 흘러나왔다. 신세계백화점 맞은편부터 한 블록을 뒤덮은 노래방 간판들에 불이 들어오기 시작했다. 거리에 어둠이 깔리고 명멸하는 네온사인의 숲이 등장했다.

성현범을 만나고 난 뒤 조성우는 헌트가 언급한 '다른 라인'을 찾았다. 고려행정사의 영역을 침범하는 영등포 조폭이 누구인지는 이전에 접촉했던 취재원들을 통해 쉽게 확인할 수 있었다. 조성우는 남문파 한 사장을 움직이고 싶었다. 고려행정사와 HM캐피탈을 파멸시키는 일이라면 한 사장도 기꺼이 동참할 것 같았다. 한 사장이 조성우에게 남은 한 발의 총알이었다.

조성우는 영등포시장 앞에 있는 상가 건물 앞에 멈춰 섰다. 1층부터 4층까지 술집과 음식점으로만 채워져 있는 상가였다. 조성우는 지하 1층에 있는 스타 룸살롱으로 들어갔다. 저녁 시간이라 손님이 없었다. 카운터를 정리하던 직원이 영업시간이 아니라고 말했다.

"한 사장님과 약속이 돼 있습니다. 이리로 오라던데요."

직원이 조성우를 복도 끝에 있는 가장 큰 방으로 안내했다. 양복을 입은 사내 세 명이 소파에 앉아 떠들다가 조성우가 들어가자 일제히 입을 다물었다.

"한 사장님 만나러 온 기자입니다."

조성우가 말했다. 상석에 앉아 있던 눈이 큰 남자가 손을 들었다. 다부진 체격이었으나 아랫배가 약간 나와 있었다.

"아, 이거 깜박 잊고 있었네요."

한 사장이 부하들에게 저녁이나 먹고 오라고 말했다. 부하들은 조성우를 곁눈질하며 방을 나갔다.

"이리 앉으십시오. 저녁은 드셨습니까?"

조성우는 한 사장 맞은편에 앉으며 고개를 저었다.

"안 먹었지만 생각 없습니다."

"저런, 라면이라도 끓여드릴까?"

"괜찮습니다."

웨이터가 들어왔다. 한 사장이 과일과 양주를 내오라고 시켰다. 조성우는 그가 50대를 바라보는 나이일 것이라고 추측했다. 멀리서 보면 동안이었으나 가까이서 보니 눈가에 주름이 많았다. 전날의 과음 때문인지 눈이 충혈돼 있었다. 그가 벌건 눈으로 시선을 마주칠 때마다 조성우는 섬뜩함을 느꼈다.

"술은 역시 빈속에 먹는 게 최고죠."

한 사장이 유리잔에 양주를 반쯤 따랐다.

"한잔 드십시다."

조성우는 술을 단숨에 마셨다. 위스키가 위장 속에서 폭발하며 열기가 올라왔다. 한 사장은 술잔을 놓고 조성우의 얼굴을 관찰했다.

"어디 아픈 데는 없습니까?"

한 사장이 물었다.

"없습니다."

조성우가 대답했다. 고개를 저을 때마다 앞머리가 흘러내려 눈을 찔렀다. 조성우는 신경질적으로 머리를 쓸어 올리며 자신에게서 눈을 떼지 않는 한 사장을 바라보았다.

"그런데 저를 알고 계셨습니까?"

조성우가 물었다. 조성우는 한 사장의 존재를 확인하고 남문파가 직접 경영한다는 룸살롱 두 곳에 이름과 연락처를 남겼다. 메시지를 남긴 다음 날 한 사장이 전화를 걸었다. 이번엔 내 차례군요……. 한 사장은 약속 시간과 장소를 정한 뒤에 그렇게 말하며 웃었다. 그 웃음이 마음에 걸렸다.

"알건 모르건 그게 뭐 중요한가요. 우리가 무슨 이야기를 해야 하는지가 중요하죠."

한 사장이 대답했다. 조성우는 그가 어디까지 알고 있는지 궁금했다. 자신을 알고 있다면 HM캐피탈의 비밀도 알고 있을까. 비밀을 알고 있다면 왜 가만히 있을까. 조성우가 말했다.

"상조신용에 대한 이야기를 해야죠."

"아, 그거. 아하하하하!"

한 사장이 술잔을 들고 웃음을 터뜨렸다. 잔 속의 얼음이 달그락거리면서 양주가 출렁였다. 한 사장은 눈물까지 찔끔거리며 계속 웃었다.

"고려행정사 이 영감탱이. 하하하! 영감이 노망났어. 하하하! 어떻게 그런 사기를 쳐? 돈 좀 벌더니 머리가 돌았어. 좀 있으면 벽에 똥칠할 거야. 하하하하!"

조성우는 사과를 깨물었다. 퍽퍽하고 당도도 낮은 싸구려 부사였다. 한 사장이 웃음을 멈추고 물었다.

"그래, 겨우 그 얘기 하려고 오셨소?"

"알고 계셨군요."

"아, 사업하는 사람이 경쟁자에 대해 그 정도도 모르면 되겠소?"

조성우는 한 사장이 고려행정사 조직에 정보원을 꽂아 넣었다는 사실을 알았다. 의외로 치밀한 인간이었다. HM캐피탈의 비밀을 조금씩 흘리며 협상하려던 조성우의 계획이 틀어졌다.

"고려행정사 사장은 도를 넘었습니다. HM캐피탈 대표 제임스 때문이죠."

"그 젊은 놈이 영감탱이를 질질 싸게 홀렸어. 이제 고려행정사는 무너질 거요. 기회를 봐서 경찰에 찌를 생각이오. 영감탱이 쇠고랑 차는 일만 남았지."

"경찰은 꿈쩍도 안 할 겁니다."

"무슨 소리요?"

한 사장이 눈을 치켜떴다. 그의 흰자에 비친 실핏줄을 보며 조성우는 희망을 느꼈다. 한 사장이 아직 성현범의 존재를 모르고 있다는 사실은 그와 협상할 카드가 남아 있다는 뜻이었다. 조성우가 물었다.

"성현범이라는 정치인 아십니까?"

"알지요, 요즘 TV에도 자주 나오던데."

"성현범이 제임스의 뒤를 봐주고 있습니다."

"확실한가?"

"제 목숨을 걸고 맹세하죠."

한 사장이 술잔을 내려놓고 입맛을 다셨다. 지금 한 사장의 머릿속은 저 유리잔의 얼음과 같을 거라고 조성우는 생각했다. 고려행정사가 경찰에 꼬투리를 잡혀 무너질 거라는 믿음이 녹아내리고 있었다.

"성현범 정도의 거물이 뒤를 봐주고 있으니 고려행정사와 HM캐피탈의 행각이 발각될 일도 없고, 오히려 영등포로 치고 들어올지도 모릅니다."

조성우가 한 사장의 의심을 부추겼다. 한 사장이 씩 웃었다.

"어이, 기자 양반. 그거 아슈? 나는 혓바닥 놀려서 기분 잡치게 하는 인간들을 제일 싫어해요. 그런 놈은 가만 안 둬."

한 사장이 술잔에서 얼음을 꺼내 씹어 먹었다. 얼음이 깨지면서 기분 나쁜 소리가 났다.

"불쾌하셨다면 죄송합니다."

조성우가 사과했다. 한 사장이 소파 등받이에 두 팔을 걸고 다리를 꼬았다.

"그래서 할 얘기가 더 남았소?"

한 사장은 고려행정사와 HM캐피탈의 치명적인 비밀을 쥐고 있으면서도 그것을 이용할 방법을 찾지 못했다고 조성우는 생각했다. 답답했을 것이다. 조성우는 그의 답답함과 불안을 비집고 들어가야 했다.

"고려행정사를 단박에 무너뜨릴 방법이 있습니다."

한 사장이 고개를 흔들었다.

"아, 그런 방법이 있다면야 기자님이 직접 하면 될 게 아니오? 원한이 사무칠 텐데."

"성현범이 손을 써놔서 제가 할 수 있는 일은 없습니다."

"그럼 우리라고 성현범이 가만히 있겠소?"

"예, 사장님은 그럴 힘이 있습니다. 성현범은 사장님이 나섰는지 눈치도 챌 수 없습니다."

"아따, 기자 양반 허세도 대단하구먼. 어디 들어봅시다."

조성우는 HM캐피탈을 무너뜨릴 방법이 의외로 간단하다고 생각했다. 제임스가 이남상조신용 사건을 모방해 사기극을 벌였다면, 그를 무너뜨리는 방법도 이남상조신용에 있다. 대림과 가리봉 상조신용은 이남상조신용과 같은 구조를 가지고 있다. 금융 사기극의 가장 중요한 열쇠는 비밀이 드러나지 않도록 하는 것이다. 누군가 자신을 착취하는 시스템에 대한 지식을 갖게 되면 시스템은 스스로 무너진다. 이남상조신용은 왜 무너졌는가. 그곳에서 발행한 통장이 중앙회에 등록되지 않은 대포통장이라는 것을 주민 중 누군가 알았고, 소문이 읍내로 퍼져나가며 대거 인출 사태가 발생했다. 그 순간 모든 게 끝났다. 복잡하게 쌓아 올린 음모일수록 급소는 아주 단순한 곳에 있었다.

"사장님, 비밀을 아는 조선족을 보호하고 계시지요?"

"몇 놈 있지."

"가리봉동 대림동 상인들을 많이 아십니까?"

"다 내 손바닥 안이오. 영감 싫어하는 놈들이 많아. 끽소리 못 낼 뿐이지."

"조선족을 푸세요. 가리봉 대림 상조신용 통장은 대포통장이라는 걸 널리 알리세요. 조선족 사회가 충격에 빠질 겁니다. 물론 고려행정사가 나서겠죠. 그래도 사장님은 조선족을 움직일 힘이 있습니다. 상인들을 선동해서 시위를 벌이게 하세요. 온 동네가 들썩거릴 거고, 그럼 상조신용중앙회나 수사 당국이 나서지 않을 수 없어요. 희대의 금융 사기극이 드러나겠죠. 고려행정사는 며칠 안에 끝장날 겁니다. 사장님이 개입했는지는 드러나지도 않아요."

한 사장이 고개를 끄덕였다.

"재밌군, 재밌어. 당신 참 재밌는 양반이야."

"그런데 우리한테는 시간이 별로 없습니다."

"시간?"

"예, 시간요. 성현범이 증거를 인멸하고 제임스를 중국으로 도피시킬 거예요. 그럼 주범이 드러나지 않아요. 맥이 빠지는 겁니다."

"성현범이 얼마나 받아먹었기에 그러는 거요?"

"뇌물 액수가 중요한 게 아니에요. HM캐피탈의 최대 주주가 성현범입니다. 성현범도 제임스한테 이용당한 거예요."

"그래? 이를 바득바득 갈겠군."

"열불이 나겠지만 불똥을 맞지 않으려면 제임스를 감출 수밖에 없어요. 대림 가리봉 상조신용 사건은 허수아비 이사장들만 희생양이 될 수도 있습니다."

"고려행정사는?"

"주범이 없는데 고려행정사의 개입이 밝혀지겠어요?"

"그럼 언제부터 시작해야 하는 거요?"

"지금 당장요. 바로 지금. 오늘부터."

한 사장이 빈 잔에 술을 따랐다. 잔 바닥에 남아 있던 얼음 조각들이 동동 떠올랐다.

"그래, 기자 양반. 나한테 바라는 게 뭐요?"

"아무것도 바라는 건 없습니다. 제 목표도 한 사장님과 같아요. 아무 조건 없이 HM캐피탈과 고려행정사 놈들이 쇠고랑을 차는 거죠. 다만……."

"다만?"

"고려행정사가 절 노리고 있습니다. 저를 지켜주세요."

한 사장이 웃음을 터뜨렸다.

"아하하하! 기자 양반. 술 한 잔 더 드슈."

조성우가 술잔을 비웠다. 한 사장이 담배를 권했다. 조성우는 한 사장이 준 말보로 레드에 불을 붙이고 독한 연기를 빨아들였다. 소파와 탁자와 한 사장의 얼굴이 흐물거렸다.

"기자 양반, 여자도 불러줄까?"

"아뇨, 괜찮습니다."

"그래그래."

한 사장이 조성우의 머리 위로 담배 연기를 세차게 내뿜었다.

"그럼 내가 줄 수 있는 건 이 술과 담배가 전부요. 당신을 지켜달라고? 일을 벌이기도 전에 고려행정사 놈들이랑 붙어서 좋을 게 없지. 그러다간 일을 그르쳐. 이해되슈?"

조성우가 고개를 끄덕였다. 한 사장이 냉철하고 치밀한 성격인 것이 오히려 다행이라고 조성우는 생각했다.

"그래, 똑똑한 양반이니까 잘 알 거요. 솔직히 말해서 나는 당신이 죽든 말든 상관없어. 고려행정사만 무너뜨리면 돼."

"알겠습니다."

"고분고분 말 잘 듣던 조선족 놈들이 어쩌다가 간이 배 밖으로 나왔는지 모르겠어, 짜증 나게. 아주 짜증 나 미치겠어."

조성우가 일어섰다. 방을 나서려는 조성우를 한 사장이 불러 세웠다.

"기자 양반, 잠깐. 잠깐만."

"왜 그러십니까."

"아까 목숨을 걸고 맹세한다고 했지요?"

"네."

"만에 하나, 당신 계획이 함정이거나 함정이 아니라도 내가 피해를 당하는 일이 생기면 당신 목숨을 내놔야 할 거요. 그때까지 그 목숨이 남아 있다면."

"그러세요."

조성우는 어둠이 깔린 거리로 나섰다. 룸살롱에 들어갈 때 하나둘 켜지던 노래방 네온사인이 이제는 영동포 전역에서 불타올랐다. 밤의 마력이 시작됐다. 추레한 건물들이 황금 마차로 둔갑하고 술집을 찾아다니는 얼굴들이 보도블록을 메웠다.

영등포역을 향해 걸어가던 조성우는 목 뒤에서 서늘한 기운을 느꼈다. 몇 미터 뒤에서 인파를 헤치며 덩치 큰 사내 세 명이 다가왔다. 그들은 조성우의 시선을 피하지 않고, 예전처럼 건물 뒤로 숨거나 행인을 가장하지도 않고, 오히려 조바심을 내며 조성우와의 거리를 좁히고 있었다. 그 순간 조성우는 소름이 끼쳤다. 머리칼이 곤두서고 다리가 얼어붙었다. 그들은 하필이면 오늘, 생각지도 못한 순간에 방어선을 넘어왔다. 더 이상 주저하지 않겠다는 결단을 내린 것 같았다.

조성우는 뛰었다. 영등포시장에서 역전까지 앞사람들을 밀어내며 숨차게 달렸다. 그와 어깨를 부딪친 행인들이 고함을 질렀다. 아무리 달려도 추격자의 발소리가 계속 가까워졌다. 그들의 숨결이 목덜미에 들러붙는 것 같았다. 영등포 역전에서 조성우는 지하도로 뛰어 들어갔다. 수많은 계단들이 조성우의 발밑에서 미끄러졌다. 마지막 계단을 내려갈 때 무릎이 꺾이며 복제 DVD를 늘어놓은 행상의 좌판으로 쓰러졌다. 좌판이 뒤집히고 성인영화 DVD 껍데기가 튀어 올랐다. 속옷만 입은 채 다리를 벌린 여자들의 사진이 눈앞에 쏟아졌다. 야, 이 씨발놈아! 행상이 소리쳤다. 조성우는 일어나 지하도를 달렸다. 숨이 턱에 차고 눈앞이 흐려졌다. 어느 출구로 나가야 주차장에 닿을 수 있는지 감을 잡을 수 없었다. 발바닥에 닿는 지면이 점점 물러지다가 허공에 반 뼘쯤 뜬 느낌이 들었다. 목구멍에서 쓴물이 올라왔다. 다리가 휘청거려서 마음대로 움직일 수 없었다.

조성우는 지금 잡히면 죽는다고 생각했다. 저들은 겁을 주기 위해서가 아니라 목숨을 탈취하기 위해서 덤벼들고 있다. 그렇지 않다면 이렇게 사람이 많은 거리와 지하도에 얼굴을 드러내며 쫓아올 이유가 없었다. 문이 열린 청바지 가게가 보였다. 청바지를 고르는 두 명의 아가씨를 밀치고 가게 안으로 뛰어들었다. 그가 가게 문턱을 넘는 순간 억센 손이 목덜미를 붙들었다. 가게 여주인이 입을 반쯤 벌리고 조성우를 보았다. 그녀의 얼굴이 점점 멀어지며 몸이 뒤로 튕겨져 나갔다. 조성우는 엉덩방아를 찧었다. 그의 머리 위로 거친 숨을 몰아쉬는 사내들의 입김이 쏟아졌다.

"이런 개빼대 새끼. 뼈만 남은 게 왜 이리 빨라?"

조선족 억양이었다. 누군가 조성우의 관자놀이를 주먹으로 쳤다. 눈앞이 깜깜해지고 불꽃이 튀었다. 사내들이 조성우의 어깻죽지를 붙들고 어디론가 끌고 갔다. 조성우가 사람들을 향해 소리쳤다.

"살려주세……."

왼쪽의 사내가 무릎으로 조성우의 얼굴을 가격했다. 코와 입속의 무언가가 폭발하는 느낌이 들면서 피가 흘러내렸다. 코는 붙어 있다는 느낌도 나지 않았고 입속엔 살들이 너덜거렸다. 사내가 조성우의 머리칼을 붙잡고 속삭였다.

"그리 고아대면 멱을 따버린다. 도망치면 그만인 거라."

조성우는 어느 출구를 향해 질질 끌려갔다. 콧속이 부어 입으로 숨을 쉬어야 했다. 숨 쉴 때마다 피와 침이 떨어졌다. 조성우는 콘크리트 바닥에 점점이 떨어지는 자신의 피와 침방울을 보았다.

"뭘 봐? 도둑놈이요, 도둑놈!"

오른쪽 사내가 외쳤다. 행인들의 다리가 지하도 벽 쪽으로 슬금슬금 물러서는 것이 보였다. 조성우가 다시 고개를 들었다. 왼쪽 사내가 조성우의 입을 주먹으로 쳤다.

"고개 들지 말라우."

송곳니가 덜렁거리며 또 피가 쏟아졌다. 짭짤하고, 약간 시고, 쇠 냄새가 나는 피 맛에 구역질이 올라왔다. 의식이 허공 어딘가로 까마득하게 멀어졌다. 조성우는 있는 힘껏 숨을 쉬며 정신을 붙들었다. 사내들이 계단을 올랐다. 거리의 찬 공기가 머리와 목덜미에 쏟아졌다. 조성우는 다리를 거의 움직이지 않고 사내들에게 끌려 보도블록까지 올라갔다. 계속 구역질이 났다.

누군가 갓길에 차를 대놓았다. 사내들이 조성우를 차 뒷좌석에 던져 넣었다. 한 명은 조수석에 타고 두 명은 조성우 양옆에 앉았다. 차가 움직이기 시작했다. 조성우는 고개를 들어 앞유리를 보았다. 눈앞에 영등포 로터리의 북적이는 저녁 풍경이 펼쳐졌다.

"글쎄, 고개 들지 말라니까!"

사내가 조성우의 명치를 쳤다. 조성우는 배를 쥐고 몸을 웅크렸다. 숨이 막혔다. 숨을 쉬려고 가슴을 부풀려도 공기가 제대로 들어오지 않았다. 입으로 신물이 올라왔다. 조성우는 룸살롱에서 먹은 양주와 사과를 약간 토했다. 사내가 욕설을 내뱉으며 뒤통수를 때렸다.

조성우는 차가 움직이는 내내 고개를 들지 않았다. 가다 서다를 반복하며 차선을 자주 바꾸는 걸 보니, 퇴근 시간이라 경인국도가 혼잡한 것 같았다. 한동안 차 안의 누구도 입을 열지 않았다. 낡은 오리털 파카를 입은 사내들에게서 초두부 냄새가 났다. 왼쪽에 앉은 사내가 차창을 열고 담배를 피웠다. 담배 연기가 도로의 소음과 함께 차 안으로 흘러들었다.

"담배 줄까?"

사내가 물었다. 조성우가 고개를 끄덕였다. 사내가 반쯤 남은 담배를 조성우의 목덜미에 비볐다. 오한이 일었다. 목덜미는 뜨거운데 그 뜨거운 한 점에서 한기가 퍼져 나와 온몸을 적셨다. 고기 타는 냄새가 진동했다. 조성우가 통증을 참으며 물었다.

"고려행정사?"

"그래, 겁재 같은 놈아. 인제 우리 무서분 거 알겠나?"

이들의 목적지는 고려행정사가 소유한 건물 어딘가의 밀실일 것이라고 조성우는 짐작했다. 이들은 거기서 조성우를 고문할 것이다. 조성우와 한 사장이 만났다는 사실을 알고 있으니 무슨 얘기를 나눴는지 궁금할 것이다. 조성우는 고문받기 전에 사실을 털어놓겠다고 결심했다. 고려행정사가 조성우의 계획을 안다고 해도 한 사장의 움직임을 막을 수는 없다. 남문파와는 완력에서 차이가 크다. 한 사장이 이틀만 가리봉동과 대림동을 들쑤신다면 거대한 파도가 일어나 고려행정사와 HM캐피탈을 덮칠 것이다. 문제는 이들이 사실을 듣고 난 다음이다. 령감은 조성우를 살려둬서는 안 된다고 생각할 것이다. 살아남으려면 자신이 고려행정사의 발목을 잡지 않는다는 것을 령감에게 확신시켜야 한다고 조성우는 생각했다. 지금 죽을 수는 없었다.

술집 간판이 가득한 상가 앞에 차가 멈췄다. 조성우는 눈에 익은 거리를 보며 그곳이 대림시장 부근이라고 짐작했다. 사내들이 조성우를 건물 지하로 끌고 갔다. 인적 없는 지하 주차장 한쪽에 철문이 있었다. 철문 안쪽에 꽤 큰 정방형의 밀실이 있었다. 사내들이 조성우를 방 한가운데 앉혀놓고 노끈으로 손발을 묶었다. 두 개의 고리에 양손을 끼우고 단단하게 매듭짓는 솜씨가 그럴듯했다. 이런 종류의 납치에 능숙한 자들이라고 조성우는 생각했다. 사내들은 조성우를 혼자 두고 지하실을 떠났다.

밀실은 추웠다. 콘크리트 바닥에서 한기와 습기가 올라왔다. 조성우는 묶인 채 온몸을 떨었다. 그의 이가 부딪치는 소리가 아무것도 없는 밀실에 울려 퍼졌다. 단단하게 묶여 피가 잘 통하지 않는 손과 발의 감각이 사라졌다. 천장 어딘가에서 계속 물이 떨어졌다. 찰싹, 물방울이 콘크리트에 부딪혀 박살 날 때마다 조성우는 누군가의 습격을 받은 것처럼 소름이 끼쳤다. 추위가 통증을 각성시켰다. 얼굴이 부어오른다는 것을 만져보지 않아도 알 수 있었다. 둔탁한 통증과 콕콕 찌르는 통증이 교대로 찾아왔다.

조성우는 어둠 속에서 신음했다. 어둠 속에서는 시간이 느껴지지 않는다. 어둠 속에서는 당장의 추위와 고통이 영원한 것처럼 느껴진다. 이 빌어먹을 어둠이 조성우의 머리 위에 가부좌를 틀고 앉아, 조금 뒤면 네가 살아온 세계가 너와 함께 사라질 것이라고 속삭였다. 미친 듯이 살고 싶었다. 도대체 어떤 신념이나 좌절이 삶에 대한 집착을 끊을 수 있을까, 그건 얼마나 대단한 것일까, 조성우는 궁금했다.

지하실 문이 열렸다. 사내들이 비닐과 의자와 회칼을 들고 들어왔다. 백열등이 켜졌다. 조성우는 시린 눈을 껌벅거리며 백열등 불빛에 반짝이는 칼날을 보았다. 사내들은 지하실 바닥에 비닐을 깐 뒤에 의자를 놓고 조성우를 그 위에 앉혔다.

"피가 튀면 안 돼. 바닥에 붙으면 얼마나 닦기 힘든데."

한 사내가 조성우더러 들으라는 듯 큰 소리로 말했다. 비닐이 바스락거리는 소리를 들으며 조성우는 몸을 떨었다.

"야, 이 새끼 오줌 싸겠다."

셋 중에서 키가 가장 큰 남자가 다가왔다. 조성우의 더플코트를 풀어헤치고, 스웨터를 들어 올리고, 안에 받쳐 입은 남방 단추를 풀고, 맨살이 드러난 갈비뼈 위에 칼을 들이댔다. 찬 공기에 드러난 살이 수축하며 소름이 올라왔다.

"우리는 물고문 전기고문 같은 거 안 해. 우리 식이 아니야. 인제 니 살을 회치듯이 저밀 거야. 아주 얇게 말이야. 갈비뼈가 보일 때까지 한 장씩 한 장씩."

사내가 칼날로 복부의 살을 그었다. 저릿한 통증이 몰려왔다. 갈라진 피부에서 피가 배어 나와 배 밑으로 흘렀다. 조성우가 묶인 손발을 뒤틀며 비명을 질렀다. 사내들이 웃었다.

"아하하하! 야, 시끄럽다. 테이프로 입 좀 막으라우."

칼을 든 사내의 뒤에서 덕트테이프를 든 사내가 다가왔다. 조성우가 소리쳤다.

"다 말할게요!"

사내들이 움직임을 멈췄다.

"뭘 다 말해?"

"한 사장하고 한 얘기. 아주 중요한 일입니다."

"그럼 말해보라우."

"박 사장님한테 전화 좀 넣어주세요."

"령감님한테? 왜?"

"직접 말해야 돼요."

"면바로 죽을 놈이 전화가 무슨 소용인가. 안 되겠다. 야, 막으라우."

사내가 테이프를 찢었다. 조성우가 다급하게 소리쳤다. 침이 사방으로 튀었다.

"시간이 없어! 지금 통화해야 돼!"

사내들이 서로의 얼굴을 보았다. 잠시 침묵이 흘렀다. 천장에서 떨어지는 물방울 소리가 다시 크게 들렸다. 맨 뒤에 서 있던 사내가 고개를 끄덕였다. 칼을 든 사내가 휴대폰을 꺼내 통화 버튼을 누른 뒤 조성우의 귀에 댔다. 조성우는 초조하게 통화 신호음을 들었다. 신호음이 여섯 번 울린 뒤에 령감의 목소리가 나왔다.

"뭐야?"

"접니다, 조 기자요."

"흐음."

령감의 긴 숨소리가 들렸다. 수화기 너머에서 흰 눈썹을 찡그리고 있을 령감의 모습이 그려졌다.

"기자님은 지금 편한 곳에 가 계실 줄 알았소만."

"마지막 전화입니다."

"그래, 마지막으로 남겨두고 가실 말이 뭐요?"

"오늘 한 사장을 만났습니다."

"그건 알고 있소."

"내일부터 한 사장이 조선족들을 풀어놓을 겁니다. 상조신용 통장이 대포통장이란 걸 다들 알게 될 거예요."

"내 구역에서?"

조성우는 령감이 한 사장의 계획을 모른다는 사실에 안도했다. 룸살롱을 나온 뒤 바로 잡혔을 때 조성우는 령감과 한 사장이 공모한 건 아닌가 의심했다.

"사장님은 막을 수 없습니다. 소문이 순식간에 퍼질 거예요. 사람들이 자기 돈을 떼였다는 걸 알게 되면 고려행정사도 HM 캐피탈도 무너집니다."

"언젠가 내가 입조심하라고 하지 않았나? 입을 나불거렸으니 대가를 받아야겠지?"

"정말 걱정이 안 되십니까?"

"걱정은 무슨 걱정? 이 개새끼야! 내 구역에서 일어나는 일은 내가 해결해!"

령감이 흥분하고 있었다. 자제력이 강한 령감이 흥분한다는 건 좋은 징조라고 생각했다. 령감도 자신의 위기를 깨닫고 있었다.

"남문파를 막아도 어차피 터지게 돼 있습니다. 성현범이 제임스의 뒤를 봐준다는 건 아시죠? 성현범도 상조신용 사건이 드러나는 건 시간문제라고 생각하고 있어요. 일이 터지기 전에 제임스를 중국으로 빼낼 거예요. 그러면 사장님이 죄를 다 뒤집어쓰게 돼요. 수천억대 금융 사기 주범이 되는 거죠."

령감은 대꾸하지 않았다. 조성우가 말을 이었다.

"방법이 있습니다."

"무슨 방법?"

"남문파를 막으려고 하지 마세요. 막을 수도 없어요. 그냥 제임스가 중국으로 도망 못 가게 잡아두세요. 가리봉동, 대림동이 뒤집어지고 수사가 시작될 때까지만 잡아두면 됩니다. 그럼 죄를 지은 놈이 벌을 받게 돼 있어요. 사장님한테도 불똥이야 튀겠지만 그냥 제임스한테 속았다고만 하세요."

"그따위가 방법인가?"

"제가 그랬죠? 제임스가 반드시 사장님 뒤통수를 칠 거라고. 이용해먹고 버릴 거라고. 놈이 뒤통수를 치기 전에 사장님이 먼저 쳐야 해요. 지금 사장님한테는 제임스라는 인질이 꼭 필요합니다."

"알겠소, 다 알았으니 이제 죽어주면 되겠구먼."

"사건이 터지면 제가 필요하실 겁니다."

"왜 필요할까?"

"제가 친한 형사와 같이 제임스를 조사한 건 아시죠? 구로서 김상만 형사. 제가 죽으면 고려행정사 짓이라는 걸 형사가 알아요. 하지만 절 살려두면 거래가 가능하죠."

"무슨 거래?"

"저는 기자예요. 상조신용 사건은 제 특종입니다. 제가 노리는 건 고려행정사가 아니라 HM캐피탈이에요. HM캐피탈과 관련된 자료를 주시면 원하는 걸 드리죠."

"그게 뭔데?"

"일전에 얘기하지 않았습니까. 침묵을 드린다고."

령감이 웃었다. 수화기에서 령감이 쌕쌕거리는 기분 나쁜 숨소리가 들렸다. 이 지하실에서 풀려난다면 네놈을 잡아 얼마 안 남은 수명이 다할 때까지 감방에 처박겠다고 조성우는 결심했다. 고려행정사 놈들이 자신의 손발을 능숙하게 묶고 칼로 협박하는 모습을 보면서 조성우는 깨달았다. 아내와 아들을 죽인 킬러는 제임스가 직접 고용한 놈이 아닐 것이다. 그런 짓을 할 만한 조선족 불법체류자라면 고려행정사의 하수인일 것이다. HM캐피탈이 손에 쥔 유일한 흉기가 고려행정사다.

조성우는 살아남기 위해 거래니 침묵이니 하는 거짓 카드를 내보였지만, 벼랑 끝에 선 령감에게는 그게 조커로 보일 만했다. 령감이 거짓 카드를 받아 들면 벼랑에서 밀어버리겠다고 조성우는 다짐했다. 령감에게 자신이 당한 것보다 더 큰 치욕과 슬픔을 맛보게 하기 위해, 조성우는 말을 이었다.

"HM캐피탈에 관한 특종을 쓰면 검찰도 놀라겠죠. 그럼 검찰에게도 자료를 주고 선처를 구하세요. 어차피 사장님은 주범이 아니니까요. 오히려 피해자니까요."

령감이 말했다.

"저번에는 무뚝뚝하더니 이번에는 말을 참 잘하는구먼. 어디 그 세 치 혀를 믿어도 되는지 한번 봅시다."

"제임스를 잡아두십시오."

"알았다니까. 내 부하 놈이나 바꿔줘."

사내들이 조성우를 지하실에서 꺼내 대림역 앞에 내팽개쳤
다. 조성우는 두 손과 무릎을 보도블록에 대고 이 도시의 단단
함을 느끼며 한참 동안 엎드려 있었다. 행인들이 그를 피해 돌
아갔다.

도망칠 수 없는 사람들

12월 8일 토요일 저녁, 정인애는 일산행 광역버스에 앉아 정체가 시작되는 강변북로를 바라보았다. 날은 쌀쌀하고 건조했다. 보름째 비가 내리지 않은 도로에서 흙먼지가 일었고, 어디선가 날아온 가랑잎들이 차바퀴에 으스러졌다. 강변북로를 메운 자동차들을 볼 때마다 정인애는 서울이라는 도시의 거대함을 생각했다. 베드타운에서 들어온 이 많은 차들을 아침에 집어삼키고 저녁에 토해놓는 서울에 두려움을 느꼈다.

정인애는 잠깐 졸았다. 버스 바닥에서 올라오는 진동과 엔진 소음, 행주대교 밑을 돌아갈 때의 흔들림과 함께 수많은 이미지들이 반짝였다. 눈을 뜨자 능곡 IC 이정표가 보였다. 꿈은 뭉클한 그리움만 남긴 채 기억 없이 사라졌다. 아주 아름다운 꿈이었을 거라고 정인애는 생각했다. 한여름 해변의 백사장 같은 꿈, 모두가 서로에게 친절한 세상에 대한 꿈이었을 것이다. 정인애는 슬픔을 느꼈다.

지난 이틀 동안 폭풍이 불었다. 소문과 분노의 소용돌이가 대림동과 가리봉동을 집어삼켰다. 정인애는 파국을 각오하고 있었지만 이렇게 빨리, 이렇게 어처구니없이 닥쳐올 거라고는 생각하지 못했다. 목요일에 자신의 적금통장이 대포통장이라고 주장하는 조선족 몇 명이 상조신용 창구 앞에서 난동을 부렸다. 소문은 삽시간에 퍼져 나갔다. 금요일에 대거 인출 사태가 벌어졌고, 영업시간이 끝난 뒤에도 조선족들이 상조신용 건물 앞에 모여 시위를 벌였다.

금요일 밤은 카오스였다. 술집마다 조선족들이 몰려들어 각자의 적금통장에 들어 있는 돈의 안위와 금융 사기극의 책임자에 대해 떠들었다. 적금통장에 찍힌 숫자들은 서울 하늘 아래에서 모욕을 참으며 살 수 있게 해준, 또 앞으로 살아가게 해줄 삶의 의미였다. 골목마다 살기가 흘렀고 당장이라도 폭동이 일어날 기세였다. 고려행정사와 직접 맞설 용기가 없었으므로 그들은 출구를 찾지 못한 분노를 서로에게 쏟아부었다. 그날 밤, 술병을 깨고 싸우거나 칼부림을 벌인 조선족 사내들이 구로서와 영등포서 당직계로 계속 실려 왔다.

당국은 천천히 움직였다. 제임스가 연줄을 움직인 탓에 검찰은 아직 잠잠했고, 상조신용 이사진에 대한 출국 금지 조치도 떨어지지 않았다. 언론은 조선족 사회에 떠도는 흉흉한 소문 따위에 관심을 두지 않았다. 그러나 금요일에 첫 신고를 접수한 구로경찰서는 월요일부터 관련자들을 소환해 조사할 계획이었다. 그대로 방치하면 폭동이 일어날 거라고 정보과가 상부에 보고했다. 상조신용중앙회 감사팀도 월요일에 대림과 가리봉 상조신용에 대한 특별 감사를 벌이기로 했다.

문제는 주말이었다. 상조신용이 문을 닫는 토요일과 일요일, 근거를 얻지 못한 소문들이 억측과 과장을 보태가며 가리봉동과 대림동을 더 두껍게 뒤덮을 것이다. 조선족들이 대림상인회를 중심으로 단결해 신속한 조치를 취하지 않는 수사 당국에 불만을 터뜨릴 기세였다. 사태가 이 지경인데 고려행정사는 뒷짐 지고 구경만 했다. 조선족들의 동요를 진압하라고 제임스가 명령하자, 령감은 세상에서 가장 우스운 농담을 들었다는 듯 웃음을 터뜨렸다고 한다. 단 이틀 만에 제임스가 꿈꾼 신세계가 잿더미로 변해갔다.

금요일에 제임스는 정인애에게 중국행 편도 항공권을 건넸다. 일요일 출발이었다. 제임스는 주말에 모든 뒤처리를 끝내고 다음 주 중으로 자신도 중국으로 도피하겠다고 말했다. 그에게 남은 시간이 얼마 없다는 것을 정인애는 알고 있었다.

"가장 약한 고리를 찔렀어. 이 사업의 급소는 딱 한 군데였는데 거길 정확하게 찔린 거야. 아킬레스건처럼 말이야. 한두 사람이 아는 비밀은 감출 수 있어. 하지만 모든 사람이 아는 비밀은 더 이상 비밀이 아니지."

이 말을 할 때조차 제임스는 자신만만했다. 제임스는 언제나 약한 모습을 보이는 걸 끔찍하게 두려워했다. 정인애는 정말 올 거냐고 물었다. 제임스가 대답 대신 미소를 지을 때 정인애는 처음으로 그의 흔들림을 보았다. 제임스가 그렇게 어색하게 웃으며 신경질적으로 머리를 매만질 때, 정인애는 그가 절대 이곳에서 도망치지 않을 거라고 확신했다. 제임스와는 더 이상 어떤 미래도 함께할 수 없다. 제임스의 인생은 이곳을 떠나는 순간 의미를 잃을 것이며, 의미 없는 삶이란 그에게 죽음보다 가혹하다. 제임스가 죽어야 할 곳은 바로 이곳, 차가운 바람이 부는 서울 하늘 아래다.

정인애는 대화역에서 내렸다. 일산대로를 벗어나 붉은 해가 걸려 있는 무성한 아파트촌으로 걸어갔다. 전 남편이 위자료 대신 남겨준 알량한 아파트는 신성마을 108동에 있었다. 폭력 중독자인 남편과 이혼하기 위해, 그리고 32평 아파트를 얻어내기 위해, 정인애는 목숨을 걸어야 했다. 이곳에 오면 삶보다 죽음이 달콤해 보였던 그날의 고통이 살아났다. 정인애가 죽음을 택하지 않은 것은 딸 때문이었다.

정인애는 엘리베이터를 타고 7층으로 올라갔다. 현관문을 여니 아버지가 거실에 서 있었다. 작년부터 허리가 좋지 못한 아버지는 서 있을 때도 허리에서 손을 떼지 않았다.

"재인이는요?"

"옆 동 아줌마가 저녁 먹이고 자기 딸이랑 놀게 한다고 데려갔다."

거실에서 라면 냄새가 났다. 끼니마다 밥을 지어 먹으라고 신신당부했지만 아버지는 딸이 없을 때면 라면을 끓여 먹었다. 정인애는 아무 말 없이 자신의 방으로 들어가 가방을 꾸렸다. 무

엇부터 챙겨야 할지 알 수 없었다. 며칠간의 여행이라면 생필품
과 옷가지의 목록이 뻔했지만, 언제 돌아올지 기약도 없는 도피
라면 필요한 물품이 태산처럼 많거나 아예 없거나 둘 중 하나
였다. 정인애는 여행 가방에 물건들을 닥치는 대로 넣다가 이내
포기하고 침대에 걸터앉았다. 맞은편 벽에는 어버이날에 딸이
만든 종이 카네이션이 붙어 있었다. 꽃송이 밑에 알아보기 힘든
글씨로 '엄마 사랑해'라고 적혀 있었다. 딸은 어린이집에서 그
린 어떤 그림에도 아버지를 그려 넣지 않았다.

"어디 가냐?"

문 앞에서 아버지가 물었다. 아버지는 정인애의 얼굴을 제대
로 쳐다보지 못할 정도로 불안해하고 있었다. 7년 전 어머니가
뇌졸중으로 갑자기 쓰러졌을 때도, 6년 전 정인애가 임신한 상
태로 결혼한다고 했을 때도, 3년 전 남편과 이혼했으니 같이 살
자고 했을 때도 아버지는 저런 표정이었다. 작은 철물점 주인이
었던 아버지는 공부 잘하던 외동딸을 실업계 고등학교에 보낸
뒤로 딸에게 큰소리를 내지 못했다.

"중국에 가요. 한참 있을 거예요."

"얼마나?"

"한 몇 달 될 거예요."

정인애가 고개를 들어 아버지를 바라보았다. 아버지는 또 딸
의 시선을 피했다.

"통장에 돈을 넣어놨어요. 꽤 돼요."

"알았다."

제임스가 거액을 정인애의 계좌에 넣어줬다. 정인애에게도 불똥이 튈지 모르니 수사가 끝날 때까지만 숨어 살라고 제임스는 말했다. 그 돈은 제임스가 자신에게 남긴 유산 같은 거라고 정인애는 생각했다.

"자주 전화할게요."

"걱정 마라."

"아버지."

"왜?"

"아프지 마요."

아버지가 정인애를 바라보았다. 그제야 정인애는 자신이 제임스의 눈에 끌렸던 이유가 아버지와 닮았기 때문이라는 사실을 알았다. 아버지가 그 큰 눈으로 딸의 기색을 살폈다. 정인애는 눈물을 참기 위해 아랫입술을 깨물었다. 아버지는 딸의 말과 표정에서 불길한 징조를 읽어낸 듯했지만 캐묻지 않았다.

"재인이가 많이 울겠다."

"제가 잘 말할게요."

옆 동 아주머니가 딸을 데려왔다. 딸은 엄마를 보고도 아는 체하지 않고 자기 방으로 걸어갔다. 감정 표현에 서툴고 누군가 자신의 몸에 손대는 걸 끔찍하게 싫어하는 아이였다. 엄마가 머리를 만지는 것조차 싫어했다. 정인애는 오렌지 주스를 들고 딸의 방으로 들어갔다.

"재밌게 놀았어?"

"그냥 그랬어."

퉁명스럽지만 속은 여리고 예민한 아이였다. 엄마 나 자꾸 살기 싫어져. 언젠가 아이가 혼잣말처럼 이렇게 말했을 때 정인애는 그 말이 어리광이 아니라 진심이란 것을 알고 놀랐다.

"한번 안아보자."

"싫어."

정인애는 싫다고 바둥거리는 아이를 억지로 끌어안고 말했다.

"엄마 한참 동안 먼 데 가 있을 거야."

"왜 가는데?"

"일 때문에."

"내일부터 엄마 못 봐?"

"응, 대신 전화할게."

아이가 살짝 몸을 떨었다. 머리에서 익숙한 레몬향 샴푸 냄새가 났다. 남편의 첫 구타가 시작된 임신 8개월 때처럼 정인애는 아이를 안고 몸을 웅크렸다. 그때 정인애는 아이의 생명을 구하기 위해 남편의 발길질을 등으로 받으며 무릎과 손으로 배를 가렸다. 머리로는 차라리 유산됐으면 좋겠다고 생각했지만 가슴에서는 아이를 지켜야 한다는 격렬한 본능이 타올랐다.

"우리 춤출까?"

"싫어."

"엄마 방으로 가자."

정인애는 아이를 안고 자기 방으로 갔다. 침대 머리맡에 놓인 CD장을 뒤적이자 발라드 음반이나 영어 동요들이 쏟아져 나왔다. 정인애는 CD장 맨 밑에 있는 태교 음반을 찾아냈다. 잔잔한

클래식 음악을 모은 음반이었는데 정인애는 그중에서 모차르트의 클라리넷 협주곡을 좋아했다. 그 곡을 듣는 순간 정인애는 죽음의 냄새를 맡았다. 인터넷을 찾아보니 모차르트가 죽기 몇 주 전에 만든 곡이라고 했다. 모차르트가 정말 죽음을 예감했는지는 분명하지 않지만 많이 지쳐 있었을 거라고 정인애는 짐작했다. 정인애는 임신 중에 누가 언제 녹음한 곡인지도 모른 채 그 곡을 반복해서 들었고, 아이의 음울한 얼굴을 볼 때마다 태교 음악 때문이 아닌가 후회했다.

정인애는 음반을 CD 플레이어에 넣고 곡의 번호를 찾아 틀었다. 이 곡을 들으면 목관악기 클라리넷이 얼마나 아름다운 소리를 내는지 알 수 있었다. 금속이 낼 수 없는 깊고 풍부한 슬픔의 소리가 방 안에 울려 퍼졌다. 끈적끈적한 회한과 그리움이 모든 선율에 들러붙어 있었다. 정인애는 뻣뻣하게 서 있는 아이의 손을 잡고 이리저리 돌았다.

"엄마 그만해."

"이렇게 빙글빙글 돌아봐. 좀 있으면 날아오를 거야."

"으이그, 말도 안 돼."

정인애는 발끝이 조금씩 떠오르는 것을 느꼈다. 몸이 창문을 통과해 해가 저무는 창공으로 돌진했다. 정인애는 아이를 안고 더 높이 날아올라, 조선족 밀집 지역이 점점이 박혀 있는 서울 상공을 선회했다. 춥지 않지? 엄마가 안아주니까 따뜻하지? 정인애는 아이에게 속삭이며 고도를 낮췄다. 상조신용 창문에 돌을 던지는 조선족 피해자들, 공사판에서 공구를 챙겨 돌아가는 노동자들, 저녁 서빙이 한창인 식당 종업원들, 아기를 포대기에 안고 거실 창밖을 쳐다보는 입주 돌보미 할머니의 머리 위를 지나갔다. 아하하하, 정인애는 책에서 본 마녀처럼 그들을 비웃었다. 퉤퉤퉤, 그들의 목덜미에 침을 뱉었다.

왜 조선족이 되기로 결심했을까. 정인애는 그 결정이 위선과 우월감 때문이었다고 생각했다. 자아라는 게 백화점 매대에 널린 속옷 같은 건 아니지만, 그때 정인애에게는 새로운 자아가 절실했다. 네일아트를 하면서 같은 업계에 들어온 조선족 여자들을 많이 만났고, 조선족이 되어 그들을 돕고 싶다는 욕망에 사로잡혔다. 누구에겐가 필요한 사람이 되기 위해 조선족으로 위장했다. 지금 생각해보면 그건 선한 일을 하고 있다는 자기 위안이나 불행한 사람들 앞에서 우쭐거리고 싶은 치기에 불과했다.

아이가 몸을 떨었다. 정인애는 아이를 꼭 껴안았다. 아이는 부모의 품에서 태어나고 부모는 아이의 품에서 죽는다. 모든 부모에게 아이는 무덤이다. 엄마가 돌아올 때까지 잘 살아, 절대로 울지 마, 내 작은 무덤아. 정인애는 계속 중얼거렸다. 아이가 눈을 크게 뜨고 엄마의 얼굴을 보았다. 그 얼굴을 보자 힘이 났다. 정인애는 몸속의 모든 힘을 끌어모아, 그러나 아이가 듣지 않도록 속으로 소리쳤다.

넌 제발, 나처럼 살지 마!

12월 9일 일요일 오후 3시, 정문환은 대림상조신용 사무실에 도착했다. 대림상조신용은 대림역 9번 출구 바로 앞에 있는 길쭉한 3층 건물이었다. 고객의 90퍼센트 이상을 차지하는 조선족을 위해 간판도 한글이 아니라 한자 간체자로 적혀 있었다. 상조신용이 영업을 하지 않는 휴일이었기 때문에 제임스와 정문환과 용역 회사 직원들은 셔터를 열고 미리 받아둔 열쇠로 문을 따고 들어갔다.

1층은 고객 창구, 2층은 사무실과 이사장실, 3층은 대회의실과 강연장이었다. 1층 창구로 용역 회사 직원 서너 명이 들어갔고, 나머지는 2층으로 올라갔다. 정신없는 날이었다. 제임스는 오전 내내 가산디지털단지에 있는 HM캐피탈 사무실에서 양복을 입은 정체불명의 사내들과 언성을 높여가며 논쟁을 벌였고, 점심을 먹자마자 가리봉동과 대림동으로 직원들을 돌렸다. 상조신용 내부 문서와 컴퓨터 하드디스크 정보를 삭제하기 위해서였다.

제임스는 건물에 들어서기 무섭게 와이셔츠 소매를 걷어붙이고 1층과 2층을 오가며 직원들을 지휘했다. 이날은 경비 용역뿐 아니라 인천에서 불렀다는 디가우싱 업체 직원들도 동행했다. 2층 사무실은 곧 난장판이 되었다. 디가우싱 업체 직원들이 상조신용 별도 전산망이 깔린 컴퓨터를 분해한 뒤 하드디스크를 전압변환기처럼 생긴 디가우서에 넣었다. 토스터에서 식빵을 굽는 것 같았다. 하드디스크 기판을 디가우서 구멍 속에 넣은 뒤 노란 버튼을 누르면 지지직거리는 소음이 났다. 그 작은 소음과 함께 한 인간이 평생에 걸쳐 설계한 수천억대 금융 사기극의 증거가 지구상에서 사라진다고 했다. 정문환은 어떤 원리로 그런 일이 가능한지 몰랐지만, 상조신용 사무실 단말기에 이식된 신세계가 바스러지는 것을 보며 허망함을 느꼈다. 제임스는 대림동과 가리봉동 상조신용에 설치한 별도의 전산망을 '피스'라고 불렀다. 그게 평화라는 뜻도 되고 오줌이라는 뜻도 된다고 했다.

용역들이 캐비닛과 금고에 보관 중이던 서류들을 파쇄기에 넣었다. 작업을 지휘하는 제임스의 얼굴이 상기돼 있었다. 제임스는 지금 허공을 낙하하는 것 같은 허망함을 흥분된 얼굴로 감추고 있다고 정문환은 생각했다. 정문환은 등을 돌려 창밖을 보았다. 길 건너편에 연변냉면과 세계직업소개소, 임대 플래카드가 붙어 있는 신축 오피스텔 건물이 보였다. 대림역 12번 출구로 나와 그 건물들을 바라보며 우회전하면 조선족들이 사는 다세대주택들과 대림시장에 닿는다. 한때 동거했던 류현숙의 집도 저 너머 어딘가에 있다. 정문환은 고개를 숙여 상조신용 건물 밑의 보도블록을 보았다. 대림역 9번 출구에서 조선족들의 정수리가 쏟아져 나왔다. 그들 중 몇 명이 거리로 흩어지지 않고 상조신용 정문 셔터 앞으로 걸어왔다. 처음에는 예닐곱 명이었으나 잠깐 사이에 스무 명 정도로 불어나 보도블록을 메웠다. 상조신용을 주시하던 조선족들이 책임자가 안으로 들어갔다는 소문을 듣고 모여든 것 같았다.

"대표님, 여기 보십쇼."

제임스가 창가로 다가왔다. 정문환이 아래를 가리켰다.

"사람들이 인차 일판을 벌일 거 같슴다."

제임스가 웃었다. 창밖에서 조선족 한 명이 정문 셔터를 흔들었다.

"괜찮아."

"내쫓을까요?"

"신경 쓰지 마. 저놈들은 아무 짓도 못 해."

"나갈 때 해코지를 하지 않겠슴까?"

"곧 끝난다. 뒷문으로 나가면 돼."

제임스가 창에서 등을 돌렸다. 난방을 튼 지 얼마 안 돼 사무실이 차가운데도 제임스의 이마에는 땀이 배어 있었다.

"기자 놈을 죽였어야 했어. 고려행정사 놈들한테 맡기지 말고 우리가 처리했어야 해."

"지금이라도……."

"늦었다."

"일이 끝나면 중국에 갑니까?"

"내일 간다. 출국 금지 떨어지기 전에 가라더군."

"누가 그럽니까?"

"어떤 더러운 새끼가."

제임스가 인상을 찌푸렸다. 짙은 눈썹이 꿈틀거렸다. 정문환은 어제부터 한시도 뇌리에서 떠나지 않은 질문을 던졌다.

"저도 데려가십니까?"

"너만 데려간다. 내가 이대로 끝날 거 같아? 다시 돌아온다. 열 번이고 백 번이고."

정문환은 그 말을 믿기로 했다. 알고 보면 제임스는 외로운 인간이었다. 그가 거느리고 있는 용역 회사 직원들은 계약서 한 장으로 엮어 있을 뿐이고, 고려행정사는 언제 등을 돌려 칼을 들이댈지 몰랐다. 제임스에게는 아무도 없었다. 그가 자신을 중국으로 데려가준다면, 목줄을 매고 우리 안에 갇혀 음식 쓰레기를 먹어도 좋다고 정문환은 생각했다. 그래, 모든 게 끝나가고 있어. 정문환은 한국에서 보낸 10년을 떠올리며 창밖을 주시했다.

도림로 끝에서 검은 차량 세 대가 달려와 대림역 앞 갓길에 멈췄다. 차량에서 쏟아져 나오는 인간들을 보며 정문환은 한숨을 쉬었다. 고려행정사 령감이 선두에 섰다. 그의 뒤를 따르는 사내들은 묵직한 겨울 파카 밑에 손을 집어넣어 쇠파이프나 칼을 숨기고 있었다.

"고려행정사가 옵니다."

제임스가 창 밑을 내려다보았다. 령감은 이미 상조신용 정문에 진을 치고 있는 조선족들에게 다가서고 있었다.

"문을 막을까요?"

"내버려둬. 정리할 건 정리해야지."

제임스의 얼굴에 갑자기 활력이 넘쳤다. 근사한 장난감을 받은 아이의 표정이었다. 제임스는 창 밑을 향해 고개를 끄덕이기도 하고 흔들기도 하며 뭔가를 생각했다. 그 모습을 보며 정문환은 다시 마음이 무거워졌다. 평생 쳇바퀴를 돌리고 있는 느낌이었다. 이 고비를 넘기면 끝이 있을 거라고 자위하며 다리를 움직이지만, 언제나 제자리인 인생이었다.

령감이 정문을 막은 조선족들에게 소리쳤다. 무슨 소리인지
는 모르겠으나 령감의 새된 목소리가 2층 창문까지 들렸다. 조
선족들은 호락호락하지 않았다. 정문 앞에 있던 사내가 령감 앞
으로 나와 두 손을 펴 들고 뭔가를 이야기했다. 령감의 부하 한
명이 그 사내의 멱살을 쥐고 이리저리 흔들었다. 사내가 머리
를 꺾으며 비명을 질렀다. 사람 살려, 라는 외침이 긴 꼬리를 끌
며 상조신용 사무실까지 올라왔다. 부하가 사내를 길바닥에 내
던졌다. 사내가 보도블록 앞에 있는 전봇대에 머리를 부딪쳤다.
조선족들이 웅성거렸다. 저마다 의미를 알 수 없는 고함을 내지
르며 고려행정사를 향해 삿대질했다. 령감의 부하들이 품속에
서 검은 테이프를 감은 쇠파이프와 회칼을 꺼내자 웅성거림이
잦아들었다. 령감이 비키라는 손짓을 했다. 조선족들이 정문 양
옆으로 슬금슬금 물러나 길을 터줬다. 령감은 직접 셔터를 올린
뒤 열쇠로 문을 따고 들어왔다. 맨 뒤에 들어오는 부하가 다시
셔터를 내리고 문을 잠갔다.

"대표님, 들어옵니다."

"나도 보고 있어."

고려행정사가 계단을 올라오는 발소리가 들렸다. 문이 발칵
열리고 령감이 걸어왔다. 쇠파이프와 칼을 든 부하 일곱 명이
령감을 따라 들어왔다. 정문환이 대림동과 가리봉동 거리에서
수십 번 지나친 낯익은 얼굴들이었는데 그중에 구렁이는 없었
다. 정문환은 령감이 외국인보호소에서 구렁이를 빼내지 않았
기를 빌었다. 구렁이가 나왔다면 지금쯤 어느 야산에 묻혀 있을

것이다.

"어이구, 이거 오랜만입니다. 그렇게 찾아도 안 보이시더니."

제임스가 령감 앞으로 걸어 나와 손을 내밀었다. 령감은 팔짱을 긴 채 그 손을 내려다보았다. 문서를 파쇄하던 용역들이 일제히 동작을 멈췄다. 제임스가 손을 거두고 그들을 돌아보며 소리쳤다.

"계속해!"

문서 파쇄기와 디가우서가 다시 움직였다. 령감이 책상에 널린 문서와 하드디스크를 돌아보며 말했다.

"바쁘시구먼. 증거들을 다 없애고 내뺄 계획인가?"

"전진을 위한 후퇴지요."

"말은 번지르르해. 그럼 나는 뭐가 되나?"

"뭐가 되냐니요?"

"아, 그쪽이 내빼고 나면 내가 죄를 뒤집어쓰는 거 아니냐고."

"참 별 걱정을 다 하십니다. 아하하하!"

제임스가 큰 소리로 웃었다. 고려행정사의 방문을 기다렸다는 듯 신이 난 표정이라고 정문환은 생각했다.

"이렇게 서서 얘기할 게 아니라 저쪽에 앉으세요."

제임스가 사무실 구석에 있는 회의용 탁자를 손으로 가리켰다. 령감이 탁자 한가운데에 앉자 부하들이 그 뒤에 늘어섰다. 제임스는 정문환에게 따라오라고 손짓하며 령감의 맞은편에 앉았다. 정문환이 제임스 뒤에 서자 일곱 명의 사내들이 정문환을 노려보았다. 제임스가 그들을 보며 말했다.

"자네들은 왜 거기 서 있나? 무슨 백설공주와 일곱 난쟁이 찍나? 한 명만 남고 저리 빠져 있지그래?"

사내들은 대꾸하지 않았다. 누군가 쇠파이프로 바닥을 쿵 찍었다. 제임스가 고개를 설레설레 흔들었다. 령감이 제임스의 뒤에 서 있는 정문환을 노려보았다.

"조선 놈이 미국 놈의 개새끼가 됐구나. 사상 개조라도 했나?"

정문환은 대답하지 않았다. 문서 파쇄 작업을 하던 용역들이 탁자를 흘깃거렸다. 제임스가 탁자에 팔을 괴고 말했다.

"내가 증거를 인멸하는 건 영감님한테도 좋은 일이에요."

"호, 그래서?"

"증거를 없애고 나면 정치권이 알아서 수사를 뭉갤 겁니다. 영감님이 걸려들 일 없어요. 생각해보세요. 주범인 내가 없는데 수사가 어떻게 진척됩니까. 걱정하지 마세……."

령감이 손을 들어 제임스의 말을 막았다.

"난 평생 동안 장사를 해온 사람이오. 흔히들 장사에는 꾀가 있어야 한다고 생각하는데 그게 아냐. 장사에는 원칙만 있으면 돼. 원칙을 지키는 놈이 성공하지. 이 장사를 하면서 잔머리 굴리는 놈들을 참 많이 만났지. 다 자기 꾀에 넘어가서 폐인이 됐어. 난 그런 놈들 안 믿어."

"저를 안 믿고 어떻게 사업을 같이하셨습니까?"

"더 들을 말 없소. 경찰 수사가 시작될 때까지 당신은 내 구역에서 한 발짝도 못 나가. 여기 일이 끝나면 HM캐피탈인지 나발인지 하는 곳에서 푹 쉬다가 쇠고랑을 받으라고. 우리가 보호할 테니까.”

“그간 해드린 게 있지 않습니까.”

“내가 해준 건 생각 안 하나? 솔직히 말해봅시다. 당신, 손에 피 한 방울 묻혀본 적 있소?”

“꼭 칼을 휘둘러야 일하는 겁니까?”

“이 양반아, 당신이 따뜻한 사무실에서 전산 기록이나 조작하고 있을 때 우리는 사람까지 죽여가면서 목숨 걸고 일했어.”

“영감님 노망이 드셨구먼.”

령감이 검지를 까딱였다. 제임스가 허리를 굽혀 령감에게 얼굴을 내밀었다. 령감이 속삭였다.

“이 세상 물정 모르고 날뛰는 애송이 놈아. 내가 네놈 똥구멍을 핥아주니까 평생 종놈처럼 부릴 줄 알았냐? 그동안 당한 걸 생각하면 지금 당장 네놈 배때지에 칼을 박아 넣고 싶지만 참는다. 넌 끝장났어!”

제임스는 표정 없이 령감의 시선을 받아냈다.

“난 안 죽어. 돈 줄 때는 꼬리를 살랑살랑 흔들다가 배고프니까 목덜미를 물려고 달려드는 미친 영감탱이야. 니가 죽을 거야.”

령감의 부하들이 쇠파이프를 치켜들었다. 정문환도 품속의 칼자루를 잡았다. 령감이 손을 들어 부하들을 제지하며 말했다.

“널 지금 죽일 순 없지. 평생 감방에 처박혀 살아봐라, 이 쥐새끼야.”

제임스가 의자에 등을 기대며 한숨을 쉬었다. 정문환은 제임스가 포기했다고 생각했다. 제임스와 함께 갇혀 있다가 유치장에 들어갈 거라면 지금 닥치는 대로 찔러 죽이고 죽겠다고 정문환은 결심했다. 그때 제임스가 말했다.

"내 사무실 금고에 돈이 있어요. 5만 원권과 무기명채권 합쳐서 한 10억 될 거요. 그걸 드리면 놔주시겠소?"

"일단 받아보고 생각하지."

"이봐요, 영감님은 장사꾼이잖아요. 받아보고 생각한다니, 그게 흥정인가?"

"딴말 안 해. 받아보고 생각한다고."

제임스가 손가락으로 탁자를 두드리며 뭔가를 생각하는 척했다. 침묵이 흘렀다. 용역들은 계속 탁자를 흘깃거렸고, 디가우싱 업체 직원들은 돌아가기 위해 가방을 챙겼다. 제임스가 말했다.

"일단 이놈 시켜서 가져오겠소."

제임스는 탁자에서 일어나 령감의 눈에 띄지 않는 구석으로 정문환을 데리고 갔다.

"HM캐피탈 사무실에 다녀와라."

차 열쇠를 주머니에 집어넣는 정문환에게 제임스가 속삭였다.

"금고에 작은 손가방이 있다. 그걸 큰 배낭에 담아서 가져와라. 배낭이 빈 것처럼 보이면 안 되니까 신문지라도 구겨 넣어."

정문환이 고개를 끄덕였다. 제임스가 대표실 전자 키와 금고 비밀번호를 적은 메모를 건넸다. 사무실을 나가려는 정문환을 붙들고 제임스가 다시 속삭였다.

"가방 안은 보지 마."

정문환은 상조신용 후문에 주차된 제임스의 와인색 재규어를 탔다. 조선족들은 여전히 정문 앞에 모여 셔터를 흔들고 있었다. 그들 중에는 젊은 아주머니도 있었고, 손자로 보이는 아기를 외투로 둘둘 싸매 등에 업은 할머니도 있었다. 그들이 칼바람에 언 손을 호호 불어가며 그곳에 서 있는 이유를 정문환은 이해하고 있었다. 그들은 지금 허탈한 것이다. 가슴속의 마개가 빠져나가 내용물이 모두 흘러내리고 있었다. 뭘 얻어내려고 서 있는 게 아니라, 삶의 목적이었던 돈이 왜 대포통장이라는 판결을 받았는지 실마리라도 잡고 싶은 것이었다.

정문환은 가산디지털단지로 차를 몰았다. 벌써 날은 어둑해졌다. 가리봉동 거리에는 겨울 외투를 입은 아주머니들이 무표정한 얼굴로 걷고 있었다. 지금쯤 가리봉동 가정에는 된장찌개가 끓고 있을 것이다. 정문환은 갑자기 허기를 느꼈다. 그리고 좋든 싫든 오늘이 한국에서의 마지막 날이라는 생각이 들었다. 더 이상 내일이라는 불안과 싸우지 않는 삶이 되기를 정문환은 빌었다.

HM캐피탈 사무실은 가산디지털단지 대호포스트타워 11층에 있었다. 정문환은 지하 주차장으로 들어가지 않고 갓길에 차를 세운 뒤 엘리베이터를 탔다. 층수가 올라갈수록 건물 통유리 너머로 가리봉동의 전경이 넓게 펼쳐졌다. 묽은 어둠 속에서 상가와 집이 불빛을 반짝이는 풍경은 애틋한 그리움을 담고 있었다.

정문환은 HM캐피탈 사무실로 들어갔다. 아무도 출근하지 않아 내부가 깜깜했다. 형광등을 켜고 대표실 출입문에 전자 키를 댔다. 띠릭 소리를 내며 문이 열렸다. 대표실로 들어가 책상 옆에 있는 전자식 금고의 버튼을 눌렀다. 제임스의 말대로 금고 안에는 문서철과 함께 검은색 구찌 맨스백이 있었다. 잠시 문서를 훑어보았다. 제임스가 평화농장에서 있었던 일을 간략히 적은 회고록인 듯했다. 정문환은 문서를 던져버리고 손가방을 들었다.

손가방은 예상보다 무거웠다. 금속처럼 딱딱한 물체가 만져졌다. 정문환은 손가방을 들고 심호흡을 했다. 가방 안의 무언가가 정문환을 자꾸 유혹했다. 가방 안을 보지 말라는 제임스의 말 때문에 더 보고 싶어졌다. 그 안에 정문환의 내일을 결정짓는 중요한 단서가 들어 있는 것 같았다. 정문환은 제임스가 내린 시험을 거부하기로 결심하고 가방을 열었다.

가방 안에는 중국제 토카레프 권총 두 정과 탄창들이 들어 있었다. 손잡이에 별이 새겨진 이 30구경 반자동식 권총을 정문환은 익히 알고 있었다. 연변과 동북 3성의 건달 두목들이 금고 속에 모셔놓는 물건이었다. 중국식으로 54식이라고도 했고, 북한식으로 떼떼 권총이라고도 했다. 사정거리가 짧지만 내부 구조가 단순해 조작하기 쉽고 고장이 나지 않는다. 정문환은 권총을 잡았다. 묵직한 중량이 팔뚝에 실렸다. 안전장치가 없어서 오발 사고도 잘 나는 이 권총을 조심스럽게 쓰다듬다가 탄창을 빼보았다. 탄알 여덟 발이 탄창에 꽉 들어차 있었다. 정문환은 권총을 내려놓고 주저앉았다.

제임스는 이 권총으로 무엇을 하려는가. 누구를 향해서든 탄알이 총구에서 나가는 순간 정문환의 미래가 닫힌다. 제임스는 정문환을 중국이 아니라 지옥으로 데려갈 수도 있다. 지금 당장 제임스의 재규어를 타고 지방으로 도망가야 한다고 정문환은 생각했다. 그런데 어디로? 마음속의 목소리가 물었다. 고려행정사의 추적을 피해가며 예전처럼 불법체류자로 숨어 살 자신 있어? 쳇바퀴를 죽을 때까지 계속 돌릴 힘이 있어? 정문환은 고개를 저었다.

고려행정사의 비밀이 발각되던 금요일, 정문환은 남문파 한 사장에게 자신을 피신시켜달라는 메시지를 남겼다. 남문파에게 메시지를 전달한 칼국숫집 사장은 다음 날 이런 대답을 받아 왔다. 한 사장님은 자네를 잊었다네……. 예상한 답변이라 놀랍지도 않았다. 이제 정문환이 기댈 사람은 제임스밖에 없었다. 제임스는 정문환이 말기 암 환자의 입을 막는 데 실패했는데도 용정의 가족에게 보낼 돈 천만 원을 내주었다. 그 돈이면 1년 동안 노모와 아들이 걱정 없이 살 수 있었다. 정문환은 제임스의 능력과 돈을 믿어보기로 했다. 희미한 구원의 가능성에 모든 것을 걸고, 최후의 순간까지 제임스의 생명을 지켜야 할 시점이었다.

"썅, 해보자."

정문환은 토카레프 한 정을 파카 안주머니에 넣었다. 그 자리에 있던 회칼은 바지 뒤춤에 꽂았다. 가슴에 권총의 존재감이 느껴지며 심장의 고동이 빨라졌다. 정문환은 나머지 권총 한 정과 탄창이 들어 있는 손가방을 대표실 구석에 있는 여행용 배낭에 넣었다. 제임스의 지시대로 배낭이 홀쭉해 보이지 않도록 책과 서류들을 구겨 넣었다. 정문환은 권총이 들어 있는 가슴을 두드리며 소리쳤다.

"해보는 거야!"

정문환은 배낭을 들고 대림상조신용 후문으로 들어갔다. 2층 사무실 안은 조용했다. 령감은 회의용 탁자에 그대로 앉아 있었고, 부하들은 빈 의자 아무 데나 널브러져 있었다. 디가우싱 업체 직원들은 떠났고, 용역들은 불안한 얼굴로 자기들끼리 속닥거렸다. 정문환이 들어서자 모두의 시선이 그가 들고 있는 배낭에 쏠렸다. 탐욕 어린 눈빛들이었다. 정문환은 사무실 책상들을 지나쳐 제임스가 있는 이사장실로 들어갔다.

"가져왔습니다."

정문환은 배낭을 열고 안에 든 구찌 맨스백을 꺼내 건넸다. 책상에 앉아 손가방을 뒤적이던 제임스가 벌떡 일어나 정문환을 노려보았다. 정문환은 그의 시선을 피해 고개를 돌렸다. 가방 안에는 권총이 한 정뿐이었다. 제임스는 나머지 한 정을 어쨌냐고 묻지 않았다. 그는 고개 돌린 정문환의 옆얼굴을 뜯어보다가 피식 웃었다.

제임스는 탄창을 바지 주머니에 넣고 권총을 양복 재킷 안주머니에 꽂았다. 이제 어쩔 셈이냐고 정문환도 묻지 않았다. 구겨진 서류와 책들만 가득한 배낭을 든 채 제임스가 이사장실을 나왔다. 사무실에는 령감과 부하들이 모두 일어나 배낭을 기다리고 있었다. 제임스가 령감 앞으로 걸어가 배낭을 바닥에 놓았다.

"채권 포함해 10억 좀 넘을 거요. 세보시지."

령감이 침을 삼켰다. 꿀꺽, 침이 식도를 통과하는 소리가 정문환에게까지 들렸다. 령감이 허리를 굽혀 배낭 지퍼를 열었다. 부하들은 물론이고 용역 직원들까지 돈을 구경하기 위해 고개를 내밀었다. 배낭의 아가리가 벌어지자 종이 조각과 책들이 튀어나왔다.

"뭐하자는 거야?"

령감이 소리치며 일어섰다. 제임스가 권총을 빼 들어 령감의 이마에 겨눴다. 시간이 정지한 것 같았다. 사무실 안의 모두가 배낭이 열리던 때의 자세 그대로 얼어붙었다. 령감이 물었다.

"장난감인가?"

"이거? 영감도 알 텐데."

제임스가 권총을 든 손에 힘을 주었다. 와이셔츠 소매를 걷어 올린 팔뚝의 근육이 씰룩거렸다.

"날 쏘면 경찰들이 몰려올 텐데."

"그래? 그거 재미있겠군. 어떻게 쏴줄까? 이렇게? 아니면 이렇게?"

제임스가 자세를 바꿔가며 령감의 눈앞에 총구를 흔들었다. 부하들이 제임스와 령감 주위를 둘러쌌다. 정문환은 제임스의 등 뒤에 서서 회칼이 날아오지 못하도록 막았다. 제임스가 말했다.

"저 일곱 난쟁이들 무기 버리라고 해."

령감은 대답하지 않았다. 제임스가 령감의 이마에 총구를 대고 찍어 눌렀다.

"어서."

령감이 입을 열었다.

"무기 버려라."

부하들이 회칼과 쇠파이프를 바닥에 던졌다. 쇠붙이들이 인조대리석 바닥에 부딪치며 날카로운 소리를 냈다. 제임스가 물었다.

"이제 흥정할 마음이 나시나?"

"그 총 내려놓으면 다시 얘기하지."

"건물 열쇠 내놔, 천천히."

령감이 바지 주머니에서 상조신용 열쇠 꾸러미를 꺼내 내밀었다. 제임스가 열쇠를 낚아채 등 뒤의 정문환에게 던졌다.

"이제 저놈들 내보내. 그러면 총을 내려놓지."

령감이 인상을 찌푸렸다. 새치가 섞인 양 눈썹이 서로 닿을 듯 미간에 모여들었다. 정문환은 령감의 얼굴을 보며 제임스가 흥정을 잘 이끌어간다고 생각했다. 령감은 순간의 욕심 때문에 위기에 몰렸다.

"너희는 나가라."

령감이 말했다. 제임스가 정문환을 돌아보며 지시했다.

"후문으로 내보내고 문 잠가."

부하들이 줄지어 사무실을 나갔다. 정문환은 그들과 함께 계단을 내려가 후문을 열었다. 자물쇠로 잠긴 후문 셔터가 달그락 소리를 내며 흔들렸다. 낮 동안 잠잠했던 바람이 거세진 거라고 정문환은 생각했다. 자물쇠를 풀고 셔터를 반쯤 올린 순간 조선족들이 얼굴을 디밀었다.

"아무도 모르게 이리로 드나들었구먼. 그것도 모르고 정문에서만 난리쳤어."

그 얼굴들 중 누군가 말했다. 술 냄새가 진하게 풍겼다. 정문환은 셔터를 도로 내려야 하나 고민했다. 그대로 셔터를 내리면 령감의 부하들이 건물 안에 남게 되고, 령감은 시간을 질질 끌며 흥정을 피할 것이다. 정문환은 셔터를 밀어 올렸다. 겨울바람에 파랗게 질린 조선족들이 후문 앞에 가득 서 있었다.

"나가라우."

령감의 부하들이 조선족들의 어깨를 헤치며 건물 밖으로 나갔다. 그들은 그 근방을 떠나지 않고 차 안에서 령감의 지시를 기다릴 것이다. 조선족 등 뒤로 사라져가는 부하들을 보며 정문환은 다시 셔터를 잡았다.

"그거 그냥 열어두라."

누군가 소리쳤다. 정문환은 그 외침을 무시하고 셔터를 내렸다. 셔터가 정문환의 이마까지 내려왔을 때 조선족 사내 두 명이 셔터를 잡았다.

"그냥 두라니깐, 쌍!"

"내일 얘기하십쇼, 내일."

정문환은 있는 힘껏 셔터를 당겼다. 조선족 사내들이 몰려들어 셔터를 밀어 올렸다. 정문환이 그들의 힘에 밀려 뒤로 넘어졌다.

"내일은 무슨 내일? 인차 올라가서 얘기해보자우."

조선족들이 우르르 뛰어들어 계단을 올라갔다. 정문환은 간신히 일어나 다시 셔터를 잡았다. 셔터 밖에는 사내들에 밀려 아직 들어가지 못한 아주머니들만 남아 있었다. 정문환이 셔터를 반쯤 내렸을 때 아기를 둘러멘 할머니의 얼굴이 튀어나왔다.

"할매는 안 돼! 못 들어가!"

정문환이 한 손으로 할머니의 머리를 밀어냈다.

"안 되긴 뭐이가 안 돼? 내 돈 찾겠다는데."

할머니가 정문환의 손가락을 깨물었다. 겁만 주는 게 아니라 손가락을 잘라낼 만큼 악력을 다해 물었다. 정문환이 비명을 지르며 주저앉았다. 할머니가 아기를 업은 채 기어 들어와 계단으로 뛰어갔다.

"이런, 쌍!"

정문환은 셔터를 닫고 자물쇠를 채운 뒤 사무실로 뛰어 올라갔다. 할머니에게 물린 손가락이 벌써 시퍼렇게 부어올랐다. 령감의 부하들을 건물 안에 두는 한이 있어도 셔터를 열지 말아야 했다고 자책하면서 정문환은 사무실 문을 열었다. 오늘 하루가 한국에서 보낸 10년보다 더 길었다.

조선족 열댓 명이 령감과 제임스를 노려보고 있었다. 아기를 업은 할머니가 그들 맨 뒤에서 숨을 헐떡이고 있었다. 총을 든 제임스도, 총부리를 앞에 둔 령감도 어리둥절한 표정이었다. 제임스가 소리쳤다.

"나가! 다 쏴버리기 전에."

"총이든 뭐든 간에 우리 돈이 어찌 되었는지 얘기하려고 왔소."

술 냄새를 풍기는 조선족 사내들이 제임스를 향해 다가왔다. 정문환이 그들 앞으로 뛰어가 회칼을 꺼냈다. 사내들이 충혈된 눈을 번뜩였다.

"한번 해보자 이거야? 우릴 다 당해낼 수 있어?"

사내들이 바닥에 뒹구는 쇠파이프를 집어 들었다. 정문환이 물러서지 않고 그들에게 칼을 겨눴다. 구석 책상에 모여 있던 용역들은 그 광경을 구경하며 수군거리기만 했다. 왜 용역들이 가스총이라도 발사하며 조선족을 진압하지 않는지 정문환은 의아했다. 그들은 고려행정사 건달들이 몰려올 때부터 모든 의욕을 잃고 건물 밖으로 나갈 궁리만 했다. 제임스의 수족이 이런 자들이라는 게 정문환은 한심했다.

"대가리를 까부수기 전에 비켜. 우린 돈 받을 때까지는 못 나가, 알겐?"

조선족들이 허공에 쇠파이프를 휘둘렀다. 총을 꺼내 공포空包라도 쏴야겠다는 생각에 정문환은 파카 안주머니에 손을 넣었다. 그때 등 뒤에서 제임스의 외침이 들렸다.

"놔!"

정문환은 뒤를 돌아보았다. 령감이 혼란을 틈타 두 손으로 제임스의 권총을 잡고 있었다. 령감의 손아귀에 붙들린 제임스의 팔에서 힘줄과 근육이 불거졌다. 권총이 령감의 눈과 이마 사이를 왕복하며 주둥이를 떨었다. 령감이 이를 악물고 말했다.

"넌 총을 쏠 배짱도 없어. 다 끝났어. 내려놔."

"배짱? 그 정도는 있지."

제임스가 방아쇠를 당겼다. 엄청난 격발음이 사무실을 흔들었다. 밀폐된 사무실에서 터진 총성이 사면에 부딪치고 튕겨져 나오면서 고막을 찢을 듯 두드렸다. 령감의 이마에 구멍이 뚫리고 탄환이 빠져나온 뒤통수가 부서졌다. 두개골과 살점과 두피에 붙은 머리카락이 피와 함께 허공으로 튀어 올랐다. 총을 맞는 순간 령감은 눈을 동그랗게 뜨고 입을 살짝 씰룩였다. 화약 냄새와 단백질이 타는 누린내와 피비린내가 진동했다. 령감은 서 있던 자세 그대로 뒤로 쓰러졌다. 뒤통수에서 끈적끈적한 붉은 액체가 흘러내려 바닥을 적셨다. 총알이 발사되는 순간 정문환은 자신의 미래가 닫히는 소리를 들었다. 령감의 몸과 함께 간신히 지탱해온 삶이 무너지는 느낌이었다.

총소리에 놀란 조선족들이 바닥에 엎드렸다. 할머니의 등에 업혀 있던 아기가 숨이 끊어질 듯 울어댔다. 할머니는 왼손으로 아기의 엉덩이를 두드리고 오른손으로 바닥을 짚으며 사무실 문을 향해 기어갔다. 제임스가 바닥에 엎드린 조선족들에게 총구를 겨눴다.

"한 놈도 나가지 마! 그 자리에 엎드려 있어!"

기어가던 할머니가 움직임을 멈췄다. 아기는 계속 날카롭게 울었다. 제임스가 정문환에게 말했다.

"이것들 못 나가게 사무실 문 잠가."

"예? 지금 다 나가야 옳지 않습니까?"

"우린 나가지 않는다. 이렇게 된 이상 시간을 끌 인질이 필요하다."

제임스가 할머니와 아기를 보았다. 령감의 이마에 총을 쏘았을 때 튄 피가 뺨과 눈가에 묻어 있었다. 어딘가 악몽 속을 여행하다가 현실로 돌아온 표정이었다. 제임스는 아기와 할머니에게 차례로 총구를 겨눈 채 한쪽 눈을 감고 방아쇠를 당기는 시늉을 했다. 아기가 숨이 막힌 듯 잠시 울음을 멈췄다.

"지금 셔터를 열 수 있겠나?"

"총소리를 듣고 더 많이 몰려들었을 겁니다."

"저 할망구 내보내면서 상황 좀 살펴봐."

"나가면 바로 신고할 텐데요?"

"상관없어, 이미 신고는 됐어."

"알겠습니다."

제임스가 구석에 모여 있는 용역들에게 소리쳤다.

"너희는 뭐해? 빨리 와서 테이프로 이놈들 손발 묶어."

용역 중 한 명이 일어서서 말했다.

"저, 저희는 이만 가보겠습니다."

"시끄러워! 몇 시간 뒤에 보내줄 테니까 시키는 대로 해."

정문환은 할머니를 데리고 후문 셔터 앞까지 갔다. 계단을 내려가는 동안 수많은 생각이 교차했다. 이곳을 나가지 않는다는 제임스의 말이 무엇을 의미하는지 알 수 없었다. 금융 사기와

총기 살인은 다르다. 건물을 빠져나가 도주한다고 해도 몇 시간 안에 전국에 수배가 떨어질 것이다. 그래도 일단 여기를 탈출해야 밀항이든 피신이든 살아남을 길을 도모할 수 있다. 인질극이 성공한 사례는 없다.

셔터 뒤에서 사람들의 웅성거림이 들려왔다. 보지 않아도 수를 짐작할 수 있을 만큼 시끄러웠다. 그 정도의 인파가 몰려들었다면 경찰서에 신고도 들어갔을 것이다. 정문환은 조선족들이 몰려들 경우를 대비해 권총을 꺼냈다. 셔터를 올리자 거리를 가득 메운 인파가 눈에 들어왔다. 총소리 때문인지 건물 안으로 들어올 엄두를 내는 사람은 없었다. 정문환은 할머니를 내보내고 셔터를 잠갔다. 두려움이 몰려왔다.

2층에 올라오니 용역들이 인질을 이사장실에 가두고 있었다. 정문환은 제임스의 지시에 따라 의자와 책상을 정문과 후문 뒤에 쌓아 올렸다. 건물의 양 출입구에 바리케이드가 설치되는 동안에도 셔터 뒤에서 웅성거림이 계속됐다. 몇 사람의 격분에 찬 외침과 함께 고조되다가 잠시 잦아들고, 다시 똑같은 방식으로 시작됐다. 바람 소리나 파도 소리 같았다. 령감의 시체는 10여분 동안 사무실 그 자리에 누워 있었다. 머리에서 흘러나온 피와 뇌수가 바닥에 말라갔다.

"저거 창밖으로 버려라."

제임스가 정문환에게 명령했다. 정문환은 시체를 어깨에 짊어지고 창가로 갔다. 아직 마르지 않은 핏방울이 정문환의 어깨와 가슴을 적셨다. 창문을 열자 찬바람이 쏟아졌다. 정문환은 보도블록에 서 있는 사람들에게 소리쳤다.

"비켜! 시체 떨어진다!"

사람들이 비명을 지르며 흩어졌다. 정문환이 시체를 창밖으로 던졌다. 령감의 머리칼과 옷자락이 바람에 펄럭였다. 쿵 소리를 내며 령감의 몸이 보도블록에 떨어졌다. 지칠 줄 모르던 령감의 욕심도 으깨졌다. 멀리서 순찰차 사이렌 소리가 다가왔다. 정문환은 황급히 창문을 닫았다.

경찰이 몰려오고 있었다. 정문환은 제임스가 그 모든 상황을 계산에 넣고 방아쇠를 당겼는지 궁금했다. 사이렌 소리가 창문을 넘어와 귀에 쟁쟁거릴 즈음, 제임스는 112로 전화를 걸었다.

"우린 대림상조신용에 인질 열네 명을 잡고 있다. 들어오지 마라. 들어오면 인질을 죽인다."

제임스는 통화를 끝내고 어딘가로 계속 전화를 걸었다. 수신자는 전화를 받지 않았다. 제임스가 나지막이 중얼거리는 소리를 들으며 정문환은 절망했다.

"성현범, 이 개새끼가 날 버렸어. 예상대로야."

밤 10시, 대림역 9번 출구 앞은 의경들의 고함과 호루라기 소리로 시끄러웠다. 도림로는 대림역 10번 출구부터 구로 제2교 앞까지 차량 출입이 통제되었다. "다시 한 번 알려드리겠습니다. 대림역 근처에 계시는 시민 여러분과 기자 여러분은 지금 즉시 안전한 곳으로 피해주시기 바랍니다." 텅 빈 거리에 여경의 경고 방송이 울려 퍼졌다. 상조신용 앞에는 경찰 버스 두 대

와 노란색 장갑차가 주차돼 있었다. 건너편 도로에는 서울경찰
청 지휘본부 버스가 있었다. 전경 2천여 명이 도림로와 상조신
용 뒤편의 골목을 포위하고 조선족 주민들을 내쫓았다. 지휘본
부 버스 뒤에 카메라를 든 기자들이 모여 상조신용 건물을 찍거
나 현장 중계방송을 했다. 서치라이트가 불 꺼진 상조신용 창문
을 비췄다. 이따금 2층 사무실 창문 뒤에서 검은 그림자들이 돌
아다녔다.

조성우는 김 형사와 함께 상조신용 옆에 있는 빌딩 근처를 서
성였다. 대림역 주변에는 작은 건물들이 밀집돼 있었다. 상조신
용 측면과 후면에 붙어 있는 건물들은 모두 셔터를 내리고 주민
들이 대피했다. 건물마다 빽빽한 노래방과 주점과 음식점의 네
온사인들도 꺼졌다. 그 건물들의 옥상에 전경과 형사가 올라가
상조신용을 감시했다. 김 형사가 들고 있는 무전기에서 격앙된
목소리가 쉴 새 없이 흘러나왔다.

"어쩌자고 와서 무전기까지 들고 설쳐요?"

조성우가 물었다. 김 형사는 상조신용에서 인질극이 시작됐
다는 소식을 듣자마자 대전에서 차를 과속으로 몰고 올라왔다.
그가 도착했을 때 조성우는 지휘본부 버스 뒤에서 기자들과 함
께 서 있었다. 김 형사는 무전으로 상황을 전파하는 영등포서와
구로서 형사들에 섞여 임무를 수행하는 척하며 조성우를 불러
들였다. 김 형사 덕택에 조성우는 경찰의 차단선 안으로 들어와
무전으로 실시간 상황을 들을 수 있었다.

"이 좋은 구경을 놓칠 수 있나. 그러고 보니 자네 얼굴도 좋은

구경이군."

"죽을 뻔했어요."

"내가 몸조심하라고 했잖나. 왜 나한테는 말 안 했어?"

"형님 걱정이나 하세요. 그러다 잘려요."

"걱정 마. 새벽에 내려갈 거야. 근데 이 난장판이 죄다 자네가
한 짓인가?"

"인질극까지 벌일 줄은 몰랐어요."

"자네 국정원에 들어갈 생각 없나? 참 타고난 공작원인데."

"시끄러워요."

조성우는 도림로의 풍경이 꿈처럼 느껴졌다. 번득이는 서치
라이트, 왕왕대는 경고 방송과 사이렌 소리, 방패를 들고 건물
주변을 막는 전경들, 그들의 머리 위를 누르는 어둠과 추위까지
허구의 이야기에서 튀어나온 것 같았다. 자신이 던진 작은 불씨
가 이런 악몽을 피워낸다는 것이 믿기지 않았다. 조성우에게 현
실감을 일깨우듯 무전기에서 상황을 전파하는 목소리들이 들
렸다. 기동대 경력 상조○○집 봉쇄 중이고 ○○장 ○하나 했다
고 합니다…… 테러범들 조용합니다. 경고 방송 진행하고 있습
니다. 주요 경찰 음어에 대해 알고 있는 조성우는 무전 교신 중
에 경찰특공대가 출발했다는 내용이 마음에 걸렸다.

"경찰특공대가 오나요?"

"당연히 와야지. 걔들 아니면 누가 이 상황 처리하나?"

"인질이 있는데 작전하겠다는 뜻인가요?"

"그건 몰라."

"경찰은 제임스를 테러범이라고 부르네요."

"따지고 보면 그렇지 뭐."

"그런가요."

지휘본부와 현장의 교신이 들렸다.

"금일 ○작 준비를 하세요."

"○팔, 진중입니다."

"소방차 왔습니까?"

"아직 안 왔습니다."

"○팔, ○작 전에 기선 제압을 해야 되니까 계속 경고 방송 하고 최루탄 준비하세요."

무전이 끝나기 무섭게 경고 방송의 톤이 높아졌다.

"모든 무기를 버리고 자진해서 나오십시오. 법에 따라 선처하겠습니다."

김 형사가 귀를 막았다.

"아이구 시끄러워. 나오란다고 나오나, 젠장."

조성우가 물었다.

"작전을 한다니, 이게 말이 됩니까?"

"지금 당장은 아니야. 협상 중일 거야. 결렬되면 들어간다는 거겠지."

"안에 인질이 있어요. 작전하면 다 죽어요."

"하지만 말이야, 하지만……."

"하지만 뭐요?"

"인질들이 조선족이잖아. 한국인처럼 부담스럽지는 않지."

"그게 제정신으로 할 소립니까?"

"현실이 그렇다는 거야, 현실이."

조성우는 범인들의 시체를 보고 싶지 않았다. 살인범과 제임스와 성현범을 검찰청 포토라인 앞에 세우는 것이 조성우가 인정할 수 있는 최선의 결말이었다. 취재 수첩을 들고 그들의 얼굴을 마주하면 지난 몇 달 동안 자신을 괴롭혀온 분노와 죄의식도 사라질 것 같았다. 조성우는 지휘본부 버스를 향해 걸음을 옮겼다.

"안 되겠어요, 뭐라도 해야지."

김 형사가 옷깃을 잡았다.

"미쳤어? 버스로 들어갈 수나 있을 것 같아?"

경찰 헬기가 대림상조신용 옥상으로 다가왔다. 조성우과 김 형사는 일제히 하늘을 바라보았다. 프로펠러 소음이 경고 방송과 사이렌을 지우고 허공에 울려 퍼졌다. 헬기가 쏘는 조명이 묵직한 어둠을 뚫고 옥상 이곳저곳에 닿았다.

"뭐하는 거죠? 레펠이라도 내리려나?"

김 형사가 고개를 흔들었다.

"옥상을 탐색하는 거지. 놈들이 옥상에 폭탄을 설치했다고 협박했대."

헬기 프로펠러 소리와 소방차의 사이렌 때문에 무전기 교신이 들리지 않았다. 거리 전체가 괴성을 지르는 것 같았다. 도림로 저편 끝에서 선팅을 짙게 한 관광버스처럼 생긴 차와 소방차들이 달려왔다. 김 형사가 버스들을 가리키며 말했다.

"특공대 버스야. 네 개 제대가 다 온 거 같은데."

경찰특공대 버스 두 대가 대림상조신용 건너편 세계직업소개소 건물 앞에 주차했다. 그 뒤로 소방 크레인 두 대, 물탱크 한 대, 구급차 두 대, 모두 다섯 대의 차량이 따라왔다. 상조신용 앞에 주차돼 있던 경찰 버스와 장갑차가 천천히 전진했다. 경찰 버스가 비워준 자리에 소방 크레인 두 대가 멈췄다. 경찰특공대 버스에서 사파리 점퍼를 입은 중년 남자들이 내렸다. 그들은 도림로를 건너와 상조신용 건물 앞에 서서 손가락으로 2층과 옥상을 가리키며 얘기를 나눴다.

"특공대장하고 제대장들인 것 같아. 정찰 나온 거야."

김 형사가 말했다. 몇 분 뒤 특수 방호복과 헬멧을 갖춘 대원들이 묵직한 저격용 소총을 들고 달려왔다. 전경들이 그들과 함께 달리며 방패로 엄호했다. 고참인 듯한 전경이 도림로 중간에서 방패를 흔들며 후임들에게 소리쳤다. 빨리 뛰어! 빨리! 대원들 중 일부는 상조신용 건너편에 있는 연변냉면으로 들어갔고, 나머지는 도림로를 건너 조성우와 김 형사가 서 있는 빌딩으로 접근했다. 조성우와 김 형사는 빌딩 옆 골목으로 물러섰다. 대원들이 일렬로 빌딩으로 진입했다. 조성우는 골목 입구에 서서 대원들이 손에 들고 있는 검은색 캘리버 저격 소총을 훔쳐보았다. 그들이 움직일 때마다 총에 부착된 야간용 스코프가 반짝거렸다.

"저격조가 배치됐어. 상조신용의 측면과 전면 건물 옥상으로 갈 거야."

김 형사가 속삭였다.

"젠장! 검은9월단이라도 온 것 같네요."

무전기에서 소방 크레인이 준비됐냐고 묻는 지휘본부의 목소리가 들렸다. 경고 방송이 다시 소리를 높였다. 경고합니다, 다시 한 번 경고합니다! 김 형사가 말했다.

"작전이 곧 시작될 거야."

조성우가 하늘을 향해 중얼거렸다. 이런 씨팔. 최후의 순간이 다가오고 있었다. 그러나 조성우는 이것이 음모의 끝이 아니라 일부분인 것 같았다. 제대로 매듭지어지지 않은 채 몇 구의 시체로 은폐될 뿐인 음모가, 세상이 끝나는 날까지 반복될 것 같았다. 그때 상조신용 안에서 총성이 들렸다. 2층 사무실 안이 번쩍거리자 총성의 메아리가 허공으로 퍼져 나갔다.

"엎드려!"

누군가 외쳤다. 조성우는 바닥에 엎드렸다. 우둘투둘한 시멘트 바닥의 냉기에 배가 시렸다. 고려행정사 놈들에게 맞은 코언저리가 쿡쿡 쑤셨다. 경고 방송이 멈추고 경찰 헬기도 떠났다. 조용히 해! 일어서지 마! 누군가 또 외쳤다. 한 발, 두 발, 세 발, 네 발, 총성이 정적을 찢었다.

한 시간 전에 전기가 끊겼다. 정문환과 제임스는 어둠 속에 앉아 있었다. 인질들이 갇힌 이사장실에서 작은 신음이 흘러나왔다. 창문으로 경찰의 서치라이트 광선이 들어와 사무실 천장과 바닥을 핥았다. 때로는 얼굴 정면으로 달려드는 광선이 눈부셨다. 제임스는 아무 말도 없었다. 이곳을 빠져나가기 위한 어떤 계획도 꺼내지 않았다. 인질들을 죽이거나 내보내라는 지시도 없었다. 서치라이트 광선의 폭포 아래 참선을 즐기는 것 같았다.

전화벨이 울렸다. 두 시간 전부터 서울경찰청 정보과 형사라는 작자가 제임스에게 전화를 걸어왔다. 제임스가 전화를 받았다.

"우리 요구는 변함없다. 모든 경찰 철수하고 버스를 대기시켜. 그러면 협상한다."

수화기 너머 형사가 뭔가를 한참 설명했다. 제임스가 대답했다.

"우리 병력은 여덟 명이다. 옥상으로 진입할 생각은 하지 마라. 진입하는 순간 폭탄이 터질 거다. 그리고 빨리 결정해. 슬슬 조바심이 나니까."

형사가 전화를 끊었다. 불빛이 조금씩 사그라지는 스마트폰을 제임스는 멍하니 바라보았다. 그 불빛에 비친 제임스의 얼굴이 천천히 어두워졌다. 커다란 두 눈은 반짝이다가 암전됐다. 정문환이 물었다.

"뭐라고 합니까?"

"한 시간 뒤에 전화한다는군. 시간을 끌려는 수작이지."

"정말 경찰을 철수시킬까요?"

제임스가 고개를 들었다. 천장을 핥던 서치라이트가 그의 뒤통수를 때렸다. 정문환에게는 그것이 후광처럼 보였다.

"그건 너도 모르고 나도 몰라. 모르는 것에 대해선 말하지 않는 게 좋아."

긴 침묵이 흘렀다. 난방이 꺼진 사무실은 지독하게 추웠다. 정문환은 파카를 입고, 제임스는 양복 재킷에 바바리코트를 입고 모든 지퍼와 단추를 잠갔다. 사무실 구석에 모여 있던 용역들이 갑자기 일어서서 침묵을 깼다. 의자가 물러나며 삐걱거리는 소리가 불쾌하게 귀를 찔렀다. 제임스가 물었다.

"뭐야?"

"화장실 좀 가려고요. 배고파서 정수기 물만 먹었더니 이렇습니다."

"빨리 갔다 와."

"저희는 언제 보내줄 겁니까? 보내준다고 하셨잖아요. 그런데 휴대폰까지 뺏는 이유가 뭡니까?"

"죽기 싫으면 빨리 갔다 와."

용역들이 화장실로 몰려가 저희끼리 뭔가를 수군댔다. 제임스가 말했다.

"불쌍한 놈들."

"그냥 보내줘도 되지 않겠습니까?"

제임스가 정문환을 바라보며 코웃음을 쳤다.

"문을 여는 순간 끝장이야. 그걸 모르나?"

그럼 저들을 인간 방패로라도 삼을 작정이냐고 묻고 싶었지만 정문환은 참았다. 제임스는 정문환이 뭔가를 묻는 걸 귀찮아하거나 두려워하고 있었다. 용역들이 화장실에서 나왔다. 사무실 구석으로 돌아가는 척하던 용역들이 갑자기 칼과 쇠파이프를 주워 들고 제임스와 정문환에게 달려들었다. 정문환이 일어섰다. 그때 이미 용역 한 명이 그의 머리통을 향해 쇠파이프를 휘두르고 있었다. 정문환은 충격과 함께 바닥에 쓰러졌다.

용역 네 명이 제임스에게 달려들어 양팔과 다리를 붙들었다. 총을 뺏어! 맨 뒤의 용역이 소리쳤다. 칼을 든 용역이 다가가 바바리코트의 단추를 끌렀다. 제임스가 발버둥 쳤다. 가만히 있어! 용역이 제임스의 턱을 주먹으로 쳤다. 제임스가 신음을 내며 움직임을 멈췄다. 용역이 제임스의 양복 재킷 단추를 끌렀다. 바지춤에 꽂힌 권총 손잡이가 드러났다. 용역이 권총을 향해 손을 뻗는 순간 제임스가 고개를 들어 용역의 코에 박치기를 했다.

"아우, 씨팔 이 개새끼!"

용역의 콧등이 주저앉으며 피가 쏟아졌다. 용역은 왼손으로 코를 감싸며 오른손에 쥔 회칼로 제임스의 배를 찔렀다. 칼자루에 힘을 주어 제임스의 배에 칼날을 밀어 넣었다. 용역과 제임스 둘 다 으으으 하는 음산한 소리를 냈다.

정문환이 바닥을 짚고 일어섰다. 용역은 칼날의 절반을 제임스의 배 속에 집어넣었다. 정문환은 파카 안주머니에서 권총을 꺼내 제임스의 다리를 잡은 용역의 등을 향해 쐈다. 총구가 번쩍이며 용역이 쓰러졌다. 정문환에게도 총이 있다는 사실을 몰랐던 용역들이 총성에 놀라 손을 놓았다.

제임스가 바지춤의 권총을 꺼내 자신을 찌른 용역의 가슴을 쏘았다. 나머지 용역들이 손을 번쩍 치켜들었다. 제임스가 배를 쥐고 일어섰다. 손가락 사이로 피가 흘렀다. 으아아아, 제임스는 괴상한 기합을 넣으며 배에 힘을 주었다. 더 많은 피가 손을 적시며 바닥으로 떨어졌다.

"고작 총소리에 놀라서 공격을 멈춰? 벌레 같은 새끼들."

제임스가 손을 들고 있는 네 명의 용역을 차례로 보았다. 정문환은 그들의 손끝이 떨리고 있는 것을 어둠 속에서도 확인할 수 있었다. 서치라이트가 미친 듯이 사무실 안을 헤집었다. 제임스는 용역들의 이마를 향해 차례로 총을 쏘았다. 용역들이 맨 왼쪽부터 도미노처럼 쓰러졌다. 용역들의 몸과 머리가 의자에 부딪치며 나뒹굴었다. 탄피들이 바닥에 떨어져 쨍그랑거렸다. 매운 화약 냄새가 정문환의 코를 찔렀다. 제임스는 쓰러져 있는 용역들을 향해 두 발을 더 발사하고, 탄창을 갈고, 여덟 발을 더 난사했다. 총구가 불을 뿜을 때마다 용역들의 머리와 가슴이 들썩였다.

"흐흐흐흐!"

제임스가 히죽거렸다. 화약 냄새가 가시고 피비린내가 진동했다. 일생 동안 맡아본 피비린내 중에 가장 역하고 독한 냄새라고 정문환은 생각했다. 이사장실에 갇혀 있는 인질 한 명이 오열했다. 한 명이 울기 시작하자 여러 명이 아이고, 아이고, 바닥을 치며 울어댔다. 그들의 통곡을 듣자 두통이 일었다. 정문환은 용역의 쇠파이프에 맞아 부어오르기 시작한 옆머리를 손으로 매만졌다.

제임스가 다시 의자에 앉았다. 하아, 하아, 숨소리가 거칠어지고 얼굴이 일그러졌다. 품속에서 전화벨이 울렸다. 정보과 형사가 무슨 일이냐고 물었다.

"인질 일부를 죽였다. 더는 못 참는다."

대답이 떨어지자마자 전화가 끊겼다. 제임스가 전화기를 내려놓고 배의 상처를 막고 있던 왼손을 뗐다. 배 속에 고여 있던 피가 한꺼번에 쏟아져 나왔다. 제임스는 피에 젖은 손바닥을 한참 동안 바라보았다. 얼굴이 점점 창백해졌다. 서치라이트가 그의 얼굴을 비출 때마다 밀랍처럼 하얀 피부가 빛났다. 제임스는 피 묻은 손바닥으로 얼굴을 쓰다듬었다. 창백한 피부 위에 피칠갑을 한 얼굴이 악마 같다고 정문환은 생각했다.

"형사가 뭐랍니까?"

"작전이 시작될 거다."

"예?"

"잘 들어. 우리는 아무 데도 갈 수 없어. 우리가 어떻게 될지는 하느님만 아실 거야. 으하하!"

제임스가 웃음 끝에 기침을 쏟아냈다. 그의 배와 가슴이 들썩일 때마다 피가 흘렀다. 정문환은 제임스가 완전히 무너졌다는 것을, 그가 최후의 순간에 악마의 얼굴을 과시하고 싶어 한다는 것을 알았다. 분노가 치솟았다.

"갈 데가 왜 없어, 이 새끼야. 어떻게 지킨 목숨인데, 버리고 싶을 때마다 여긴 아니다 하면서 지킨 목숨인데, 여기가 끝이라고? 이러려고 여기까지 온 줄 알아?"

작은 실수들이 모여 정문환을 여기까지 끌고 왔다. 고비 때마다 내린 오판이 그를 벼랑 끝으로 데려다놓았다. 생각해보면 돌이킬 수 있는 기회들이 많았다. 제임스에게 청부 살인 제안을 받았을 때 거절했다면, 남문파 한 사장이 놓아줬을 때 지방으로 도망쳤다면, 제임스의 총을 들고 상조신용으로 돌아오지 않았다면 더 살 수 있었다. 무슨 일이 있어도 여기서 끝낼 수 없다고 정문환은 생각했다. 무슨 수를 써서라도 제임스를 데리고 이곳을 빠져나가, 그에게 남은 권력과 돈으로 새 출발을 해야 했다.

제임스가 창밖을 보았다. 하아, 하아, 하아, 숨소리가 더 거칠어졌다. 총성 때문에 잦아들었던 사이렌과 경고 방송이 다시 들려왔다. 경찰들이 분주히 움직였다. 제임스가 몸을 떨었다.

"참 이상해. 이 장면을 언젠가 꿈속에서 본 거 같아. 아니면 기억 속이던가. 과거에 겪었던 일이 다시 시작되는 거 같아. 내가 과거로 돌아간 느낌이야."

제임스는 몹시 추위를 느끼는 듯 이빨을 부딪쳤다. 정문환이 소리쳤다.

"허망소리치지 마라! 내가 반드시 널 끌고 여기를 나간다!"

제임스가 정문환을 돌아보았다. 얼굴과 어깨가 떨리다 못해 경련을 일으켰다.

"나간다고? 그래, 만에 하나 여길 나가더라도 뭐가 달라지지? 삶이 달라져? 네놈이, 네놈의 자식이, 그 자식의 자식이 어떤 삶을 살 거라고 기대하나? 아무리 도망쳐봤자 제자리인 걸 넌 아직도 몰랐나?"

제임스가 두 손을 들며 말했다.

"날 봐라, 상처 입은 짐승이다. 네놈은 언제나 날 죽이고 싶어했잖아. 지금 죽이고 도망쳐봐라. 여길 쏴, 여기 가슴 한가운데를, 어서."

정문환은 고개를 저었다. 파카를 벗어 제임스의 몸에 둘러주고 창밖에 있는 경찰의 동태를 살폈다. 그리고 방금 떠올린 탈출 계획을 설명했다.

"폭탄이 무서바서 경찰은 옥상으로는 못 올라와. 경찰이 계단으로 올라오면 인질들을 그리로 덴져놓는다. 우리는 인질들하구 섞여서 밖으로 나간다. 니 말만 믿다가 일이 까꾸로 섰으니까 이젠 내 말을 따르라우."

"미친놈."

정문환은 분노가 치솟아 머리가 터질 것 같았다. 지금 당장 등을 돌려 제임스의 가슴에 총알을 퍼붓고 싶었다. 정문환은 온힘을 다해 충동을 참으며 소리쳤다.

"나는 나간다! 여기만 아니면 지옥도 좋아!"

밤 12시, 작전이 시작됐다. 전경들이 방패를 들고 상조신용 건물 주위를 겹겹이 에워쌌다. 전경 중대장이 곤봉을 휘두르며 총알을 두려워하는 전경들을 정문 앞에 배치했다. 이 새끼들아, 뭐가 그렇게 겁나? 빨리 오라고! 경계가 느슨해진 틈을 타 근처를 어슬렁거리는 기자나 민간인을 전경들이 내쫓았다. 나가요, 나가! 카메라를 든 기자들이 알았다고 손을 흔들며 도림로 너머로 사라졌다. 김 형사가 말했다.

"우리도 위험하다, 가자."

"어디로 가요?"

"길 건너 건물 옥상으로."

"거기에도 저격조가 있잖아요."

"냉면집 건물 옥상 말고. 그 옆에 세계직업소개소 옥상 말이야. 아까 기자들 올라가는 거 못 봤어? 빨리 뛰어."

조성우와 김 형사는 길 건너로 뛰었다. 상조신용 건물 앞에서 전경들이 계속 호루라기를 불며 대열을 정비하라고 소리쳤다. 김 형사가 손에 든 무전기에서 지휘본부의 목소리가 흘러나왔다.

"○팔, 금일 ○작, 계단을 통해 먼저 진입합니다. 장애물 해체하고 통로 확보할 수 있도록 준비를 해주세요. 통로에서 테러범들 교란하면서 2층 창문으로도 들어갑니다. 소방차 준비됐습니까?"

조성우와 김 형사는 도림로를 건너 세계직업소개소 건물 안으로 뛰어 들어갔다. 3층 계단을 숨 가쁘게 올라 옥상 철문을 열자 꽤 많은 사람들이 바글대고 있었다. 전경 다섯 명이 방패를 들어 경계하고 그 뒤에서 영등포서 경비과와 정보과 형사들이 상조신용을 감시했다. 카메라를 든 기자들이 옥상 난간 밑에 웅크리고 앉아 상조신용 건물을 찍었다. 그들이 일어서서 상조신용 정문 근처를 볼 때마다 전경들이 자세를 낮추라고 소리쳤다. 알았어, 임마. 중년의 덩치 큰 사진기자 한 명이 웃으며 대꾸했다.

조성우는 길 건너 불 꺼진 상조신용을 보았다. 2층 창문 뒤의 어둠 속에서는 아무런 움직임도 잡히지 않았다. 제임스처럼 영리한 인간이 왜 저 안에 갇혀버렸는지 조성우는 이해할 수 없었다. 조선족들이 건물 주변에 진을 치고 있는 상황에서 총을 발사한 것은 치명적인 실수였다. 고려행정사 사장의 위협 때문에 총을 쏠 수밖에 없는 상황이었다면 쏘자마자 건물 밖으로 나와 도주로를 뚫었어야 했다. 인질을 끌어들이고 령감의 시체를 버렸을 때 제임스는 뭘 계획한 걸까. 무전기에서 계속 지시가 내려왔다.

"금일 ○작 목표는 테러범 ○○입니다. 저항 있을 시 ○○합니다. 인질들 안전하게 설치할 수 있도록 유념하세요."

작전의 목표를 말하는 음어를 이해하지 못한 조성우가 김 형사에게 물었다.

"테러범을 어떻게 하라는 겁니까?"

"경찰은 잘 안 쓰는 음어지. 섬멸이야."

조성우는 검은 하늘을 보며 심호흡을 했다. 첫눈이라도 오면 좋겠다고 생각했지만 맑은 하늘에는 별들이 가물거렸다.

"섬멸, 섬멸이구나."

"테러범의 운명이지."

"처음부터 다 죽일 작정을 하고 들어가는군요."

"그보다는 인질 구출이 최우선이야."

"특공대 무전도 들리나요? 걔들은 뭐랍니까?"

"특공대 작전망은 우리하고 달라서 못 들어. 걔들이 무전 교신할 시간도 없고."

"제임스를 죽여서 입을 막을 생각이에요."

"성현범이?"

"성현범뿐이겠습니까. 구린 놈들이 많겠죠. 게다가 대선이 코앞이에요. 괜히 제임스가 입을 놀리면 골치 아파져요. 작전의 목표는 인질 구출이 아니라 제임스 사살이에요. 그래서 이렇게 빨리 움직이는 거예요."

경찰기동대가 진입하기 시작했다. 고속 절단기를 든 대원이 맨 앞에 서서 정문의 잠금장치를 해제했다. 작은 불꽃이 튀고 핑음이 들렸다. 그 뒤에 반자동 기관단총 MP5를 든 대원들이 고개를 숙이고 건물 안으로 뛰어 들어갈 태세를 갖췄다. 제논 탐조등을 든 대원이 맨 뒤에서 불빛을 비추며 시야를 확보했다. 후문에서도 똑같은 형태의 작전이 시작됐다. 무기를 버리고 나오라는 경고 방송이 작전의 소음을 지우려는 듯 음량을 높였다. 김 형사의 무전기에서 현장의 상황이 전파됐다.

"정문에서 경력들 시정 장치 해체할 진중입니다. 후문은 시정장구 ○○곱하고 계단 장애물 해체할 진중."

대원들이 건물 안으로 들어갔다. 무전기에서 절단기 소리와 고함 소리가 들려왔다.

"기동대 따라 들어가! 기동대! 장애물 치워!"

경찰특공대원들이 어두운 계단 앞에서 벌이는 사투가 옥상에 있는 조성우의 눈앞에 그려졌다. 경고 방송은 계속 의미 없는 경고를 내질렀다.

"다시 한 번 경고합니다. 모든 무기를 버리고 자진해서 내려오시기 바랍니다. 자수하면 법에 따라 선처하겠습니다. 이제 그만 중단하고 자진해서 내려오십시오."

건물 앞에 설치된 두 대의 소방 크레인 바스켓에 특공대원들이 올라탔다. 크레인이 건물을 향해 천천히 올라갔다. 대원들을 태운 바스켓이 2층 사무실 창문 앞에 멈춰 섰다. 갑자기 무전기에서 현장의 비명이 들려왔다.

"경력들 밀립니다. 인질들이 내려옵니다. 경력들이 밀려요."

"○팔, 인질 구출은 미루고 먼저 테러범들 ○○하세요. 물러나지 말고. 물러나지 마!"

김 형사가 말했다.

"놈들이 계단에 인질을 풀어놨나 봐. 최후의 발악이야."

"인질들이 위험한데요."

벌써 인질 몇 명이 출구로 내려온 것 같았다. 무전기에서 살려달라는 울음 섞인 비명 소리가 들렸다. 정문과 후문 앞은 고함 소리로 가득했다. 들어가! 들어가! 누군가 계속 소리쳤다. 소방 크레인 바스켓에 탄 대원들이 해머로 유리창을 깼다. 유리 조각들이 허공에 반짝이며 전경들의 헬멧 위로 떨어졌다. 물방울 같기도 하고 얼음 같기도 한 것들이 어둠 속에 반사광을 흩뿌리는 장면은 아름다웠다. 대원들이 사무실 안에 최루탄을 쏘았다. 깨진 유리창으로 하얀 연기가 흘러나왔다.

조성우는 담배를 피워 물었다. 손이 떨리고 입안이 말랐다.

조성우는 상조신용의 사이렌과 고함과 비명 위로 연기를 내뿜었다. 건물 안에서 총성이 들렸다. 탕 탕, 두 발의 총성 뒤에 기관단총이 연사하는 소리가 터졌다. 김 형사가 중얼거렸다.

"아비규환이군."

"너무 성급한 작전이에요."

무전기에서 현장의 상황 보고가 들렸다.

"○작 중 인질이 다쳤습니다. 아, 테러범들 3층으로 ○람 중. 반복합니다. 3층으로 ○람 중. ○육?"

"○팔. 검거하세요. 빨리. 기동대도 올라갔습니까."

김 형사가 말했다.

"제임스가 3층으로 도망갔구나. 제임스 병력이 여덟 명쯤 된다는데. 전투가 커지겠어."

조성우가 고개를 저었다.

"아뇨, 여덟 명 안 될 거예요. 제임스가 움직이는 폭력 조직은 고려행정사뿐인데 거기와도 사이가 틀어졌어요. 자기 수하 한두 명이 전부일 거예요."

소방 바스켓에 탄 대원들이 창문 안으로 진입했다. 사무실 안에 제논 탐조등 불빛이 번쩍거렸다. 이제 조성우가 있는 옥상에서도 출구로 나오는 인질들의 머리가 보였다. 그들은 전경들에 휩싸여 두 손을 휘저으며 뭔가를 소리치고 있었다. 안에 사람들이 많이 남아 있다고 알리는 것 같았다. 구급차의 사이렌 소리가 커졌다. 무전기에서는 3층으로 가라는 지시가 계속 떨어졌다.

서치라이트들이 일제히 3층 창문을 비췄다. 조성우는 3층 대회의실 안에서 그림자 한두 개가 움직이는 것을 보았다. 거기서 뭐하냐고, 살아서 잡히라고 조성우는 그림자에게 소리치고 싶었다. 그때 또 총성이 들렸다. 건물 안의 누군가를 겨냥한 게 아니라 건물 밖을 향해 터진 총성이었다. 3층 유리창이 깨지면서 저격조가 있는 연변냉면 옥상에 총알이 박혔다. 조성우는 총알이 바람을 가르는 소름 끼치는 소리를 느꼈다.

뭐야? 뭐야, 이거? 조성우와 함께 세계직업소개소 옥상에 있던 형사들이 냉면집 건물로 고개를 돌렸다. 총알이 박힌 자리에서 희미한 먼지가 일었다. 저격조는 미동도 없이 총구를 상조신용 3층으로 겨누고 있었다. 김 형사가 조성우의 목덜미를 잡으며 말했다. 엎드려! 무전기에서 지시가 떨어졌다.

"저격조 사격 개시."

냉면집 옥상에서 저격조 총구들이 불을 뿜었다. 상조신용 옆에 있는 빌딩 옥상에서도 사격이 시작됐다. 상조신용 3층 창문들이 총알에 부서졌다. 건물 밑에 있던 전경들이 옆 골목으로 대피했다. 유리 조각이 허공에 쏟아졌다. 김 형사가 말했다.

"다 끝났어. 아주 징글징글하다."

조성우는 옥상에 엎드려 바닥을 주먹으로 쳤다. 상조신용 3층은 창문이 다 깨진 채로 검은 아가리를 벌렸다. 사격 중단 지시가 떨어질 때까지 총성은 멈추지 않았다. 다친 인질을 태운 구급차가 도림로를 가로질렀다.

정문환은 사무실에서 작전이 시작되기만을 기다렸다. 제임스의 상태가 점점 나빠졌다. 이를 악물고 경련을 참으며 알아들을 수 없는 헛소리를 중얼거리기도 했다. 창백한 얼굴에 피가 말라붙어 있었고, 칼에 찔린 배에서는 계속 피가 배어 나왔다. 정문환은 제임스를 쏴 죽이는 게 낫다고 생각했다. 더 이상 권력과 돈을 기대할 수 없는 제임스라면 탈출의 장애물일 뿐이었다. 몇 번이나 권총을 들었지만 제임스를 향해 방아쇠를 당길 수 없었다. 혼자는 너무 외로웠다. 시체들이 널브러진 이 사무실에서, 탈출이든 자살이든 혼자 계획하고 실행해야 한다는 건 끔찍했다. 정문환은 작전이 시작되면 다친 인질을 부축하는 척 제임스를 어깨에 메고 계단을 내려가리라 결심했다.

두 시간 동안 정문환은 아들을 생각했다. 화상 채팅창 안에서 자신에게 큰절을 올리는 아들의 얼굴에는 내일에 대한 불안이 없었다. 그게 가장 마음에 들었다. 정문환은 자신이 지금 여기서 죽어도 아들이 제사 따위 치르지 않기를 바랐다. 아버지의 얼굴을 다 지워버리고 자신의 얼굴로만 세상을 살아가기를 빌었다. 제임스는 계속 헛소리를 중얼거렸다. 난 돌아왔어, 돌아왔어…….

작전은 자정에 시작됐다. 창문 밑으로 경찰특공대가 정문을 통해 진입하는 모습이 보였다. 정문과 후문에서 고속 절단기가 윙윙거리는 소리가 들렸다. 정문환은 사무실 문을 열고 아래를 내다보았다. 어둠에 잠긴 계단 저 끝에서 절단기의 불꽃이 튀었다. 경찰들의 고함 소리와 워커 소리도 들렸다. 정문환은 이사장실로 가서 인질들의 포박을 풀었다. 인질들이 눈물 젖은 눈으로 정문환을 올려다보았다. 몇몇 인질들이 바지에 오줌을 싸서 퀴퀴한 냄새가 났다.

"살려주십쇼, 제발."

한 인질이 말했다. 얼굴이 검고 머리가 짧고 노동에 찌든 근육들이 씰룩거리는, 정문환과 똑같은 모습을 가진 인질이었다. 이 방의 인질들은 서울에서 가장 가난한 마음을 가진, 똑같이 생긴 인간들이었다. 정문환은 이사장실의 문을 열며 말했다.

"나와."

인질들이 이사장실 밖으로 쏟아져 나왔다. 정문과 후문의 잠금장치는 이미 해체되었다. 경찰들은 책상과 의자로 쌓은 바리케이드를 허물고 있었다. "함마! 함마 가져와!" 누군가 계단 밑에서 소리쳤다. 쿵쿵, 의자와 책상이 바닥에 떨어지는 소리가 났다.

"내려가."

정문환이 인질들을 권총으로 겨누며 말했다. 으아아악, 인질들이 비명을 지르며 사무실을 뛰쳐나갔다. 정문환은 제임스의 어깨를 부축해 일어섰다. 제임스가 정문환을 바라보며 입을 달싹거렸다. 입술이 퍼렇게 질려 있었다. 동공이 풀어져 어디를 보는지 감을 잡을 수 없었다.

"우리도 나간다."

정문환이 말했다. 제임스가 희미하게 웃었다. 그것이 허락의 웃음인지 비웃음인지 정문환은 알 수 없었다. 정문환은 제임스의 어깨를 목에 끼고 사무실을 나왔다. 계단은 온갖 비명과 고함으로 아수라장이었다. 전등이라고 볼 수 없는 날카롭고 뜨거운 불빛이 인질들과 정문환의 얼굴을 쏘았다. 비켜, 비켜! 짧은 총을 든 경찰들이 인질들을 헤집으며 계단을 올라오기 위해 안간힘을 썼다. 쏘지 마요, 쏘지 마. 우린 범인이 아니에요. 인질들이 손을 번쩍 들고 경찰들 앞에서 울부짖었다. 정문환은 인질들의 대열 후미로 파고들었다.

"범인 어딨어?"

총을 겨눈 경찰이 물었다. 인질들은 정문환을 골라낼 겨를이 없었다. 계속 쏘지 말라고 울부짖으며 계단을 내려가기 위해 경찰들을 밀어붙였다. 불빛이 그들의 얼굴을 하나씩 비췄다. 정문환은 제임스를 부축한 채 고개를 숙였다. 제임스의 무게 때문에 몸을 가누기 힘들었지만 숨을 몰아쉬며 계단을 한 발 한 발 내려섰다. 제임스가 갑자기 소리를 지르며 고개를 들었다.

"고개 숙여!"

정문환이 제임스의 머리를 잡았다. 그때 불빛이 제임스의 피묻은 얼굴을 정면으로 비췄다. 제임스가 눈이 부신 듯 인상을 찌푸렸다.

"저기다! 저기 저기!"

경찰들이 소리쳤다. 그들은 제임스의 얼굴을 숙지하고 있었다. 올라가서 잡아! 간부인 듯한 경찰이 손을 흔들며 지시했다. 경찰들이 걸리적거리는 인질들을 함부로 밀쳤다. 인질들은 계단 난간에 부딪혀 비명을 질렀다. 경찰들이 조금씩 인질의 숲을 헤치고 정문환에게 다가갔다.

"젠장."

정문환이 총을 들어 맨 앞의 경찰을 쏘았다. 총알이 헬멧에 튕겨 나가며 불꽃을 튀겼다. 총소리가 터지자 인질들이 바닥에 주저앉았다. 경찰이 정문환과 제임스에게 총을 겨눴다. 정문환은 제임스를 바닥에 내려놓고 눈앞에 엎드린 인질의 목덜미를 잡아 일으켜 세웠다.

"총 내려놔, 인질 죽이기 전에."

정문환은 인질을 방패 삼아 소리쳤다. 덜덜 떨리는 인질의 어깨 위에 팔을 걸치고 권총을 겨눴다. 경찰들은 총을 거두지 않았다. 정문환은 계단 천장을 향해 공포 한 발을 쏘았다. 천장에서 시멘트 조각과 하얀 먼지가 쏟아졌다. 경찰들은 인질의 어깨 너머 정문환의 얼굴을 겨누며 조금씩 다가왔다.

"총 내려놓으라니까!"

정문환이 인질의 관자놀이에 권총을 겨눴다. 인질이 입을 벌렸다. 그의 목덜미를 잡고 있는 정문환의 손등에 침과 눈물이 뚝뚝 떨어졌다. 경찰들이 사격을 개시했다. 인질의 어깨 위로 연사된 총알들이 쏟아졌다. 정문환은 인질의 등 뒤로 고개를 숙였다. 인질의 어깻죽지 일부분이 떨어져 나가며 피가 튀었다. 인질은 비명을 지르며 앞으로 고꾸라졌다. 경찰들이 시야에 드러난 정문환의 몸에 총을 겨눴을 때 엎드려 있던 인질들이 일제히 일어나 아우성쳤다. 살려주십쇼, 쏘지 마십쇼! 인질들이 경찰의 가슴과 바짓가랑이를 붙잡으며 소리쳤다.

좁은 계단에서 연이어 터진 총성 때문에 귀가 먹먹했다. 모든 소음이 순간적으로 지워지고 웅웅거리는 바람 소리만 들렸다. 정문환은 앞에 있는 인질들의 엉덩이를 계속 걷어차 계단 아래로 떠밀었다. 인질들이 차례로 밀리며 경찰들에게 쏟아졌다. 그들의 머리와 어깨에 부딪친 경찰들이 조금 뒤로 물러났다. 엎드려, 다 엎드려! 경찰들이 인질을 위협하기 위해 허공에 총을 쏘았다. 시멘트와 먼지가 또 우수수 떨어졌다.

정문환은 제임스를 어깨에 짊어졌다. 근육이 많은 제임스의 체중이 허리와 무릎을 짓눌렀다. 정문환은 있는 힘껏 2층 사무실 쪽으로 돌아갔다. 계단 입구의 경찰들은 인질들에게 밀려 정문환을 쫓지 못했다. 정문환이 사무실 문을 여는 순간 창문들이 박살 나고 최루탄이 터졌다. 정문환은 몸을 돌려 3층 계단으로 뛰어올랐다. 제임스의 몸은 차갑고 단단했다. 아랫배에서 배어나는 피가 정문환의 등을 적셨다.

다리가 휘청거렸다. 계단 바닥이 눈앞에 달려들었다. 정문환은 손을 뻗어 바닥을 짚고 다시 일어났다. 복부에 충격을 느낀 제임스가 신음했다. 정문환은 3층 대회의실로 들어가 문을 잠그고 제임스를 팽개쳤다. 회의용 탁자를 밀어 문을 막고 바닥에 주저앉았다. 온몸이 땀에 젖었다. 숨이 막히고 심장이 터질 것 같았다. 땀이 순식간에 식으며 추위를 몰고 왔다. 등판에서부터 온몸으로 오한이 번졌다. 계단에서 경찰들의 발소리가 다가왔다. 절단기 가져와! 뛰어! 누군가 소리쳤다.

서치라이트들이 한꺼번에 3층 대회의실 창문을 비췄다. 천국의 불빛 같았다. 회의실 안이 눈부시게 밝아지면서 탁자 위에 놓인 마이크가 거대한 그림자를 드리웠다. 제임스가 끙 소리를 내며 일어나 앉았다. 그의 얼굴에는 표정이 없었다. 이미 죽은 것처럼 보이기도 했다. 제임스는 정문환의 희생을 발판 삼아 자신이 간절히 원하던 행성에 도착한 것 같았다. 그곳은 어디일까, 누가 기다리고 있을까. 정문환은 말했다.

"다 끝났다. 잡히자."

제임스가 가래 끓는 소리를 내며 말했다.

"내 이름은 리진웅이다."

"이름 따위 알 필요 없어. 다 끝났다고."

경찰들이 회의실 문 앞에 도착했다. 절단기가 윙윙 울었다. 제임스는 고개를 들어 창밖을 바라보았다. 서치라이트의 광원들이 번쩍거리는 허공을 응시하며 딸꾹질을 했다.

"난 안 가."

제임스가 속삭였다. 정문환이 되물었다.

"뭐라고?"

"난 안 간다고. 여기가, 여기가 좋아."

"닥쳐, 개새끼야!"

제임스가 재킷 안의 권총을 꺼내 서치라이트를 겨눴다. 팔과 권총의 그림자가 바닥을 뒤덮었다. 자신이 가야 할 곳은 저 광원 어딘가라고 제임스가 손짓하는 것 같았다.

"쏘지 마! 쏘면 우린 죽어!"

정문환이 일어섰다. 제임스가 창밖으로 총알을 발사했다. 창문이 뚫리고 총성이 허공에 메아리쳤다. 메아리가 사라지기도 전에 총알들이 회의실 안으로 쏟아졌다. 전면과 측면 유리창이 한꺼번에 박살 나고 유리 조각들이 창틀로 우수수 떨어졌다. 정문환은 바닥에 엎드렸다. 총알들이 벽면과 바닥에 불꽃을 튀기며 박혔다. 총알 하나가 제임스의 왼손 검지를 날렸다. 제임스는 피가 흐르는 왼손을 의아하다는 듯 뚫어지게 바라보았다.

정문환은 회의실 문을 향해 낮은 포복으로 기었다. 사방에서 불꽃이 튀었다. 총알이 목덜미를 스쳐 지나갔다. 찌릿한 느낌과 함께 목덜미가 축축해졌다. 정문환은 경찰이 문을 여는 순간 두 손을 들고 항복해야 한다고 생각했다. 그러나 문은 열리지 않았다. 문 앞까지 기어갔는데도 사격이 멈추지 않았다. 총알은 고양이 울음소리를 내며 쉴 새 없이 정문환의 목숨을 향해 달려들었다. 그제야 정문환은 끝에 다다랐다는 사실을 깨달았다. 이럴 줄 알았으면 원하는 시간과 장소에서, 더 일찍 목숨을 끊을 걸 그랬다고 생각했다.

정문환은 문에 등을 기대고 숨을 헐떡이다가 자신에게 총구를 겨누는 제임스를 보았다. 제임스의 딸꾹질이 점점 심해졌다. 그가 딸꾹질할 때마다 총구와 가슴이 함께 흔들렸다. 정문환이 소리쳤다.

"그래, 이걸 원하냐? 이걸?"

정문환이 제임스를 향해 권총을 들었다. 제임스가 피식 웃었다. 인상을 살짝 찡그린 것 같기도 했다. 정문환은 딸꾹질로 들썩이는 제임스의 가슴을 향해 방아쇠를 당겼다. 제임스가 뒤로 쓰러졌다. 정문환은 누워 있는 제임스에게 남은 총알을 다 쏟아

부었다. 이걸 원하냐? 받아! 받아! 네 발을 더 쏘자 탄창이 바닥
났다.

"지겹다, 지겨워."

정문환은 혼자 중얼거렸다. 저격수의 총알이 더 많이 날아왔
다. 다리가 부서진 탁자가 쓰러지고 의자 등받이 조각이 사방에
날아올랐다. 정문환은 일어섰다. 그 순간 두려움이 물러나고 설
렘과 환희가 몰려왔다.

"아휴, 징그러워. 아휴, 징글징글해!"

정문환은 총알이 날아오는 방향을 향해 빈 권총을 흔들었다.
주위가 하얗게 변했다. 첫눈처럼 복슬복슬하고 하얀 조각들이
눈앞에, 제임스의 시체 위에, 창밖의 어둠 속에 내렸다. 정문환
은 대륙의 두툼한 눈송이를 떠올리며 아들의 이름을 외쳤다.

"철우야아아아아아아!"

산 자의 임무

2013년 6월 7일, 북경의 늦봄은 더웠다. 직사광선이 살갗을 아프게 쩔렀다. 조성우는 자금성을 구경하는 동안 더위를 식힐 나무 그늘 하나 찾지 못한 채 생수 두 병을 비웠다. 태화전까지 가는 데만 한 병이 필요했고, 천단 앞에 이르기 전에 또 한 병을 마신 후에 녹두 맛 아이스크림까지 사 먹었다. 그렇게 두어 시간, 수많은 내정들은 둘러볼 생각도 없이 직진했는데도 다리가 후들거렸다. 뜨거운 햇살에 머리도 아팠다.

"젠장, 크다."

자금성을 둘러본 감상은 그게 전부였다. 그것은 오직 크기만을 위해 존재하는 건축물이었다. 조성우의 눈에 자금성은 경복궁의 아기자기한 볼거리를 털어내고 수십 배로 뻥튀기한 공허의 궁전이었다. 누구라도 이 안에 들어오면 공허해질 거라고, 그것이 어쩌면 권력의 본질이라고 조성우는 생각했다.

약속 시간인 3시가 가까워졌다. 조성우는 천단공원으로 발걸음을 옮겨 약속 장소인 기년전의 긴 회랑 앞에 앉았다. 중국 노인들이 근처 벤치에서 장기를 두고 있었는데, 그 장기 알마저 한국보다 서너 배는 컸다. 이곳에 놀러 오는 노인네들은 한결같이 평온한 얼굴이었다. 분노에 가득 차 뭔가를 소리 지르지도 않았고, 소주병을 들고 돌아다니지도 않았다.

공원에는 아이들이 뛰어다녔다. 관광객은 아니고, 노인들이 데려온 손자들 같았다. 조성우는 또 추억에 시달렸다. 아내와 아들을 잃은 뒤로 수시로 기억의 파편들이 튀어나와 가슴을 찔렀다. 거리를 걸을 때, 분식집에서 라면을 먹을 때, 아이들이 집으로 뛰어 들어갈 때, 호프집 앞에서 사람들이 술 마시는 광경을 볼 때, 혼자 잠이 들 때, 주책없이 떠오르는 추억 때문에 통증을 느꼈다. 처음엔 그것들을 억지로 털어내려 했지만 이제는 그냥 흘러가게 놔둔다. 조성우는 눈을 감았다. 이런 더운 날에 아내는 수박 속을 깍두기처럼 썰어 알루미늄 통에 넣어두곤 했다. 그냥 껍질째 잘라서 손에 들고 먹는 게 좋다고 해도 아내는 고집을 꺾지 않았다. 집에 돌아와 그 수박 깍두기를 포크로 찍어 먹고 있으면 아들이 침실에서 걸어 나온다. 아빠, 나도 하나 줘. 안 돼, 넌 이 닦았잖아. 수박은 괜찮아, 그냥 빨간 물이잖아.

조성우는 눈을 떴다. 노인들은 계속 장기를 두며 떠들었고, 아이들은 바람개비를 흔들며 웃었다. 한 사회의 안녕을 가늠하려면 노인과 아이의 얼굴을 봐야 한다고 조성우는 생각했다. 그러나 이 공원의 얼굴들만이 아니라, 상해와 광주의 쇼핑몰 뒤에 있는 빈민가의 표정도 보아야 한다. 우리는 진정한 이해에 닿기 위하여 대상의 긍정성만이 아니라 부정성까지 있는 힘껏 끌어 안아야 한다. 조성우는 아내가 왜 조선족 범죄 조직 취재에 매달렸는지 그제야 깨달았다.

바람이 불었다. 땀이 조금 식고 졸음이 밀려왔다. 멀리서 낯익은 긴 머리의 여자가 걸어왔다. 마른 얼굴과 긴 팔다리를 흔들며, 그녀는 경계의 기색도 없이 조성우에게 다가왔다. 낡은 청바지에 분홍색 티셔츠를 입고 있었다. 파마머리가 바람에 나풀거렸다.

"오랜만이네요."

정인애가 말했다. 조성우는 지난가을 대림동의 조선족 쉼터에서 그녀가 자신에게 한 거짓말들을 떠올렸다. 그녀는 세상을 떠난 아내와 아들까지 들먹였다. 그러나 조성우는 분노나 증오를 느끼지 않았다.

"앉으세요."

정인애가 조성우 옆에 앉았다. 아주 한가롭고 달콤한 오후였다. 정인애는 천단공원이 처음인 듯 주변을 신기한 표정으로 두리번거렸다.

"절 찾아낼 줄 알았어요."

"겨우 베이징이군요."

"베이징은 너무 덥고 너무 춥고 황사도 심해요."

"그런데 왜 베이징입니까."

"제임스가 가라고 했으니까요."

"제임스는 죽었습니다."

"여기 말고 갈 데가 없어요."

정인애는 지쳐 보였다. 한국에서보다 더 말라 있었다. 조성우가 물었다.

"왜 조선족 행세를 했습니까?"

정인애가 웃었다. 티셔츠 위로 쇄골이 드러났다. 손만 대면 부러질 듯 가늘었다.

"그것도 알아내셨군요. 그땐 뭐랄까, 조선족이 되고 싶었어요. 누구나 다른 자아가 필요할 때가 있어요. 그리고 한때는……행복했어요."

조성우는 그것이 오만이나 치기라고 생각했지만 더 캐묻지 않았다. 한국인 관광객들이 와자지껄 떠들며 기념전 앞을 지나쳤다. 안내원이 천단공원의 역사를 설명했지만 아무도 귀담아듣지 않았다. 천단공원에서 역사를 보지 않으면 뭘 보려 하는지 조성우는 알 수 없었다. 정인애가 물었다.

"이제 절 어떻게 하실 거죠?"

"죄를 지었으면 벌을 받아야죠."

"모든 사람이 죄를 지은 만큼 벌을 받나요?"

"제임스는 벌을 받았습니다."

"전 가끔 생각해요. 그래요, 가끔은……."

정인애가 말을 멈추고 아랫입술을 씹었다. 뭔가를 골똘히 생각하는 표정이었다.

"가끔은 누구의 죄도 아니고 운명에 끌려다닌 것 같아요. 제임스도 저도 당신도, 어쩔 수 없었죠. 보이지 않는 힘이 우리를 몰아친 거예요. 정말 누구의 죄일까요? 그냥 떠밀린 거죠. 각자 발버둥 친 거예요."

조성우는 고개를 저었다.

"진부한 얘기군요. 고대 그리스 비극부터 닳도록 반복된 이야기. 운명에 패배하는 인간 이야기."

"그렇게 오래 되풀이되는 얘기에는 진실이 숨어 있죠."

조성우는 한 자 한 자 힘을 주어 말했다.

"죄를 지었으면 벌을 받는 겁니다."

정인애가 고개를 돌려 조성우의 얼굴을 살폈다.

"기자님은 가을에 봤을 때랑 하나도 안 변했어요. 그대로네요. 그래서 수갑이라도 채우겠다는 거예요?"

"한국으로 끌고 가야죠."

"만약 제 품에 총이 있다면?"

조성우가 천안문 광장 쪽을 손으로 가리켰다.

"사방에 공안입니다. 제임스처럼 되고 싶어요?"

"절 끌고 가면 일이 다 끝나요?"

"아뇨, 거기서부터 시작이죠."

한국인 단체 관광객의 시끄러운 행렬이 지나가고 배낭을 멘 여학생들이 아이스크림을 먹으며 다가왔다. 그들도 한국인처럼 보였다. 정인애가 말했다.

"궁금한 게 하나 있어요."

"뭔데요?"

"이 일이 다 끝나면 기자님은 뭘 위해 살 거죠?"

"처음엔 자살을 하려고 했어요. 하지만 생각이 바뀌었어요."

"어떻게?"

"죽은 사람들을 위해 살려고요."

정인애가 고개를 끄덕였다. 그 대답이 최선이라고 맞장구를 치는 듯했다. 산 자들은 죽은 자들을 위해 사는 거라고 조성우는 생각했다. 죽은 자들의 사랑, 원한, 이루지 못한 꿈을 위해 산 자는 이를 악물고 살아가야 한다. 그것이 인간의 역사다.

"정인애 씨는 큰 죄를 저지르지 않았어요. 기껏해야 방조죄 정도죠. 한국에 가서 증언을 해야 합니다. 제임스에게 들은 얘기, 보고 겪은 것들, 특히 정치인에 관한 것들을요."

작전이 끝난 직후 서울지검 검사가 도착해 현장을 지휘했다. 시신을 부검하고 인질과 고려행정사 잔당을 조사하는 동안 검찰은 언론에 한마디도 흘리지 않았다. 상조신용 이사진을 비롯한 조선족들은 이용당했을 뿐이고, 모든 사기극은 제임스의 단독 범행이라는 중간 수사 결과가 며칠 뒤 발표됐다. 언론들은 금융 사기 대신 경찰특공대의 활약상으로 보도의 초점을 옮겼다. 수천억대 금융 사기와 유례없는 총격전까지 벌어졌지만 사람들은 대선 보도에 더 관심을 가졌다. 서울에서는 모든 게 너무 빨리 잊힌다. 피해자가 조선족이라면 더 빨리 잊힌다. 여당 선거본부는 상조신용 사건을 언급하지 말라는 내부 지침을 내렸다.

"성현범 얘기를 원해요?"

"모두 다요."

정인애가 하늘을 보았다. 하늘에는 구름 한 점 없었다. 시퍼런 창공에서 뜨거운 햇살이 쏟아졌다. 맑고 더운 날일수록 비가 그립다. 조성우는 제임스가 죽던 날 밤을 떠올렸다. 그날도 이처럼 맑았고, 너무 추워서 눈이 그리웠다. 정인애가 물었다.

"제임스와 같이 죽은 남자 기억나세요?"

"불법체류자더군요. 제임스의 심복이었겠죠."

"그 남자가 기자님 부인과 아들을 죽였어요."

조성우는 심호흡을 했다. 예상했던 일이 사실로 드러나 더 당황스러웠다.

"모르셨군요?"

"아뇨, 그럴 거라고 생각했어요."

조성우는 갑자기 분노를 느꼈다. 정인애가 태연스럽게 모르셨군요, 하고 물을 때 손을 들어 따귀를 갈기고 싶었다. 그녀의 마르고 긴 얼굴이 기년전 회랑 바닥에 처박히는 꼴을 보고 싶었다. 조성우가 큰 소리로 물었다.

"자, 이제 어쩌실 겁니까?"

정인애는 말이 없었다. 조성우가 더 큰 소리로 물었다.

"어쩔 거냐고요!"

정인애가 다시 하늘을 보았다. 눈에 눈물이 가득했다. 그녀가 눈물을 참기 위해 자주 고개를 쳐든다는 것을 조성우는 그제야 알았다.

"그래요, 한국에 두고 온 사람들이 있어요. 돌아가야죠. 제임스가 서류를 숨겨둔 곳을 알아요."

시원한 바람이 불었다. 조성우는 조금만 더 이곳에 앉아 있자고 말했다. 시끄러운 관광객들이 다 지나갈 때까지, 노인들이 장기판을 거두고 손자들과 집에 돌아갈 때까지, 하늘이 붉어지고 뜨거운 대지가 식을 때까지, 그때까지만 더 앉아 있고 싶었다.

무엇보다 먼저, 이 책에 조선족을 비하하려는 어떤 의도도 없음을 말하고 싶다. 나는 그들에 대한 어떤 편견도 가지고 있지 않으며 그들의 고난과 성취에 경의를 표한다.

나는 다만, 한국 사회에서 독특한 마이너리티의 위치에 있는 한 사내가 운명의 덫에 걸려 파멸하는 스릴러를 쓰고 싶었다. 그가 운명에서 벗어나려 몸부림칠수록 운명은 그를 더 단단히 옥죈다. 나는 또한 '어디에나 있지만 어디에도 보이지 않는 존재들'을 범죄라는 계기를 통해 만나게 되는 사내를 그려보고 싶었다. 그는 누군가에게 떠밀려 끔찍한 터널을 통과해야 하며, 그 터널 끝에서 다시 삶을 발견하게 될 것이다. 이 책의 어떤 부분이 조선족에게 상처가 된다면 두 손 모아 사죄드린다.

책에 등장하는 조선족 범죄 조직은 실재하지 않는다. 소설 속의 범죄 집단은 완전한 허구이며, 한국 사회에서 논란이 될 정도의 조선족 조직범죄는 일어난 적 없다. 오히려 조선족 범죄율은 한국인보다 낮다. 제임스가 벌이는 범죄 행각은 '광천 새마을금고 사건'을 모델로 했으나, 이 사건과 조선족은 아무런 관련이 없다.

조선족과 관련된 여러 책을 읽었다. 그중 조선족의 육성을 그대로 실은 『우리가 만난 한국』(박우·김용선 등, 북코리아, 2012), 『코리안 드림, 그 방황과 희망의 보고서』(리혜선, 아이필드, 2003)에 큰 도움을 받았다. 조선족 인터넷 카페에 올라온 다양한 사연들도 조선족의 생활을 이해하는 길잡이가 되었다.

조선족 말을 이해하기 위해 흑룡강 조선민족출판사에서 나온 류연산 작가와 리원길 작가의 소설집을 반복해서 읽었다. 조선족 말은 동북 3성 각 지역마다 조금씩 다르다. 게다가 조선족의 구어를 조선족 맞춤법에 따라 쓰면 한국인이 이해하기 어렵다. 조선족 말에 대한 내 이해가 얕을 뿐 아니라 대사를 한국어에 맞춰 수정하다 보니 일상적으로 쓰이는 조선족 말과 차이가 많다. 양해를 부탁드린다.

소설집을 보내준 이선애 님, 인터뷰에 응해준 조선족 주민들과 형사 두 분께 감사드린다.

이 글을 쓰는 지금 나는 사업차 자카르타에 체류하고 있다. 체류 기간이 예상보다 꽤 길어질 것 같다. 인도네시아 사회의 마이너리티가 된 나는, 이방인에 대한 인도네시아인들의 복잡한 시선을 느낀다. 그리고 그들이 화교를 집단 린치 했던 폭동을 자주 떠올린다.

미래의 파국을 피하기 위해 우리는 '다른 존재'에 대한 이해에 다가가야 한다. 있는 힘껏.

2014년 8월

유현산

두번째 날

© 유현산, 2014

1쇄 인쇄일 | 2014년 8월 14일
1쇄 발행일 | 2014년 8월 27일

지은이 | 유현산
펴낸이 | 정은영

펴낸곳 | 네오북스
출판등록 | 2013년 04월 19일 제2013-000123호
주　소 | 121-840 서울시 마포구 서교동 396-33
전　화 | 편집부 (02)324-2347, 경영지원부 (02)325-6047
팩　스 | 편집부 (02)324-2348, 경영지원부 (02)2648-1311
E-mail | neofiction@jamobook.com
Home page | www.jamo21.net

ISBN 979-11-5740-087-4 (03810)

이 도서의 국립중앙도서관 출판예정도서목록(CIP)은 서지정보유통지원시스템 홈페이지
(http://seoji.nl.go.kr)와 국가자료공동목록시스템(http://www.nl.go.kr/kolisnet)에서
이용하실 수 있습니다.(CIP제어번호: CIP2014023792)